MIRA®

Der Preis dieses Bandes versteht sich einschließlich
der gesetzlichen Mehrwertsteuer.

Umwelthinweis:
Dieses Buch wurde auf chlor- und säurefreiem Papier gedruckt.

Dunkle Visionen

Erbarmungslos sticht der Täter auf Lainie Adair ein. Er weiß nicht, dass er beobachtet wird: Lainies Tochter Madison sieht in einem schrecklichen Traum, wie der Wahnsinnige ihre Mutter umbringt. Zwar kann sie sein Gesicht nicht erkennen, doch die Tür zu ihrem Unterbewusstsein ist geöffnet. Über Jahre hat Madison dunkle Visionen, in denen Frauen bedrängt, gequält, verfolgt werden. Kyle, mit dem Madison seit ihrer Jugend eine Beziehung zwischen Misstrauen und Liebe verbindet und der inzwischen FBI-Agent geworden ist, weiß, dass der Tag kommen wird, an dem er mit ihrer Hilfe Lainies Mörder finden wird. Und die Zeit drängt. Denn der Täter sucht sich ständig neue Opfer ...

Heather Graham

Dunkle Visionen

Roman

Aus dem Amerikanischen von
Emma Luxx

MIRA®

MIRA® TASCHENBUCH
Band 25045
1. Auflage: Mai 2003

MIRA® TASCHENBÜCHER
erscheinen in der Cora Verlag GmbH & Co. KG,
Axel-Springer-Platz 1, 20350 Hamburg
Deutsche Taschenbucherstausgabe

Titel der nordamerikanischen Originalausgabe:
If Looks Could Kill

erschienen bei: Mira Books, Toronto
Published by arrangement with
Harlequin Enterprises II B.V., Amsterdam

Konzeption/Reihengestaltung: fredeboldpartner.network, Köln
Umschlaggestaltung: pecher und soiron, Köln
Titelabbildung: © by Corbis, Düsseldorf
Autorenfoto: © by Harlequin Enterprise S.A., Schweiz
Satz: Berger Grafikpartner, Köln
Druck und Bindearbeiten: Elsnerdruck, Berlin
Printed in Germany
ISBN 3-89941-056-4

www.mira-taschenbuch.de

PROLOG

Madison konnte die Stimmen aus dem Schlafzimmer hören, und sie machten ihr Angst.

Sie war zwölf, fast dreizehn, deshalb war sie nicht mehr so leicht zu erschrecken, immerhin hatte sie schon einiges mitbekommen von der Welt. Ihre schöne, flatterhafte Mutter hatte den ebenso flatterhaften und temperamentvollen Maler Roger Montgomery geheiratet, und seitdem waren oft Stimmen und Geräusche aus dem Elternschlafzimmer gedrungen.

Aber heute Nacht ...

Irgendetwas war anders als sonst. Es war nicht der übliche hitzige Streit, der da ablief. Sie bezichtigten sich nicht beide wie sonst so oft gegenseitig der Untreue. Da war eine andere Stimme in dem Raum, eine heisere Stimme ...

Eine drohende Stimme, die Madison einen kalten Schauer den Rücken hinunterjagte. Die Stimme war böse. Madison *wusste* es. Sie versuchte sich einzureden, dass sie sich etwas einbildete, dass es vielleicht doch die Stimme ihrer Mutter sei, immerhin war Lianie Adair eine berühmte Schauspielerin, die bekannt war für ihre fast unheimlich anmutende Fähigkeit, alle möglichen Stimmen und Akzente nachahmen zu können.

Aber es war nicht ihre Mutter, die da sprach. Madison war sich sicher.

Sie wusste, dass ihre Mutter im Bett keine Spielchen spielte oder irgendwelche Sexphantasien ausagierte. Irgendjemand, irgendetwas ... Böses ... war in dem Raum.

Sie fragte sich, ob Roger ebenfalls da war. Sie wusste es nicht. Sie hörte, wie die Stimme ihrer Mutter eine Oktave höher kletterte und wieder abfiel, ein leiser Unterton von Hysterie, ein Flehen schwang darin mit. Dann vernahm sie wieder das tonlose Flüstern. Die andere Stimme.

Die böse Stimme.

Die Stimme, bei deren Klang sie eine Gänsehaut bekam.

Ohne nachzudenken war sie aus ihrem Zimmer geschlüpft, und jetzt stand sie im Flur, ein vor Angst bibberndes Gespenst in ihrem übergroßen Baumwoll-T-Shirt. Sie tappte barfuß den Flur hinunter, begierig darauf, so schnell wie möglich zu ihrer Mutter zu kommen, gleichzeitig jedoch fürchtete sie sich schrecklich davor. Sie konnte sich den grässlichsten Horrorfilm anschauen, ohne auch nur mit der Wimper zu zucken, und sie scheute selbst vor der waghalsigsten Wette nicht zurück. Schon als kleines Mädchen hatte sie der sehr realen Möglichkeit von Monstern in ihrem Schrank oder unter ihrem Bett getrotzt, indem sie sich immer wieder vorgesagt hatte, dass sie schlicht keine Angst hatte. Normalerweise fürchtete sie sich nicht im Dunkeln, das ließ sie einfach nicht zu.

Aber heute Nacht ...

Oh Gott, hatte sie Angst. Es lag an der Stimme. Diese zischende, drohende Stimme, in der unüberhörbar das Böse mitschwang. Der Flur schien überhaupt kein Ende nehmen zu wollen, obwohl es sicher nur wenige Meter von ihrer Türschwelle bis zu der ihrer Mutter waren. Je mehr sie sich zwang, sich zu bewegen, desto mehr schien sie mit dem Fußboden zu verwachsen. Angst schnürte ihr die Kehle zu, deshalb konnte sie nicht schreien, obwohl sie es wollte, gleichzeitig wusste sie jedoch, dass sie nicht schreien sollte, um die Stimme nicht wissen zu lassen, dass sie unterwegs zum Elternschlafzimmer war.

Sie musste sich bewegen, um die Person zu sehen, die zu der Stimme gehörte.

Sie wollte rennen, aber sie konnte es nicht, weil irgendetwas Schreckliches geschehen könnte, wenn sie es täte.

Es sei denn, dieses Schreckliche geschah bereits, dann musste sie sehr tapfer sein. Sie musste das Böse aufhalten.

Das Böse lag in der Luft und drückte sie nieder. Es machte ihr das Atmen schwer, sodass jeder Schritt eine Qual war. Die Tür ihrer Mutter wirkte irgendwie seltsam verzerrt, als hätte das Böse dahinter sie anschwellen lassen, während durch die Türritzen merkwürdig blutrotes Licht zu fallen schien.

Sie musste einen klaren Kopf bewahren.

Bestimmt stritt sich ihre Mutter mit Roger.

Sie musste ruhig und vernünftig bleiben. Und ihre Mutter in sachlichem Ton daran erinnern, dass sie ein Recht auf ein paar Stunden ungestörten Schlaf hatte. Doch falls Lainie sich mit Roger zankte, war es natürlich durchaus auch möglich, dass sich die beiden bereits wieder versöhnt hatten, wenn sie beim Schlafzimmer angelangt war, und wenn sie dann reinstürmte, nun ...

Sie wünschte sich, Lainie und Roger bei irgendeiner lasterhaften Sexakrobatik zu stören, aber sie wusste, dass das nicht der Fall sein würde.

Sie *wusste* es. Gott möge ihr helfen, aber sie *wusste* es.

Sie konnte spüren, was ihre Mutter verspürte, und Lainie verspürte Angst. Sie wurde bedroht, und sie versuchte, die Bedrohung mit Worten abzuwenden. Sie redete verzweifelt und schnell, mit beschwörender Stimme. Sie versuchte ...

Madison blieb abrupt stehen, sie zitterte am ganzen Körper, ihr T-Shirt war mit kaltem Angstschweiß durchtränkt. Weil sie nicht einfach nur fühlte, was Lainie fühlte.

Sie *sah* es! Sie sah, was Lainie sah. Madison sah durch Lainies Augen.

Und Lainie sah ein Messer.

Ein langes, silbern aufblitzendes Messer, scheußlich scharf. Ein Fleischermesser. Madison hatte es schon früher gesehen, in der Küche. Es gehörte dorthin, in den Holzblock auf dem Tresen, in dem alle großen Küchenmesser steckten. Es hing wie ein Damoklesschwert in dem gedämpften Licht des Schlafzimmers in der Luft, direkt über Lainie.

Lainie schaute es an ... und Madison sah durch ihre Augen.

In diesem Moment sauste das Messer nach unten.

Lainie schrie, aber Madison hörte den gellenden Schrei ihrer Mutter nicht, weil sie selbst schrie, während sie auf dem Absatz kehrtmachte und den Weg, den sie gekommen war, zurückrannte. Wobei sie fühlte. Das fühlte, was ihre Mutter fühlte.

Das Messer.

Wie es in sie eindrang. Wie es sie direkt unterhalb der Rippen durchbohrte.

Madison taumelte und wäre fast gefallen. Sie lehnte sich gegen die Wand, spürte den schrecklichen Schmerz, die Kälte, die Todesangst. Sie spürte den Tod kommen. Sie fasste sich an die Taille, und als sie nach unten schaute, sah sie Blut an ihren Händen ...

Ihr war kalt, eisig kalt. Dunkelheit umfing sie. Sie tastete an der Wand nach Halt. Sie versuchte erneut zu schreien, doch noch ehe sie tief Luft geholt hatte, schluckte die Dunkelheit sie, und sie fiel in ein gähnendes schwarzes Loch.

„Madison. Madison!"

Sie erwachte beim drängenden Klang ihres Namens und öffnete die Augen. Sie lag auf der Couch im Wohnzimmer, und Kyle war da, Rogers Sohn. Er war achtzehn, fünf Jahre und ein paar Monate älter als sie, aber er spielte sich in der Regel so auf, als wären es mindestens zwölf. Schwarze Haare, grüne Augen, Quarterback seines Footballteams. Die Hälfte der Zeit hasste sie ihn, besonders wenn er sie „Pimpf" und „Dödel" oder „Klein Doofi" nannte. Doch wenn seine Freunde nicht da waren und er nicht alle Hände voll damit zu tun hatte, bei den Cheerleaders Eindruck zu schinden, konnte er manchmal sogar ganz nett sein. Und wenn sie wieder einmal felsenfest davon überzeugt war, das Produkt der kaputtesten Familie aller Zeiten zu sein, sagte er ihr, dass sie aufhören solle herumzujammern, und dass es eine Menge Leute gab, die Stief- und Halbbrüder und -schwestern hatten. Wenn er nicht ihr Stiefbruder gewesen wäre, hätte sie vielleicht sogar für ihn geschwärmt. Doch da er es nun einmal war, gestattete sie sich nicht, auch nur einen einzigen Gedanken daran zu verschwenden.

Okay, dann hatte sie eben ein paar mehr Stiefgeschwister als die meisten anderen. Und okay, Lainie war nicht nur eine ungewöhnlich coole Mom, sie war Spitzenklasse. Genau betrachtet, war es gar nicht mal so schlecht, Lainie zur Mutter zu haben oder Roger zum Stiefvater. Ihr richtiger Dad, Jordan Adair, war ein berühmter Schriftsteller. Und wen interessierte es schon, wie viele Stiefmütter sie hatte?

Manchmal hasste Madison Kyle regelrecht, aber es gab auch andere Zeiten, und wenn ihr wieder mal stinklangweilig war, konnte er sie immerhin ziemlich gut zum Lachen bringen. Und manchmal, *manchmal* wurde ihr ganz warm, wenn sie ihn anschaute. Dann war er ihr plötzlich irgendwie ganz nah.

Doch jetzt glitzerten in seinen grünen Augen Tränen. „Madison?“

„Madison ... bist du okay, Madison?“

Sie wandte leicht den Kopf. Roger war auch da. Roger, der seinen Tränen freien Lauf ließ.

„Roger, geh mal einen Schritt zur Seite, bitte.“

Es war ihr Vater, der sprach. *Der* Jordan Adair, ein überaus attraktiver Endvierziger mit langem silbergrauen Haar, einem silbergrauen Bart und dunklen, durchdringenden Augen. Er und ihre Mutter waren geschieden. Lainie war bereits bei ihrem dritten Ehemann angelangt; zuerst war sie mit einem Rockstar verheiratet gewesen, dann mit einem Schriftsteller und schließlich mit einem Maler. Jordan bevorzugte ebenfalls Künstlerinnen, allerdings schien er nicht ganz so wählerisch zu sein. Neben einer Opernsängerin, einer Balletttänzerin und Lainie war er auch mit einer Stripteasetänzerin verheiratet gewesen, und dann hatte er das Muster durchbrochen und eine Sextherapeutin geehelicht. Obwohl er Lainie immer geliebt hatte. Immer. Und Madison wusste, dass er *sie* ebenfalls liebte.

Wie Roger und Kyle hatte auch Jordan Tränen in den Augen.

Dann hörte sie die Sirenen. Und sah, wie sich das Foyer wenig später mit Polizisten füllte. Roger ging weg. Sie sah noch mehr Leute aus ihrer Familie, ihre Schwester und ihre Stief- und Halbgeschwister, die betreten im Wohnzimmer herumstanden.

Die Mädchen, Jassy und Kaila. Jassy, die Tochter ihres Vaters aus erster Ehe, war hübsch und zierlich, eine dunkeläugige Blondine. Kaila war Madisons einzige richtige Schwester. Sie und Kaila hatten genau wie Lainie rote Haare und blaue Augen.

Ihre anderen Brüder waren ebenfalls anwesend. Trent, der Sohn ihres Vaters aus zweiter Ehe, hatte sandfarbenes Haar und Jordans durchdringende dunkle Augen. Rafe, Rogers Sohn aus erster Ehe, war zwanzig und vom Typ her völlig anders als Roger und Kyle; seine Augen waren silbergrau und sein Haar schimmerte in einem nordischen Blond. Wie alle anderen stand auch er blass und schweigend da, mit erschrockenem Gesichtsausdruck und Tränenspuren auf den Wangen.

Kaila, die nur ein Jahr jünger war als Madison und ihr wie ein Ei dem anderen glich, begann plötzlich laut aufzuschluchzen. Ihre Knie gaben nach, aber Rafe legte fürsorglich einen Arm um sie, bevor sie hinfallen konnte.

Plötzlich fiel Madison alles wieder ein.

Sie schrie und schrie und fing an zu zittern. Im Haus waren Sanitäter, und noch während sie schrie und herumstotterte und hysterische Erklärungen abzugeben versuchte, kam irgendjemand mit einer

Spritze und stach ihr die Kanüle in die Armbeuge. Sie hörte, wie jemand sagte, dass sie jetzt auf keinen Fall von der Polizei vernommen werden könnte und selbst wenn, was hätte es noch für einen Sinn? Dann begann das Beruhigungsmittel zu wirken, und wieder senkte sich Dunkelheit auf sie herab.

Diesmal wachte sie im Haus ihres Vaters auf. Kyle saß auf ihrer Bettkante. Sie hörte ein leises Schluchzen aus dem Zimmer nebenan. Eine ihrer Schwestern.

„Meine Mutter ist tot", flüsterte sie.

Überrascht hob Kyle den Blick. Er schaute sie mitfühlend an und nickte.

„Irgendjemand hat sie getötet, Madison. Es tut mir so Leid. Dein Dad ist drüben bei Kaila, aber ich kann ihn holen, wenn du ..."

„Ich habe es gesehen, Kyle."

Er verengte die Augen.

„Ich habe es *gesehen.*"

„Was meinst du damit, du hast es gesehen? Du warst im Flur. Ist der Mörder an dir vorbeigerannt? Hast du gesehen, wer es getan hat?"

Sie schüttelte den Kopf und suchte nach den richtigen Worten, um das zu beschreiben, was sich ereignet hatte. Die Tränen schossen ihr in die Augen. „Sie hatte Angst, schreckliche Angst. Sie sah das Messer. Ich sah es auch. Ich spürte es."

„Madison, du warst etliche Meter von ihrem Zimmer entfernt, als wir dich fanden. Warst du denn bei ihr drin?"

Sie schüttelte den Kopf.

„Dann kannst du auch nichts gesehen haben."

„Doch. Ich habe das Messer gesehen."

„Und wer hat sie getötet?"

„Das weiß ich nicht. Ich konnte das Gesicht nicht erkennen. Ich habe nur das Messer gesehen. Wie es runtersauste. Und ich habe es gespürt. Ich konnte spüren, wie es sie durchbohrte." Sie begann wieder zu zittern und in sich hineinzuschluchzen. Ihre Mutter war umgebracht worden, und es fühlte sich an, als ob sich eine Million winzig kleiner Messer in ihr Herz bohrten. Lainie war egoistisch gewesen und eigensinnig und rücksichtslos, aber sie war ihre Mutter gewesen, diejenige, die sie gehalten, die sie umsorgt, die mit ihr gelacht hatte, die den Kopf über sie geschüttelt und sich die Zeit genommen hatte, im letzten Februar mit ihrer Schulklasse aus Pfeifenreinigern rote Herzchen für den Valentinstag zu basteln. Ihre Mutter war tot, und sie glaubte nicht, dass sie das ertragen konnte.

Kyle sagte jetzt nichts mehr. Er saß auf ihrer Bettkante und nahm sie ungeschickt in den Arm, während sie weinte. Irgendwann kam ihr Vater und löste Kyle ab, und sie weinte immer noch. Sie versuchte, ihrem Vater zu sagen, dass sie das Messer gesehen, dass sie gespürt hatte, wie Lainie gestorben war.

Ihr Vater war sanft und zärtlich, und er tat so, als ob er ihr glaubte, aber sie wusste, dass er es nicht tat.

In den nachfolgenden Tagen und Wochen setzte die Polizei alles daran, den Mordfall aufzuklären. Man unterzog Lainies Ehemann sowie ihren Ex-Ehemann endlosen Verhören, weil es nach Meinung der Polizei durchaus wahrscheinlich war, dass einer von beiden der Täter war. Ein Verbrechen aus Leidenschaft erschien allen das Naheliegendste. Natürlich berichteten die Tageszeitungen und alle großen Illustrierten ausführlich über den Aufsehen erregenden Mordfall.

Auch Madison wurde von der Polizei vernommen. Sie sprach mit mehreren Polizeibeamten verschiedener Dienstgrade. Sie erzählte ihnen, dass sie das Messer gesehen, dass sie gespürt hatte, wie ihre Mutter gestorben war. Aber man glaubte ihr nicht. Bis auf einen Polizisten, der zumindest ein bisschen netter war als die anderen. Jimmy Gates. Er war noch relativ neu im Morddezernat, jung, mit warmen braunen Augen, sandfarbenem Haar und einer Sanftheit im Wesen, von der sie sich getröstet fühlte. Er wollte genau wissen, was sie gesehen hatte; er drängte sie dazu, sich zu erinnern. Als er sie ausfragte, sah sie die Hand wieder vor sich, die das Messer gehalten hatte. Und dann wusste sie auf einmal, dass der Mörder dünne fleischfarbene Handschuhe, die wie Arzthandschuhe aussahen, angehabt hatte.

Sie war überrascht über das, was sie sah. Und es verstörte sie.

Zuerst stand Roger ganz knapp davor, unter Mordverdacht festgenommen zu werden, dann ihr Vater. Aber in beiden Fällen reichte die Beweislage am Ende für eine Anklageerhebung nicht aus. Kyle, Kaila und Madison waren zum Zeitpunkt von Lainies Tod alle zu Hause gewesen; Roger war kurz danach heimgekommen. Kyle hatte sofort nach Entdeckung der Tat Jordan Adair angerufen. Bei dem Verhör hatte die Polizei die Vermutung geäußert, dass Roger, nachdem er Lainie getötet hatte, das Haus durch ein Fenster verlassen und die Tatwaffe irgendwo versteckt haben könnte, um anschließend zurückzukehren und angeblich seine Frau zu finden. Und Jordans Haus lag nur einen Katzensprung vom Tatort entfernt, sodass es ihm ein Leichtes gewesen wäre, sich nach dem Mord der Tatwaffe zu entledigen und innerhalb kürzester Zeit wieder zu Hause zu sein. Merkwürdigerweise hatten die beiden Männer zu keinem Zeitpunkt versucht, sich gegenseitig zu belasten. Und da sich keine weiteren Beweise fanden, war die Polizei schließlich gezwungen, die beiden in Ruhe zu lassen.

Time, *Newsweek* und *People* machten mit Schlagzeilen wie „Kann man sich mit Geld seine Unschuld erkaufen?“ auf.

Jimmy Gates hielt weiterhin Kontakt zu Madison. Er hörte mit großem Ernst zu, wenn sie wieder und wieder von dem erzählte, was sie gesehen und gespürt hatte. Er versuchte noch mehr aus ihr herauszubekommen, aber so sehr sie sich auch zu erinnern versuchte, blieb doch die behandschuhte Hand das Einzige, was sie sah. Ihr Vater ermahnte Gates, sie nicht noch länger zu quälen, aber sie sagte ihm, dass sie mit ihm sprechen wollte.

Zwei Monate nach dem Mord wurde ein Verdächtiger festgenommen.

Es handelte sich um einen geistig verwirrten Stadtstreicher namens Harry Nore. Madison kannte ihn schon fast ihr ganzes Leben lang vom Sehen. Er trieb sich meistens auf dem Coconut Grove herum oder saß bettelnd an der Kreuzung Bird und U.S. 1. Manchmal schrie er irgendetwas von der Wiederkunft des Herrn oder dass der Satan kommen und ein riesiges Flammenmeer sie alle verschlingen werde. Er war bei einem Einbruch im Nachbarhaus erwischt worden, als er sich gerade in der Küche eine Scheibe Brot abschnitt.

Mit einem Fleischermesser.

Hätte es sich nur um einen Mundraub gehandelt, wären die Nachbarn sogar bereit gewesen, ein Auge zuzudrücken, doch als sich herausstellte, dass er sich die Taschen mit dem Familienschmuck voll gestopft hatte, alarmierten sie die Polizei.

Bei der Entdeckung, dass Harry Nore um den Hals ein goldenes St. Christopherus-Medaillon trug, das Roger Montgomery gehörte, wurde die Polizei zum ersten Mal hellhörig und begann sich zu fragen, ob der Mann womöglich mehr war als nur ein Dieb. Auf dem Fleischermesser, das Nore zum Brotschneiden benutzt hatte, fand man Blutspuren.

Lainies Blut.

Unter den Fingerabdrücken, die man in Lainies Schlafzimmer sichergestellt hatte, befanden sich auch die von Nore. Und er war alles andere als ein unbeschriebenes Blatt. Er hatte bereits einmal im Gefängnis gesessen, um für den Mord zu büßen, den er mit einem ähnlichen Messer an seiner Ehefrau verübt hatte.

Allerdings wurde Harry Nore für den Mord an Lainie Adair Montgomery niemals verurteilt; bei der Gerichtsverhandlung erklärte man ihn für unzurechnungsfähig. Wenn man ihn mit den Anschuldigungen konfrontierte, bekam er Tobsuchtsanfälle und fing an zu rasen. Gott höchstpersönlich hätte ihm das Messer in seinen Hut geworfen, behauptete er. Gott hätte ihm gesagt, wer gut war und wer schlecht. Er gestand, Lainie getötet zu haben, und sagte aus, dass sich der Teufel nur eine Seele geholt hätte, die ihm ohnehin schon gehörte. Lainie wäre schön und verderbt gewesen, so schön, dass sie die Männer mit ihrer Schönheit in den Wahnsinn und zu perversen Handlungen und zu Gewalt getrieben hätte. Sie sei eine Satansbrut gewesen und wäre jetzt wieder dort, wo sie hingehörte.

An Ende hatte man Harry Nore in eine Anstalt für geisteskranke Straftäter in Nordflorida gesteckt. Sein irres, nahezu zahnloses Grinsen war auf sämtlichen großen Illustrierten im ganzen Land zu sehen gewesen. Mittlerweile gab es keinen Zweifel mehr daran, dass er der Mörder war, und die Bezirksstaatsanwaltschaft war erleichtert, dass man einen Schuldigen gefunden hatte, und sagte Madison und ihrer Familie, dass sie jetzt zumindest nicht mit der Unsicherheit eines unaufgeklärten Mordfalls leben müssten. Nore war mit der Mordwaffe aufgegriffen worden, und er hatte die Tat gestanden. Im Grunde genommen war der Fall sonnenklar, und Madison verstand nicht, warum sie sich nicht so zufrieden gestellt fühlte, wie sie es eigentlich sollte, nachdem der formalen Gerechtigkeit Genüge getan war. Sie fragte sich, ob es nur daran lag, dass auch die Tatsache, dass Harry Nore sicher hinter Schloss und Riegel saß, ihr ihre Mutter nicht zurückbringen konnte. Oder waren es Harry Nores Fingerabdrücke im Schlafzimmer ihrer Mutter, die sie stutzig machten, wo sie doch genau wusste, dass der Mörder Handschuhe getragen hatte?

Die Polizei war zufrieden, und selbst Harry Nore war glücklich. Jetzt musste er wenigstens nie mehr an der U.S. 1 die Vorübergehenden anbetteln. Ihm war dreimal am Tag eine ordentliche Mahlzeit garantiert.

Das Leben ging weiter. Madison hätte es nie für möglich gehalten, und doch war es so. Aber sie hörte nie auf, um ihre Mutter zu trauern. Und wenn der Schmerz auch blieb, schwächte er sich doch ab, sodass er sich ertragen ließ. Selbst das Interesse der Medien ging schließlich zurück, und nur ab und zu brachte noch ein Privatsender eine Sendung über Lainie und ihr wildes Leben sowie ihr tragisches Ende.

Madison und Kaila zogen nach dem Tod ihrer Mutter zu ihrem Vater. Kyle, Jassy und Trent gingen auf verschiedene Universitäten. Rafe machte an der Florida International University sein Examen und ging anschließend nach New York an die Wall Street. Madisons Leben drehte sich um die Schule, Schulbälle und Partys, sie probierte Make-up aus, rasierte sich die Beine, ließ sich Löcher in die Ohrläppchen stechen und färbte sich an Halloween ihr Haar vorübergehend grellblau.

Die Jahreszeiten gingen ineinander über, sie verliebte sich und entliebte sich wieder. Ihr Vater heiratete zweimal in drei Jahren. Beide Frauen waren so schnell wieder in der Versenkung verschwunden, dass sie sich kaum an ihre Namen erinnern konnte.

Sie begann zu vergessen, dass sie das Messer, das ihre Mutter getötet hatte, wirklich gesehen hatte.

Sie begann zu vergessen ...

Sie war jung, und das Leben ging weiter. Sie würde Lainie immer lieben, sie würde sich immer an sie erinnern. Aber mit jedem Tag, der ins Land ging, begannen die kleinen Dinge des Lebens eine größere Rolle zu spielen. Ihre Schwestern und Brüder. Jassy, die aufpasste, dass sie keine Dummheiten machte. Kaila, die sie brauchte. Rafe und Trent, mit denen sie sich gut verstand. Kyle, der für eine Weile freundlich war, um dann wieder wegen irgendetwas, das sie tat oder sagte, an die Decke zu gehen, der stark war oder sanft, wenn sie seine Hilfe am meisten brauchte. Das Leben musste gelebt werden.

Schmerz und Angst verblassten nach und nach immer mehr.

Aber sie war das Ebenbild ihrer Mutter.

Und der Schrecken war entschlossen, sich an ihre Fersen zu heften.

1. KAPITEL

Zwölf Jahre später ...

Madison spürte, dass sie sich in den Netzen eines Traums verheddert hatte und kämpfte instinktiv, selbst im Schlaf, dagegen an. Sie versuchte aufzuwachen. Aber umsonst – sie war bereits zu tief in ihrer Traumwelt verstrickt.

Sie hörte sich lachen, nur dass sie das nicht wirklich war. Sie war die andere Frau, die Frau im Traum. Schön, mit tiefrotem Haar, charmant. Sie wusste, dass sie irgendwo übernachten würden, sie und dieser charismatische Mann. Sie war so aufgeregt. Das Gefühl der gespannten Erwartung war so prickelnd. Sie würden Liebe machen. Sie wollte Liebe mit ihm machen. Sie wollte sich verführen lassen und hinweggeschwemmt werden von ihrer Lust, und am Montag würde sie ihren Freundinnen von ihm erzählen. Sie würde lachen und ihnen vorschwärmen, was für ein atemberaubender Liebhaber er war und wie unglaublich romantisch und was für ein traumhaftes Wochenende sie verlebt hätten, und sie würde so glücklich sein, wie es eine verliebte Frau mit einem attraktiven Liebhaber nur sein konnte, mit einem Mann, der sie so sehr liebte, dass ...

Madison wusste, dass irgendetwas nicht stimmte. Sie schrie im Traum, aber vergeblich. Sie war die schöne Frau, und sie wurde von ihrer Erregung hinweggeschwemmt, von ihrem Verlangen und der Sehnsucht, berührt und begehrt zu werden ... Oh Gott, es hatte etwas so Erbärmliches an sich, derart bedürftig zu sein.

Die Landschaft flog vorbei. Madison erkannte sie wieder und erkannte sie doch nicht. Sie wollte aufwachen, sie wollte das aufhalten, was gleich passieren würde, aber sie konnte es nicht.

Das Paar lachte und schäkerte miteinander. Das Gesicht des Mannes konnte sie nicht erkennen, aber sie sah das wunderschöne dunkelrote Haar der Frau, das im Fahrtwind wehte.

Dunkelheit senkte sich herab. Zeit verstrich ...

Sie waren in einem Schlafzimmer. Einem dämmrigen Hotelzimmer. Sie lachte wieder, so glücklich, so voller freudiger Erwartung. Sie küssten sich, flüsterten sich gegenseitig heisere Liebesworte ins Ohr. Er machte die Knöpfe ihrer Bluse auf ... einen nach dem anderen ... berührte sie, streichelte sie ...

Madison wollte beschämt den Blick abwenden, plötzlich fühlte sie sich wie ein Voyeur. Die rothaarige Frau war zu allem bereit. Sie war bereit, ihrem Geliebten jeden Wunsch zu erfüllen. Nackt wälzten sie sich eng umschlungen auf dem Bett. Sie erlaubte, dass er sie umdrehte, auf den Bauch. Seine Finger krallten sich in ihr Haar, zogen ihren Kopf zurück. Sie drehte den Kopf nur leicht, um ihren Liebhaber anschauen zu können, und in diesem Augenblick sah sie ...

Das Messer ... oh Gott, das Messer, das auf sie zukam ...

Madison wachte auf und schluckte verzweifelt den Schrei hinunter, der ihr im Hals steckte. Carrie Ann schaute sich in ihrem Zimmer ein Video an; sie durfte ihre Tochter nicht erschrecken. Großer Gott, sie zitterte immer noch am ganzen Körper. So einen schrecklichen Traum hatte sie schon seit langem nicht mehr gehabt.

Sie warf einen Blick auf ihre Uhr. Es war fast fünf Uhr nachmittags; um acht hatte sie einen Auftritt. Sie hatte nicht vorgehabt einzuschlafen. Ganz gewiss aber hatte sie nicht vorgehabt zu träumen. Und, oh Gott, schon gar nicht einen so entsetzlichen, qualvoll lebendigen, erschreckenden Traum ...

Sie stand auf und lief einen Augenblick in ihrem Zimmer auf und ab, dann ging sie zum Telefon und wählte Jimmy Gates' Nummer. Glücklicherweise war er noch im Büro.

„Madison?" fragte er, aber sie sprudelte auch schon ohne Übergang los.

„Jimmy, dieser Traum ..."

Er hörte zu, ohne sie zu unterbrechen.

„Jimmy, ist irgendetwas passiert? Weißt du irgendetwas von dem, was ich dir eben erzählt habe?"

Sein Zögern ließ sie zusammenzucken. Ja, es war etwas passiert, das spürte sie ganz deutlich.

„Ich weiß nicht ... ich meine, ich bin mir nicht sicher, ob alles so war, wie du eben beschrieben hast, aber ... hör zu, ich habe da einen Fall. Ich wollte dich ohnehin am Montag anrufen. Ich brauche deine Hilfe. Du bist doch übers Wochenende unten bei deinem Dad, richtig?"

„Ja."

„Ich hole dich am Montag früh bei dir zu Hause ab. Wir können dann von dort aus hinfahren, okay? Ich wünsche dir ein schönes Wochenende. Und gib Carrie Anne einen Kuss von mir, hörst du? Aber vielleicht komme ich am Samstagabend auch kurz runter. Und mach dir keine Sorgen – es gibt niemanden, für den du im Augenblick etwas tun könntest außer für dich selbst, hast du verstanden?"

Sie nickte, und weil er es nicht sehen konnte, sagte sie ja und legte auf, dann seufzte sie erleichtert auf, weil die erschreckende Lebendigkeit des Traums langsam verblasste. Sie hasste es, wenn sie solche Träume hatte.

Sie fuhr sich mit einer Bürste durchs Haar. Also schön, sie hatte Jimmy angerufen. Sie würde tun, was in ihrer Macht stand, um zu helfen, so wie sie es in der Vergangenheit schon öfter getan hatte. Glücklicherweise wurde sie nur selten von derartigen Träumen heimgesucht. Wenn sie helfen konnte, tat sie es. Und doch wusste sie, dass sie die Welt nicht von dem Bösen erlösen konnte. Sie konnte ja nicht einmal ihre eigene Familie von ihren Problemen erlösen.

Die Träume hatten mit dem Tod ihrer Mutter angefangen.

Sie legte sich wieder aufs Bett und starrte an die Decke, wobei sie sich wünschte, nicht so von ihren Erinnerungen überwältigt zu werden. Während der ersten fünf Jahre nach dem Tod ihrer Mutter war sie von den seltsamen Visionen verschont geblieben.

Dann hatte sie den ersten Traum gehabt.

In ihm war sie aus einem unbekannten Haus gekommen. Leise. Auf Zehenspitzen. Sie merkte, dass sie eine Pistole in der Hand hielt. Sie hörte Lärm und sah ein Auto. Sie war wütend, irgendwie war sie sich im Klaren darüber, dass es sich um ihr Auto handelte und dass irgendjemand versuchte, es zu stehlen.

Sie pirschte sich an und hob die Pistole ...

Einen Augenblick später verspürte sie einen heftigen Schmerz im Arm, und sie schrie auf, dann erwachte sie, ihren Arm reibend und zitternd.

Sie war in ihrem Zimmer im Haus ihres Vaters, dem Zimmer, das sie sich mit ihrer Schwester Kaila teilte. Kaila lag auf der anderen Seite des Zimmers in ihrem Bett, sie war ebenfalls aufgewacht und rieb sich verschlafen die Augen. „Madison? Madison, was ist?“ Sie sprang aus dem Bett und rannte zu Madison hinüber, setzte sich auf den Rand.

Sie hatten sich häufig in der Wolle, nicht anders als die meisten Schwestern, besonders wenn sie vom Alter her so nah beieinander waren. Aber es gab auch viel Wärme zwischen ihnen. Sie waren vom Charakter her sehr verschieden, obwohl sie sich so ähnlich sahen, dass man sie für eineiige Zwillinge hätte halten können.

„Ach nichts, es war nur ein Traum“, wehrte Madison hastig ab.

„Was ist denn mit deinem Arm? Hast du dich gestoßen?“

„Was? Nein." Aber sie rieb sich noch immer ihren Arm, obwohl nichts mit ihm war. Sie schüttelte töricht den Kopf. „Nein, nein. Mir geht es gut. Ich hatte einen Alptraum, aber jetzt ist es wieder okay. Tut mir Leid, dass ich dich aufgeweckt habe."

„Was hast du denn geträumt?"

„Ach, totalen Blödsinn. Ich war jemand anders, in einem anderen Haus. Irgendjemand hat versucht, mein Auto zu stehlen, und ich hatte eine Pistole und wollte eingreifen – dann schoss mir jemand in den Arm, und ich wachte auf. So ein Quatsch, echt."

Kaila zuckte die Schultern. „Na, wenigstens mal was anderes. Und du bist dir sicher, dass du okay bist?"

Morgen würden sie sich wieder über Make-up in die Haare geraten oder wer wessen neue Jeans ungefragt angezogen hatte. Aber im Augenblick ... Madison nickte, und Kaila drückte sie kurz und liebevoll, dann kroch sie wieder in ihr eigenes Bett.

Ein paar Tage später, nachdem der Traum Madison noch immer nicht losgelassen hatte, rief sie Jimmy Gates an. Er war nicht im Büro, und sie hinterließ törichterweise statt einer Nachricht nur ihren Vornamen.

Als sie an diesem Nachmittag Darryl Hart, den Jungen, dem alle Mädchenherzen an ihrer Schule zuflogen, nach Hause brachte, war sie überrascht, ein Auto in der Einfahrt stehen zu sehen, an dem ein Mann lehnte, den sie kannte. Detective Jimmy Gates. Er war jetzt ein bisschen älter, und seine Schläfen zeigten bereits das erste Grau. Er wirkte so gesetzt, wie es sich für einen Mann, der während der fünf Jahre, die seit Lainies Ermordung vergangen waren, die Karriereleiter emporgeklettert war, gehörte.

Sein Anblick verunsicherte sie. Es war wirklich idiotisch von ihr gewesen, ihn anzurufen. Sie hatte einfach nur einen Traum gehabt, das war alles.

Darryl verhielt sich wie der mustergültige Oberschüler, der er war, und legte ihr in einer Beschützergeste die Hand auf die Schulter. „Wer ist das denn? Was ist los?"

„Nichts ist los, Darryl. Er ist ein alter Freund der Familie. Ich glaube, wir müssen uns ein bisschen allein unterhalten. Ruf mich nachher an, okay?"

„Okay. Aber bist du dir wirklich sicher, dass ich dich mit ihm allein lassen kann? Heutzutage passieren so komische Sachen."

„Es ist in Ordnung, Darryl. Wirklich. Er ist Polizist."

Darryl fuhr unglücklich ab, wobei er sie noch im Rückspiegel beobachtete, während er aus der Einfahrt herausfuhr. Jimmy lächelte sie an.

„Hi, Jimmy. Spielen Sie immer noch ‚Miami Vice'?" scherzte sie, um ihre Unsicherheit zu überspielen.

Er zuckte die Schultern. „‚Miami Vice' gibt's nur im Fernsehen", sagte er.

„Aber Sie sind immer noch beim Morddezernat", sagte sie.

„Ja, ich bin immer noch beim Morddezernat. Und ich möchte wissen, warum Sie mich angerufen haben."

Sie zögerte, dann erzählte sie ihm von dem Traum, wobei sie sich für ihren Anruf entschuldigte und ganz sachlich zu klingen versuchte und nicht wie eine Idiotin.

Jimmy schaute ins Weite und schwieg einen Moment nachdenklich, dann wandte er den Kopf und blickte sie an. „Haben Sie von dem Peterson-Fall gehört?"

Sie nickte und versuchte den kalten Schauer zu ignorieren, der ihr über den Rücken kroch. Sie hatte davon gehört. Jeder in der Stadt hatte davon gehört. Earl Peterson hatte seine amtlich registrierte und sorgfältig unter Verschluss gehaltene Handfeuerwaffe aus dem Schrank genommen und war nach draußen gegangen, als er mitten in der Nacht den Motor seines Wagens anspringen hörte. Es hatte ein Handgemenge gegeben, und dann war er mit seiner eigenen Waffe erschossen worden. Seine Frau hatte ihn am nächsten Morgen um sechs tot in der Einfahrt liegend aufgefunden.

„Vielleicht können Sie mir ja helfen", sagte Jimmy.

„Glauben Sie?" Sie hätte ihn nicht anrufen sollen. Ihr war richtiggehend schlecht. Es war nicht so, dass sie ihm nicht helfen wollte, sie wollte nur dieses Wissen nicht.

„Sie haben etwas, Madison. Etwas Besonderes. Wollen Sie mir helfen?"

Sie zögerte. Ihrem Vater würde es nicht passen, aber sie war fast achtzehn. Sie hatte Mrs. Peterson im Fernsehen weinen sehen, und wenn sie etwas tun konnte, um das Leid der Frau zu lindern, würde sie es tun.

Madison ging zum Auto, und Jimmy öffnete ihr die Beifahrertür. Sie glitt auf den Sitz.

Dann fuhren sie zum Tatort.

In der von Bäumen gesäumten Einfahrt stand ein BMW. Beim Hinübergehen wurde Madison von einem kalten Grauen überschwemmt, sodass sie fast zurückgewichen wäre. Nur die Erinnerung an Mrs. Petersons tränenreiche Appelle veranlasste sie weiterzugehen.

Dann blieb sie stehen.

Sie schloss die Augen. Um sie herum war Nacht; Zorn lag in der Luft. Sie hörte jemanden schwer atmen. Mr. Peterson. Sie sah seine Hand, sah die Waffe, die er hielt, während er vorsichtig und voller Wut um den BMW herum auf den Schatten zuschlich, der sich an dem Türschloss zu schaffen machte. Sie begann heftig zu zittern, als sich aus dem dunklen Umriss einer Palme eine zweite Gestalt löste und ihren Arm auf Mr. Peterson niedersausen ließ. Mr. Peterson ließ mit einem Keuchen die Waffe fallen. Madison schrie auf, als sie einen Schmerz im Arm verspürte, denselben Schmerz, der sie in ihrem Traum durchzuckt hatte. Sie ging in die Hocke und drückte ihren Arm schützend an ihren Körper.

Der Mann hob die Pistole auf. Mr. Peterson, der am Boden lag, schaute zu ihm auf. „He, was …“ begann Peterson.

Der Mann, ein großer, hagerer Mensch mit einem blonden Bürstenhaarschnitt, blickte auf Peterson hinunter und betätigte mit kalter Ruhe zweimal den Abzug.

Madison konnte den Einschlag der Kugeln spüren. Sie schrie nicht auf, aber sie griff sich an die Brust.

Dann spürte sie die Kälte. Die schreckliche Kälte, die sich auf Peterson herabsenkte, als er seine letzten Atemzüge tat …

Und sie sah noch mehr. Sie sah, wie sich der Mörder und sein Komplize umdrehten und über die Straße auf einen Parkplatz zurannten.

Der Todesschütze blieb einen Augenblick stehen und machte dann Anstalten, noch einmal zurückzurennen, aber sein Begleiter hielt ihn auf, drängte ihn, vorwärts zu gehen. Madison sah sie weiterlaufen, spürte, wie sich die eisige Hand des Todes Petersons bemächtigte, dann wurde das Bild schwarz.

Jimmy war neben ihr und half ihr beim Aufstehen. „Ich hätte das nicht tun sollen. Himmel, schauen Sie sich an. Sie sind ja ganz schweißüberströmt und zittern wie Espenlaub …“

Sie schüttelte entschieden den Kopf. „Mir geht es gut. Mir geht es gut. Ehrlich.“ Sie zögerte. „Ich kann Ihnen eine Täterbeschreibung geben.“

Jimmy fuhr sich mit den Fingern durchs Haar. „Also … ich weiß wirklich nicht, was ich davon halten soll. Wie soll ich irgendeinem Menschen glaubhaft machen, dass Sie … Dinge sehen?“

„Die Polizei macht sich öfter die Fähigkeiten von Menschen …“, begann sie, dann brach sie jedoch ab.

„… mit einer hellseherischen Gabe zunutze“, vollendete Jimmy ihren Satz.

Sie schüttelte den Kopf. „Ich habe keine hellseherische Gabe. Das ist mir bis jetzt erst zweimal passiert. Aber ich könnte einem Polizeizeichner eine Personenbeschreibung geben."

Madison gab der Polizei die Beschreibung, und ein Zeichner fertigte ein verdammt gutes Phantombild des Mannes an.

Man griff einen Verdächtigen auf, der große Ähnlichkeit mit dem Phantombild hatte, und nahm ihn zum Verhör mit aufs Revier. In dem Glauben, dass die Polizei mehr gegen ihn in Händen hätte, als es tatsächlich der Fall war, brach er schließlich zusammen und gestand den Mord an Earl Peterson. Danach versprach Madison Jimmy, ihn jedes Mal anzurufen, wenn sie einen dieser seltsamen Träume hatte.

Aber als sie das nächste Mal einen solchen Traum hatte, war es weitaus persönlicher. Und es veränderte ihr Leben.

Madison machte einen glänzenden High School-Abschluss. Sie hatte vor, in Washington, D.C., Kriminologie zu studieren – genau wie Kyle, der kürzlich sein Examen gemacht hatte und jetzt fürs FBI arbeitete.

Kyle kam zu ihrer Abschlussfeier. Sie hatten sich in den vergangenen Jahren nicht viel gesehen; er lebte in Washington, und nach Lainies Tod hatte sich die „Familie" mehr oder weniger in alle Winde zerstreut. Aber zu ihrer Abschlussfeier reiste er an, ebenso wie alle ihre anderen Halb- und Stiefgeschwister.

Er brachte seine frisch angetraute Ehefrau mit. Sie hieß Fallon, und sie passte in ihrer makellosen Schönheit perfekt zu Kyle. Er war hoch gewachsen, dunkel, muskulös und gut aussehend; sie war zierlich, blond, mit bernsteinfarbenen Augen, schlank, mit einer Wespentaille. Madison war überrascht, dass sie sich gewünscht hatte, Kyles Frau möge sich als ein blondes Dummchen herausstellen, doch sie war alles andere als das. Sie hatte ebenfalls gerade Examen gemacht und arbeitete jetzt für das Smithsonian Museum. Sie war reizend und charmant, und Madison musste – wenn auch widerwillig – zugeben, dass sie sie sehr mochte. Sie sagte sich, dass sie schon immer übertrieben kritisch gewesen war, was Kyles Freundinnen anbelangte, weil er ihr ... Nein. Einfach weil er Kyle war. Und obwohl sie sich einzureden versuchte, dass sie ganz bestimmt nicht in ihn verknallt war, war sie es dennoch. Sie war eifersüchtig.

In dieser Nacht schlief sie zum ersten Mal mit Darryl Hart. Darryl war bis über beide Ohren verliebt in sie und hatte vor, auf dasselbe College zu gehen wie sie. Sie wurde von all ihren Freundinnen beneidet.

Er machte seine Sache sehr gut. Und obwohl es ein kleines bisschen wehtat, war es alles andere als schrecklich. Nur dass es nicht so war wie in den Büchern, die sie gelesen hatte, aber Darryl versicherte ihr, dass es für Frauen immer besser würde.

Das hoffte sie und versuchte, sich nicht anmerken zu lassen, wie enttäuscht sie war. Darryl war unheimlich in Ordnung.

Sie ging die ersten drei Jahre auf dem College mit ihm.

Dann hatte sie ... wieder einen Traum.

Sie hatte gewusst, dass Fallon ein Baby erwartete. Madison und Kyle wohnten relativ nah beieinander, sie in Georgetown, er am Stadtrand von Washington – aber sie ging ihm aus dem Weg. Sie und Darryl und Kyle und Fallon hatten sich ein paar Mal abends zum Essen getroffen, und alle hatten sich prächtig amüsiert – bis auf sie. Deshalb hatte sie dafür gesorgt, dass sich ein solches Treffen nicht wiederholte. Sie sagte sich, dass sie ein Biest war, eine schreckliche Person. Sie sollte sich für Kyle und Fallon freuen. Kyle war ihr Freund. Er hatte ihr durch die schlimmste Zeit ihres Lebens geholfen, deshalb war es ganz natürlich, dass sie sehr an ihm hing. Sie war nicht verliebt in ihn. Sie musste Darryl erst richtig zu schätzen lernen. Er war ausgeglichen. Er betete sie an und war unglaublich aufmerksam. Er sah gut aus und hatte einen Körper wie ein junger Gott. Sie *wusste*, was sie an ihm hatte.

Er passte perfekt zu ihr.

In der Nacht, in der sie den Traum von Kyle und Fallon hatte, war sie mit Darryl zusammen.

Es war schrecklich. Es war fast, als ob sie mit ihnen im selben Zimmer wäre. In ihrem Schlafzimmer.

Fallon lag im Bett und warf sich von einer Seite auf die andere. Sie war hochschwanger und doch immer noch schön, das blonde Haar fiel ihr in ihr feines, jetzt schmerzverzerrtes Gesicht.

Kyle, der neben ihr im Bett lag, hatte sich aufgesetzt und versuchte, ihr zu helfen. „Es muss das Baby sein. Wir müssen ins Krankenhaus."

„Es ist zu früh, es ist fast zwei Monate zu früh!" schrie Fallon verzweifelt.

„Aber du bist krank. Wir müssen sofort ins Krankenhaus." Er sprang aus dem Bett, nackt. Muskulös, sonnengebräunt. Madison versuchte im Traum wegzuschauen, aber sie schaffte es nicht, den Blick abzuwenden.

Er zog sich hastig an, zuerst die Socken und die Unterwäsche, dann schlüpfte er in seine Jeans und ein T-Shirt und stieg in seine Schuhe, während er bereits die Nummer der Ambulanz wählte. Fallon wollte nicht, dass er einen Krankenwagen rief, aber er sagte: „Baby, du hast hohes Fieber. Wir brauchen sofort Hilfe, sonst verbrennst du uns noch."

Madison konnte Fallons Hitze spüren. Sie brannte, brannte, brannte ... wie ein Feuer. Aber da war kein Schmerz, da war nur Hitze. Und Kyle war da und hielt ihre Hand. Fallon war glücklich, seine Hand in ihrer zu spüren, weil die Hitze so schrecklich war, und dann wurde sie von heißen und kalten Schauern geschüttelt ...

„Madison, Madison!"

Sie zuckte zusammen und riss die Augen auf. Darryl rüttelte sie mit besorgter Miene an der Schulter.

„Madison, Liebes, du hast einen Alptraum. Wach auf. Madison, was ist los? Was stimmt nicht?“

Ihr Nachthemd war schweißdurchtränkt. Sie hatte sich die Decke weggestrampelt. Darryl hatte seinen Arm um sie gelegt, und sie klammerte sich instinktiv an ihn.

„Willst du es mir erzählen?“ fragte er.

„Nein, nein, es war nichts. Ich bin okay. Ich ... äh ... danke. Danke, Darryl. Lieb von dir, dass du mich geweckt hast.“ Sie küsste ihn. Aber als er sie noch weiter trösten wollte, drehte sie ihm den Rücken zu und rollte sich zusammen, wobei sie versuchte, das komische Gefühl, das in ihr aufstieg, zu verdrängen.

Drei Tage später erfuhr sie durch eine Nachricht, die einer von Kyles Freunden vom FBI auf ihrem Anrufbeantworter hinterlassen hatte, dass ihr Traum Wirklichkeit gewesen war. Fallon war zusammen mit ihrer ungeborenen Tochter an einer Virusgrippe gestorben. Die Beerdigung sollte am Freitag in Manassas, Virginia, stattfinden.

Madisons gesamte Familie nahm an der Trauerfeier teil. Ihr Vater hatte Rafe und Kyle immer sehr gern gehabt, und Jordan Adair und Roger Montgomery waren Freunde geblieben. Darryl begleitete Madison natürlich.

Kyle sah wie sein eigener Geist aus. Er war noch nicht ganz sechsundzwanzig, aber er hatte schon ein paar silberne Strähnen an den Schläfen bekommen. Sein Kummer war auch für andere unerträglich anzusehen. Madison fühlte sich wie betäubt.

In der Kirche blieb sie fast die ganze Zeit auf den Knien und hielt den Kopf gesenkt. Sie fragte sich, ob sie eine Bestie in Menschengestalt sei, ob es womöglich ihre Eifersucht gewesen war, die Fallon umgebracht hatte. Vom Verstand her wusste sie, dass das unmöglich war, aber sie fühlte sich trotzdem grauenhaft schuldig. Am liebsten wäre sie auf der Stelle weggerannt.

Sie hatte nur ein paar Augenblicke allein mit Kyle. Er kam zu ihr, während sie am offenen Sarg kniete.

Er kniete sich neben sie, und sie gab sich alle Mühe, nicht zu weinen, als er seiner toten Frau das Gebetbuch in die Hände legte. „Kurz bevor sie starb, sagte sie, dass du es weißt", sagte er plötzlich. Er starrte sie in einer Weise an, die ihr eine Gänsehaut über den Rücken jagte. „Sie behauptete, dass du bei uns wärst, und dass sie froh wäre, dass das so ist. Sie bat mich, gut auf dich aufzupassen."

Aber er schaute sie an, als ob er alles andere lieber täte als das. Tatsächlich starrte er sie an, als ob sie der Leibhaftige wäre und er sich wünschte, dass sie seiner geliebten toten Frau so weit wie nur möglich vom Leib bliebe.

Madison starrte zurück. „Ich weiß wirklich nicht, was sie damit gemeint haben könnte", log sie. „Es tut mir Leid, Kyle. Es tut mir so schrecklich Leid."

„Du weißt es nicht?" wiederholte er. Seine Stimme war tief, und sie hörte den bebenden Zorn, der darin mitschwang. „Was für eine Art Hexe bist du, Madison?" glaubte sie ihn flüstern zu hören. Und sie sah, wie er seine Hände, die er über dem Sarg zum Gebet gefaltet hatte, so fest ineinander verklammerte, dass seine Knöchel weiß hervortraten. Dann streckte er die Finger, als wäre er sich seiner schrecklichen Anspannung plötzlich bewusst geworden. Er starrte darauf, das schöne Gesicht verzerrt vor Trauer, in seinen blauen Augen glitzerten Tränen. Einen Augenblick später verklammerte er die Hände wieder, fast so, als lege er sie in Gedanken um ihren Hals und drücke zu ...

„Nein!" flüsterte Madison, dann erhob sie sich hastig und ging schnell weg. Sie stand die Trauerfeier nur mit größter Mühe durch, und das anschließende Essen in Kyles Haus, wo sich die Familie und Freunde versammelt hatten, war eine einzige Qual für sie. Ihr Abschied von Kyle und Roger hatte etwas Endgültiges.

Gleich danach wechselte Madison ihr Hauptfach. Sie ließ die Kriminologie sausen und schrieb sich für Kommunikationswissenschaften ein. Um die Schauspielerei hatte sie wegen ihrer Mutter stets einen großen Bogen gemacht, und Schreiben wollte sie nicht wegen ihres Vaters, aber sie hatte entdeckt, dass sie einen Hang zur Fotografie hatte, und obwohl sie wegen ihrer Mutter nicht als Model arbeiten wollte, hatte sie sich doch von ein paar Freundinnen aus ihrem Fotokurs breitschlagen lassen, ihnen für ihre Mappen Modell zu sitzen.

Während einer Stippvisite in Las Vegas heiratete sie Darryl. Neun Monate später kam Carrie Anne Hart zur Welt.

Darryl bekam einen Job bei einer Ingenieursfirma in Fort Lauderdale. Madison stand weiterhin gelegentlich Modell, während sie ihren Mutterpflichten nachging und an der Vervollkommnung ihrer eigenen fotografischen Fertigkeiten arbeitete.

Zweieinhalb Jahre nach ihrer Hochzeit fand Darryl beim Nachhausekommen Madison in Tränen aufgelöst vor. Er wollte wissen, was los sei. Nichts sei los, behauptete sie. Nur mit ihr stimme etwas nicht. Ihre Ehe käme ihr falsch vor. Er sei ein wunderbarer Mann und ein wundervoller Ehemann, aber sie liebe ihn nicht so, wie sie ihn eigentlich lieben sollte.

Nun, er sei gar nicht so wundervoll, erwiderte er. Dann gestand er ihr, mit einer der Angestellten in seiner Firma eine Affäre zu haben.

Madison war sich nicht sicher, warum sie so wütend war, wo sie doch so entsetzt darüber war, dass sie Darryl niemals genug geliebt hatte. Er schlug ihr vor, dass sie alles unter den Teppich kehren und noch einmal von vorn anfangen sollten. Er war schrecklich zerknirscht.

Seltsam genug, aber am Ende schafften sie es, als Freunde auseinander zu gehen. Als gute Freunde.

Aber Darryl kündigte bei seiner Firma und nahm eine Stelle in Washington an. Er brauchte einen Neuanfang, was sie verstand.

Sie richteten es so ein, dass Carrie Ann möglichst ein paar Tage pro Woche bei ihrem Vater wohnen konnte. Während dieser Zeit nahm Madison mehr und mehr Modelaufträge an. Bei einer dieser Gelegenheiten – es war bei einem Fotoshooting in Key Biscane, und sie alberte nach getaner Arbeit in ihrer Stammbar ein bisschen mit ihren Kollegen herum – entdeckte sie zu ihrer Überraschung, dass sie singen konnte. Noch mehr überraschte es sie zu entdecken, dass sie gut war.

Als ihr einer der Fotografen ein paar der Fotos zeigte, die er geschossen hatte, während sie zum Spaß auf der Bühne stand und sang, war sie alarmiert.

Sie sah genau aus wie Lainie kurz vor ihrem Tod. Langes, dunkelrotes Haar, große, strahlend blaue Augen. Sie war größer als Lainie, fast einsfünfundsiebzig, aber sie hatte Lainies klassisch ovales Gesicht geerbt, ihre Nase, den Mund ... sie sah genau aus wie Lainie. Sie hatte ihre Mutter geliebt, auch wenn sie nie so wie sie hatte werden wollen, so ungezügelt, so eigensinnig, mit einem solchen Männerverschleiß, so rücksichtslos den Gefühlen anderer gegenüber ...

Joey King, der Leader der Band, die jeden Tag in der Bar spielte, war begeistert von ihrem Gesang und wollte, dass sie bei ihnen einstieg. Er war jung und ganz aufgeregt.

„Wir stehen kurz vor dem Durchbruch. Ich habe ein paar meiner Songs verkauft, und wir haben bei einigen großen Schallplattenfirmen vorgesprochen und sind auf ein tolles Echo gestoßen ..."

Madison trank ihr Glas leer und stand auf. „Joey, ich will nicht auf der Bühne stehen. Ich habe eine Tochter. Und ich habe schon mehr Karriere gemacht, als ich eigentlich wollte."

„Weil du wie deine Mutter aussiehst", sagte er.

Sie schaute ihn verdutzt an, und er zuckte die Schultern.

„Entschuldige, aber sie war großartig. Ich habe alle Filme mit ihr gesehen, und du siehst ihr wahnsinnig ähnlich. Hast du deshalb diese Scheu, auf der Bühne zu stehen?"

„Joey, ehrlich, ich will einfach nicht ständig unterwegs sein ..."

„Okay, okay, das musst du auch nicht, versprochen."

„Musikgruppen sind aber meistens unterwegs", erinnerte sie ihn.

„Ich habe selbst eine Frau und zwei Kinder", erzählte er. „Es gibt eine Menge Gruppen hier, die sich allein mit lokalen Auftritten und Studioaufnahmen ganz anständig über Wasser halten, und wir haben viele gute Studios hier. Meine Sehnsucht nach Geld und Ruhm hat sich angesichts der Realitäten des Lebens ein bisschen abgekühlt", fügte er trocken hinzu. „Also, was ist, hast du nicht Lust, ein paar Demobänder mit uns aufzunehmen? Würdest du ab und zu bei uns singen, wenn wir ein paar Musikmanager im Publikum haben?"

Seine Hoffnungsflamme mochte vielleicht im Lauf der Zeit ein bisschen kleiner geworden sein, aber er war noch immer ein Träumer. Und sie mochte ihn. Er war freundlich und offen, ganz zu schweigen davon, dass es ihr eine Menge Spaß bringen würde, bei der Band mitzusingen.

Sie zuckte die Schultern. „Na klar", sagte sie. „Klar ..."

Madison schloss für einen Moment ihre Augen, dann schwang sie die Beine über die Bettkante. Zeit aufzuhören, an die Vergangenheit zu denken. Zeit, sich zu bewegen.

Ihr Leben hatte seine bestimmte Ordnung, und sie war glücklich.

Na ja, vielleicht nicht ganz glücklich – sie war zu rastlos, um glücklich zu sein. Sie war eine junge geschiedene Mom, die in derselben Stadt wie der größte Teil ihrer Familie lebte, deshalb hatte sie Menschen um sich herum, die sie liebten – und war doch unabhängig.

Die Träume hatte sie immer noch, und wenn sie von ihnen heimgesucht wurde, rief sie Jimmy an. Glücklicherweise geschah das nicht allzu häufig, sodass sie sich fast mit ihnen abgefunden hatte. Manchmal nahm Jimmy sie zu einem Tatort mit, und gelegentlich war sie in der Lage, durch einen Gedankenblitz etwas zur Lösung des Falles beizusteuern. Von Visionen wurde sie Gott sei Dank nur selten gequält.

Aber heute hatte es sie wieder eingeholt.

Sie bürstete sich das Haar und zog sich den Rock glatt, dann erhaschte sie einen Blick auf sich in dem Spiegel. „Hör auf zu jammern, Madison! Mag sein, dass du nicht hundertprozentig glücklich bist, aber dafür bist du wenigstens zufrieden."

Doch ihr Spiegelbild schaute düster zurück. Sie fühlte sich unruhig. Angespannt.

Als ob der Kreis sich anschickte, sich zu schließen.

Als ob die Vergangenheit zurückkehren würde ...

Sie gab sich einen entschlossenen Ruck. Sie musste heute Nacht arbeiten. Und am Montag würde sie Jimmy helfen. Sie hatte ihm früher auch schon geholfen. Jetzt war es an der Zeit, mit Carrie Anne und ihrem Dad zu Abend zu essen, und dann musste sie weg.

Doch auch als sie sich auf den Weg in das Zimmer ihrer Tochter machte, gelang es ihr nicht, die Beklommenheit, die von ihr Besitz ergriffen hatte, abzuschütteln. Sie hatte nicht nur etwas mit den Gefühlen aus ihrem Traum zu tun.

Es war eine Beklommenheit, die ihr mit eisiger Hand das Herz abdrückte ...

Wie früher, genau wie früher.

2. KAPITEL

Kyle wusste, dass er bestens in die Umgebung passte. Auch wenn er jetzt ein „Anzug" aus Washington war, war er doch immer der Junge aus Florida geblieben, und er wusste, wie man in einer Bar in Key West aussehen musste, um nicht aus dem Rahmen zu fallen.

Er trug abgeschnittene Jeans, an den Spitzen abgestoßene Top-Siders und ein ausgewaschenes kurzärmliges Baumwollhemd, das über der Brust halb offen stand. Seine Augen waren hinter einer Sonnenbrille verborgen, die Baseballkappe hatte er sich tief in die Stirn gezogen. Er hatte sich an einem Tisch ziemlich weit hinten häuslich niedergelassen, die Füße bequem auf die Seitensprossen des Stuhls vor sich gestellt und ein Bier in der Hand. Man hätte ihn sowohl für einen Touristen als auch für einen Einheimischen halten können. Er selbst sah sich als etwas dazwischen.

Die Bar gehörte Jordan Adair, und sie war beliebt. Die Leute, die nach Key West runterkamen, nahmen gern einen Drink im Sloppy Joe's, Hemingways Stammkneipe, aber sie waren ebenso versessen darauf, sich unter die moderne „Literatenszene" zu mischen, die sich in Jordans Bar tummelte und zu der sich jeder zugehörig fühlen konnte, wenn er es wollte. Jordan Adair schrieb Thriller; sein Freundeskreis setzte sich aus Schriftstellern zusammen, die wahre oder erfundene Kriminalgeschichten verfassten, Science-Ficton, Liebes- oder historische Romane, und solchen, die so berühmt waren, dass ihnen schon allein aufgrund ihres Namens die Bücher aus der Hand gerissen wurden, ganz gleich, was sie zu Papier brachten. Außer der bunt zusammengewürfelten Literatenszene hatte die Bar auch noch ein Musikangebot zu bieten, das so abwechslungsreich war wie die Gäste.

Jordan stand nicht nur mit der Staatsanwaltschaft, der Polizei und den Gerichtsmedizinern, die er für seine Arbeit brauchte, auf gutem Fuß, sondern – da eine beträchtliche Anzahl seiner Bücher bereits verfilmt worden war – auch mit einer Menge Größen aus der Filmindustrie. Touristen liebten es, in Jordans Bar reinzuschauen, einfach nur um zu sehen, wer alles da war, wobei sie sich darauf verlassen konnten, dass die Musik gut war – vorausgesetzt natürlich, der Geräuschpegel war einigermaßen niedrig, sodass man etwas davon mitbekam.

Im Augenblick war es früher Abend, und ein Tontechniker kämpfte mit den Drähten der Mikrofone.

Heute waren einige derjenigen, die gesehen werden wollten, unterwegs. Ein junges Starlet saß mit seinem Gefolge an der Bar und zog ebenso das Interesse des Publikums auf sich wie Niall Hathaway, dessen Buch einen phänomenalen Erfolg erzielt hatte, eine Geschichte über einen katholischen Priester, den die Gebete seiner Gemeinde aus dem Koma geholt hatten – und aus Träumen von einem Leben mit der Frau, die er einst geliebt hatte und wieder lieben würde. Das Buch stand jetzt schon seit einem Jahr auf der Bestsellerliste; die Filmrechte lagen mittlerweile bei weit über einer Million Dollar. Den so unerwartet zu Ruhm gekommenen Schriftsteller ließ der Rummel, der um ihn gemacht wurde, ziemlich kalt. Der alte Knabe strich seinen neuerworbenen Reichtum seelenruhig ein und ging angeln. Key West war ein guter Platz, um mit einem Boot, einer Angelrute und ein paar erfahrenen alten Fischern aufs Meer hinauszufahren.

Kyle hatte ebenfalls Lust, mit dem Boot rauszufahren. Er sehnte sich nach dem Wasser, er wollte angeln und tauchen. Sich die Sonne auf den Pelz brennen lassen und in der leichten Brise, die draußen auf dem Meer normalerweise wehte, ein schönes kaltes Bier genießen. Und genau das würde er auch tun. Sein eigenes Boot hatte er nicht mehr, aber Jordan hatte ihm die *Ibis* für die gesamte Dauer seines Aufenthalts angeboten, egal wie lange er auch zu bleiben gedachte. Mit Roger zu reden hatte er noch keine Gelegenheit gehabt, bis jetzt war er noch zu so gut wie gar nichts gekommen. Er war gerade erst aus Washington hier eingetroffen, und es tat gut, einfach nur faul in Jordans Bar herumzusitzen.

Key West war nicht wirklich seine Heimat, aber es war ihm vertraut genug, um sich hier heimisch zu fühlen. Ein bisschen Entspannung konnte nicht schaden, bevor er sich mit den Jungs aus Dade und Miami in seine Arbeit hineinkniete. Ein paar Vorarbeiten hatte er bereits geleistet, aber die Polizei in Miami hatte den Fall dem FBI erst kürzlich übergeben, sodass sie noch ganz am Anfang einer Morduntersuchung standen, die alle Anzeichen eines Serienverbrechens aufwies.

Seltsam, wie das Leben weiterging – und es ging tatsächlich weiter. Die Erinnerung an Fallon schmerzte noch immer, aber es war wie bei einer alten Knieverletzung; die Wunde war verheilt, allerdings würde die Stelle nie wieder genauso sein wie vorher. Und doch war genug Zeit verstrichen, dass er ab und zu wieder lächeln konnte, wenn er sich an Fallon und die schönen Dinge, die sie zusammen unternommen hatten, erinnerte, manchmal tat es immer noch weh, aber manchmal war es auch okay. Und doch war es nicht die Tragödie von Fallons Tod, die sein Leben am meisten beeinflusst hatte.

Lainies Tod hatte seinen Lebensweg vorgezeichnet. Genau gesagt war er durch das, was geschehen war, zu der Einsicht gelangt, dass nur Gerechtigkeit der Familie helfen könnte, das schreckliche Leid, das ihr widerfahren war, zumindest ein kleines bisschen erträglicher zu machen. Ganz abgesehen von der Tatsache, dass sein Vater unter Mordverdacht gestanden hatte, ebenso wie Jordan Adair auch. Während er aufmerksam die Arbeit der Polizei und der Staatsanwaltschaft verfolgt hatte, war ihm klar geworden, wie schwer es war, einen Mörder zu überführen. Bei Gewaltverbrechen gab es zwei Kategorien: So genannte Beziehungstaten und die alarmierend zunehmenden Akte sinnloser Gewalt. Während er Jimmys Suche nach dem Mörder aufmerksam verfolgt hatte, hatte er begriffen, dass die Hinterbliebenen ebenso Opfer waren, weil sie sich ihr Leben wieder neu einrichten und mit der Ungerechtigkeit ihres Verlustes leben mussten. Nichts konnte ihnen den geliebten Menschen wiederbringen, aber eine Aufklärung des Verbrechens, das Wissen um das, was geschehen war, konnte ihnen zumindest helfen, den Schmerz zu bewältigen.

Verbrechen aus Leidenschaft, so hatte er von Jimmy erfahren, waren oft diejenigen, die sich am leichtesten aufklären ließen. Sobald es ein Motiv gab, konnte man einhaken. Die moderne technische und wissenschaftliche Entwicklung hatte den Strafverfolgungsbehörden viele neue Möglichkeiten eröffnet; die DNA-Analyse durfte im Gerichtssaal als Beweismittel verwendet werden. Mit ihr konnte man aus Körperbestandteilen oder -ausscheidungen wie Blut, Haaren, Speichel oder Sperma mit einer Wahrscheinlichkeit von über 99 Prozent die Identität der zugehörigen Person feststellen. Ein Vergewaltiger konnte auf diese Weise verurteilt werden.

Zufällige Gewaltakte waren hingegen äußerst schwer aufzuklären. Selbst wenn die Polizei ein Dutzend Fingerabdrücke sicherstellte, mussten diese Fingerabdrücke irgendwo registriert sein, damit sie zu dem Täter führten. Bei Zufallstaten musste die Polizei nach einem mutmaßlichen Täter Ausschau halten wie nach der sprichwörtlichen Nadel im Heuhaufen.

Was der Grund dafür war, weshalb er sich dazu entschlossen hatte, sich der psychologischen Seite von Verbrechen zuzuwenden. Er war ein so genannter Profiler, ein psychologisch ausgebildeter Kriminalist, der Täterprofile erstellte. Was der Polizei ihre Arbeit entschieden erleichterte.

Einen Fall aufklären, eine Akte schließen. Es war so verdammt wichtig. Erst die Verurteilung eines Mörders erlaubte den Hinterbliebenen, wieder an Gerechtigkeit zu glauben – zumindest war der Täter dann gestoppt, und andere würden nicht mehr leiden müssen.

Seine Arbeit war wichtig. Er war froh, dass ihn der Anblick der Opfer noch immer mitnahm; sein Schmerz um andere ließ ihn spüren, dass er lebte. Obwohl es wahrscheinlich der Tod seiner Stiefmutter gewesen war, der ihn zu seiner Berufswahl veranlasst hatte, war es doch der Tod seiner Frau, der ihn verfolgte. Er war dankbar, dass sie nicht brutal ermordet worden war, aber sie hatte auch gelitten, und die Tatsache, dass ein so junger, wertvoller Mensch hatte sterben müssen, machte ihn bitter. In ihrem Tod lag keine Gerechtigkeit, er war sinnlos. Fallon war nicht nur jung, schön und lebenslustig gewesen.

Sie war auch freundlich, liebevoll und warm. Sie konnte an keinem Bettler vorbeigehen, ohne ihm einen Dollar zuzustecken; sie konnte keinen streunenden Hund vorbeilaufen sehen, ohne ihm einen Napf mit Futter hinzustellen. Kinder hatten sie geliebt. Sie wäre der Tochter, der ihr erster Atemzug nie vergönnt war, eine gute Mutter gewesen. Diese ungeborene Tochter hatte ebenfalls eine Leere in ihm hinterlassen, einen Schmerz, der ihn an das Kind erinnerte, das er nie in den Armen gehalten hatte.

Kyle hatte gehofft, dass die Zeit die Wunden heilen würde, die der Verstand nicht heilen konnte. Man hatte ihn zu trösten versucht, indem man ihm sagte, dass Gott ihm die Kraft schenken würde, die er nicht selbst fände. Doch alles, was er wusste, war, dass das Leben irgendwie weiterging. Er war ein Überlebenskünstler, deshalb hatte er überlebt. Er atmete, er aß – und er trank. Viel am Anfang, mittlerweile weniger. Er schlief mit anderen Frauen. Manchmal wurde eine etwas engere Beziehung daraus, manchmal erhoffte er sich einfach nur guten Sex. Das Leben ging weiter, und er gab bei seiner Arbeit sein Bestes. Wirkliche Gerechtigkeit gab es nicht im Leben, das wusste er, aber er tat dennoch alles, was in seiner Macht stand, um der irdischen Gerechtigkeit, so unzulänglich sie auch sein mochte, zum Sieg zu verhelfen.

„Hallo, Leute!“ Eine raue männliche Stimme unterbrach seinen Gedankenfluss. Ein schlaksiger, gut aussehender junger Mann von achtundzwanzig oder dreißig Jahren war an das Mikrofon auf der Bühne, die sich auf der linken Seite der Bar befand, getreten. „Ein wunderschönes Willkommen an die Einheimischen, unsere alten Freunde, und an all diejenigen, die hier zu Besuch sind, um sich von unserem Traumparadies bezaubern zu lassen. Wir sind die Storm Fronts und möchten euch ein bisschen unterhalten, während ihr euch gemütlich zurücklehnt, esst, trinkt und ein paar Sonnenstrahlen fangt. Ich bin Joey King, am Bass ist David Hamel, Sheila Ormsby am Keyboard, Randy Fraser am Schlagzeug, und Madison Adair – es ist mir eine Freude, das sagen zu können – wird heute für uns singen. Ladys und Gentlemen ... ich wünsche Ihnen viel Spaß."

Kyle war plötzlich froh, dass er so weit hinten saß, weil er in keiner Weise auf ein Wiedersehen mit Madison vorbereitet war. Vor allem nicht mit der Madison, die er jetzt gleich zu sehen bekam.

Die Bandmitglieder betraten nacheinander die Bühne, als ihr Name genannt wurde, und nahmen ihre Plätze ein; Madison war die Letzte. Es kam ihm noch gar nicht so lange vor, seit er sie zum letzten Mal gesehen hatte, aber es war natürlich schon lange her. Ein ganzes Leben.

Sie war dieselbe und doch eine andere. Bei ihrer letzten Begegnung hatte sie noch immer etwas von einem hochaufgeschossenen, leicht linkischen Teenie an sich gehabt.

Aber jetzt ...

Jetzt nicht mehr.

Sie hatte einen lässigen, selbstsicheren Gang. Ihr Lächeln war so heiter und sinnlich wie ein heißer Sommertag. Sie war groß und schlank, jedoch mit Kurven an den richtigen Stellen. Sie wirkte biegsam und anmutig und gleichzeitig verführerisch und sinnlich. Das lange Haar, es hatte noch die gleiche Farbe wie damals, tiefrot wie die untergehende Sonne, trug sie offen. Die großen Augen leuchteten kobaltblau. Sie war keineswegs aufreizend gekleidet, das hatte sie nicht nötig. Sie trug einen kurzen Jeansrock und einen hellblauen ärmellosen Pulli. Ihre langen sonnengebräunten Beine waren nackt, und die Füße steckten in halbhohen Sandaletten.

Sie wirkte elektrisierend. In dem Moment, in dem sie die Bühne betrat, zog sie alle Blicke auf sich. Es war mehr als ihre intensiv leuchtende Haarfarbe, mehr als die atemberaubende Schönheit, mit der die Natur sie beschenkt hatte. Es war ihr Gang, ihre Gelassenheit, ihr Selbstvertrauen, ihr Lächeln. Sie bewegte sich so geschmeidig wie eine Katze.

Ja, sie war umwerfend. Zweifellos überaus attraktiv.

Aber, Gott, oh Gott, es war mehr als das.

Sie sah aus wie ihre Mutter. Genau wie ihre Mutter.

Die Haare waren zwar länger, und der Rock war kürzer, aber sie hätte Lainie sein können.

Kyle spürte, wie sich ein grimmiges Lächeln in seinen Mundwinkeln einnistete. Lustig. Sie war immer schon eine kleine Katze gewesen. Niedlich und mehr. Und er hatte sich immer von ihr angezogen gefühlt. Obwohl er gleichzeitig komischerweise ...

Er war stets darauf bedacht gewesen, Abstand zu halten. Es gab zu viele Dinge, die Madison sehen konnte. Und er wollte nicht gesehen werden.

Kyle fiel nichts Besseres ein, als noch einen Schluck von seinem Bier zu trinken. Während er Madison weiter beobachtete, kippte er sich den Rest schließlich auch noch hinter die Binde und nickte, als eine braun gebrannte blonde Kellnerin in superkurzen Shorts herbeikam, um ihm ein neues Bier hinzustellen.

Madison war seine Stiefschwester. Sie hatte ihn oft zum Grinsen gebracht mit ihren beißenden Kommentaren über Gott und die Welt, die für ihr Alter oft viel zu altklug waren. Doch jetzt begann er sich plötzlich zu fragen, ob es womöglich ihre Ähnlichkeit mit Lainie war, die ihn die ganzen Jahre über bewogen haben könnte, Abstand zu halten. War sie wie Lainie? Lainies Tod war schrecklich und tragisch gewesen, daran konnte es keinen Zweifel geben, und doch war Lainie ein Biest gewesen, ein Biest, das rücksichtslos mit Menschen spielte.

Madison begrüßte jetzt die Gäste. „Willkommen, Leute in *A Tavern*. Der Laden gehört meinem Vater, und ich freue mich immer, hier zu sein. Mit Key West hat es etwas ganz Besonderes auf sich. Vielleicht, weil hier jeder ganz er selbst sein kann, und wir sind stolz darauf, dass wir uns die Zeit nehmen, sehr bewusst den herrlichen Blumenduft einzuatmen – und die Seeluft und den Gestank nach toten

Fischen natürlich.“ Sie plauderte ganz locker, während die übrigen Bandmitglieder ihre Instrumente stimmten. Jetzt warf sie dem jungen Mann, Joey King, der die Band vorgestellt hatte, ein Lächeln zu, und er lächelte zurück. „Aber egal“, fügte sie hinzu, während sie ihr Mikrofon auf die richtige Höhe einstellte, „wir fangen jetzt mit einer von Joeys Balladen an, die genau auf die Insel passt. Sie heißt *Love's on the Rocks, So I Just Swim in My Beer*, und wer Lust hat mitzusingen, sollte das unbedingt tun.“

Wieder lächelte sie strahlend. Plötzlich setzte die Musik ein, und Madison wiegte sich im Takt.

Sie hatte eine wunderbare Stimme. Geschmeidig, voll und leicht heiser. Die Bar füllte sich, als die Musik nach draußen auf die Straße drang, die Menge lachte über den Text, klatschte an den passenden Stellen und sang mit, wenn sie dazu aufgefordert wurde. Am Ende des Songs war das Lokal so gerammelt voll, dass Kyle die Musiker nicht mehr hätte sehen können, wenn sie nicht auf einer erhöhten Bühne gestanden hätten. Die Kellnerinnen und Kellner erwiesen sich als Verrenkungskünstler, während sie sich mit ihren voll beladenen Tabletts durch die Menge schlängelten, um Biere, Margaritas und Mineralwasser zusammen mit Essen und den verschiedensten haarsträubendsten Mixgetränken in Souvenirgläsern zu servieren.

Anschließend spielte die Band ein anderes Stück, einen Hit aus den Top 40. Dann kam wieder eine Eigenkomposition an die Reihe, diesmal eine sanftere Ballade, die *Getting On with You Gone* hieß. Gleich darauf erneut ein Top 40-Hit, dem eine Eigenkomposition folgte. Nach ein paar weiteren Nummern kündigte Madison den letzten Song vor der Pause an. Wieder war es ein ruhiges Stück. Die Leute tanzten in dem beengten Raum zwischen den Tischen und der Bühne. Gegen Ende dieses letzten Songs schaute Madison schließlich in seine Richtung.

Auch wenn nicht ganz auszuschließen war, dass sie tatsächlich über gewisse hellseherische Fähigkeiten verfügte, sah er jetzt, dass sie ihn hier nicht erwartet hatte. Sie starrte ihn an wie ein Gespenst und hörte auf zu singen. Sie wirkte wie ein Reh, das sich im Lichtkegel eines Scheinwerfers gefangen sieht. Nun, wahrscheinlich war es ja wirklich eine große Überraschung für sie. Sie hatten sich verdammt lange nicht gesehen. Er war ihr aus dem Weg gegangen, und irgendwann im Verlauf seines Heilungsprozesses war ihm klar geworden, dass er ihr, nur weil sie gewusst hatte, was in seinem Leben vor sich ging, versucht hatte, zumindest eine Mitschuld an seinem Unglück zuzuschieben. Aber auch jetzt war er nur aus beruflichen Gründen hier und nicht, um mit ihr Frieden zu schließen. Trotzdem war er bereit einzuräumen, dass sein Verhalten damals nicht sehr nett gewesen war. Ja, er war bereit dazu.

Aber vielleicht läuft das Leben ja nicht so, dachte er mit einem innerlichen Schulterzucken. Der Blick, den Madison ihm jetzt zuwarf, bewirkte, dass er sich wie an einem Seil hängend fühlte – das sie gerade durchgeschnitten hatte. Ach, zum Teufel. Sie hatten beide ihr eigenes Leben. Und vielleicht gab es ja gar keinen Grund, den Zerknirschten zu spielen.

Er griff nach seinem Bier und prostete ihr zu. „Sing“, formte er mit den Lippen.

Die anderen Bandmitglieder schauten jetzt zu ihr herüber, während sie zu vertuschen versuchten, dass sie aufgehört hatte zu singen, indem sie dieselbe Stelle wieder und wieder variierten. Madison schien sich einen inneren Ruck zu geben und riss ihren Blick von ihm los.

Sie warf dem Publikum eins ihrer strahlenden Lächeln zu und sang sich beim Finale die Seele aus dem Leib.

Dann endete die Musik in tosendem Applaus, und Madison versprach, dass es gleich weitergehen werde.

Kyle hielt es nicht für abwegig, dass sie die Tatsache seiner Anwesenheit ganz einfach verdrängt hatte. Und beschlossen hatte, ihn zu ignorieren. Es war schwer vorstellbar, dass ihr niemand von seiner Absicht, hierher zu kommen, erzählt hatte.

Aber vielleicht hatten ja auch alle stillschweigend unterstellt, dass sie es bereits wusste. Himmel, zumindest Jimmy hätte es ihr sagen müssen. Ihr Vater hätte es ihr sagen müssen. Doch vielleicht hatte Jordan Adair angenommen, es sei ihr egal.

Und womöglich war es das ja auch, obwohl der Blick, den sie ihm eben zugeworfen hatte, eine andere Sprache sprach.

Sie ignorierte ihn nicht. Sie bahnte sich ihren Weg durch die Menge, wobei sie unterwegs von allen Seiten Komplimente für sich und die Band entgegennahm. Zu diesem Zeitpunkt hatte er bereits die Füße von dem Stuhl vor sich genommen, aber die dunkle Sonnenbrille und seine Baseballkappe hatte er noch auf, weshalb sie von seinem Gesicht, das ohnehin im Schatten lag, nicht allzu viel erkennen konnte.

Ihre Miene war kalt und abweisend. „Was zum Teufel machst du hier?“ fragte sie schroff.

„Hallo, Madison. Ich freue mich auch, dich wiederzusehen.“

„Richtig. Was tust du hier?“

Er zuckte lächelnd die Schultern. Hob um Vergebung bittend die Hände. „Bier trinken. Musik hören.“

„Was tust du *hier*, in Key West? In der Bar meines Vaters?“

„Ich habe beruflich auf den Keys zu tun. Und hier bin ich, weil mich dein Vater eingeladen hat.“

Er hörte das leise pfeifende Geräusch, als sie unwillkürlich überrascht Atem holte.

Er schob ihr mit dem Fuß einen Stuhl hin. „Nimm Platz, Madison.“

Sie setzte sich. Nicht weil sie seine Gesellschaft suchte, wie er registrierte, sondern weil sie so erschüttert war.

„Willst du einen Drink?“ fragte er.

Ohne den Blick von ihm zu nehmen, schüttelte sie den Kopf. „Ich arbeite noch. Wann ... seit wann wusstest du denn, dass du herkommst?“

Er zuckte die Schultern. „Seit letzter Woche. Man hat mich bei einem Mordfall hier in der Gegend um Unterstützung gebeten. Dein Vater hat mich übers Wochenende eingeladen.“

„Du wohnst im Haus meines Vaters?“

Er nickte, wobei er sich fragte, warum ihn ihre unverhüllte Feindseligkeit so traf. Er ging nicht weiter auf ihre Frage ein und sagte stattdessen: „Deine Band ist gut.“

„Ja“, gab sie gedehnt zurück, ohne ihn aus den Augen zu lassen.

„Ich habe von deiner Scheidung gehört. Es tut mir Leid. Ich dachte, ihr kämt gut klar miteinander.“

„Das ist alles schon eine ganze Weile vorbei. Du musst keine Betroffenheit mimen.“

„Hör zu, Madison, es tut mir wirklich Leid, wenn du mit meiner Anwesenheit ein Problem hast. Dein Vater hat mich eingeladen, aber ich hatte keine Ahnung, dass du hier sein würdest. Und es wäre mir nicht im Traum eingefallen, dass es dich aufregen könnte, selbst wenn ich gewusst hätte, dass du hier bist.“

„Es regt mich keineswegs auf“, schnappte sie.

„Vielleicht bist du sauer.“

„Nur überrascht.“

„Ich kann mir nicht vorstellen, wieso dein Vater dir nichts gesagt hat.“

Sie senkte die Lider. Möglicherweise kannte sie den Grund, dachte er. Vielleicht kamen sie und ihr Vater nicht so gut miteinander aus. Sie waren beide temperamentvoll, und manchmal gerieten sie sich leidenschaftlich in die Haare, obwohl sie einander aufrichtig liebten.

„Hast du diese Woche schon mit deinem Vater gesprochen?“

Madison antwortete nicht. Die Kellnerin beugte sich zu ihr hinunter. „Möchten Sie ein Mineralwasser, Madison?"

Madison fuhr fort, Kyle anzustarren. „Nein, ein Gezapftes."

„Was bitte?"

„Ein Gezapftes, bitte", wiederholte Madison.

„Aber ...", begann die Kellnerin. Madison schaute sie an, und die andere Frau zuckte die Schultern und ging davon.

Kyle grinste. „Ich möchte dir einen Drink spendieren. Das Bier geht auf meine Rechnung."

„Das Lokal gehört meinem Vater. Es ist nicht nötig, dass du mir einen Drink spendierst."

Kyle setzte sich aufrechter hin, dann beugte er sich vor. „Hör zu, Madison, es tut mir Leid. Ich war beim letzten Mal ziemlich grob, aber ..."

„Du warst nicht grob, du warst hasserfüllt."

Er schüttelte gequält den Kopf. „Madison, meine Frau war eben gestorben."

„Und das hat mir sehr Leid getan", sagte sie ruhig. „Aber du hast mich behandelt, als ob ich daran schuld gewesen wäre, dass es passiert ist."

„Hör zu ..."

„Nein, du hörst mir zu, Kyle. Ich verstehe die Sache mit meinem zweiten Gesicht nicht, und Gott ist mein Zeuge, dass ich es lieber heute als morgen los wäre. Aber ich kann nicht bewirken, dass irgendwelche Dinge passieren, und ich bin keine ..." Sie unterbrach sich, ein schmerzerfüllter Ausdruck huschte über ihr schönes Gesicht.

„Du bist was nicht?"

Sie schüttelte den Kopf.

Die Kellnerin kehrte zurück und stellte ein Bier vor sie hin. Madison dankte der Frau, während Kyle sich vorbeugte.

„Ich bin nicht anders als andere auch", sagte sie zwischen zusammengebissenen Zähnen hindurch. Sie griff nach ihrem Bier und stürzte auf einen Zug die Hälfte hinunter.

„Madison, ich versuche dir zu sagen, dass es mir Leid tut. Wir waren früher mal eine Familie, eine Familie, die sich sehr nah gestanden hat ..."

Ihr Bierkrug landete mit einem Knall auf dem Tisch. „Du bist nicht meine Familie, Kyle. Du warst mein Stiefbruder, aber meine Mutter ist schon lange tot. Du bist nicht meine Familie. Wir sind nicht verwandt ..."

„Wir *waren* eine Familie, eine total chaotische Familie. Erinnerst du dich? So hast du uns immer genannt. Aber du hast Recht. Ich bin nicht dein Bruder. Trotzdem verändert der Tod keine Beziehungen, und ich würde gern Frieden mit dir schließen ..."

„Du warst es, der den ersten Schuss abgefeuert hat", erinnerte sie ihn höflich.

„Und ich bitte dich hiermit in aller Form um Verzeihung."

„Was? Leiht dir Dad womöglich sein Boot nicht, nur weil ich keinen Luftsprung mache vor Freude, dass du wieder da bist?"

Er schüttelte mit einem etwas schiefen Grinsen den Kopf. „Madison, du bist wirklich unmöglich. Aber hör zu, erstens werde ich für meine Arbeit anständig bezahlt, ich könnte mir also ein Boot mieten, wenn ich es unbedingt wollte. Zum zweiten überschätzt du den Einfluss, den du auf deinen Vater hast. Er hat seinen eigenen Kopf."

„Ach wirklich?" Sie griff nach ihrem Bier, um noch einen Schluck zu trinken, dann merkte sie, dass ihr Glas leer war. Sie schaute sich suchend nach der Kellnerin um.

Kyle beugte sich belustigt noch ein Stück vor „Ich glaube nicht, dass du dich betrinken solltest – meinetwegen. Musst du nicht noch mal auf die Bühne?"

„Ich betrinke mich nie, Kyle Montgomery. Und schon gar nicht deinetwegen. Ich bin nur so verdammt wütend ..."

„Ach! Dann bist du also doch feindselig."

„Feindselig? Das ist eine schamlose Untertreibung."

„Ich habe dich verletzt, Madison. Und es tut mir Leid."

„Da wir eben von Selbstüberschätzung gesprochen haben, ich denke, dass du dich stark überschätzt, Kyle. Du kannst mich gar nicht verletzen."

Er zuckte die Schultern, schaute sich um. Er entdeckte die Kellnerin und gab ihr ein Zeichen. „Ich möchte noch ein Bier, bitte – Honey."

Das Letzte setzte er in voller Absicht hinzu. Für die Kellnerin war es nichts Außergewöhnliches, aber Madison zuckte zusammen.

„Madison ..." fragte das Mädchen.

„Miss Adair muss noch arbeiten", erinnerte Kyle höflich.

„Für mich auch noch eins, Katie, danke", sagte Madison.

Katie ging davon. Er musste unwillkürlich grinsen, als er sich jetzt Madison wieder zuwandte, aber das Grinsen gefror ihm auf den Lippen, als er spürte, wie ihm ein heißer Blitz durch die Eingeweide schoss. Sie war stocksauer, ungerecht und biestig.

Gott, er begehrte sie.

Er atmete ganz langsam aus, während er sie anstarrte, froh über seine weiten Shorts und den Tisch, der seine Erektion ihren Blicken entzog.

Mit dreizehn war sie niedlich und clever gewesen. Im College schön. Als sie noch ein Kind war, hatte er Zuneigung zu ihr verspürt, und später war er immer irgendwie stolz auf sie gewesen. Jetzt war sie die reinste Sinnenfreude. Es überraschte ihn zu entdecken, was er im Augenblick für sie empfand.

Sie war seine Stiefschwester, um Himmels willen. Aber sie waren biologisch nicht miteinander verwandt, wofür er jetzt in Anbetracht der Umstände mehr als dankbar war.

Er räusperte sich. „Bist du mit dem Auto hier, Madison?"

„Ja, warum?"

„Weil du nicht nach Hause fahren solltest. Ich warte auf dich."

Die Biere wurden vor sie hingestellt. Madison starrte ihn an, ihre Augen glitzerten hart. „Du bist nicht mein großer Bruder. Du brauchst nicht auf mich zu warten."

„Du hast zu viel getrunken."

„Ach, *ich* trinke zu viel. Soll ich vielleicht mit jemandem nach Hause fahren, der seit Stunden hier herumsitzt und trinkt?"

Auf Kyles Gesicht breitete sich ein langsames Grinsen aus. „Ich gehe gleich zu Kaffee über."

„Meinetwegen brauchst du dir die Mühe nicht zu machen."

„Wohnst du bei deinem Vater?"

Sie zögerte. „Ja."

„Dann warte ich."

„Vielleicht habe ich hinterher ja noch eine Verabredung."

Er schaute an ihr vorbei, musterte die Bandmitglieder, die bereits wieder ihre Instrumente zu stimmen begannen.

Kyle hob sein Bier. „Schläfst du mit einem von ihnen? Mit Joey King vielleicht? Er sieht aus wie dein Typ."

„Er ist verheiratet und hat zwei Kinder."

„Freut mich zu hören, dass das ein Hinderungsgrund für dich ist."

„Verdammt, Kyle ..."

„Entschuldigung, Entschuldigung. Ich habe dich eben schon lange nicht mehr gesehen."

„Mit wem ich schlafe, geht dich einen feuchten Dreck an."

„Vielleicht ist es ja nur die ganz natürliche Besorgnis des älteren Bruders."

„Ich dachte, wir hätten uns eben darauf geeinigt, dass du nicht mein Bruder bist."

Er zuckte die Schultern. „Sieh's wie du willst. Alte Gewohnheiten sind zäh. Ich habe nur versucht herauszufinden, mit wem du dich anschließend triffst."

„Vielleicht schlafe ich ja mit der ganzen Band. Gleichzeitig."

Er schüttelte grinsend den Kopf. „Madison, wirklich, du verträgst doch nichts."

„Tatsächlich? Du hast mich seit über sechs Jahren nicht gesehen! Du denkst immer noch, dass ich schnell betrunken werde? Du bildest dir ein, zu wissen, was für mich gut ist? Na, dann solltest du vielleicht doch noch ein bisschen hier bleiben. Ich bin Lainie Adairs Tochter, erinnerst du dich? Du solltest auf mich aufpassen. Womöglich ziehe ich ja noch einen heißen Strip auf der Bühne ab, wenn ich erst richtig schön blau bin."

Er grinste und zog sich die Baseballkappe noch ein bisschen tiefer in die Stirn. „Na prima. Du hast mich eben daran erinnert, dass wir nicht blutsverwandt sind. Unsere Kinder hätten keine zwei Köpfe oder irgend so was. Ich werde also bleiben und mir den Spaß anschauen."

„Unsere Kinder? Mit dir Kinder, Kyle? Im ganzen Leben nicht, selbst dann nicht, wenn das Überleben der Menschheit davon abhinge."

„Ich glaube, man wartet auf dich, Madison."

Sie stand verärgert auf, dann beugte sie sich zu ihm hinunter und zischte ihm zu: „Untersteh dich, auf mich zu warten."

„Ich will mein Gewissen nicht mit einen tragischen Verkehrsunfall belasten. Ich bin hier, wenn du fertig bist."

„Kyle ..."

„Ich werde warten, Madison."

Sie richtete sich wieder auf. Drehte sich um. Winkte ihm kurz zu.

Sie vertrug wirklich keinen Alkohol. Kein bisschen.

Auf ihrem Weg zur Bühne rannte sie in einen Tisch.

Aber sie sang wunderschön. Ihre Stimme war großartig. Sie bewegte sich sinnlich im Rhythmus der Musik.

Und als sie fertig war, war er immer noch da.

3. KAPITEL

Madison hätte sich am liebsten selbst einen Tritt verpasst. Sie redete sich gern ein, das Leben mit Gelassenheit zu betrachten, und jetzt benahm sie sich wie ein zweijähriges Kind.

Weil Kyle Montgomery plötzlich wieder in ihr Leben getreten war.

Dummerweise gab es auch nichts, was sie ihm hätte ankreiden können. Er hatte sich entschuldigt. Er war entschlossen, das Kriegsbeil zu begraben, und hatte ihr die Freundschaft angeboten.

Aber nicht nur er war erwachsen geworden – sie auch. Selbstverständlich war sie erwachsen. Schon lange. Er hatte sie nur kalt erwischt, das war alles. Und natürlich kannte er sie. Sie vertrug Alkohol wirklich nicht – was absurd schien angesichts der Mengen, die ihr Vater konsumieren konnte, ohne auch nur das leiseste Schleppen in der Stimme erkennen zu lassen. Aber egal, jetzt hatte sie sich wieder im Griff. Während der zweiten Pause hatte sie einen starken Kaffee getrunken. Und am Ende des Auftritts war ihr Kopf wieder klar gewesen. Müde, aber klar. So klar, dass sie in der Lage war, mit ruhiger, reifer Würde darauf zu beharren, dass sie ihr Auto selbst nach Hause fahren konnte.

Doch als sie durch das Tor des Bungalows ihres Vaters fuhr, war Kyle direkt hinter ihr. Es wäre unhöflich gewesen, vor ihm ins Haus zu rennen und ihm die Tür vor der Nase zuzuschlagen. Deshalb blieb sie neben ihrem Cherokee stehen und wartete auf ihn. Dass sie unhöflich war, wollte sie sich nicht nachsagen lassen. Und sie würde auch nicht wie ein Kind mit ihm kämpfen. Was noch lange nicht hieß, dass sie über seine Anwesenheit in Begeisterungsschreie ausbrechen musste; sie würde kühl, aber unbeirrt höflich bleiben. Selbstverständlich war er im Haus ihres Vaters willkommen. Immerhin waren sie ja früher einmal eine Familie gewesen, wie er selbst gesagt hatte. Wie chaotisch auch immer.

„Und wie ist es so, wieder im Land der Sonne und des Vergnügens zu sein?“ rief sie ihm zu, nachdem er aus seinem gemieteten Honda ausgestiegen war und den Weg zu ihr heraufkam. Er sah gut aus. Durchtrainiert. Als ob er viele Stunden im Fitnesscenter zubrächte. Die silbernen Strähnen in seinen dunklen Haaren waren mehr geworden, seit sie sich das letzte Mal gesehen hatten, als ob das Leben ihn ein bisschen gerupft hätte. Es hatte, sie wusste es. Sein Gesicht wirkte kantiger und noch anziehender, mit ein paar Sonnenfältchen um Mund und Augen. Er war braun gebrannt. Er mochte manchmal seinen gesunden Menschenverstand und Sonnenschutzcreme benutzen, aber die Eitelkeit konnte ihn wohl niemals davon abhalten, sich der Sonne auszusetzen, die er über alles liebte, wie sie wusste. Genau betrachtet war es tatsächlich ungewöhnlich, dass er so lange Zeit in der Gegend um Washington verbracht hatte, ohne nach Hause zu kommen. Natürlich war es dort, wo er jetzt lebte, ebenfalls schön, und es gab auch eine Menge Theater, Museen und Sportmöglichkeiten. Aber er liebte nunmal die Sonne und das, was man in der Sonne tun konnte, wie Schwimmen, mit dem Boot aufs Meer rausfahren, Tauchen und Angeln. Vielleicht war sein Fernbleiben ja eine Art selbst auferlegter Strafe gewesen, nachdem Fallon gestorben war.

Beim Näherkommen hob er eine dunkle Braue, offensichtlich überrascht – und vielleicht auch wachsam – angesichts des Plaudertons, den sie angeschlagen hatte.

„Schön, wieder mal zu Hause zu sein“, sagte er. Jordan Adairs „Key West-Hütte“ – wie er sie in Talkshows zu nennen pflegte – war in Wahrheit ein Luxusbungalow mit acht Schlafzimmern sowie acht Bädern und stand an einem kleinen Privatstrand. „Nicht, dass ich mich erdreiste, das Haus deines Vaters als mein Zuhause zu bezeichnen", fügte er mit einem kleinen Lächeln hinzu.

Madison zuckte die Schultern. „Na ja, wir sind definitiv die seltsamste Familie der Welt. Mein Vater und dein Vater waren früher Rivalen, und heute sind sie die dicksten Freunde." Sie zögerte, entschlossen, den Groll aus ihrer Stimme herauszuhalten. „Ich bin mir sicher, dass mein Vater dieses Haus als dein Zuhause betrachtet."

„Sehr großherzig von dir, wirklich."

Sie zuckte die Schultern. „Ich bin eben im Moment ziemlich groggy. Und Fünfjährige wachen früh auf."

„Deine Tochter ist auch hier?"

„Wusstest du das nicht?"

Er schüttelte den Kopf. „Ich bin angekommen, habe meinen Kram in eins der Gästezimmer geschmissen und deinem Vater nur kurz Hallo gesagt – er hatte eins seiner Zutritt-auf-eigene-Gefahr-Schilder an der Tür seines Arbeitszimmers hängen. Er sagte nur, ich solle schon mal vorgehen und mir ein paar Biere genehmigen, er würde vielleicht irgendwann nachkommen."

„Er hat nichts davon gesagt, dass die Gruppe heute Abend spielt?"

„Kein Wort."

„Typisch Dad – mir hat er auch nichts davon gesagt, dass du kommst."

Madison drehte sich um und ging die mit Kies bestreute Auffahrt hinauf. Gleich darauf war sie an der rustikalen Eingangstür angelangt – das Haus war innen mit jedem erdenklichen Luxus ausgestattet, aber die verwitterte Holztür erinnerte eher an eine Anglerhütte. Kyle folgte ihr nach drinnen.

Vom Foyer aus gelangte man direkt in ein großes Wohnzimmer,

das sich zu einem Patio mit Swimmingpool öffnete. Rechts davon lagen die Küche sowie vier Schlafzimmer, Jordans Arbeitszimmer und vier weitere Schlafzimmer lagen links. Hinter dem Pool befand sich ein kleineres Haus mit einem Ping-Pong-Tisch, einem Billardtisch und einer Vielzahl von Spielen und einarmigen Banditen. Daneben lag ein Schuppen, in dem die Gartengeräte und das Angelzeug aufbewahrt wurden. Der Patio war immer erleuchtet, sodass für die beiden auch jetzt, wo das Haus dunkel war, genug Licht vorhanden war, um einander sehen zu können.

„Also, jetzt sag ich's noch mal, willkommen zu Hause."

„Und ich sag es auch noch mal: Es tut mir Leid."

Sie zuckte die Schultern. „Entschuldigung angenommen." Sie zögerte. „Wie lange bleibst du?"

„Ich weiß noch nicht genau. Ich muss am Montag nach Miami. Dann hängt es davon ab, wie wir vorankommen."

Am Montag war er in Miami.

Madison bekam augenblicklich eine Gänsehaut, aber sie hatte nicht die Absicht, dies Kyle zu sagen. Sie wollte nicht, dass er sie wieder fragte, was für eine Art Hexe sie sei.

„Was ist denn passiert, dass sie dich geholt haben?" erkundigte sie sich betont beiläufig.

Er zuckte die Schultern. „Du weißt es nicht?"

Sie schüttelte den Kopf. „Nein." Das war die Wahrheit. „Ich sehe nicht alles, und ich kann nicht kontrollieren, was ich sehe, und ich wünschte mir bei Gott, dass du endlich aufhören würdest, mich wie irgendeine Art Freak zu behandeln", sagte sie heftig.

„Was?" Er wirkte überrascht.

„Ich bin kein Freak."

Er runzelte die Stirn. „Das habe ich auch nie behauptet."

„Aber du verhältst dich so."

Er schüttelte wieder den Kopf. „Nein ... ich ... nein. Madison – es war damals einfach eine böse Zeit für mich. Himmel, ich habe doch schon gesagt, dass es mir Leid tut."

„Ja, also gut, willkommen zu Hause. Schätze, wir sehen uns noch."

„Gute Nacht."

Er rührte sich nicht von der Stelle und fuhr fort, sie anzuschauen.

Sie zögerte, sie wünschte sich, sie wüsste mehr. „Jetzt weiß ich immer noch nicht, warum du hier bist."

„Stimmt. Es ist eine lange Geschichte. Hast du vielleicht Lust, morgen mit mir mit dem Boot rauszufahren?"

„Nein."

Er zuckte die Schultern. „Schade. Ein Boot ist ein guter Ort, um eine lange Geschichte zu erzählen."

„Vielleicht bin ich ja nicht neugierig. Und vielleicht könnte ich Jimmy oder Jassy fragen, was in Miami los ist."

„Vielleicht. Du wirst dir schon zu helfen wissen."

„Ich kann nicht mitfahren. Ich habe ein fünfjähriges Kind. Und die Samstage gehören immer uns, es sei denn, sie ist bei ihrem Dad."

Madison glaubte, ein Fünkchen Qual in seinen Augen aufblitzen zu sehen, es war jedoch so schnell wieder erloschen, dass sie entschied, es sich nur eingebildet zu haben. Aber immerhin sollte er jetzt auch ein kleines Mädchen haben.

„Dein fünfjähriges Kind ist schließlich Jordan Adairs Enkelin. Ich möchte wetten, dass sie auf dem Wasser ihren Spaß hätte."

Sie zögerte.

„He, Schwesterherz, komm schon. Gib deinem Herzen einen Stoß. Ich versuche doch nur, das Kriegsbeil zu begraben. Es gab mal eine Zeit, da waren wir Freunde."

„Na schön, vielleicht. Warten wir's ab. Es hängt ganz davon ab, wann du vorhast rauszufahren."

„Früh. Um acht."

„Was? So früh schon? Du hast ja wirklich einen Knall."

Er zuckte wegwerfend die Schultern, dann legte er einen Finger an den Schirm seiner Baseballkappe. „Mag sein. Warten wir's ab. Gute Nacht."

Einen Moment später ging er auf den linken Flügel des Hauses zu. Sie war froh, dass ihr Schlafzimmer rechts lag.

Reiß dich zusammen, Madison, warnte sie sich selbst, während sie den nur schwach erhellten Flur hinuntereilte. Ihre Hände zitterten. Toll. Wirklich toll. All diese Jahre. Sie war verheiratet gewesen, dann geschieden worden. Sie hatte sich ihr Leben so eingerichtet, wie sie es für gut hielt, sie war glücklich. Oder zumindest fühlte sie sich wohl. Und jetzt war er gerade ein paar Stunden wieder hier und sie zitterte.

Verdammt.

Sie presste verärgert die Lippen aufeinander und ging zu Carrie Anns Zimmer, machte leise die Tür einen Spalt auf und warf einen Blick auf ihre schlafende Tochter. Sie beobachtete sie einen Moment, dann schlich sie auf Zehenspitzen zum Bett und strich der Kleinen eine Haarsträhne aus der Stirn. Carrie Anne war ein hübsches Kind. Sie war blond, wie ihr Vater. Ihre Gesichtszüge waren fein, wie ihre, Madisons. Sie hatte volle Lippen und das schönste Lächeln der Welt.

Madison hatte in ihrem Leben schon eine Menge Fehler gemacht. Aus den verschiedensten Gründen. Doch auch wenn ihre Ehe ein böser Fehler gewesen und durch ihre Schuld gescheitert war, war daraus etwas Gutes hervorgegangen, und Madison wusste, dass ihr Ex-Mann genauso dachte. Carrie Anne entschädigte sie beide für den Schmerz, den sie einander zugefügt hatten. Und seltsamerweise machten sie ihre Sache bei Carrie Anne jetzt gut.

Sie gab dem Mädchen einen Kuss auf die Stirn, dann ging sie durch das große Bad, das ihre Zimmer verband. Sie betrat ihr eigenes Zimmer, ohne das Licht anzuknipsen, weil der Lichtschein, der vom Patio hereinfiel, ausreichte. Sie ließ sich aufs Bett fallen und starrte an die Decke. Sie liebte die „Hütte“ ihres Dads. Das Zimmer war groß, das Bett weich, Fernseher, Video, CD-Spieler, alles war da, ebenso wie ein funktionstüchtiger Kamin für die wenigen Abende, in denen das Thermometer so weit fiel, dass man heizen musste. Ihr Vater hatte keinen Aufwand und keine Kosten gescheut, damit seine Kinder es bequem hatten, wenn sie bei ihm zu Besuch waren. Carrie Annes Zimmer war ein kleines Disneyland. Madison hatte bei der Einrichtung des Hauses geholfen. Roger Montgomery, ein häufiger Gast, hatte ihren guten Geschmack bewundert und behauptet, dass sie künstlerischer veranlagt sei, als sie gewillt war zuzugeben ...

„Genau wie ...“ begann er.

„Genau wie wer?“ fragte sie mit einem Lächeln.

„Mein Sohn“, sagte er ruhig und schaute weg. „Kyle. Er kann wirklich verdammt gut zeichnen.“

„Ach, das wusste ich ja gar nicht“, murmelte sie, wobei sie sich anstrengen musste, ihr Lächeln beizubehalten.

„Sag ich doch. Kyle will nicht, dass die Leute von seiner Begabung etwas erfahren. Das macht ihn seinem alten Herrn zu ähnlich.“

„Ich bin mir sicher, dass er dich sehr liebt.“

„Tja, ich schätze mal, man kann jemanden lieben und trotzdem nicht so sein wollen wie er.“

„Vielleicht. Und was ist mit Rafe?“

Roger hatte die Schultern gezuckt. „Rafe ist ein toller Bursche, aber er kann nicht mal ein Strichmännchen malen. Er hat dafür einen guten Kopf für Zahlen, genau wie seine Mutter.“

„Aha. Nun ...“

Und dann hatte sie es geschafft, das Thema zu wechseln.

Madison setzte sich wieder auf und stand dann auf. Sie zog ihre Schuhe aus, schlüpfte aus ihrem Rock, ihrer Bluse und ihrem BH, dann tastete sie unter dem Kissen nach ihrem Nachthemd. Während sie es aufknöpfte, erhaschte sie im Spiegel der Frisierkommode einen Blick auf sich.

Für einen Moment stand sie reglos da und spürte, wie ihr das Blut in den Adern gefror.

Großer Gott, sie sah aus wie ihre Mutter! Sie glich ihr wirklich erschreckend.

Sie wandte sich vom Spiegel ab, streifte sich das Nachthemd über und kuschelte sich ins Bett. Sie versuchte, an etwas anderes zu denken, und erinnerte sich daran, dass ihr Leben gut war. Sie liebte ihre Tochter von ganzem Herzen, sie hatte eine Arbeit, die ihr Spaß machte, und alles war wunderbar.

Alles war wunderbar und dennoch ...

Also schön, es gab natürlich auch einiges, was nicht ganz so wunderbar war. Irgendwie war ihr das bisher nur nicht aufgefallen. Nicht bevor Kyle wieder in ihr Leben getreten war.

Hoffentlich konnte sie einschlafen. Kyle war hier. Er würde seinen Teil dazu beitragen, dass der Fall, wegen dem er hier war, aufgeklärt wurde, oder der Mörder würde unerkannt weiterziehen und vielleicht – hoffentlich nicht – woanders sein Unwesen treiben. So oder so würde Kyle wieder weggehen. Vielleicht würde er von nun an, nachdem er den ersten Schritt gemacht hatte, gelegentlich einen Urlaub hier verbringen, aber er würde nie mehr zu einem Teil ihres Lebens werden.

Sie wälzte sich auf die andere Seite.

Kyle war hier. Nachdem sie diesen seltsamen Traum gehabt hatte. Am Montag würde er sich in Miami zur Arbeit melden. Und Jimmy wollte sie am Montag abholen. Wenn sie bloß wüsste, was hier vor sich ging.

Sie wollte schlafen; sie wollte nicht schlafen. Sie hatte Angst zu träumen. Sie erschauerte. Wie auch immer, sie musste schlafen.

Vielleicht gelang es ihr ja.

Dann schlief sie tatsächlich ein. Und keine Träume störten ihren Schlaf.

Madison liebte die Wochenenden. Sie genoss sie. Nicht, dass sie während der Woche so viel zu tun gehabt hätte – sie kannte viele Frauen, die wesentlich härter arbeiteten! –, aber sie hatte ein Kind im Vorschulalter, deshalb stand sie meistens um halb sieben auf, damit Carrie Ann rechtzeitig in die Schule kam. Das machte den Samstag und den Sonntag zu herrlichen Tagen, an denen sie der Wecker nicht rücksichtslos aus dem Schlaf riss und sie so lange schlafen konnte, wie sie wollte.

Doch nicht an diesem Morgen.

Es war, als ob in ihren Augenlidern ein Wecker eingebaut wäre. Sie öffneten sich wie von selbst, und sie war bereits hellwach, während sie sich im Zimmer umschaute, in das gerade erst langsam die ersten Sonnenstrahlen einzusickern begannen.

Sie machte die Augen wieder zu und kuschelte sich unter die Decke. Sie versuchte sich zu sagen, wie gemütlich es im Bett war. Dass sie noch Stunden schlafen könnte, wenn sie es wollte.

Umsonst.

Nach einer Minute setzte sie sich auf. Sie schaute auf ihre Uhr und fluchte leise in sich hinein. Es war noch nicht einmal sechs. Verärgert fragte sie sich, ob ihre Schlaflosigkeit vielleicht etwas damit zu tun haben könnte, dass sie mit Kyle auf dem Boot rausfahren wollte.

Zu schade. Sie würde nicht mitfahren können. Schließlich schlief Carrie Anne noch.

Zum Glück. Ihre Tochter würde sie vor einer Riesendummheit bewahren. Denn es wäre ausgesprochen dumm, die Gesellschaft von Kyle Montgomery zu suchen.

Sie hatte kaum das Wasser in der Dusche angedreht, als sie eine piepsige Stimme hörte.

„Mommy, darf ich auch unter die Dusche?"

Sie stand einen Moment reglos, dann zog sie den Duschvorhang beiseite, während das Wasser auf sie niederprasselte. „Hi, mein Schätzchen. Warum bist du denn schon wach? Habe ich dich geweckt? Entschuldige."

Carrie Anne schaute sie aus großen blauen Augen an und schüttelte ernst den Kopf. Sie legte eine kleine Hand vor den Mund und gähnte. „Ich bin aufgewacht. Einfach so." Sie runzelte nachdenklich die Stirn. „Heute ist doch keine Schule, oder? Wir fahren doch nie zu Grandpa, wenn Schule ist, oder?"

„Nein, heute ist keine Schule, mein Herz. Komm, setz deine Duschhaube auf und hüpf rein."

Carrie Anne zerrte sich das Barbie-Nachthemd vom Leib und türmte sich die blonden Locken auf dem Kopf auf, dann versuchte sie, sich mit einer Hand die Duschhaube über den Kopf zu ziehen, allerdings mit wenig Erfolg. Madison half ihrer Tochter, die entwischten Strähnen unter den Gummizug der Duschhaube zu stecken. Sie seiften sich beide ein und spülten sich ab, Madison passte auf, dass Carrie Anne ihre Zehen und Ohren nicht vergaß, dann erkundigte sich ihre Tochter: „Was machen wir heute, Mommy?"

Madison ließ sich mit ihrer Antwort Zeit. Sie drehte erst das Wasser ab, hob Carrie Anne aus dem Duschbecken, stieg selbst hinaus und griff nach den Badetüchern.

Sie überlegte tatsächlich ziemlich lange, aber am Ende schien es doch, als hätte sie nicht wirklich nachgedacht. „Hast du Lust, mit dem Boot rauszufahren?"

„Mit Grandpa?" fragte Carrie Ann.

Madison schüttelte den Kopf, während sie ihre Tochter in das Badelaken einwickelte. „Ich glaube nicht, dass Grandpa mitkommt. Er muss arbeiten. Aber ein ... alter Freund ist hier ... er war früher mal mein Stiefbruder."

„Wie kann jemand früher dein Bruder gewesen sein?“ fragte Carry Ann höchst verwundert.

Madison öffnete den Mund, um zu antworten, dann zuckte sie mit den Schultern. „Na ja, sein Dad und meine Mom waren verheiratet. Deshalb waren wir das, was man Stiefbruder und Stiefschwester nennt. Aber du weißt ja, dass meine Mommy gestorben ...“

„Und im Himmel ist“, ergänzte Carrie Ann.

„Und im Himmel ist“, stimmte Madison weich zu. „Und nach ihrem Tod ... haben wir uns ziemlich aus den Augen verloren. Auf jeden Fall heißt er Kyle. Und du kennst Kyles Daddy, Roger. Und seinen Bruder Rafe kennst du auch.“

„Er ist Onkel Rafes Bruder?“ erkundigte sich Carrie Anne erfreut.

Rafe konnte mit Kindern wunderbar umgehen. Madison hatte sich oft gefragt, warum Kyles älterer Bruder nie geheiratet und keine eigenen Kinder hatte. Aber im Grunde genommen war es kein Wunder. Rafe hatte eben – wie alle anderen der Familie auch – zu viele Ehen in die Brüche gehen sehen.

Er hatte ein paar Jahre in New York gelebt und in dieser kurzen Zeit an der Wall Street ein Vermögen gemacht. Jetzt wohnte er in Miami, wo er kräftig an der Börse spekulierte und sich als Unternehmer betätigte.

„Genau gesagt ist er Onkel Rafes Halbbruder“, sagte sie. „Aber wir sagen normalerweise immer einfach Bruder und Schwester, weil bis auf Tante Kaila und mich alle Halbschwestern und Halbbrüder oder Stiefschwestern und Stiefbrüder sind.“ Sie sah, dass sie ihre Tochter verwirrt hatte, und lächelte. „Honey, Kyle ist zwar verwandt mit Onkel Rafe, aber er ist trotzdem anders.“

„Ist er nicht lieb?“ fragte Carrie Anne mit einem Stirnrunzeln.

„Doch, natürlich, aber eben anders. Du weißt schon, Tante Kaila ist ja auch anders als ich.“

Carrie Anne schüttelte entschieden den Kopf. „Ihr seht doch ganz gleich aus, Mommy."

„Richtig – aber wir sind trotzdem verschieden."

„Du bist anders."

„Ja."

„Du bist lustig. Meistens. Tante Kaila nicht. Sie ist immer so traurig."

Madison schaute ihre Tochter nachdenklich an. Sie war meistens lustig? Das Leben hielt doch immer wieder Überraschungen bereit. Aber es stimmte, dass Kaila in letzter Zeit keinen sonderlich glücklichen Eindruck gemacht hatte. Madison fragte sich, was bei ihr so schief lief, dass es selbst einem fünfjährigen Kind auffiel.

„Sei nicht albern", erwiderte sie. „Tante Kaila hat ein wunderschönes Zuhause, einen supernetten Mann und reizende kleine Kinder wie du eines bist. Sie ist nicht traurig, sie ist glücklich."

„Das glaube ich nicht", widersprach Carrie Anne entschieden, dann ließ sie das Thema abrupt fallen. „Hurra, wir fahren gleich Boot!" krähte sie begeistert.

„Also schön ... dann zieh jetzt deinen Badeanzug an, den neuen mit dem passenden Kleidchen, denn ..."

„Ich weiß, ich weiß, die Sonne kann mörderisch sein", plapperte sie etwas nach, das sie anscheinend schon tausendmal gehört hatte.

Madison nickte. „Ich mache mich auch fertig und bin in ein paar Minuten bei dir."

„Du musst aber auch deinen neuen Badeanzug anziehen, Mommy", befahl Carrie Ann. „Mit dem passenden Kleid." Carrie Ann hatte mit ihren fünf Jahren schon einen ausgeprägten Sinn für Kleider. Sie achtete auf ihre Sachen und liebte es, Madison gute Ratschläge zu erteilen.

„Na schön", stimmte Madison zu. „So, und jetzt beeil dich."

Fünfzehn Minuten später hatte sie ihren neuen Zweiteiler in Türkis und Gold an, zusammen mit einem ärmellosen kurzen Kleid, und in der Hand trug sie eine große Tasche, in der sich Schnorchel befanden sowie Tauchermasken, Sonnenschutzcreme und Kleider zum Wechseln für sie und Carrie Anne, falls die Sonne und das Salz unerträglich werden sollten. Immerhin gab es auf dem Boot eine Dusche, sodass sie zumindest unter dem Salz nicht allzu sehr würden leiden müssen. Sie hatte auch mehrere Bücher dabei, ihren eigenen Walkman und Ohrstöpsel und Carrie Annes Kassettenrecorder sowie Kassetten.

Nur für den Fall, dass ihnen allen der Gesprächsstoff ausgehen sollte.

Dann marschierte sie Hand in Hand mit Carrie Ann den Flur hinunter hinaus in den Patio.

Zuerst sah sie nur ihren Vater. Er war zweifellos ein außergewöhnlicher Mann mit ein paar Hemingwayschen Qualitäten. Sein volles, silbrig schimmerndes Haar war fast schulterlang, und sein kantiges Gesicht wurde von einem silbergrauen Bart eingerahmt. Er trug seine Alltagskleidung – abgeschnittene Jeans, keine Schuhe, kein Hemd. Jordan Adair gab sich mit Vorliebe das Image eines Gammlers. Madison wusste, dass die Frauen ihn noch immer attraktiv fanden, und seine dunklen Augen wurden von Reportern gern als „grüblerisch“ und „charismatisch“ beschrieben.

Kyle – ebenfalls in abgeschnittenen Jeans – saß in dem Sessel neben ihrem Vater. Er trug wieder die dunkle Sonnenbrille, die Baseballmütze hatte er heute jedoch weggelassen. Sein Haar hatte eine mittlere Länge, nicht zu kurz und nicht zu lang, aber gerade lang genug, um sich in seinem Nacken leicht zu ringeln und ihm ab und zu in die Stirn zu fallen.

Er war wirklich hervorragend in Form. Das war jetzt noch deutlicher zu sehen als gestern, da heute seine breite gebräunte Brust entblößt war. Seine Schultern waren ebenfalls breit und muskulös.

Jassy war bei ihnen. Madison hattte nicht gewusst, dass ihre ältere Schwester da sein würde. Zierlich und blond, mit den dunklen Augen ihres Vaters, steckte sie voller Dynamik. Ihrer zerbrechlichen Erscheinung zum Trotz arbeitete sie als Pathologin im gerichtsmedizinischen Institut von Dade County. Jimmy hatte Madison von den Polizisten erzählt, die Jassy anfänglich nicht ernst genommen hatten; ein Blick aus ihren dunklen Augen und ein entschlossener Schnitt mit dem Skalpell hatten jedoch genügt, sie eines Besseren zu belehren.

Madison hätte die drei gern noch ein paar Minuten länger beobachtet, aber dazu kam es nicht. Carrie Anne riss sich von ihr los, rannte nach draußen und fiel Jordan Adair um den Hals. „Guten Morgen, Grandpa!“ Schon saß sie auf seinem Schoß, umrahmte sein bärtiges Gesicht mit den Händen, zog die Nase kraus und pflanzte ihm einen schmatzenden Kuss mitten auf die Stirn.

„He, Krümel!“ sagte Jordan und drückte sie liebevoll an die Brust. „Weshalb bist du denn so früh schon auf?“

„Wir fahren Boot“, sagte sie glücklich, lächelte und blinzelte ihre Tante Jassy an. „Mit Rafes Bruder. Der ist anders als Rafe, aber auch ganz lieb, hat Mommy gesagt. Kommst du auch mit, Tante Jassy?“

„Wo ist deine Mutter?“ fragte Jordan Carrie Anne.

„Hier, Dad.“ Madison trat in den Innenhof. Auf der Durchreiche zur Küche standen eine Kaffeekanne und Tassen. Madison nahm sich Kaffee und setzte sich ebenfalls an den Tisch. Carrie Anne saß noch immer auf ihres Großvaters Schoß, aber die drei Erwachsenen schauten Madison erwartungsvoll an.

Sie trank einen Schluck. Schwarz. „Guten Morgen.“

„Ihr wollt mit rausfahren?“ erkundigte sich Kyle höflich. Er war überrascht, doch er zeigte es nicht. Falls er erfreut war, ließ er es sich ebenfalls nicht anmerken.

„Du hast uns gefragt.“

„Ja, klar." Seine Augen waren hinter den dunklen Gläsern verborgen.

„Du kannst nicht mitkommen, Dad?" fragte sie ihren Vater.

Er schüttelte den Kopf. „Ich bin mitten in einer Recherche."

„Ich habe schon gesagt, dass ich dir nachher helfe", erinnerte Jassy sanft und winkte Madison zu.

„Wenn ich deine Hilfe benötige, werde ich es dich wissen lassen", brummte Jordan.

Jassy zuckte die Schultern. „Mach, was du willst."

„Bist du Kyle?" erkundigte sich Carry Ann und musterte ihn mit so unverhüllter Neugier, wie sie nur Kindern eigen ist.

„Carrie Anne ...", murmelte Madison.

„Wir haben vergessen, die beiden einander vorzustellen", erinnerte Jassy sie.

„Ja, ich bin Kyle. Und du musst Carrie Anne sein. Ich habe schon eine Menge Gutes von dir gehört. Schön, dich kennen zu lernen." Er streckte ihr die Hand hin, und sie nahm sie lächelnd.

„Ich find's auch schön. Obwohl Mom gesagt hat, dass Onkel Rafe netter ist."

„Carrie Anne, so etwas habe ich nie gesagt", begann Madison empört.

„Das hat sie wirklich gesagt? Nun, da irrt sie sich aber ganz gewaltig", sagte Kyle grinsend zu Carrie Anne. „Ich bin nämlich viel netter." Er lehnte sich zurück, und obwohl Madison seine Augen nicht sehen konnte, spürte sie seinen Blick auf sich.

„So etwas habe ich nie gesagt", protestierte sie lahm. Rasch warf sie ihrer Schwester einen Blick zu. „Kommst du mit, Jass?"

„Ich weiß noch nicht. Dad hat beschlossen, heute Abend eine Party zu geben und ..."

„Was?" unterbrach Madison sie überrascht.

„Ja, ich dachte mir, es könnte ganz nett werden", mischte sich

Jordan schulterzuckend ein. „Es kommt ja nicht allzu oft vor, dass so viele Familienmitglieder und Freunde gleichzeitig hier sind. Rafe und Roger kommen heute runter, Jass ist bereits hier, Kaila und die Kinder werden in ein paar Stunden eintreffen, und Kailas Mann will versuchen, dass er es bis sieben schafft.“ Er zögerte einen Moment und schaute Madison an. „Darryl ist jetzt schon seit ein paar Wochen hier unten, aber wir hatten noch keine Gelegenheit, uns zu treffen, und ...“

„Au, mein Daddy kommt, mein Daddy kommt!“ krähte Carrie Anne und klatschte begeistert in die Hände.

„Du hast doch hoffentlich nichts dagegen?“ erkundigte sich Jordan bei Madison.

Sie hatte nicht das Mindeste dagegen; sie und Darryl kamen prächtig miteinander aus. Vielleicht weil sie im Gegensatz zu so vielen anderen Leuten sogar ihre Scheidung auf eine freundschaftliche Art und Weise über die Bühne gebracht hatten.

Aber sie spürte, dass Kyle sie beobachtete, und sie errötete. Verärgert über ihre Reaktion erwiderte sie kühl: „Nein, gar nicht.“

„Jimmy Gates kommt auch“, fuhr Jordan fort, „und eine ganze Bande Einheimischer. Unter anderem deine Band, und Trent hat sich ebenfalls angekündigt. Und Roger nicht zu vergessen. Endlich mal wieder ein richtig schönes, großes Familientreffen.“

Richtig.

Ihre große Chaosfamilie.

Nur Lainie würde fehlen.

Und die Mütter der anderen natürlich auch, räumte Madison innerlich ein. Über Rafes Mutter wusste sie so gut wie nichts, nur dass sie lange Zeit krank gewesen war, bevor sie gestorben war. Kyle war erst ein paar Jahre alt gewesen, als seine Mutter bei einem Autounfall umgekommen war. Einzig Jassys Mutter war noch am Leben, sie wohnte jetzt in Oregon und untersuchte die Auswirkungen Krebs erregender Stoffe auf Haie. Ganz offensichtlich hatte Jassy ihre medizinischen Neigungen von ihrer Mutter geerbt.

Die Mutter von Madisons Halbbruder Trent war eine sanfte, engagierte Wissenschaftlerin gewesen. Jordan hatte sich als junger Mann von ihrem Edelmut und ihrer Hingabe sehr angezogen gefühlt, aber eine Heirat – verbunden mit einem Leben in dem entlegenen Montana, wo sie arbeitete – war für ihn nicht in Frage gekommen. Trents Mutter war vor ein paar Jahren überraschend an einem Herzinfarkt gestorben. Madison hielt Trent für den einzig wirklich Glücklichen von Jordans Nachkommenschaft. Er hatte die Ruhe und Gelassenheit seiner Mutter geerbt. Er war nur schwer reizbar und nicht so leidenschaftlich, dickköpfig oder leicht verärgert, wie sie selbst es sein konnte.

Wie Lainie es so oft gewesen war.

Trent liebte die Literatur und hatte die prägendsten Jahre mit seinem Vater verbracht. Er und Jordan standen sich immer noch nah. Er, Jassy, Kaila und Madison trafen sich mindestens einmal im Monat zum Lunch, gewöhnlich war Rafe auch dabei.

Kyle war das einzige Mitglied ihrer seltsamen „Geschwister"-Gruppe, das immer fehlte.

Und jetzt war er hier.

Der verlorene Sohn war zurückgekehrt. Und ihr Vater plante ein großes Fest.

Merkwürdig. Nun, Jimmy würde auch da sein. Vielleicht gelang es ihr ja heute schon, in Erfahrung zu bringen, von was für einem Fall er gestern gesprochen hatte und warum Kyle hier war.

Jordan wandte sich an seine älteste Tochter. „Es gibt keinen Grund, warum du nicht mitfahren solltest, Jassy. Schließlich bleibt ihr ja nicht ewig da draußen." Er warf in gespielter Verzweiflung plötzlich die Hände in die Luft, schüttelte den Kopf und schaute Kyle an. „Ich bringe sie einfach nicht unter die Haube, aber als Gastgeberin für einen alten Mann macht sie sich hervorragend“, fügte er liebevoll hinzu.

Jassy pflückte sich eine Weintraube aus der Obstschale auf dem Tisch und schnitt ihrem Vater eine Grimasse. „Es gibt eben immer noch Leute, für die die Ehe Monogamie bedeutet – und dann gibt es auch noch diesen Schwur, erinnerst du dich? ‚Bis der Tod uns scheidet‘? Manche nehmen solche Dinge ernst, und dann ist es eine verdammt schwere Entscheidung, die zu treffen ich mich bisher außerstande gesehen habe.“

„Jede Frau braucht einen Mann, Jassy“, erklärte ihr Vater.

„Vielleicht hält sie ja immer noch nach dem Richtigen Ausschau, Dad“, warf Madison beschwichtigend ein.

Jordan ließ ein ungeduldiges Schnauben hören.

„Oder“, fuhr Madison fort und nahm einen Schluck von ihrem Kaffee, „sie hat ihn schon gefunden und hat genug Grips, ihn vor uns zu verstecken.“

Jordan drohte Jassy scherzhaft mit dem Finger. „Ich warne dich.“

„Gott behüte“, sagte Jassy trocken. „Ich bin doch erst einunddreißig.“

„Och, du bist aber schon alt, Tante Jassy“, ließ sich Carrie Anne besorgt vernehmen. „Ich bin erst fünf.“

Madison stöhnte, aber Jassy lachte nur. Jordan kicherte in sich hinein, und nicht einmal Kyle konnte sich ein Grinsen verkneifen.

„Carrie Anne, sag nicht so schreckliche Sachen zu deiner Tante“, schalt Madison.

Ihre Tochter schaute sie aus großen blauen Augen an. „Warum? Altsein ist doch toll. Man kann Auto fahren und so viel Süßigkeiten essen wie man will und so lange aufbleiben wie man will und alles.“

„Ja, aber ...“, begann Madison.

„Vielleicht sollten wir langsam aufbrechen“, sagte Kyle und stand auf. „Jass, kommst du jetzt mit oder nicht?“

Jassy zögerte, schaute auf ihre Jeans und das Hemd, das sie trug, hinunter. „Ich habe keinen Badeanzug an …"

„Auf dem Boot ist genug Zeugs", mischte sich Madison ein. Sie wollte plötzlich unbedingt, dass ihre Schwester mitkam. „Jetzt komm schon, zier dich nicht so."

„Also schön, warum eigentlich nicht?" Jassy gab ihrem Vater einen Kuss auf die Wange. „Bis später dann, Dad."

Carrie Anne umhalste Jordan wild, und Madison streifte kurz seinen Scheitel mit den Lippen. Er wünschte ihnen viel Spaß und schaute ihnen nach, wie sie zur Anlegestelle hinuntergingen.

Kyle hatte seine Ausrüstung schon an Bord; Madison warf ihre Tasche in das Boot, dann riss sich Carrie Anne von ihr los und rannte zu ihrer Schwester.

Für einen Augenblick blieb Madison auf Deck stehen, überrascht von der seltsamen Beklommenheit, die sie plötzlich überfiel. Trotz der heißen Morgensonne erschauerte sie.

Es ist Kyle. Nach all den Jahren ist es immer noch Kyle. Ich sollte mich fern halten von ihm.

Sie gab sich innerlich einen Ruck, und das Gefühl war weg, als wäre es nie da gewesen.

Kyle machte die Yacht los und warf den Motor an, dann glitten sie hinaus aufs offene Meer.

4. KAPITEL

Nachdem sie an den Bojen vorbei waren, gab Kyle Gas, und dann schossen sie mit hoher Geschwindigkeit nach Nordosten. Jassy zog sich um, während Madison nachschaute, was die Kombüse an Schätzen bereithielt; anschließend brachten sie sich Orangensaft mit an Deck und streckten sich auf ihren Badelaken in der Sonne aus. Sie lagen eine Weile schweigend und lauschten dem einschläfernd wirkenden Geräusch der Wellen, die gegen den Bug klatschten.

Irgendwann rollte Jassy sich halb herum. „Es tut gut, ihn wieder mal da zu haben, findest du nicht?“ fragte sie und deutete auf Kyle.

„Hmmm“, murmelte Madison unbestimmt und drehte sich um, damit ihr Rücken Farbe bekam. Sie hörte, wie Kyle den Motor drosselte.

„Ich mag ihn“, erklärte Carrie Anne entschieden. Sie setzte sich rastlos auf. Einfach nur in der Sonne zu liegen wurde für eine Fünfjährige schnell langweilig. „Mommy, können wir nicht irgendwas *machen*?“

„Wir machen doch schon was“, scherzte Madison. „Wir fahren Boot.“

„Nein, ich meine, können wir denn auf dem Boot nicht irgendwas machen?“

Madison brauchte nicht zu antworten. Sie hatte eine ganze Tasche voll Sachen für Carrie Anne mitgebracht, mit denen sich ihre Tochter beschäftigen konnte; sie musste jetzt nur noch die Energie finden, aufzustehen und sie zu holen.

„Was hältst du davon, wenn wir ein bisschen angeln?“ fragte Kyle. Er hatte den Motor ausgemacht, den Anker gesetzt und sprang jetzt von dem kleinen Führerhaus aufs Deck. In diesem Moment war Madison froh, dass sie ihre Sonnenbrille aufhatte. Sie konnte nicht widerstehen, ihn einer eingehenden Musterung zu unterziehen. Herrgott, sah der Mann gut aus! Diese Schultern und diese breite, tief gebräunte Brust waren ein Gedicht. Sie erinnerte sich daran, dass sie im Sonnenschein-Staat lebte – es gab hier jede Menge leicht bekleideter, sportlich durchtrainierter Männerkörper zu sehen. Sie verdiente sich einen Teil ihres Lebensunterhalts als Fotomodell, wodurch sie schon zwangsläufig ständig mit gut gebauten Männern in Kontakt kam.

Sein Körper war besser.

Wirklicher.

Reif. Reif, um ...

Hör auf, rief Madison sich selbst zur Ordnung.

Was sie jedoch nicht hinderte, ihn sich nackt vorzustellen. Sie errötete und war froh über ihre Sonnenbrille. Carrie Anne hingegen konnte in aller Unschuld mit reinem kindlichen Vergnügen an Kyle hochschauen.

„Ich darf dir beim Angeln helfen? Wirklich?"

„Wirklich. Es würde mir Spaß machen."

„Au ja!" kreischte Carrie Anne, und ihre Augen leuchteten begeistert auf. „Darf ich, Mommy?"

„Vielleicht will Mommy ja auch angeln", schlug Kyle vor.

„Mommy hat Lust, neben dem Boot ein bisschen zu tauchen. Angelt ihr beide mal", sagte Madison.

„Und was ist mit dir, Jassy?" erkundigte sich Kyle.

Jassy streckte sich faul und gähnte. „Vielleicht. In ein paar Minuten."

Kyle nahm Carrie mit nach hinten. Madison hörte schwach seine tiefe Stimme und das fröhliche Lachen ihrer Tochter.

„Fünf", murmelte Madison. „Ein tolles Alter."

„Hmmm. Mit fünf weiß man noch nicht, dass es Männer gibt", erwiderte Jassy trocken.

Überrascht stützte Madison sich auf und schaute ihre Schwester an. Sie lächelte. „Ach. Und wie läuft's denn so bei dir?"

Jassy zuckte die Schultern. „Nichts Neues."

„Gibt es da jemanden?"

„Hmmm. Kann schon sein."

„Los, erzähl!"

„Uff ... gib mir ein bisschen Zeit, okay? Ich will erst sicher sein, dass es ..."

„Keine Eintagsfliege ist?"

„Also, dreimal haben wir uns immerhin schon getroffen."

„Schläfst du mit ihm?"

„Madison!"

„Reg dich ab, es war ja nur eine Frage."

„Es geht dich nichts an."

„Wenn du es deiner Schwester nicht erzählen kannst, wem denn dann?"

„Es ist geheim."

„Also hast du jetzt oder hast du nicht?"

„Na schön. Ein Mal. Nur ein einziges Mal."

„Wow! Dann ist es also ernst."

„Dazu kann und will ich noch nichts sagen. Ich habe ... meine Gründe. Aber ... Gott, ist der Mann traumhaft!"

„Menschenskind, Jassy, jetzt sag schon endlich, wer es ist."

„Noch nicht. Und wage es nicht, auch nur einer einzigen Menschenseele davon zu erzählen, versprich es mir."

„Was sollte ich denn schon groß erzählen? Du hast mir ja nichts verraten."

„Bitte, ich will nicht, dass irgendjemand erfährt, dass es einen Mann in meinem Leben gibt."

„Ist ja gut, ist ja gut! Aber du bist schuld, wenn ich jetzt vor Neugier sterbe."

„Vor Neugier sterben! Das dürfte eine interessante Autopsie werden", flachste Jassy.

„Uff."

„Es ist eine faszinierende Wissenschaft", sagte Jassy ernst. „Es gibt so vieles, was man von den Toten lernen kann, wenn sie nicht mehr für sich selbst sprechen können."

„Wahrscheinlich hast du Recht." Madison sprang auf die Füße. „Aber schau dich um. Die Sonne, das Meer – mein Gott, was für ein herrlicher Tag. Nimm mal ein bisschen Urlaub vom Tod, okay? Ich gehe ins Wasser. Kommst du mit?"

„Ich komme nach. In ein paar Minuten."

Madison sprang ins Wasser.

Kyle hatte die Anker direkt auf einer Sandbank gesetzt. In der Nähe waren ein paar kleinere Riffs, doch obwohl Kyle schon eine ganze Weile nicht mehr hier gewesen war, hatte er nicht vergessen, darauf zu achten, nicht in der Nähe eines Korallenriffs vor Anker zu gehen, weil die Anker die wertvollen Korallen beschädigen würden.

Madison schwamm nach unten, sie schätzte, dass das Meer an dieser Stelle ungefähr fünfundzwanzig bis dreißig Fuß tief war. Das Wasser war perfekt, warm an der Oberfläche, angenehm kühl weiter unten. Sie schoss wie ein Pfeil in die Tiefe, und als sie unten angelangt war, stieß sie sich vom Boden ab, wobei sie den Sand aufwirbelte, und schnellte wieder nach oben. Sie hielt nach dem Boot Ausschau, um Jassy zuzurufen, dass sie reinkommen sollte.

Aber Jassy war nach hinten zu den beiden anderen gegangen. Madison hörte ihr Lachen, Kyles tiefe Stimme und Carrie Annes schrilles Kreischen.

„Wie läuft's denn so, Leute?" rief sie stattdessen und hielt weiterhin Abstand. Die Angelschnüre wurden von der Strömung weit nach draußen getragen, und sie war nicht in der Stimmung, sich darin zu verheddern. „Habt ihr schon was gefangen?"

„Mommy!" krähte Carrie Anne beglückt, rannte zu der hinteren Reling und schaute zu ihr herunter. „Ich habe gerade einen roten Snapping gefangen!"

„Snapper", korrigierte Madison automatisch. „Toll!"

Jetzt tauchte Kyle neben Carrie Anne auf, auf seiner braunen Brust glänzte ein feiner Schweißfilm, seine Augen waren von der Sonnenbrille verdeckt. „Ich dachte schon, du kommst gar nicht mehr hoch, Madison. Jassy hat mir erzählt, dass es in der vergangenen Woche hier draußen einen Zwischenfall mit einem Hai gab."

Sie schaute ihn stirnrunzelnd an. „Kyle, du weißt, dass die

Chance, von einem Hai angegriffen zu werden, ungefähr so hoch ist wie vom Blitz erschlagen zu werden. Dieser Taucher hat seinen Fisch harpuniert und ihn sich anschließend beim Hochschwimmen in den Taucheranzug gesteckt. Ich habe keinen toten Fisch bei mir."

„Aber wir angeln, und Carrie Annes Snapper ist ein höllisch großer Bursche. Er hat wie verrückt an der Angel gezappelt. Das wird eine Menge Fische alarmiert haben."

„Ich will nur noch mal kurz über die Riffs schwimmen. Du kannst mich sehen. Ich bin gleich wieder oben."

Kyle zuckte die Schultern, sonderlich glücklich war er jedoch nicht. Er wollte, dass sie aus dem Wasser rauskam, aber er wusste, dass er nicht allzu viele Argumente auf seiner Seite hatte. Jordan Adairs gesamte Nachkommenschaft – oder Pseudonachkommenschaft – war praktisch im Wasser aufgewachsen.

Während Madison sich vom Boot entfernte, spürte sie seine Blicke auf sich. Sie tauchte unter und schwamm zu dem Riff.

Das Wasser war herrlich. Es war wie eine Flucht in eine fremde Welt. Unter Wasser gab es noch nicht einmal Handys. Es war berauschend, befreiend und so ganz anders als die Welt, die sie sonst kannte.

Sie schwamm wieder nach oben, um Luft zu schnappen, wobei sie schätzte, dass die Korallenriffs nicht mehr als zehn Fuß unter ihr lagen. Sie tauchte erneut, schwamm vorsichtig um die Korallen herum und passte auf, dass sie sie nicht berührte. Ein winziger, leuchtend gelber Fisch schoss an ihr vorbei; Seefarne wiegten sich sanft vor ihr. Sehr behutsam schwamm sie um zwei rotorangefarbene Feuerkorallen herum und sah sich plötzlich einem monströsen Grouper gegenüber. Der Fisch sah aus wie ein plumper, empörter englischer Butler.

Erneut paddelte sie nach oben, um Luft zu schnappen, dann

tauchte sie wieder ab und weidete sich insgeheim an der Tatsache, dass Kyle sie vom Boot aus besorgt beobachtete.

Eine scheue Muräne floh mit solcher Geschwindigkeit vor ihr, dass es aussah, als würde sie von den Korallen eingesaugt. Madison schwamm zu den Ausläufern des Riffs und sah irgendetwas im Sand liegen.

Zu schade, dass sie sich nicht die Zeit genommen hatte, die Tauchermaske mit dem Schnorchel aufzusetzen. Sie konnte den Gegenstand nicht klar erkennen, und die Luft wurde knapp.

Sie paddelte an die Oberfläche, holte Luft, ging wieder nach unten und schwamm dann direkt auf den Gegenstand zu.

Während sie näher kam, spürte sie, wie eine nur allzu gut bekannte Kälte von ihr Besitz ergriff.

Sie war irgendwo anders. Sie lachte, dann lachte sie nicht mehr. Ihre Belustigung verwandelte sich in Angst.

Sie war in einem Hotelzimmer. Eine schöne, junge rothaarige Frau.

Auf dem Nachttisch stand ein schwarzes Telefon. Daneben lag eine Bibel. Auf der Bibel die Fernbedienung. Sie war hierher gekommen, weil sie kommen wollte. Sie war so glücklich gewesen, und dann ...

Das Aufblitzen von Stahl.

Madison versuchte verzweifelt, die Vision wegzublinzeln. Sie war unbemerkt in einen ihrer seltsamen Traumzustände geglitten, hier unter Wasser. Sie musste so schnell wie möglich nach oben.

Aber sie hatte bereits den Meeresgrund erreicht. Und als sie in die Wirklichkeit zurückkehrte, konnte sie den Gegenstand erkennen.

Es war ein Arm. Ein mit Backsteinen beschwerter Arm.

Ein menschlicher Arm, vom Ellbogen bis zu den Fingern, an denen die Fingerspitzen fehlten. Sie waren weggefressen.

Sie holte Luft, um zu schreien, und bekam Wasser in die Lunge, sodass sie husten musste.

Ihr Blick verschleierte sich erneut, diesmal wurde ihr schwarz vor Augen.

Sie konnte nicht mehr denken ...

Abstoßen ...

Plötzlich war jemand neben ihr. Kyle. Sie schossen an die Oberfläche. Durchbrachen sie.

Madison rang keuchend nach Atem. Hustete. Ihre Lungen brannten. Sie atmete tief ein. Und schaute Kyle an.

Jetzt hatte er keine Sonnenbrille mehr auf. Seine grünen Augen funkelten wütend.

„Madison, verflucht noch mal, ich habe dir gesagt, dass du rauskommen sollst. Du hast uns einen Heidenschreck eingejagt. Herrgottnochmal! Deine Tochter ist in Tränen aufgelöst! Was zum Teufel hast du dir dabei gedacht, so lange da unten zu ..."

„Arm ..." krächzte sie.

„Was?"

„Kyle, da unten liegt ein Arm. Ein menschlicher Arm. Ein Frauenarm. Vom Ellbogen bis zur Hand. Die Fingerspitzen sind weg."

„Madison, vielleicht war es ein Aal. Unter Wasser ist alles verzerrt ..."

„Verdammt, Kyle, hältst du mich für eine Idiotin oder für so kurzsichtig, dass ich einen Arm nicht von einem Aal unterscheiden kann, oder was? Da unten liegt ein Arm!"

„Also gut, Madison. Geh aufs Boot und wirf mir eine Tauchermaske und einen Schnorchel runter. Und die Taucherhandschuhe und ein paar große Tiefkühlbeutel."

Sie nickte, noch immer so aufgewühlt, dass sie seine Anweisungen widerspruchslos befolgte.

Sie kletterte an der Leiter nach oben ins Heck der Ibis. Jassy war da, aus ihrem blassen Gesicht ließ sich schließen, dass sie wusste, dass irgendetwas ganz und gar nicht stimmte. Aber Carrie Anne stand neben Jassy, und Madison musste mit ihren Äußerungen vorsichtig sein.

„Carrie Anne, geh in die Kabine und hol eine von Grandpas Tauchermasken und einen Schorchel und ein Paar Handschuhe, ja, mein Schatz? Und beeil dich."

Carrie Anne war ein Kind, aber nicht dumm. Sie starrte ihre Mutter an und nickte grimmig, dann rannte sie nach unten, um zu tun, was man ihr aufgetragen hatte.

„Was ist los?" fragte Jassy.

„Da unten liegt ein Arm."

„Was?"

Madison seufzte verzweifelt. „Da unten liegt ein Arm!"

„Ein menschlicher?"

„Ja, ein menschlicher, was zum Teufel denn sonst?"

„Ich muss sofort runter ..."

„Nicht nötig. Das FBI hat den Fall bereits an sich gezogen."

„Ja, aber er ist das FBI, und ich bin Pathologin, um Himmels willen."

„Er bringt ihn rauf."

Jassy war nicht bereit, sich damit zufrieden zu geben. Carrie Anne schleppte die Tauchermaske, den Schnorchel und die Handschuhe an, und Madison steckte die Sachen alle in die große Plastiktüte, die sie aus der Kombüse geholt hatte, und warf diese Kyle ins Wasser.

Nachdem er sich die Maske übergestülpt hatte und untergetaucht war, hatte Jassy sich ebenfalls ausgerüstet und sprang ins Wasser.

„Was ist denn los, Mommy?" fragte Carrie Anne.

Madison zögerte. „Es hat einen Unfall gegeben. Wir müssen zurück, mein Schatz."

Carrie Anne schlang ihre Arme um Madisons Taille, während sie gemeinsam ins Wasser hinunterschauten. „Ein Unfall? Was denn für ein Unfall, Mommy?"

„Ich weiß noch nicht genau, mein Herz."

Carrie Anne sagte nichts mehr, aber ihr schien die Sache nicht geheuer, denn sie umarmte ihre Mutter noch fester.

Madison schwieg ebenfalls und überlegte verunsichert, ob der Mann im Leben ihrer Schwester womöglich Kyle sein könnte. Die beiden hatten heute Morgen so entspannt gewirkt, dort am Tisch mit ihrem Vater.

Doch Kyle war eben erst in Florida eingetroffen. Allerdings hatte ihr Jassy auch erzählt, dass die Geschichte sich im Anfangsstadium befand. Und die meisten Mitglieder ihrer Pseudofamilie hatten Kyle die ganzen Jahre über ab und zu besucht, einschließlich Jassy.

Madison versuchte, die Welle von Eifersucht, von der sie sich plötzlich überschwemmt sah, einzudämmen und sagte sich, dass Kyle schon lange kein Teil ihres Lebens mehr war.

Und doch ...

Jassy hatte sie gebeten, das, was sie wusste, für sich zu behalten. Weil sie „ihre Gründe" hätte. Madison hatte einen Knoten im Magen.

Ein paar Minuten später durchbrachen die beiden die Wasseroberfläche.

„Wir haben ihn", schrie Jassy. „Stell eine Funkverbindung her, Madison. Wir müssen die Wasserpolizei benachrichtigen."

Jassy. Niedlich anzusehen und superintelligent. Die perfekte Frau für Kyle? Empfindlichkeit hatte bei ihr keinen Platz. Während Madison beim Anblick des abgetrennten Arms vor Panik fast die Nerven verloren hatte, war es für Jassy eine spannende Entdeckung.

Madison benachrichtigte die Wasserschutzpolizei, dann nahm sie Carrie Anne mit in die Kombüse, um Kaffee zu machen.

Ein Kutter der Küstenwache traf ein. Madison bekam zum ersten Mal Gelegenheit, Mr. FBI in Aktion zu sehen, als ein großmäuliger Officer anfing, Jassy und Kyle Vorwürfe zu machen, dass sie den Arm aus dem Wasser geholt hatten. In einem kühlen, höflichen Tonfall setzte Kyle den Mann in Kenntnis darüber, wer er war und warum er sich in Florida aufhielt. Daraufhin stellte er ihm Jassy vor und informierte den Polizisten über die Position, die sie bekleidete. Alles sehr höflich. Nachdem er seine Erklärungen beendet hatte, schien der Mann überhaupt nicht mehr aufhören zu wollen, sich zu entschuldigen, und lud Jassy und Kyle ein, noch einmal mit nach unten zu kommen, um zu sehen, ob man noch mehr Körperteile finden würde.

Sie lehnten beide ab. Jassy war ganz geknickt, nachdem sie gehört hatte, dass der Arm nicht in ihren Zuständigkeitsbereich fiel. Sie arbeitete für die Behörden in Dade County, und dies hier war Monroe. Aber der Officer tröstete sie damit, dass, falls die Einrichtungen in Dade besser wären, die Monroer Polizei erfreut wäre, ihre Hilfe in Anspruch nehmen zu dürfen. Besonders in Anbetracht der jüngsten Vorfälle in Dade.

Madison wusste auf der Heimfahrt nichts zu sagen, und als sie wieder bei ihrem Vater waren, ging sie sofort mit Carrie Anne ins Haus, um zu duschen, und anschließend schaffte sie es sogar, ihre Tochter zu einem kleinen Nickerchen zu überreden. Nachdem sie Carrie Anne ins Bett gebracht hatte, zog sie leise die Tür hinter sich ins Schloss. Dann eilte sie den Flur hinunter.

Die Tür zum Arbeitszimmer ihres Vaters war zu. Wenn er absolut durch nichts und niemanden gestört werden wollte, es sei denn, es ginge um Leben und Tod oder der Himmel drohte einzustürzen, pinnte er das Bild eines gefährlich dreinschauenden Bären an seine Tür.

Das Bild hing dort.

Madison schaute in den Innenhof und sah, dass Kyle sich mit dem Gesicht nach unten auf eine der Liegen gelegt hatte. Seine Badehose war nass, er war also im Pool gewesen. Sie ging durch die Glastüren zu ihm hin und ließ sich auf der Liege nieder, die neben der seinen stand.

Er drehte sich sofort herum.

Die Sonnenbrille war wieder an Ort und Stelle.

Er setzte sich auf und schaute sie an. „Ist Carrie Anne okay?"

„Natürlich."

„Weiß sie, was wir gefunden haben?"

„Nein, Genaues weiß sie natürlich nicht, aber sie ahnt etwas. Ich habe ihr erzählt, dass es wahrscheinlich einen Unfall gegeben hat."

Kyle wich ihrem Blick aus und nickte. „Ja, einen Unfall. Das ist gut."

„Kyle, bitte sag mir, warum bist du hier? Im letzten Jahr hatten wir in Miami einige bizarre Morde. Es gab den Typen, der hinter den Prostituierten auf der achten Straße her war, und den Mann, der Obdachlose umgebracht und dann angezündet hat. Und ..."

„Und die Polizei hat diese Fälle aufgeklärt", sagte er. „Aber leicht war es nicht." Er zögerte. „Die Ermittlungen in solchen Fällen gestalten sich meist schwierig, weil angeblich niemand etwas gesehen hat. Und wer interessiert sich schon für einen ermordeten Obdachlosen, außer den übrigen anderen Obdachlosen – und einigen engagierten Sozialarbeitern, die auf der Straße arbeiten und sich daran erinnern, dass die Obdachlosen Menschen sind wie wir anderen auch. Und was die Prostituierten anbelangt ..." Er hob die Hände. „Die Leute neigen dazu zu denken, dass Zuhälter und Prostituierte nur das bekommen, was sie verdienen."

„Niemand verdient es, ermordet zu werden", widersprach Madison empört.

Er hob eine Augenbraue. „Auch nicht durch das Gesetz?"

„Ich weiß nicht, was du damit sagen willst."

Er schüttelte, plötzlich angewidert, den Kopf. „Ich schätze, ich habe nur gerade ein Stadium erreicht, wo ich mir nicht immer ganz sicher bin, was richtig und was falsch ist. Als ich das letzte Mal gerufen wurde, war es in Massachusetts. Der Täter, mit dem ich es dort zu tun hatte, hatte schon einmal wegen Kindesmissbrauch und Mord im Gefängnis gesessen, man hatte ihn zu zweimal fünfzehn Jahren verurteilt. Sein Benehmen im Gefängnis war vorbildlich. Er saß einige Jahre ab, man steckte ihn in verschiedene Spezialprogramme ... und dann bekam er irgendwann Wochenendurlaub. In zwei Tagen tötete er zwei Jungen und ein kleines Mädchen. Wie kann man einen solchen Menschen jemals aus dem Gefängnis entlassen?“

„Willst du damit sagen, dass das alles nicht passiert wäre, wenn er die Todesstrafe bekommen hätte?“

Er schüttelte den Kopf und schaute für einen Moment in die untergehende Sonne. „Was ist, wenn ein unschuldiger Mensch hingerichtet wird? Man kann ihn nicht wieder ausgraben und sich entschuldigen.“

„Du hast mir meine Frage nicht beantwortet“, wandte Madison sanft ein. „Was machst du hier?“

„Oh, ich ...“

Sie sprach sehr überlegt. „Diese Morde sind aufgeklärt. Und von einem anderen noch frei herumlaufenden Serienkiller habe ich nichts gehört.“

Er zuckte die Schultern. „Weil bis jetzt niemand genau weiß, was eigentlich vorgeht, mit der Ausnahme, dass es ein paar sichere Hinweise gibt, die auf einen Serienkiller hindeuten.“

„Was für Hinweise denn?“

„Madison, du kannst wirklich nicht wollen ...“

„Kyle!“ sagte sie scharf, dann zögerte sie, noch immer nicht gewillt, ihm von der Vision, die sie unter Wasser gehabt hatte, zu erzählen. „Ich kann vielleicht angesichts dieses abgetrennten Arms nicht so viel Begeisterung aufbringen wie Jassy, aber ich würde es dennoch begrüßen zu erfahren, was hier vor sich geht“, sagte sie entschieden. „Ich lebe allein mit meiner fünfjährigen Tochter und einer Haushälterin, die dreimal die Woche kommt. Ich würde mein Kind gern so gut beschützen wie möglich."

„Nun, dieser Mann ist nicht hinter Kindern her."

„Bist du dir sicher, dass es ein Mann ist?"

Er nickte. „Ich schon."

„Andere sind es nicht, aber du schon?" hakte sie nach.

Er lächelte. Ein schiefes Lächeln. „Immerhin bin ich ein Profiler. Und ich weiß, dass es ein Mann ist."

Madison ertappte sich dabei, dass sie lächelte, aber sie schüttelte dennoch den Kopf. „Ich dachte, du fängst erst am Montag mit deinen Nachforschungen an."

„Ich habe die Akten studiert, ehe ich herkam. Und ich glaube, ich weiß sehr gut, wonach wir suchen." Er zögerte, schaute sie durch seine dunklen Gläser an, dann zuckte er die Schultern. „Im ersten Monat, um den Fünfzehnten herum, wurde eine junge Frau vermisst. Eine schöne junge Frau, Debra Miller. Sie schwärmte ihren Kolleginnen vor, dass sie etwas ganz Besonderes vorhätte, ohne Namen zu nennen. Fuhr weg. Niemand wusste, wohin. Die Nachbarn sahen sie in ihr Auto steigen, sie winkte zum Abschied."

„Und dann ... wurde ihre Leiche gefunden?"

Er nickte. „In den Everglades. Übel zugerichtet."

„Gott, ich erinnere mich. Es stand in allen Zeitungen."

„Im nächsten Monat gab es einen ähnlichen Fall. Diesmal war es eine junge Latina, eine Mutter von zwei Kindern, kürzlich geschieden."

„Und ihre Leiche ..."

„Sie wird noch vermisst."

„Na ja, vielleicht ..."

„Auf jeden Fall wird sie vermisst. Dann kam der dritte Monat. Und ein drittes Opfer, die fünfundzwanzigjährige Julie Sabor, die ihren Kolleginnen ganz aufgeregt erzählt, dass es einen neuen Mann in ihrem Leben gebe, verschwand. Es ist nicht ausgeschlossen, dass sie als Unbekannte im Augenblick im Leichenschauhaus von Dade County liegt."

Irgendeine der Frauen könnte die Frau aus ihrem Traum gewesen sein.

„Aber ..."

„Alle diese jungen, schönen Frauen mit einer großen fürsorglichen Familie sind um einen Fünfzehnten herum verschwunden." Er musterte sie einen Moment nachdenklich. „Du weißt nichts davon?"

Sie schüttelte den Kopf. „Ich erinnere mich an einen Bericht im *Herald*, als man Debra Millers Leiche fand. Und möglicherweise habe ich einen Artikel über das Verschwinden einer anderen Frau überflogen, aber ich habe nicht weiter darauf geachtet. Du weißt ja, wie es hier unten ist. Die lokale Presse bläst alles zu einer Sensationsstory auf."

„Nun, die Polizei hat sich bedeckt gehalten. Sie will die wenigen Informationen, die sie hat, fürs Erste möglichst für sich behalten."

Madison konnte seine Augen nicht sehen, aber sie spürte, dass er sie durch seine dunklen Gläser anschaute. Die Sonne war mittlerweile fast untergegangen. Er brauchte die Sonnenbrille eigentlich nicht mehr. Das Licht bei Sonnenuntergang gehörte zu dem, was die Keys so außergewöhnlich machte. Ein sanftes rosa Licht vor einem pastellfarbenen Himmel.

„Ich wünschte, du wärst nicht geschieden", brummte er.

„Was?"

Er zuckte die Schultern, hob die Hände, betrachtete seine Handflächen. „Soweit ich es sehe, ist dieser Killer durchtrieben und charmant. Er geht überaus raffiniert vor. Seine psychischen Probleme liegen unglaublich tief. Er wird zunehmend gewalttätiger und verstümmelt seine Opfer von Mal zu Mal mehr. Er begeht seine Morde immer Mitte des Monats – nicht bei Vollmond, sondern Mitte des Monats, unabhängig davon, wie der Mond steht. Er ist attraktiv und gesellschaftlich akzeptiert. Er kann in die vornehmsten Restaurants gehen, ohne aus dem Rahmen zu fallen. Ich vermute, dass er von seinen Opfern etwas will ... und es nicht bekommt. Oder bis jetzt noch nicht bekommen hat. Dann dreht er durch. Und dann ..."

Er brach ab und schaute sie an, die Lippen grimmig aufeinander gepresst. „Ich wünschte mir einfach, du wärst noch immer verheiratet, weil es scheint, als ob dieser Typ nur hinter allein stehenden Frauen her ist. Er versucht, die Frauen zu betören, und er will etwas dafür zurück."

Sie atmete langsam aus und ließ ihre Blicke über den Pool schweifen. „Die Tatsache, dass es Serienkiller gibt, ist kein guter Grund, verheiratet zu bleiben, Mr. Montgomery." Sie starrte ihn plötzlich forschend an. „Hast du Jassy auch schon gewarnt?"

Er runzelte die Stirn. „Jassy ist so ... sie hat eine Menge gesunden Menschenverstand."

Madison hob eine Augenbraue. „Und ich nicht? Wie kannst du dir anmaßen, das beurteilen zu können?"

Er fuhr sich ungeduldig mit den Fingern durch das dunkle Haar. „Ich schätze, alles, was ich im Augenblick zu dir sage, ist verkehrt, Madison. Ich mag euch alle sehr – Jassy, dich, Kaila. Und selbstverständlich möchte ich nicht, dass irgendeiner von euch etwas passiert. Aber Jassy hat ihre Nase ständig in irgendeinem Buch. Und Kaila ist verheiratet. Doch du bist viel unterwegs. Um dich mache ich mir die meisten Sorgen."

Madison stand auf. „Hör auf, uns in irgendwelche Schubladen zu stecken, Kyle", sagte sie leise.

„Um Himmels willen, Madison, ich hatte nicht die Absicht, dir zu nahe zu treten. Aber du arbeitest als Model. Du kommst mit allen möglichen Leuten zusammen. Du bist einfach gefährdeter als deine Schwestern. Weil du empfänglicher bist."

„So ist es“, erwiderte sie beißend. „Vor allem sage ich mir bei jedem gut aussehenden Mann, der mir über den Weg läuft, warum zum Teufel eigentlich nicht, und fahre mit ihm davon.“

„Herrgottnochmal, Madison. Du bist geschieden! Du bist auf der Suche nach einem neuen Partner.“

„Dann möchte ich dich jetzt bitten, mich zu entschuldigen. Ich muss nämlich dringend nach oben und mich ein bisschen auftakeln. Immerhin gibt mein Dad heute eine Party, und ich bin auf der Suche nach einem neuen Partner. Vielleicht findet sich ja was“, erwiderte sie spitz, dann lächelte sie honigsüß, drehte sich auf dem Absatz herum und ging davon.

„Madison!“ rief er ihr nach.

Sie blieb nicht stehen.

„Madison!“

Sie drehte sich um. „Was ist noch?“

Er ging zu ihr und legte ihr die Hände auf die Schultern. „Ich flehe zu Gott, dass dir nichts passiert, Madison. Und ...“

„Und?“

Er zögerte und musterte sie noch immer. „Und ich bin froh, dass sich Jimmy Gates diesmal nicht an dich gewandt hat und dass du mit dieser Sache nichts zu tun hast.“ Er überlegte einen Moment. „Er hat sich doch nicht an dich gewandt, oder?“

„Du verstehst etwas falsch, wenn du glaubst, dass Jimmy mich drängt, ihm zu helfen.“

„Dann ruft er dich also immer noch wegen deines Hokuspokus an“, bemerkte er bitter.

Madison starrte ihn an und spürte die alten Ressentiments in sich aufsteigen. „Es ist keine einseitige Angelegenheit.“

„Du rufst ihn auch an?“ fragte er ungläubig.

„Wenn ich denke, dass es notwendig ist, ja. Ich habe um dieses verdammte zweite Gesicht nicht gebeten. Ich hasse es. Ich hasse es wirklich aus tiefstem Herzen. Es ist schrecklich, die Schmerzen anderer spüren zu müssen. Aber noch schrecklicher ist der Gedanke, dass man etwas tun könnte, es jedoch nicht tut. Es ist schlimm, denken zu müssen, dass man irgendwem möglicherweise Leid ersparen könnte und trotzdem nichts unternimmt."

„Madison, hör zu, ich habe einfach ein schlechtes Gefühl bei der Sache. Du musst Abstand halten."

Er schien nach weiteren Argumenten zu suchen. Sie war sich quälend der Hitze bewusst, die seinen noch immer ihre Schultern umklammernden Fingern entströmte. Sie mochte Kyles Hände. Sie waren groß, mit langen, schlanken Fingern. Er hatte die Hände seines Vaters geerbt. Künstlerhände. Sensible Hände, die jedoch bei Bedarf fest zupacken konnten.

Die Wärme seiner Berührung erinnerte sie an die Kälte, die sie heute unter Wasser verspürt hatte.

Hatte er Recht?

Sie hatte gestern den Traum gehabt und heute ...

Plötzlich senkte sie den Blick und erinnerte sich an die scheußliche Beklommenheit, die sie beim Betreten des Boots überfallen hatte. Dann fiel ihr ein, was sie gesehen und gespürt hatte, als sie auf den Arm zugeschwommen war.

Das Hotelzimmer. Sie selbst in der Haut einer anderen. Die Euphorie, und dann ...

Das Aufblitzen von Stahl.

„Madison!"

Er legte ihr die Hand unters Kinn und schaute ihr forschend in die Augen, womit sie erneut im Nachteil war, weil sie die seinen noch immer nicht sehen konnte. „Madison, ich bin mir sicher, dass der Arm, den wir heute gefunden haben, einem Opfer des Killers gehört. Er ist ein Stück weitergezogen. Er treibt sein Unwesen jetzt nicht mehr in Miami, sondern auf den Keys. Sowohl hier wie da hältst du dich auf. Ich möchte um jeden Preis verhindern, dass dir etwas zustößt. Und ich möchte nicht, dass du in irgendeiner Weise in diesen Fall verwickelt wirst."

Sie war schon verwickelt. Sie musste sich einmischen, sie hatte keine andere Wahl. Sie öffnete den Mund, um ihm von ihrer Vision zu erzählen.

Aber irgendetwas in ihr sträubte sich. Jimmy war der Einzige, der ihre Träume und Visionen von Anfang ernst genommen hatte, und sie wusste, dass sie den Respekt, den sie mittlerweile bei den meisten Leuten vom Morddezernat genoss, allein Jimmy zu verdanken hatte.

Nicht Kyle. Sie konnte Kyle nichts erzählen. Er schaute sie noch immer durch seine dunklen Gläser an, seine Berührung und sein Tonfall hatten etwas Drängendes.

„Madison, was du siehst, ist gefährlich, verstehst du das denn nicht? Es ist gefährlich für den Mörder und damit auch für dich. Ich meine, ich kann mich noch sehr gut erinnern, wie ich mich gefühlt habe, als ich glaubte, du würdest in mein Privatleben eindringen. Stell dir einen Mörder vor ..."

Sie riss sich von ihm los und starrte ihn wütend an. „In dein Privatleben eindringen?" wiederholte sie leise.

„So habe ich es damals empfunden. Aber ich habe es dir schon gesagt, ich war zu jener Zeit völlig am Boden zerstört, und mein Verhalten tut mir Leid. Aber wenn dem Mörder durch irgendeinen dummen Zufall etwas von deinen Fähigkeiten zu Ohren kommt, dann ..."

„Ich werde mir sehr genau anschauen, mit wem ich in nächster Zeit ins Bett gehe, Kyle", sagte Madison spitz. „Danke, dass du dir solche Sorgen um mich machst.

Dann drehte sie sich auf dem Absatz um und zwang sich, langsam zum Haus zurückzugehen.

5. KAPITEL

Gegen acht Uhr abends war Jordan Adairs Party in vollem Gang. Kyles Vater war unter den ersten Gästen gewesen, und Jordan und Roger hatten sich mit einer langen, freundschaftlichen Umarmung begrüßt. Rafes Begrüßung, der wenig später eintraf, fiel nicht weniger herzlich aus.

Auch Jimmy Gates, der über die Jahre hinweg ein guter Freund der Familie geworden war, erschien im Verlauf des Abends auf der Bildfläche.

Kyle und Jimmy begegneten einander mit vorsichtiger, professioneller Wertschätzung. Sie würden ab Montag zusammenarbeiten.

Dann war Kaila mit ihren drei Sprösslingen eingetroffen, sie wirkte abgekämpft und angespannt. Kyle, Rafe und deren Vater bewunderten ihren Nachwuchs, während sie erklärte, dass Dan, ihr Mann, später nachkommen werde. Kaila machte einen schrecklich nervösen Eindruck. Jassy, die ganz reizend aussah in ihrem ärmellosen engen schwarzen Cocktailkleid, eilte gleich herbei, um ihr das Baby abzunehmen. Eine Minute später kam Madison dazu. Ohne Kyle eines Blickes zu würdigen, drängte sie sich an ihm vorbei und nahm sich der beiden älteren Kinder an. Älter! Der Kleinste, Anthony, war noch nicht einmal zwei; Shelley war dreieinhalb, und der Älteste, Justin, war fünf. Kaila war sichtlich froh, einen Moment Ruhe zu haben, und nahm erfreut Rafes Angebot, ihr eine Piña Colada zu mixen, an.

Kaila hatte ebenso wie Madison lange, dunkelrote, über die Schultern herabfließende Haare, große blaue Augen und feine Gesichtszüge. Kyle fand sie sehr schön, und wenn die beiden Schwestern von der Art her nicht so verschieden gewesen wären, hätte man sie leicht verwechseln können. Auch ihre Bewegungen waren verschieden. Kaila hatte etwas Verhuschtes, Ängstliches an sich; sie bewegte sich oft abrupt. Madisons Bewegungsablauf hingegen hatte etwas Fließendes. Er war graziös und geschmeidig. Irgendwie ...

Sinnlicher, entschied er, als sie sich an ihm vorbeidrängte.

Und offensichtlich war sie wieder einmal wütend auf ihn.

Heute Abend trug sie Smaragdgrün. Für Rothaarige war es in den meisten Fällen besser, kein Grün zu tragen, aber an ihr sah es sensationell aus. Ihr Kleid, das von einem Nackenband gehalten wurde, war schulterfrei, die Haare hatte sie sich hochgesteckt, und ihr Rücken war bis zur Taille nackt.

Kyle war der Meinung, ein derart perfekter Rücken gehörte verboten. Jedes Mal, wenn sie in seiner Nähe stand, war er versucht, mit dem Finger darüberzustreichen.

So versucht wie jeder andere Mann sicher auch, dachte er trocken.

Nachdem Madison die Kinder in Carrie Annes Zimmer gebracht hatte, mischte sie sich lässig unter die Gäste.

Kyle registrierte, dass sie es vermied, in seine Nähe zu kommen. Offensichtlich war sie noch immer wütend auf ihn. Es war ihm anscheinend nicht gelungen, sich ihr verständlich zu machen. Dabei machte er sich nur Sorgen, das war alles. Und sie schien nicht zu begreifen, dass ihr diese seltsame Fähigkeit, die sie besaß, gefährlich werden konnte. Er beobachtete sie, wie sie angeregt plauderte, zuhörte und lachte, und verspürte einen kleinen seltsamen Stich. Er versuchte zu vergessen, wie sie am Nachmittag ausgesehen hatte, wie ihre Augen leidenschaftlich aufgeflammt waren, als sie versucht hatte, ihm zu erklären, dass sie das Leid anderer Menschen nicht mit ansehen könne, ohne zumindest den Versuch zu unternehmen zu helfen ...

Wenn sie bloß diese verdammte Fähigkeit nicht mehr hätte. Er hatte gehofft, sie hätte inzwischen aufgehört, Dinge zu sehen. Vergebens, wie sich jetzt herausstellte.

Das Wiedersehen mit Madison gestaltete sich nicht leicht.

Er dachte an die Frauen, mit denen er seit Fallons Tod geschlafen hatte. Es war keine Frau darunter gewesen, die größere Gefühle in ihm erweckt hatte.

Es war leicht, mit einer Frau zu schlafen, wenn man nicht mehr als vage Sympathie für sie empfand.

Für Madison empfand er eine Menge mehr, aber selbst wenn sich ihre Wut genug abkühlte, dass es zu dem, wonach er sich im Augenblick am meisten sehnte, kommen könnte, durfte er es nicht zulassen. Dazu fühlte er zu viel für sie.

Je weiter der Abend fortschritt, desto weniger gelang es ihm, seinen Blick von ihr loszureißen. Im Augenblick nippte sie an ihrem Champagner.

Sparsam, wie er registrierte. Sie hielt sich mit dem Trinken zurück.

Darryl Hart war einer der letzten Gäste. Kyle stellte irritiert fest, dass er dem Mann eine unerklärliche Feindseligkeit entgegenbrachte – obwohl Darryl ihn mit einem herzlichen Händedruck begrüßte und aufrichtig an seinem Befinden interessiert zu sein schien.

Madison umarmte ihren Ex-Mann liebevoll und gab ihm einen Kuss auf die Wange. Kyle, der sie beobachtete, fragte sich, woran ihre Ehe wohl gescheitert sein mochte. Sie schienen sich noch immer nahe zu stehen. Von außen betrachtet waren sie ein perfektes Paar. Darryl sah blendend aus und war gut gebaut – schließlich war er auf der High School und auf dem College ein Footballheld gewesen. Madison war strahlend schön. Wenn sie mit ihm sprach, lächelte sie viel. Beide schienen sie ihre Tochter abgöttisch zu lieben. Kyle wurde das Gefühl nicht los, dass Darryl noch immer sehr an seiner Ex-Frau hing. Und welche Gefühle brachte Madison ihm entgegen?

Was zum Teufel mochte sie auseinander gebracht haben?

Obwohl er darauf achtete, Abstand von Madison zu halten, stand er nah genug, um ein paar Gesprächsfetzen aufzuschnappen.

„Madison, in diesem Kleid musst du mir unbedingt Modell sitzen."

Sein Vater.

„Madison! Es kostet Sie nicht mehr als ein Wochenende. Wir fliegen hin, schießen ein paar gute hübsche Fotos von Ihnen auf dem weißen Sandstrand von Cozumel und fliegen wieder zurück."

Irgendein Werbefritze.

„Honey, ich weiß, dass Sie es ablehnen, mit Ihrem Namen oder Ihrer Herkunft hausieren zu gehen, aber wenn Sie uns für das Plakat des Kunstfestivals Modell stehen würden, würde das mit Sicherheit die Besucherzahlen mächtig in die Höhe treiben – und der Gewinn geht an Kinderheime, die das Geld gut brauchen können."

Eine trotz ihres Alters noch immer attraktive silberhaarige Dame, offensichtlich eine Mäzenin.

„Kyle!"

Er drehte sich um.

Sein Halbbruder Rafe, eine blendende Erscheinung mit seinen blonden, von der Sonne ausgebleichten Haaren, den silbergrauen Augen und der sonnengebräunten Haut, kam mit einer zierlichen Brünetten am Arm auf ihn zu. „Kyle, ich möchte dir Sheila Ormsby vorstellen. Sheila spielt ..."

„Bei den Storm Fronts", beendete Kyle den Satz, während er der Frau die Hand schüttelte. Sie war sehr hübsch, mit Grübchen und einem breiten Lachen. Er schätzte sie auf Ende Zwanzig. Er hatte sie am Abend vorher in der Band, in der Madison sang, Keyboard spielen sehen.

„Ich hatte gestern Abend leider keine Gelegenheit, Sie kennen zu lernen", sagte Sheila und ließ ihre hübschen Grübchen aufblitzen.

Sie waren entzückend.

„Ich hatte Madison lange Zeit nicht gesehen."

„Ich habe es gehört. Rafe erzählte mir eben, dass Sie so eine Art verlorener Sohn sind, der wieder nach Hause zurückgekehrt ist."

Kyle hob eine Augenbraue und schaute seinen Bruder forschend an. Rafe hob beredt eine Schulter.

Merkwürdigerweise schien seine Familie – und seine erweiterte Familie – schon den ganzen Abend erpicht darauf, ihm irgendwelche Frauen vorzustellen. Wahrscheinlich ergab sich das fast automatisch aus der Tatsache, dass er Witwer war.

„Freut mich, Sie kennen zu lernen, Sheila. Ich kann es nur bedauern, dass wir nicht schon gestern Abend das Vergnügen hatten. Wie lange machen Sie denn schon Musik?"

„Oh, praktisch mein ganzes Leben", gab Sheila lächelnd zurück.

Rafe seilte sich grinsend ab und überließ es ihm, sich mit Sheila weiterhin über Musik zu unterhalten. Noch während sie redeten, kam sein Vater mit der silberhaarigen Kunstmäzenin heran – und deren Tochter, einer attraktiven jungen Frau mit einem Helm schimmernder schwarzer Haare, die sie von ihrem kolumbianischen Großvater geerbt hatte.

Dann gesellte sich Trent zu ihnen und stellte ihm gut gelaunt eine hübsche blonde Journalistin vor.

Während sie sich unterhielten, registrierte Kyle, dass Kaila immer wieder nervös auf die Uhr schaute, sich schließlich entschuldigte und ins Haus eilte.

Madison, die Kaila offensichtlich beobachtet hatte, entschuldigte sich ebenfalls.

Jassy machte dasselbe.

Neugierig geworden, eiste auch Kyle sich von seinen Gesprächspartnern los und ging hinüber an die Bar, an der man sich nach Lust und Laune selbst bedienen konnte, dann spähte er durch die halb aufgeschobenen Glastüren ins Wohnzimmer. Kaila telefonierte, aber was sie sagte, konnte er nicht verstehen. Die beiden anderen Frauen standen mit betretenen Gesichtern im Zimmer herum.

Er tat sich langsam Eiswürfel in sein Glas, irgendwie beunruhigt, obwohl er nicht genau hätte sagen können, warum. Er war lange nicht hier gewesen, aber es hatte sich nicht wirklich etwas verändert. Früher – bevor Lainie ermordet worden war oder vielleicht auch noch vor Fallons Tod – hatten sie sich alle sehr nahe gestanden. Er hatte ihnen allen eine Menge Gefühle entgegengebracht. Allen. Und jetzt ...

Warum zum Teufel stand er hier und lauschte?

Er wusste es nicht.

Doch, er wusste es.

Irgendetwas nagte an ihm. Madison machte ihn nervös. Er musste Abstand von ihr halten. Sie war ein Problem für ihn; sie konnte in seine Haut schlüpfen. Sie konnte in seinen verdammten Kopf schlüpfen, um Himmels willen. Er tat gut daran, sie sich vom Leib zu halten ...

Nicht genug, dass sie damit ein Problem für ihn darstellte, sie sah auch noch aus wie eine Reinkarnation von Lainie, verdammt nochmal!

Alles wahr.

Und alles bedeutungslos.

Er wollte sie. Nackt. Keuchend. Sich in den Laken windend vor Lust. Er wollte ...

Whoa. Nicht so bildlich, warnte er sich.

Er sah es ganz deutlich vor sich, es war die Hölle.

Er ließ noch einen Eiswürfel in sein Glas fallen, während Kaila den Hörer so heftig aufknallte, dass man es sogar draußen noch hören konnte.

Die beiden anderen Frauen wandten peinlich berührt den Kopf ab. Madison räusperte sich, warf Jassy einen alarmierten Blick zu, dann schaute sie Kaila wieder an.

„Kaila“, sagte sie leise, „du darfst dich nicht so aufregen, Dan kann doch nichts dafür. Er ist Staatsanwalt und ...“

„Ja, und Staatsanwälte haben kein Privatleben oder was?“ fragte Kaila heftig.

„Kaila“, sagte Madison geduldig. „Dan ist schwer in Ordnung. Er hat sich den Hintern aufgerissen, um durch die Schule und das Studium zu kommen, und jetzt in seinem Beruf ist er ebenfalls sehr fleißig. Er weiß, dass du aus einer Familie mit Geld kommst, und er möchte nicht, dass du irgendetwas vermisst. Dazu kommt, dass er seinen Stolz hat, er würde nie auf die Idee kommen, sich Geld von Dad zu pumpen oder ..."

„Oh ja, ich weiß, er ist ein gottverdammter Heiliger!" schrie Kaila erbost.

Madison machte einen erneuten Anlauf, die Wogen zu glätten. „Kaila ..."

„He, jetzt mach aber mal einen Punkt, Kaila", schaltete sich Jassy ein.

„Wirklich, Kaila, du darfst das nicht so eng sehen. Du musst versuchen ..."

„Oh ja, richtig. Die Ehe ist heilig. Und das muss ich mir ausgerechnet von der Frau sagen lassen, die sich von Mr. Amerika hat scheiden lassen."

„Ja, und glaub mir, eine Scheidung ist nicht sehr erfreulich. Aber du und Dan, ihr liebt euch ..."

„Ach, halt doch den Mund, Madison! Du weißt auch nicht alles. Madison, Madison! Die ganze Welt dreht sich nur um Madison. Madison würde sich so gut auf einem Plakat für das Kunstfestival machen, Madison, können wir nicht nach Cozumel fliegen, nur für einen Tag, Darling? Madison, es ist einfach unglaublich, wie ähnlich Sie Ihrer Mutter sehen! Verdammt nochmal. Ich sehe genauso aus wie du, und doch bin ich immer noch Kaila, mit drei kleinen Kindern am Rockzipfel, immer gleich verlaufenden Elternabenden, Mittagessen bei McDonald's und und und ... Ich habe stets getan, was von mir erwartet wurde, und selbstverständlich habe ich alle meine Kinder gestillt, ungeachtet der Tatsache, dass mein Busen dadurch nicht gerade schöner geworden ist. Ein reiches Mädchen aus gutem Haus, das nichts anderes zu tun hat, als wunderbare Kinder großzuziehen und dem Mann eine vorbildliche Ehefrau zu sein. Während du immer nur die tolle, glamouröse Madison bist."

Kyle beobachtete gespannt Madisons Reaktion auf Kailas Ausbruch. Ein Teil in ihr musste die jüngere Schwester zum Teufel wünschen. Aber er sah, dass sie versuchte, ihre Gefühle unter Kontrolle zu bekommen, bevor sie sprach; es war offensichtlich, dass sie Kaila liebte, und sie schien zu begreifen, dass ihre Schwester nur weil sie derzeit so unglücklich war wild um sich schlug.

„Kaila, was zum Teufel ist los mit dir?" fragte sie sanft.

„Nichts. Gar nichts", schnappte Kaila. Aber ihre großen blauen Augen füllten sich mit Tränen.

„Kaila ..."

Kaila rannte aus dem Zimmer. Madison machte Anstalten, ihr zu folgen.

„Lass sie für ein paar Minuten allein", sagte Jassy.

„Jassy, wenn Kaila derart ausrastet, muss irgendetwas im Augenblick schrecklich schief laufen bei ihr."

„Ja, ich weiß. Und du solltest mit ihr reden. Aber gib ihr vorher ein bisschen Zeit, damit sie sich wieder fassen kann."

„Na schön."

Madison drehte sich um und kam wieder nach draußen. Kyle schämte sich, weil er gelauscht hatte, und ging hastig von der Bar weg.

Glücklicherweise stand die Tochter der Kunstmäzenin mit den schönen lackschwarzen Haaren ganz in der Nähe. Eilig verwickelte er sie in ein Gespräch. Madison ging, äußerlich gefasst, vorbei, aber sie tat so, als sei er Luft.

Vielleicht hatte sie ihn ja gar nicht gesehen.

Natürlich wusste er, dass das nicht sein konnte. Er schaffte es nicht, seinen Blick von ihr loszureißen. Herrgottnochmal! Sein Magen krampfte sich zusammen. Ob dieses Gefühl, das mittlerweile schon fast an eine Obsession grenzte, nachlassen würde, wenn er es schaffte, sie wenigstens ein einziges Mal ins Bett zu bekommen?

Madison hielt es nicht lange aus; sie war zu beunruhigt, um Kaila noch längere Zeit sich selbst überlassen zu können. Deshalb schlüpfte sie unbemerkt wieder ins Haus und eilte den Flur hinunter. An der Tür zu Carrie Annes Zimmer blieb sie stehen und hörte Martique, die wunderbar geduldige haitianische Haushälterin ihres Vaters, den Kindern mit ihrem samtigen Akzent eine Geschichte vorlesen.

Sie ging zu Kailas Zimmertür. Sie klopfte, wartete jedoch nicht, bis Kaila sie aufforderte einzutreten. Sie öffnete die Tür, schlüpfte durch den Spalt und machte sie leise wieder hinter sich zu.

„Kaila?"

Ihre Schwester lag auf dem Bett und starrte an die Decke. Sie hatte aufgehört zu weinen, aber ihre Wangen waren tränennass. „Oh, Kaila!" sagte Madison und eilte durchs Zimmer. Kaila setzte sich halb auf und wartete darauf, dass Madison auf sie zukam und sie in die Arme nahm.

„Oh, Madison, es tut mir so Leid! Es ist ja nur, weil er ständig zu spät kommt und ich nie wirklich weiß, wo er ist, und ich mir sicher bin, dass da mehr dahintersteckt. Ich bin mir sicher, dass er mit einer anderen schläft. Oh Gott! Wenn ich doch bloß selbst auch eine Affäre haben könnte."

„Kaila! Menschenskind, wie kannst du so etwas sagen? Das würde die Sache ganz gewiss nicht besser machen."

„Doch, das würde es. Ich möchte *auch* begehrt werden, verstehst du das denn nicht? Ich möchte *auch* endlich mal das Gefühl haben, dass ich etwas Besonderes bin."

„Kaila, ich weiß, dass Dan dich liebt. Ich bin mir sicher, dass er dich für etwas Besonderes hält."

„Das willst du nur! Und du verstehst mich sowieso nicht. Dich lieben alle. *Alle*. Du bist schön. Du bist perfekt. Um dich scharwenzeln sie ständig alle herum. Du hast doch an jedem Finger zehn Kerle."

„Kaila!"

„Es stimmt."

Madison schüttelte mit einem gezwungenen Lächeln den Kopf. „Wirklich, Kaila, ich fürchte, du machst dir von meinem Liebesleben völlig falsche Vorstellungen. Untersteh dich, es irgendeiner Menschenseele zu erzählen, aber heiße Liebesaffären kenne ich nur aus Romanen."

Kaila richtete sich auf. „Willst du mich auf den Arm nehmen?"

Madison schüttelte den Kopf.

Kaila war platt. „Aber ... aber du triffst doch ständig so viele Leute. Hinter dir waren die Jungs schon immer her und ... und Joey ..."

„Joey ist schwer in Ordnung, aber er ist verrückt nach seiner Frau und seinen Kindern. Ich würde nie auf die Idee kommen, mit ihm etwas anzufangen, und er hat es nie versucht. Und was die anderen Männer anbelangt, die sich für mich interessieren ..." Sie machte eine Pause. „Tja, ich weiß nicht, es gibt einfach zu viele Krankheiten heutzutage. Die Ehe hat ihre Vorzüge, weißt du. Nach Darryl hat es in meinem Leben keinen Mann mehr gegeben."

„Was? Oh mein Gott! Wie hast du es bloß geschafft, zu überleben?" flüsterte Kaila entsetzt.

Madison lachte. „Man *kann* überleben, glaub mir. Sex ist nicht alles."

„Aber eine ganze Menge. Ich meine, Dan und ich, wir haben vielleicht oft nicht allzu viel Zeit, und manchmal bin ich auch nicht aufgelegt, um ... na ja ... ich meine, mit ... ach, ich weiß nicht, was ich meine."

Madison lächelte wieder und umarmte ihre Schwester. „Ich weiß, was du meinst. Ich erinnere mich noch sehr gut an meine Ehe.

Manchmal ist man eben in der Stimmung und manchmal nicht, und manchmal macht man einfach nur mit, weil man weiß, dass der Partner sonst den ganzen Tag wie ein begossener Pudel durch die Gegend läuft."

Jetzt lächelte Kaila auch. „Ja, irgendwie so ..." Sie runzelte die Stirn. „Und dann komme ich mir manchmal so schäbig vor, weil ..."

„Weil?"

Kaila zuckte die Schultern. „Ach, ich weiß auch nicht, im Grunde ist Dan ja ganz in Ordnung. Ich meine, er ist ..."

„Gut im Bett, an ihm ist alles dran, und seine Reflexe funktionieren hundertprozentig", kam eine fröhliche Stimme von der Tür her, und Jassy betrat das Zimmer.

„Jassy, du bist wirklich unglaublich unromantisch", sagte Madison grinsend.

„Unromantisch? Du hast ja keine Ahnung", protestierte Jassy.

„Und ihr beide seid einfach schrecklich neugierig und indiskret", beschwerte sich Kaila.

„Dafür sind Schwestern da", versicherte Jassy ihr und schaute zu Madison hinüber. „Und du hast wirklich kein Sexleben – überhaupt keins?" fragte sie ungläubig.

Madison stöhnte. „Wir können eben nicht alle geheime Affären haben."

Kaila horchte auf. „Wer hat hier eine geheime Affäre?"

„Jassy", sagte Madison.

„Madison! Du hast mir hoch und heilig versprochen, es für dich zu behalten!" keuchte Jassy empört.

„Oh mein Gott, es ist mir so rausgerutscht. Es tut mir Leid." Madison biss sich schuldbewusst auf die Lippen.

„Schon gut, zum Glück ist es ja nur Kaila. Aber frag mich jetzt bitte nicht, wer es ist, Kaila, ich kann es dir nicht erzählen, denn sonst wäre es ja keine geheime Affäre mehr."

„Hat sie es dir erzählt?“ wollte Kaila von Madison wissen.

Madison schüttelte den Kopf, dann runzelte sie die Stirn und schaute an Kaila vorbei auf die Zimmertür.

Jassy hatte sie nicht richtig zugemacht. Jetzt glaubte Madison zu sehen, dass sie sich bewegte, gleich darauf meinte sie, leise Schritte auf dem Flur zu hören.

„Was ist?“ fragte Kaila.

Madison schüttelte den Kopf, wobei sie sich fragte, warum sie sich plötzlich so sicher war, dass irgendwer das Gespräch belauscht hatte. „Nichts“, gab sie zurück, aber sie runzelte noch immer die Stirn. Dann stand sie auf, ging zur Tür und schaute nach draußen.

Der Flur war leer. Sie musste es sich nur eingebildet haben.

„Madison?“ fragte Jassy beunruhigt.

Sie schüttelte den Kopf. „Es ist nichts, wirklich.“

Aber es *war* etwas. Ein seltsames Gefühl, das sie nicht abschütteln konnte.

„Kommt, lasst uns wieder nach draußen gehen“, schlug Kaila vor und fuhr sich glättend übers Haar. „Da habe ich schon mal eine wunderbare Kinderfrau, und was mache ich? Hocke in meinem Zimmer herum und suhle mich in meinem Selbstmitleid, während ich Gelegenheit hätte, endlich mal wieder mit Erwachsenen zu reden und sogar ein bisschen zu flirten.“

„Du bist auf dem richtigen Weg, Schwesterherz“, sagte Jassy lachend.

„Okay, lasst uns rausgehen“, sagte Madison.

Sekunden später gingen die drei wieder in den Garten.

„Madison!“ rief Sheila vergnügt und winkte ihr mit ihrem Glas.

Scotch. Ungemixter Dewar's. Sheila hatte ihr einmal erzählt, dass Dewar's ihr Lieblingsgetränk war – immer nur pur, man dürfe ihn um Himmels willen nie mit Soda mixen, denn Soda sei das, was den Kater verursache. Sheila konnte die ganze Nacht Dewar's trinken. Madison beneidete sie um diese Fähigkeit.

Sheila bahnte sich ihren Weg durch die Menge, hin zu Madison. „Tolle Party – es ist wirklich schrecklich nett von deinem Dad, dass er die Band auch eingeladen hat."

„Dad ist meistens schrecklich nett", gab Madison zurück.

„Also, deine Brüder sehen ja alle super aus, aber der, den ich heute kennen gelernt habe ... whow. Große Spitzenklasse, echt."

„Kyle Montgomery?"

„Ist er wirklich dein Bruder?"

„Sein Vater war mit meiner Mutter verheiratet."

„Ach ja, richtig, ich vergaß ganz den Skandal, als sie damals starb ... Himmel, jetzt bin ich schon wieder ins Fettnäpfchen getreten. Entschuldige, Madison."

„Schon gut. Ich komme eben aus einer skandalträchtigen Familie, was soll's."

Sheila lächelte, ihre Grübchen vertieften sich, ihre Augen leuchteten. „Das macht das Leben doch erst richtig interessant. Mir würde es nichts ausmachen, die ganze Zeit von lauter so tollen Männern umgeben zu sein. Du bist es. Dein Ex sieht aus wie Mr. Universum, Trent ist irrsinnig attraktiv ..."

„Trent ist mein Halbbruder", erinnerte Madison. „Der Sohn meines Vaters."

„Also gut, Inzest musst du natürlich unter allen Umständen vermeiden. Aber Rafe – echt süß, wirklich. So intelligent und gut aussehend. Und jetzt dieser Neue ... Wahnsinn. Bloß gut, dass er nicht dein richtiger Bruder ist. Wenn man bedenkt, was er dir für schöne Augen macht. Und du ihm."

„Na hör mal! Ich mache ihm doch keine schönen Augen. Genau gesagt hatten wir vor einigen Jahren sogar einen ziemlich üblen Krach."

„Ach ja?“ Sheila überlegte einen Moment. „Dann wäre es also okay, wenn ...“

„Wenn was?“

„Wenn ich versuche, ihn mir anzulachen?“

„Wenn ... ja klar“, sagte Madison hastig. Was zum Teufel interessierte es sie, wer sich wen anlachte? Er war ohnehin schon den ganzen Abend von Frauen umlagert.

„Du bist dir nicht sicher“, stellte Sheila lächelnd fest.

Madison seufzte. Sie spielten schon lange zusammen in der Band, und sie waren gute Freundinnen geworden. Sheila war eine Genießerin, was Männer anbelangte. Sie hielt nichts von der üblichen Routine mit Verabredungen zum Essen und Blumen und so; sie beobachtete ihre möglichen Partner, und dann war es sofort alles oder nichts. Sie war vorsichtig und diskret und, dessen war Madison sich gewiss, verantwortungsvoll. Aber wenn sie einen Mann wollte ...

„Sheila, red keinen Blödsinn. Lach dir an, wen du willst. Oder sehe ich vielleicht so aus, als würde ich ... als würde ich mir meinen eigenen ...“

„Stiefbruder anlachen wollen?“ beendete Sheila den Satz.

„Hmmm ...“

Sheila musterte sie einen Augenblick, und ihr Lächeln vertiefte sich. „Honey, du hast Recht. Du siehst nicht so aus, als wolltest du dir Kyle anlachen.“

„Da hast du es.“

„Du siehst nur so aus, als wolltest du mit ihm ins Bett. Aber es ist okay. Ich nehme dich beim Wort. Doch wenn ... wenn du willst, dass ich aufhöre, sag es einfach.“

Daraufhin wandte sie sich mit einem Lächeln ab und schlenderte auf das Grüppchen, von dem Kyle umlagert war, zu.

Madison hätte ihr am liebsten eine gescheuert.

Auf eine reife, würdevolle Art.

Die Party neigte sich ihrem Ende zu.

Und Dan war nicht gekommen.

Okay, er war Staatsanwalt. Das hieß jedoch noch lange nicht, dass er jeden Samstag arbeiten musste. Er war immer weg. Und sie war immer zu Hause. Er sah stets picobello aus in seinen eleganten Anzügen und mit den geschmackvollen Seidenkrawatten. Und sie trug immer Jeans und T-Shirts, auf denen Reste der letzten Kindermahlzeit prangten – Babybrei, Nutella, Grapefruitsaft –, oder der Kleine hatte ihr beim Bäuerchen machen mal wieder auf die Schulter gespuckt. Sie liebte ihre Kinder, sie liebte ihre Kinder wirklich.

Und doch war sie so ...

Rastlos.

Verletzt. Wütend.

Sie war fünfundzwanzig, und ihr Leben schien fast vorbei. Es kam ihr vor, als ob sie nie wieder jung sein würde. Für Dan war alles anders. Er kam unter Leute; er war anerkannt. Seine Arbeit war wichtig. Er erwartete von ihr, dass sie das verstand. Jedes Mal, wenn sie telefonierte, nahm er sich die Freiheit, sie zu unterbrechen, wenn ein Kind weinte.

Jedes Mal, wenn er telefonierte, musste sie dafür sorgen, dass es mucksmäuschenstill war.

Doch heute Abend ...

Er war hier.

Und endlich gesellte er sich auch zu ihr; sie hatte gewusst, dass er es tun würde. Ganz beiläufig kam er herangeschlendert. Aber so nett.

„Geht's dir gut?"

Angesichts des warmen Klangs seiner leicht heiseren Stimme verspürte sie eine seltsame Erregung in sich aufsteigen. „Ja."

Er beugte sich zu ihr hinunter. Sie saß auf einer Liege am Pool und ließ ihre nackten Füße im Wasser baumeln. Neben ihr standen ihre hochhackigen Sandaletten und ihre Piña Colada.

„Du siehst toll aus."

„Danke." Sie schaute ihn an. „Du siehst auch nicht übel aus."

Er lächelte. „Großer Gott, Kaila ... Dan hat alles, was ich mir wünsche. Er hat es, aber er weiß es nicht zu schätzen. Großartige Kinder. Und eine wunderschöne Frau. Wenn du meine Frau wärst, würde ich dich nicht eine Minute allein lassen."

„Lieb von dir, dass du das sagst."

„Du solltest mir eine Chance geben."

„Was denn für eine Chance?"

„Einen Probelauf."

Sie starrte ihn an, die Röte schoss ihr in die Wangen. Oh ja, die Versuchung war groß. Gott, sah er gut aus.

„Ich würde zehn Jahre meines Lebens hergeben, nur um dich ein einziges Mal nackt zu sehen", flüsterte er.

Zuerst hielt sie es für einen Scherz, für einen Versuch, sie ein bisschen aufzuheitern. Aber dann schaute sie ihn an. Und sah, dass er nicht scherzte.

„Ich glaube, ich würde vor Lust vergehen, wenn ich ..." Er kam mit seinem Mund ganz nah an sie heran und flüsterte ihr ins Ohr, was er mit ihr tun wollte.

„Es wäre nicht richtig!" flüsterte sie.

„Warum?"

Sie schüttelte den Kopf.

Sie hätte entsetzt sein sollen; sie hätte aufstehen, ihm eine runterhauen und weggehen sollen.

Stattdessen war sie in Versuchung, seiner Einladung zu folgen. Seine Worte waren Balsam auf ihre wunde Seele und ... erregten sie.

Erregten sie sie als Fantasie? Oder wollte sie, dass sie Wirklichkeit wurden?

Sie war sich nicht sicher.

„Ich ... ich kann nicht ...", flüsterte sie.

„Du brauchst noch ein bisschen Zeit. Du glaubst mir nicht, dass ich dich liebe. Und dass ich von dir wiedergeliebt werden möchte. Du nimmst das, was ich sage, nicht ernst, Kaila. Du kannst dir nicht vorstellen, wie sehr ich deine Kinder liebe, wie gut ich zu ihnen wäre – wie viel ich zu geben hätte."

„Ich ..."

„Du bist noch nicht so weit. Ich werde warten."

Er stand auf und ging davon.

Er war umwerfend. So charmant. So gut aussehend. Die Frauen rissen sich um ihn.

Und sie würde diese Chance nicht bis in alle Ewigkeit haben!

Und doch ...

Kaila stellte ihre Füße auf den Beckenrand, zog die Knie an ihren Oberkörper und umschlang ihre Beine. Sie hatte außer mit Dan noch mit keinem anderen Mann geschlafen, und sie hatte Angst davor, es zu tun. Und sie liebte Dan, auch wenn sie wütend auf ihn war.

Sie liebte ihn doch wirklich, oder?

Oder war sie nur noch aus Gewohnheit mit ihm zusammen?

Sie legte die Stirn auf ihre Knie, ihr war schwindlig. Zu viele Piña Coladas. Sie sollte glücklich sein. Von außen betrachtet sah ihr Leben perfekt aus. Sie lebten in finanzieller Sicherheit, und sie hatten drei glückliche, gesunde, hübsche Kinder. Wie konnte sie dann nur so unglücklich sein?

Sie wusste es nicht.

Sie wusste es einfach nicht.

Jassy trat vom Wohnzimmer in den Innenhof. Die Gäste verabschiedeten sich nach und nach. Es wurde stiller.

Sie ging um den Pool herum hinunter zur Anlegestelle und schaute aufs Wasser hinaus. Die Nacht war herrlich. Sie fühlte sich herrlich.

Plötzlich legten sich von hinten zwei Arme um sie. Sie wollte eben überrascht aufschreien, als sich eine Hand auf ihren Mund legte und jemand „pssst“ machte.

Ihr Herz klopfte wild.

Die Hand glitt von ihrem Mund nach unten; der Griff der Arme lockerte sich.

Sie drehte sich in seiner jetzt zärtlichen Umarmung herum und küsste ihren neuen Geliebten. Der Kuss wurde leidenschaftlicher. Seine Hände traten eine Wanderschaft an, legten sich über ihre Brüste. Zungen trafen sich und verschmolzen. Nach einer Weile stöhnte Jassy leise.

„Nicht hier, nicht jetzt!“ flüsterte sie atemlos.

Ihr Geliebter seufzte. „Ich weiß wirklich nicht, warum wir nicht einfach ...“

„Hier ist nicht der richtige Ort.“

Er nahm eine Haarsträhne, die sich aus ihrer Frisur gelöst hatte, zwischen die Fingerspitzen. „Lass uns irgendwo anders hingehen“, drängte er und küsste sie wieder.

Sie machte sich von ihm los.

„Ich kann nicht.“

„Es muss sein“, flüsterte er.

„Ich kann nicht“, wiederholte sie und suchte erneut seinen Mund.

„Wir brauchen einander.“

Schließlich beendete sie den Kuss mit einem Aufseufzen. „Ich kann heute Nacht nicht von hier weg. Das weißt du. Nicht ohne tausend Erklärungen abgeben zu müssen.“

„Du bist Ärztin – du hast einen Notfall.“

„Ich bin Pathologin. Bei Toten gibt es keine Notfälle.“

„Ach komm. Natürlich gibt es das ...“

„Ich habe keinen Dienst.“

Er nahm ihre Hand, zog sie über seine Brust, dann tiefer und presste ihre Finger gegen die Wölbung unter dem Reißverschluss seiner Jeans. „Siehst du, was du dir entgehen lässt?“

„Ja, es ist eine Vergeudung“, stimmte sie traurig zu.

Er lächelte und küsste sie auf die Wange. „Also schön. Dann verlasse ich dich jetzt. Ich liebe dich. Bis Montag ist es eine Ewigkeit.“

„Mach's gut, du, bis Montag dann“, sagte sie leise.

Sie küssten sich noch einmal leidenschaftlich, dann verschwand er in der Dunkelheit. Jassy fühlte sich wundervoll. Großartig. Gott, war es herrlich, verliebt zu sein!

Er litt Qualen, Todesqualen.

Es war dunkel. Und spät. Sehr spät. Er war hundemüde, aber er konnte nicht schlafen. Ihretwegen.

Die ganze Sache war vollkommen lachhaft. Wie konnte man eine Frau nach so vielen Jahren wiedersehen und sie plötzlich so schrecklich begehren, dass man glaubte, es nicht aushalten zu können?

Und dann war da die Art, wie sie ihn angeschaut hatte.

Wütend. Als ob sie ihn fressen wollte.

Aber ...

Da war noch etwas anderes gewesen. Ein seltsames Glitzern in den unergründlichen Tiefen ihrer großen blauen Augen.

Er stand auf und begann, rastlos im Zimmer auf und ab zu wandern. Er brauchte nur den Flur hinunterzugehen. Sie war da. Am anderen Ende des Flurs. Er brauchte sie nur aufzuwecken. Sie aus dem Bett zu zerren für den Showdown. Sieh, wie sehr wir es beide wollen, lass es uns tun, lass es uns hinter uns bringen, damit wir wieder zur Tagesordnung übergehen können ...

Er ging zur Tür. Machte sie leise auf und trat auf den Flur. Er trug einen weißen Bademantel, mehr nicht. Es spielte keine Rolle. Das Haus war ruhig. Es war mitten in der Nacht; er wusste, dass ihn nichts und niemand würde aufhalten können.

Er machte die Tür zu ihrem Zimmer auf.

Eine Nachttischlampe hüllte sie in weiches Licht. Sie lag in einem schwarzen Seidennachthemd in den Kissen, das leuchtendrote Haar züngelte wie ein Flammenmeer um ihren Kopf. Sie sah ihn und sagte kein Wort. Sie glitt nur anmutig aus dem Bett und schaute ihn eine Weile an. Dann ging sie auf ihn zu und blieb kurz vor ihm stehen. Sie streifte sich das schwarze Seidennachthemd über die Schultern, und dann stand sie in all ihrer nackten Herrlichkeit vor ihm, die vollen Brüste hoch und fest, das Schamdreieck in demselben flammenden Rot wie ihr Kopfhaar.

Sie streckte die Arme nach ihm aus. Er ließ seinen Bademantel fallen. Sie zog ihre Fingernägel über seine Brust. Nach unten ... so nah ...

Sie flüsterte an seinen Lippen. Ihre seidenweiche Haarpracht liebkoste sein nacktes Fleisch.

„Hör zu, wir wollen es beide. Lass es uns tun, bringen wir es hinter uns, damit wir wieder zur Tagesordnung übergehen können."

„Ja ..."

Er legte die Arme um ihre Taille, hob sie hoch und trug sie zum Bett, legte sie darauf und schob ihre Schenkel auseinander. Er hatte keine Zeit zu verlieren. Oh Gott. Er ...

Wachte auf.

Zitternd und schwitzend fuhr Kyle aus dem Schlaf hoch. Er brauchte eine gewisse Zeit, bis ihm klar wurde, dass er geträumt hatte.

Er saß in einem Sessel im Gästezimmer. Durchgeschwitzt. Schlimmer noch.

Er stöhnte laut auf, knirschte mit den Zähnen, fuhr sich durchs Haar und presste sich die Fingerspitzen fest an die Schläfen. Verdammt.

So ging das nicht.

Kyle schlief lange.

Dann stand er auf, trank Kaffee, verspeiste einen Donut und ließ sich anschließend inmitten der Touristenströme durch die Straßen von Key West treiben.

Gegen Mittag spazierte er zum Haus zurück.

Madison hatte sich mit Carrie Anne bereits auf den Weg nach Miami gemacht. Jassy und Kaila waren zusammen mit ihr aufgebrochen, sodass Madison und Jassy Kaila während der Pausen, die sie einlegen musste, Gesellschaft leisten und ihr mit den Kindern helfen konnten.

Kyle verbrachte den Nachmittag mit Jordan, seinem Vater, Rafe und Trent beim Angeln. Es war ein gemütlicher Männernachmittag. Sie fingen eine Menge Fische und putzten mehrere Sixpacks Bier weg. Anschließend warfen sie ihre Ausbeute beim Haus auf den Grill, und nach dem Essen legte sich Kyle noch eine Stunde aufs Ohr.

Am späten Abend machte auch er sich auf den Weg nach Miami.

Der Montagmorgen zog herauf.

Und mit ihm ...

Leichenteile.

6. KAPITEL

„Ich bin mir nicht sicher, ob ich dir eine große Hilfe sein kann", sagte Madison zu Jimmy Gates. Wie geplant, hatte er sie am Montagmorgen von zu Hause abgeholt. Allerdings hatte sie nicht gewusst, dass sie ins Leichenschauhaus fahren würden. Sie war noch nie mit ihm im Leichenschauhaus gewesen; er hatte sie immer nur an die Schauplätze der jeweiligen Verbrechen mitgenommen.

Natürlich war sie schon oft in der Gerichtsmedizin gewesen, jedoch nicht, um den Toten einen Besuch abzustatten, sondern weil Jassy dort arbeitete.

Trotzdem ging Madison nicht oft diese Flure hinunter. Heute würde sie bei ihrer Schwester reinschauen, bevor sie zum Essen gingen.

Jimmy warf Madison einen Blick zu, und sie schaute zurück. Er hatte gerade seinen siebenunddreißigsten Geburtstag gefeiert, aber er sah immer noch aus wie ein Junge mit seinen ständig zerrauften rötlichen Haaren, den Sommersprossen und den warmen braunen Augen. Doch dieses Bild trog. Er konnte unerbittlich, schonungslos und zäh wie Leder sein, wenn es darum ging, einen Mörder zur Strecke zu bringen. Glücklicherweise hatte ihm sein harmloses Äußeres schon ein paar Mal aus der Klemme geholfen, als er sich auf nicht ganz legale Weise die Informationen verschafft hatte, die er brauchte.

„Ich weiß, dass es eine Zumutung ist, Madison, aber tu mir den Gefallen, okay? Ich habe so eine dumpfe Ahnung diesmal."

„Okay."

In einem Leichenschauhaus roch es immer wie in einem Leichenschauhaus, auch wenn sich die Putzkolonne noch so viel Mühe gab. Der Anblick der Kacheln und des blitzenden Chroms verursachte Madison eine Gänsehaut.

Gruslig hätte Carrie Anne es hier genannt.

Jimmy machte eine Tür auf, und sie betraten einen großen Raum. Ein Autopsieraum, dachte Madison. Sie sah blitzende Bahren aus Stahl, über denen Mikrofone hingen. In einer entlegenen Ecke sezierte eine Vierergruppe in grünen Kitteln eine männliche Leiche. Daneben standen zwei Anzüge – Polizisten in Zivil? –, schauten zu und lauschten dem Autopsiebefund, den ein Arzt in ein Mikrofon sprach.

Tod. So verdammt unpersönlich. Er tilgte auch noch die letzten Spuren von Würde.

„Madison." Jimmy tippte ihr auf die Schulter. Er sprach leise. „Gleich hier."

Er führte sie durch eine Tür in einen Nebenraum. Auf einem der

Stahltische lag ein Klumpen, über den ein grünes Tuch gebreitet war. Daneben stand wartend eine mausgraue Pathologieassistentin. Jimmy schaute Madison an.

Sie schaute von ihm zu dem Klumpen und spürte, wie ihr ein eiskalter Schauer den Rücken hinunterlief.

Jimmy hatte seine Ahnung nicht getrogen. Sie konnte schon etwas fühlen. Etwas, das sie nicht fühlen wollte ... aber sie spürte, dass sie gleich etwas sehen würde.

Oh Gott.

Aber vielleicht konnte sie ja helfen.

Und doch gefiel es ihr nicht. Es gefiel ihr ganz und gar nicht.

Jimmy räusperte sich. „Mach dich auf das Schlimmste gefasst", warnte er Madison und nickte der Pathologieassistentin zu.

Die Frau zog das Tuch weg. Madison drehte sich der Magen um. Der Klumpen war ein Kopf. Er war direkt unterhalb des Kinns vom Körper abgetrennt worden. Die Augen waren weggefressen. Das Fleisch war aufgeschwemmt und so käsig, dass es unecht wirkte, es hätte genauso gut aus einer Werkstatt für Spezialeffekte stammen können.

Madisons Kehle entrang sich ein erstickter Laut, sie presste die Hände auf den Bauch und schloss die Augen in der Befürchtung, ohnmächtig zu werden. Die Knie wurden ihr weich, gleich würde sie fallen ...

Plötzlich fühlte sie sich von zwei starken Armen umfangen. Zu ihrem Erstaunen hörte sie Kyles Stimme.

„Jimmy, was zum Teufel ist los mit Ihnen, wie können Sie sie in so etwas mit hineinziehen?" Er war fuchsteufelswütend.

„Ach, kommen Sie, Kyle! Regen Sie sich nicht auf. Vielleicht kann sie uns ja helfen."

„Jimmy, Himmelherrgottnochmal!" Kyle stützte sie noch immer.

„Kyle, verdammt nochmal, das hier ist Madison, kein zartbesaitetes junges Mädchen. Ihre Schwester ist eine der führenden forensischen Wissenschaftlerinnen hier. Sie weiß, wie Blut aussieht. Es ist nicht so, dass ich sie mit irgendetwas geschockt hätte."

„Verdammt, Jimmy, dieser Kopf schockt ja sogar mich, und ich kann Ihnen versichern, dass ich schon eine Menge üble Sachen gesehen habe."

Madison wollte nicht, dass sie sich ihretwegen in die Haare gerieten, und sie wollte auch nicht auf den Kopf schauen.

Aber sie riss sich zusammen und straffte die Schultern, entschlossen, die Sache ohne Kyles Hilfe durchzustehen.

Noch während sie auf den Kopf schaute, spürte sie, wie sich eine eisige Kälte über sie legte, und dann verschwamm der Kopf vor ihren Augen; sie sah ihn nicht mehr. Sie sah eine schöne, vor Leben sprühende rothaarige Frau. Sie war sich nicht sicher, ob es sich um dieselbe Frau handelte, die sie schon vorher gesehen hatte, aber falls nicht, so war sie ihr doch von der Größe und der Gestalt her ähnlich, und sie hatte dieselben wunderschönen roten Haare. Sie lachte, als sie eine Autotür öffnete und hinters Steuer glitt. Irgendjemand war bei ihr. Sie fuhren ... auf den Highway. Dann waren sie auf einer anderen Straße. Da war ein großes Vogelnest auf einem Telefonmast an der Straße. Rechts und links von der Straße war Wasser ...

Sie fuhren an einem Schild vorbei. Lake Surprise. Madison erkannte die Stelle, die sie passierten; es war die U.S.1 auf dem Weg nach Key Largo.

„Die Keys", sagte sie plötzlich.

„Was?" fragte Kyle.

„Die Keys", wiederholte sie, dabei noch immer auf den Kopf starrend.

„Würden Sie das bitte wieder zudecken?" verlangte Kyle von der Pathologieassistentin.

Die Frau schickte sich an, seiner Bitte nachzukommen.

„Einen Moment noch“, protestierte Jimmy. „Madison sieht etwas.“

Das Laken wurde hochgezogen.

„Sie sieht nichts mehr“, schnappte Kyle.

Was stimmte, aber woher er das wissen konnte, war Madison schleierhaft.

„Ich bin okay!“ schwindelte Madison. Sie würde sich keine Blöße geben. Sie war stark. Sie war entschlossen.

Wie Jassy. Madison würde nicht ohnmächtig niedersinken, sodass ein starker Mann sie vor dem Sturz bewahren musste.

„Ich bin okay“, wiederholte sie, und es klang schon viel besser.

Ihre Beteuerungen nützten nichts.

Kyle führte sie aus dem Raum zurück auf den Flur. Jimmy folgte ihnen verärgert, aber Kyle blieb nicht stehen, bis sie den Korridor verlassen hatten und in einem Aufenthaltsraum für Angestellte angelangt waren. Dieser war leer bis auf eine durchgesessene Couch, auf die Kyle Madison jetzt drückte.

Er fuhr sich mit den Fingern durch das dunkle Haar. „Madison, du bist weiß wie die Wand. Bist du dir sicher, dass du okay bist?“

Sie nickte.

„Natürlich ist sie okay“, sagte Jimmy ungeduldig. „Stimmt doch, Madison, oder?“

Selbstverständlich war sie nicht okay. Sie befürchtete noch immer, gleich umzukippen, verdammt. Aber sie wollte nicht, dass Kyle es merkte.

„Mir geht es gut. Ich bin absolut in Ordnung“, sagte sie und starrte Kyle durchdringend an. „Ich brauche keinen großen Bruder, der auf mich aufpasst.“ Eilig senkte sie den Kopf. Sie machte es schon wieder. Wild um sich schlagen. Sie verhielt sich kindisch, wo sie doch unnahbar und distanziert und würdevoll erscheinen wollte.

„Hör zu, Madison“, herrschte Kyle sie an, „bei einem solchen

Anblick dreht sich selbst einem altgedienten Pathologen der Magen um. Und Polizisten, die sich einbilden, schon alles gesehen zu haben, bekommen weiche Knie und fangen an zu reihern. Du brauchst nicht so zu tun, als wärst du der verdammte Fels von Gibraltar."

Sie schüttelte matt den Kopf. „Mir geht es wirklich gut."

„Was hast du gesehen, Madison?" drängte Jimmy ungeduldig.

Wieder zögerte sie. Sie hätte Jimmy erwürgen können. Das war nicht fair. Er hatte sie um ihre Hilfe gebeten. Aber er hatte kein Wort davon gesagt, dass Kyle dabei sein würde. Sie wollte Kyle nicht hier haben. Sie wollte nicht, dass er sie sah, wenn sie ihre Visionen hatte, sonst würde er wieder, wie damals beim Tod seiner Frau, denken, dass sie irgendeine Art ...

Freak war.

„Madison? Um Himmels willen, Madison, das hier ist eine sehr böse Sache, verstehst du? Wir vermuten, dass sie etwas mit dem Fall zu tun hat, bei dem wir Kyle um seine Hilfe gebeten haben."

Sie riss den Kopf hoch und starrte Kyle an.

„Ich möchte nicht, dass sie in die Sache verwickelt wird, Jimmy."

„Das hast nicht du zu entscheiden", wies Madison ihn zurecht, aber sie entnahm dem Blick, den Kyle Jimmy zuwarf, dass das Thema damit noch längst nicht vom Tisch war. Vielleicht hatte Kyle es ja doch zu entscheiden. Er arbeitete immerhin beim FBI und Jimmy nur bei der örtlichen Polizei. Sie runzelte die Stirn, beobachtete ihn. „Ich ... ich habe dich gar nicht reinkommen sehen."

„Ich habe bei der Autopsie zugeschaut."

Er war einer der Anzüge gewesen. Natürlich.

„Madison ...", drängte Jimmy.

„Lassen Sie sie in Ruhe, Jimmy, ich möchte nicht, dass sie in die Sache verwickelt wird."

„Kyle, ich *bin* bereits verwickelt." Sie schaute Jimmy an. „Ich habe die Frau gesehen, kurz bevor sie starb. Sie saß mit jemandem im Auto."

„Wessen Auto?" erkundigte sich Jimmy.

„In ihrem eigenen, glaube ich. Sie fuhr. Irgendjemand saß auf dem Beifahrersitz. Sie lachte und war ganz aufgeregt, sie wirkte, als wollte sie mit jemandem übers Wochenende wegfahren, mit jemandem, mit dem sie sich wohl fühlte, mit ..."

„Einem Freund?" vermutete Kyle.

Sie schüttelte den Kopf, schaute ihn an und fragte sich, warum sie so eine brennende Hitze in ihren Wangen aufsteigen spürte.

„Mit einem Liebhaber. Einem neuen Liebhaber. Sie war aufgeregt, atemlos, glücklich. Vielleicht war sie mit diesem Mann zum ersten Mal ein ganzes Wochenende lang unterwegs."

„Kannst du den Mann sehen?" fragte Jimmy.

„Ist es definitiv ein Mann?" mischte sich Kyle ein.

Madison schüttelte den Kopf, dann schaute sie Kyle überrascht an. „Du warst dir doch sicher, dass es ein Mann ist."

„Ich bin stets für alles offen."

Wie der Teufel, dachte sie. Sie wandte sich wieder an Jimmy. „Es tut mir wirklich Leid, Jimmy. Ich gehe davon aus, dass es ein Mann war. Aber mit Bestimmtheit sagen kann ich es nicht. Alles, was ich sah, war sie ..." Sie machte eine Pause, dann holte sie tief und zitternd Atem. „Sie war so schön, so voller Leben. Sie lächelte, stieg mit jemandem ins Auto und fuhr davon. Zu den Keys. Das weiß ich ganz sicher."

„Woher nimmst du diese Sicherheit?"

„Ich sah ein paar Kormorannester auf den Telefonmasten entlang der Straße. Und dann sah ich das Schild, auf dem ‚Lake Surprise' stand."

Kyle und Jimmy tauschten einen Blick aus.

„Aus welcher Richtung kamen sie?"

Madison schüttelte den Kopf. „Ich weiß nicht."

„Okay, wo ist sie gelandet?" fragte Jimmy.

„Im Meer", erwiderte Kyle müde. „Ich bin bereit, jede Wette einzugehen, dass der Kopf zu dem abgetrennten Arm gehört."

Jimmy warf Kyle einen schnellen Blick zu und runzelte die Stirn. „Monroe hat uns den Arm bis jetzt noch nicht rübergeschickt. Aber das meinte ich nicht. Wohin sind sie gefahren, nachdem sie auf den Keys waren, Madison?"

„Ich weiß es nicht, Jimmy."

„Hast du das Gefühl, dass der Mann, der mit ihr im Auto saß, auch derjenige war, der sie umgebracht hat?" fragte Kyle Madison und schaute sie aus grünen Augen scharf an.

„Nein, ich ... ich weiß nicht." Irgendetwas hatte sie aus dem Konzept gebracht.

„Komm, Madison, streng dich an, fällt dir nicht noch irgendetwas ein?"

Wieder dachte sie nach und schaute zu Kyle. „Du glaubst, dass der Arm und der Kopf von derselben Person stammen? Wie kommst du darauf?"

„Es gibt keinen Grund. Es ist nur so ein Gefühl." Er zuckte die Schultern. „Wir finden normalerweise nicht allzu viele Körperteile in kurzen Abständen, die nicht irgendwie zusammengehören."

Er ließ sie nicht aus den Augen, während er sprach. Dachte er wieder, was für eine Hexe sie wohl sein mochte?

Ihr Blick wanderte zurück zu Jimmy. „Gestern im Wasser, während ich nach dem Arm tauchte – ohne zu wissen, dass es ein Arm war, natürlich –, habe ich auch etwas gesehen. Etwas sehr Ähnliches wie heute. Eine hübsche rothaarige junge Frau. Temperamentvoll und vor Lebendigkeit sprühend. Sie fühlte sich wohl mit der Person, mit der sie zusammen war. Sie war aufgeregt, voller Vorfreude. Ich sah ein Zimmer, ein typisches Hotelzimmer. Nicht schäbig, aber auch nicht sonderlich luxuriös. Da war ein Bett, auf dem Nachttisch daneben eine Bibel, ein schwarzes Telefon, eine Fernbedienung. Es kann leicht dieselbe junge Frau gewesen sein wie heute, sie hatte dasselbe Lächeln. Sie jauchzte vor Glück, und dann ... dann sah ich eine Klinge aufblitzen. Sie wurde in diesem Zimmer getötet."

„Hatte diese Vision eine Ähnlichkeit mit deinem anderen Traum?" fragte Jimmy.

„Was für ein Traum?" ging Kyle schroff dazwischen.

„Am Freitag hatte Madison wieder einmal einen ihrer seltsamen Träume und rief mich an. Ich wollte sie hier nicht mit reinziehen, Kyle", versicherte Jimmy.

Kyle warf Madison einen finsteren Blick zu. „Noch etwas, von dem du mir nichts erzählt hast?"

„Es war doch nur ein Traum", murmelte sie widerstrebend. „Du willst ja nichts von meinen Träumen hören."

„Es wäre mir jedenfalls verdammt lieber gewesen, als erst jetzt davon zu erfahren", fuhr er auf.

Jimmy räusperte sich. „Du hast uns wirklich sehr geholfen, Madison. Danke. Vielen Dank."

„Ist der Kopf schon identifiziert?" erkundigte sich Madison.

„Bis jetzt noch nicht. Aber wir haben erst Montagmorgen. Die Voruntersuchungen haben ergeben, dass sie um den Freitag herum getötet worden ist ..." Jimmy unterbrach sich, als ihm klar wurde, dass sie womöglich genau zu demselben Zeitpunkt umgebracht worden war, zu dem Madison den Traum gehabt hatte. „Aber die genaue Bestimmung des Todeszeitpunkts gestaltet sich schwierig", fuhr er dann beklommen fort, „weil der Kopf im Wasser lag. Zwei Jungen haben ihn beim Angeln rausgefischt. Bis jetzt liegt uns noch keine Vermisstenmeldung vor."

Madison nickte.

„Und wir warten noch auf den Arm. Die Polizei in Monroe

macht drei Kreuze, dass sie den Fall abgeben kann – andere Landkreise atmen auf, wenn wir die Gräueltaten in Dade behalten", sagte er, das Gesicht verziehend.

„Aber wenn sie in einem Hotelzimmer auf den Keys getötet wurde ..."

„Der Kopf kam aus Dade."

„Die Frau hat noch eine Menge mehr Körperteile", warf Kyle ein.

„Wir werden sehen, wo sie auftauchen", erwiderte Jimmy. Er schüttelte den Kopf und schaute Kyle an. „Himmel, wir müssen diesen Irren so schnell wie möglich schnappen."

„Ist Jassy da? Hat man sie beauftragt, die Untersuchung durchzuführen?"

„Jassy ist im Moment im Labor. Ich bin mir sicher, dass sie den Auftrag bekommt. Der Leiter des Gerichtsmedizinischen Instituts wollte, dass sie ..."

Ein Laborant steckte seinen Kopf durch die Tür. „Lieutenant Gates? Dr. Sibley hat den Obduktionsbericht über den Obdachlosen fertig, der letzte Woche reingekommen ist. Er hat gesagt, dass er weiß, dass Sie im Augenblick wegen eines anderen Falls hier sind, aber wenn Sie ein paar Minuten Zeit hätten ...?"

„Selbstverständlich", erklärte Jimmy bereitwillig. „Madison, gibst du mir noch zwei Minuten? Ich hasse es, dich hier im Leichenschauhaus festzuhalten, aber ..."

„Ich fahre sie nach Hause", unterbrach ihn Kyle.

„He, Jungs, wirklich, es ist kein Problem, ich kann mir ein Taxi nehmen", versicherte Madison. „Kyle, vielleicht interessiert dich ja auch, was Dr. Sibley ..."

„Nein, es ist okay, er muss nicht hier bleiben", sagte Jimmy. „Dieser Fall hat mit unserem Fall nichts zu tun. Der Typ, um den es hier geht, hatte keine Ausweispapiere bei sich, er ist fast so alt wie Moses, und ich nehme an, er hat wegen ein paar erschnorrter Kröten eins über die Rübe bekommen. Kyle kann dich nach Hause fahren, kein Problem."

„Danke", murmelte Madison.

Kyle ging mit ihr nach draußen.

Es war ein herrlicher Tag. Strahlender Sonnenschein, ein unglaublich blauer Himmel.

„Was hältst du davon, wenn wir irgendwo einen Happen essen?" fragte Kyle, nachdem sie in seinem Mietwagen saßen und er aus der Parklücke rangierte.

„Ich dachte, du bist wütend auf mich?"

„Bin ich auch. Also, was ist, essen wir irgendwo was oder nicht?"

Sie rümpfte die Nase. „Essen?"

Er zuckte die Schultern und grinste schief. „Na schön, dann eben nicht. Und wie wär's mit einem Drink?"

„Darfst du denn im Dienst trinken?"

„Gegen ein Bier dürfte sich kaum etwas einwenden lassen."

„Bist du dir sicher, dass du es verantworten kannst, jemandem einen Drink auszugeben, der so leicht betrunken wird wie ich?"

Sein Lächeln vertiefte sich. „Ja."

Sie schaute auf die Straße, auf den Verkehr. „Tut mir Leid, es ist zu früh am Tag für mich."

„Trau dich doch mal was."

„Ich muss nachher meine Tochter von der Schule abholen."

„Ich hole sie ab."

„Du hast heute deinen ersten Arbeitstag."

„Wann muss Carrie Anne denn abgeholt werden?"

„Um zwei."

„Dann bin ich um halb drei wieder im Büro. Ich habe heute Morgen um sechs angefangen, und hier bin ich mein eigener Boss."

Madison zögerte immer noch. Er hielt sie für eine Hexe – sofern er nicht versuchte, alles, was mit ihrem zweiten Gesicht zu tun hatte, als Hokuspokus abzutun. In seiner Nähe zu sein war eine Tortur für sie.

Wenn sie in seiner Nähe war ...

Wollte sie ihn. Natürlich war es nur Sex, worauf sie aus war.

Aber es bestand immerhin die Möglichkeit, dass er eine Liebelei mit ihrer Schwester hatte.

Sie zuckte die Schultern. Sie würden zusammen etwas trinken, ein bisschen reden. Bestimmt schaffte sie es, so lange höflich zu sein. „Also gut, ein Drink."

„Und danach hast du vielleicht Hunger."

Sie dachte an den Kopf.

„Ich werde wahrscheinlich nie mehr Hunger haben."

Er fuhr auf den Damm nach Key Biscayne und hielt dann an einem Lokal auf dem Wasser. Sie tranken zwei kleine Flaschen Bier an einem schmiedeeisernen Tisch im Freien und beobachteten die Pelikane, die hoffnungsvoll über einem Vergnügungsdampfer kreisten.

Madison schaute übers Wasser, als sie Kyles Blick auf sich spürte.

Abgeschirmt von den dunklen Gläsern.

Er war heute ein „Anzug", er trug ein fein gestreiftes Hemd, eine Krawatte und einen gut geschnittenen dunkelblauen Anzug. Es war sonnig, und sie hatte ebenfalls ihre Sonnenbrille auf. Aber sie hatte den Eindruck, als würde er direkt durch sie hindurchschauen.

„Dieser verdammte Jimmy soll in der Hölle schmoren", sagte er leise und schüttelte den Kopf. „Und du auch. Wenn er dich nicht in diesen Fall verwickelt hätte, hättest du dich selbst darin verwickelt. Aber er hätte es nicht zulassen dürfen."

Sie wandte den Kopf ab und nahm einen Schluck von ihrem Bier. „Kyle, du warst lange weg. Jimmy ist seit Jahren mein Freund. Er hat unsere Beziehung nie ausgenutzt."

„Und ich dachte, du hättest alle Hände voll damit zu tun, das singende Fotomodell zu spielen."

„Ich spiele nicht, sondern ich arbeite als Fotomodell, und ich liebe es, ab und zu mit der Band aufzutreten."

„Ist es wirklich nur ab und zu?"

„Ja. Und manchmal ein paar Studioaufnahmen. Von einer Stadt zur anderen zu tingeln passt nicht unbedingt ins Familienkonzept."

„Aber Fotoshootings machst du doch auch oft außerhalb der Stadt."

„Wenn ich Zeit habe."

„Erstaunlich. Du könntest in zwei Berufen richtig Karriere machen und hältst dich doch in beiden sehr zurück."

„Ich habe eine Tochter."

„Und du willst nicht berühmt sein. Wie deine Mutter."

Sie starrte ihn an. „Wie ich gehört habe, kannst du außergewöhnlich gut zeichnen."

Er warf ihr einen nachdenklichen Blick zu, schließlich verzog er die Lippen zu einem bedauernden Lächeln. „Na, dann sind wir jetzt ja quitt. Du hast Recht, ich bin mir meiner selbst auch nicht ganz sicher."

„Hast du dein Zeichentalent je für deine Arbeit genutzt?"

„Ab und zu. Aber die Computer haben wirklich alles verändert, weißt du."

„In einen Computer muss man immer noch etwas eingeben."

„Das ist richtig." Er schaute sie wieder an und schüttelte den Kopf. „Hör zu, ich möchte nicht, dass du Jimmy bei diesem Fall hilfst", wechselte er dann das Thema.

„Wenn ich mich recht erinnere, hast du ihm das bereits deutlich gesagt."

„Ich glaube nicht, dass einer von euch beiden mir zugehört hat."

„Wirklich, Kyle, ich kann beim besten Willen keinen Unterschied zwischen diesem Fall hier und einem anderen erkennen."

„Es *gibt* einen Unterschied."

„Welchen?“

„Ich weiß es nicht.“

„Hast du so eine Ahnung?“ spöttelte sie. Dann seufzte sie. „Hör zu, Kyle, ich weiß im Gegensatz zu dir nichts über die Psyche von Massenmördern, aber dieser Mann gibt sich nicht damit zufrieden, Menschen zu töten, er zerstückelt sie auch noch, er ist also ein echter Psychopath ...“

„Oder raffiniert“, legte Kyle nahe.

„Krank.“

„Krank – und raffiniert.“ Er seufzte und legte die Fingerspitzen aneinander. „Das geht oft beides Hand in Hand. Jemand kann krank sein und dennoch genau wissen, was er tut. Nimm Ted Bundy. Bundy war krank und wurde doch als gesund genug beurteilt, um sich vor Gericht verantworten zu können. Eine Leiche zu zerstückeln und sie mit Backsteinen beschwert in den Everglades zu versenken ist bizarr, aber stell dir die Everglades vor. Dinge können für immer dort verschwinden. Nach allem, was wir bisher wissen, handelt es sich bei dem Täter um jemanden, der sich seine Opfer sehr sorgfältig aussucht und charmant genug ist, sie um den kleinen Finger zu wickeln.“ Er zuckte die Schultern und hob die Hände. „Miami hatte kürzlich Conde – den Prostituiertenmörder. Aber nach allem, was ich weiß, hast du dir nie auf der Eighth Street Freier gesucht, weshalb es höchst unwahrscheinlich gewesen wäre, dass du eins seiner Opfer wirst. Aber dieser Typ hier ...“

„Kyle! Es gibt hier in der Gegend mehr als drei Millionen Menschen. Warum sollte ausgerechnet ich in Gefahr sein?“

Er schüttelte den Kopf. „Ich weiß nicht. Der Gedanke gefällt mir einfach nicht, das ist alles.“

Er lächelte sie plötzlich an und prostete ihr zu. „Auf unsere schöne Welt! Jeder Mord ist traurig und entsetzlich, aber nicht alle Morde sind gleich schwer oder leicht aufzuklären. Ich erinnere mich an einen

Mord hier unten vor ein paar Jahren, als ein junger Polizist auf der Straße einem nackten Mann begegnete, der mit einem abgeschnittenen Kopf unter dem Arm durch die Gegend spazierte. Der Mann versuchte, den Kopf auf den Polizisten zu werfen. Zum Glück für den Cop verfehlte er sein Ziel. Bei der Toten handelte es sich um die Freundin des nackten Mannes, aber dieser behauptete steif und fest, sie sei eine Ausgeburt des Teufels. Bei der Tat handelte es sich um eine so genannte Beziehungstat, das heißt, Mörder und Opfer standen in einer Beziehung, was es der Polizei leicht gemacht hat, den Fall aufzuklären. Die Leute können über so etwas den Kopf schütteln und Mitgefühl empfinden, aber sie können nachts zumindest ruhig schlafen. Dieser Bursche, mit dem wir es jetzt zu tun haben, ist deshalb so gefährlich, weil er eben *nicht* nackt mit einem Kopf unter dem Arm durch die Gegend spaziert, weil er eben *nicht* behauptet, seine Opfer seien Ausgeburten des Teufels. Wie auch immer seine Phantasien beschaffen sein mögen, er spinnt sie im Verborgenen. Er führt ein normales Leben. Er geht sehr raffiniert vor. Möglicherweise lebt er allein. Er besitzt ein eigenes Transportmittel. Vielleicht hat er ja damit angefangen, als Kind Fliegen die Flügel auszureißen, Steine auf Hunde zu werfen und junge Kätzchen zu ertränken. Was es auch immer gewesen sein mag, es hat sich nach und nach gesteigert zu Mord. Und wenn du mich fragst, macht es ihm einen Heidenspaß zu beobachten, wie die Polizei alle Register zieht, um ihn endlich zu fassen. Er weiß, dass er so gut wie keine Spuren hinterlässt, deshalb kann er sich zurücklehnen und sich das Schauspiel in aller Ruhe betrachten.“ Er schwieg einen Moment, dann verzog er das Gesicht. „Nun, ich schätze, ich habe nicht allzu viel dazu beigetragen, dass du Appetit bekommst.“

Sie lächelte. „Wenn du willst, können wir jetzt bestellen.“

Sie gingen nach innen. Kyle nahm Red Snapper, und sie entschied sich für gegrillte Mahimahi.

„Dann ist also Darryl im Augenblick hier unten", murmelte Kyle und nahm einen Schluck Kaffee. „Wie klappt es denn?"

„Was meinst du?" fragte sie wachsam.

Aber er hatte offensichtlich keine Hintergedanken; die Sonnenbrille hatte er abgenommen, und er schien seine Frage nur aus Neugier und Interesse gestellt zu haben. „Mit Carrie Anne. Sie ist wirklich ein niedliches, aufgewecktes Kind – und sie scheint zu euch beiden eine sehr innige Beziehung zu haben."

Madison lächelte. „Danke. Wir sind glücklich. Wirklich glücklich. Keiner von uns versucht, Carrie Anne als Druckmittel zu benutzen oder gegen den anderen aufzuhetzen. Darryl vergöttert sie, und er ist ein wundervoller Vater. Bis vor kurzem hatte er sie eine Woche im Monat ganz bei sich, aber seit sie in die Vorschule geht, müssen wir uns nach ihrem Stundenplan richten. Deshalb verbringt sie jetzt in der Regel die Ferien bei ihm. Ich hatte gestern Abend nicht viel Gelegenheit, mit ihm zu sprechen, aber er ist ja jetzt für ein paar Wochen hier. Was ich ganz toll finde. Carrie Anne wird eine Menge Zeit mit ihm verbringen."

„Und du auch?"

Madison hob eine Braue und nahm einen Schluck von ihrem Eistee. „Ein bisschen."

„Warum die Scheidung?"

„Das geht dich nichts an." Sie trank erneut von ihrem Tee. „Was ist mit dir?" erkundigte sie sich unvermittelt.

„Was soll mit mir sein?"

„Hast du keine feste Beziehung?"

Sein Lächeln verblasste, und er zuckte die Schultern, während er mit plötzlich neu erwachtem Interesse seinen Salat in Angriff nahm. „Nein."

„Du lebst im Zölibat?

Er schaute sie an. „Nein."

„Was dann? Nur lauter Eintagsfliegen?“

„Das geht dich nichts an.“

Das tat weh. Komisch, als sie eben dasselbe zu ihm gesagt hatte, hatte es nicht wehgetan.

Sie schob ihren kaum angerührten Salatteller zurück und faltete ihre Hände auf dem Tisch. „Niemand wird dir je Fallon ersetzen können, aber Sex ist ein natürlicher Instinkt, und wenn er sich meldet, folgst du ihm dann?“

Er streifte sie mit einem Blick. „Mehr ist Intimität für dich nicht?“

Die Art, wie er sie anschaute, erweckte in ihr den Wunsch, ihn zu schlagen. Aber ihr Herz schlug plötzlich doppelt so schnell wie normalerweise; ihre Handflächen wurden feucht, und ihr Blut begann schneller durch ihre Adern zu fließen.

Instinkt, ja. Sie schafften es, ein paar Höflichkeitsfloskeln auszutauschen, doch dann sprangen sie sich auch schon wieder gegenseitig an die Kehle. Und doch hatte er Recht, mehr war es für sie tatsächlich nicht.

Zu dumm, dass sie überhaupt darüber gesprochen hatten.

Wenn sie ihn doch bloß ... berühren könnte. Sie wünschte es sich so sehr. Sie wollte seine Muskeln spüren, seine Lippen auf ihrer Haut. Es war schon lange her, seit ...

Sie spürte, wie ihr das Blut in die Wangen schoss, während sie sich daran erinnerte, was Sheila am vergangenen Abend im Haus ihres Vaters über ihren, Madisons, Wunsch, mit Kyle zu schlafen, gesagt hatte.

Wie schrecklich.

Aber es stimmte.

Reiß dich zusammen, Madison! warnte sie sich. Sie lehnte sich zurück. „Kyle, du bist wirklich ein Drecks...“

Glücklicherweise kam in diesem Augenblick die Kellnerin mit der Rechnung. Sie war eine redselige junge Frau, die sich über das

Wetter ausließ – über die dunklen Gewitterwolken, die sich im Osten zusammenbrauten. „Aber im Frühling ist das hier eben so", verkündete sie vergnügt. „Am Morgen noch strahlendster Sonnenschein, und am Nachmittag ist es schlagartig finsterste Nacht, die Blitze zucken über den Himmel, und es schüttet wie aus Kübeln. Doch nach dem Regen ist es nirgends so schön wie in Florida."

„Ja, es ist herrlich", pflichtete Kyle ihr bei.

„Ich meine, hier passieren schon manchmal schlimme Sachen, aber die passieren anderswo schließlich auch, oder?" fuhr das Mädchen, noch immer lächelnd, fort.

„Auf jeden Fall", stimmte Madison zu.

„Das Gewitter wird bald runterkommen", bemerkte Kyle.

„Sie können es von hier aus beobachten", sagte die Kellnerin.

Mit leicht schaukelnden Hüften entfernte sie sich vom Tisch. Ein sympathisches Mädchen, freundlich und lebenslustig.

Wie die Opfer des Mörders, dachte Madison plötzlich.

Sie schaute von den Überresten auf ihrem Teller zu Kyle, und ihr wurde klar, dass er dasselbe gedacht hatte.

„Hast du vor, sie zu warnen?" fragte Madison.

Kyle schien nicht überrascht oder unangenehm berührt, dass sie seine Gedanken gelesen hatte.

„Vielleicht. Ich denke, wenn wir gehen, werde ich ihr raten, dass sie nirgendwo hingeht, ohne zu hinterlassen, wo und mit wem sie unterwegs ist." Er schaute auf Madison. „Dasselbe gilt für dich. Geh niemals weg, ohne jemandem Bescheid zu sagen, wo du dich aufhältst."

„Kyle, ich bin kein Idiot!"

„Verdammt, Madison, sei nicht so eine Mimose. Ich dachte, wir hätten das Kriegsbeil begraben."

„Ich bin keine Mimose. Und selbst wenn wir das Kriegsbeil begraben haben, gedenke ich mein Leben dennoch genauso weiterzuleben wie ..."

Er schnaubte ungehalten. „Bitte! Madison, ich mache mir Sorgen um dich."

„Tja, weißt du, Kyle", sagte sie ruhig, „es gab mal eine Zeit, da habe ich mir um dich auch Sorgen gemacht, aber du warst erwachsen, und mir blieb nichts anderes übrig, als die Tatsache zu akzeptieren, dass du mich offensichtlich nicht um dich haben wolltest. Und ich bin jetzt auch erwachsen, Kyle. Du brauchst dir keine Sorgen um mich zu machen."

Er stand so plötzlich auf, dass sein Stuhl nach hinten kippte. Er bekam ihn gerade noch zu fassen und stieß ihn heftig unter den Tisch.

Er fing die Kellnerin ab und beglich die Rechnung. Madison beobachtete, wie er charmant, aber eindringlich auf die junge Frau einredete.

Sie schien ganz bezaubert von seinem Charme, doch sie war ein freundliches Mädchen, deshalb drehte sie sich jetzt nach Madison um, lächelte ihr zu und winkte zum Abschied.

Sie hielt sie offensichtlich für ein Paar.

Sie verließen das Restaurant und fuhren, bis auf ein paar Wegerklärungen, schweigend zu Carrie Annes Schule.

Auf der Heimfahrt hüllte sich Madison ebenfalls in Schweigen, während Carrie Anne unablässig über das, was sie im Unterricht gelernt hatte, plapperte.

Kyle war gut zu ihr. Er wusste, wie man mit Kindern umgehen musste. Er schien an ihren schulischen Erfolgen ebenso interessiert wie an irgendeiner kriminaltechnischen Untersuchung.

Er setzte die beiden zu Hause ab, lehnte es jedoch ab, mit hineinzukommen, als Madison ihm noch eine Tasse Kaffee anbot. Auch von Carrie Annes aufgeregtem Drängen ließ er sich nicht erweichen.

„Ich muss wieder an die Arbeit", erklärte er dem Mädchen und schnitt eine Grimasse. „Ich habe heute meinen ersten Arbeitstag hier. Ich muss brav sein."

„Och, wenigstens eine Minute“, bettelte Carrie Anne.

Er schüttelte entschieden den Kopf, streckte die Hand aus dem Fenster und verwuschelte ihr das Haar. „Es gibt nichts, was ich lieber täte, als den Nachmittag mit einer so reizenden jungen Dame zu verbringen, aber ich muss wirklich wieder an die Arbeit.“

Carrie Anne hatte ein Einsehen. Madison beobachtete Kyle und spürte, wie sie ein seltsames Gefühl beschlich.

Er hatte es ernst gemeint. Natürlich. Bestimmt fragte er sich, ob seine eigene Tochter ähnlich wie Carrie Anne gewesen wäre, wenn sie jemals die Chance gehabt hätte, das Licht der Welt zu erblicken.

Dann schaute er sie an. Und sie dachte nicht mehr an Kinder oder den Mörder, der noch immer frei herumlief. Sie erwiderte seinen Blick, und ihr wurde schlagartig so heiß, dass sie glaubte, in Flammen zu stehen.

Sex.

Einfach nur Sex.

Wenn sie jetzt allein wären ...

Wenn er nackt wäre ...

Oh Gott.

Sie winkte ihm zu, griff nach Carrie Annes Hand und ging eilig ins Haus.

7. KAPITEL

Um fünf läutete sein Telefon.

Kyle streckte die Hand aus, nahm den Hörer ab und schaute gleichzeitig auf die Uhr. Seinen Wecker hatte er auf sechs gestellt.

Am anderen Ende der Leitung meldete sich Jimmy. „Wir haben einen Torso gefunden.“

Kyle rieb sich die Augen. „Wo sind Sie?“

„An der Abzweigung nach Krome."

„Ich komme so schnell ich kann."

„Wir haben möglicherweise etwas. Eine Spur."

„Ja?"

„Eine Tätowierung direkt unterhalb des Bauchnabels. Eine Rose, mit Dornen. Der Gerichtsmediziner, der mit uns hier draußen ist, hält sie für frisch."

„Eine Rose ... mit Dornen?"

„Im Haus der vermissten Maria Garcia stand eine Vase mit frischen Rosen. Und unsere Unbekannte im Leichenschauhaus ..."

„Hatte ein Tattoo auf der linken Gesäßbacke", zitierte Kyle aus dem Obduktionsbericht, den er bereits in Washington gelesen hatte. „Ich bin gleich da."

Er legte auf und sprang aus dem Bett.

Der Mörder hatte etwas von sich preisgegeben, er hatte seine Visitenkarte hinterlassen.

Rosen ...

Mit Dornen.

Kaila Adair Aubrey krallte ihre Finger in das Bettlaken, biss die Zähne zusammen und starrte an die Decke.

„Erzähl mir was, Baby, erzähl mir was."

Erzählen.

Männer wollten immer, dass Frauen ihnen etwas *erzählten*.

Sie hatte aber im Augenblick verdammt nochmal nichts zu erzählen. Nicht, dass Dan kein guter Liebhaber gewesen wäre. Zumindest konnte er es sein. Aber Sex schien wie alles andere in ihrem Leben derzeit auch nur für ihn allein da zu sein. Und das machte sie eben nicht an. Sie war nicht in der Stimmung, ihm eine Szene zu machen; sie hätte ja nicht einmal gewusst, was sie hätte sagen sollen. Und wenn sie es nicht schaffte, ihre Gedanken klar zu artikulieren, würde er sie nur wieder einmal komplett missverstehen und alles auf ihr PMS-Syndrom schieben. Und dann würde er anfangen herumzujammern, was für ein bedauernswerter, schwer arbeitender Familienvater er sei.

„Kaila ...“, stöhnte er.

Wenigstens hatte er sie bei ihrem richtigen Namen genannt.

Während der letzten paar Wochen mit seinen ständigen Überstunden und angeblichen Geschäftsessen war ihre Angst, dass er eine Affäre haben könnte, weiter gewachsen. Sie dachte es auch jetzt, und der Gedanke tat weh, allerdings nicht mehr weh als vieles andere auch. Wenn sie auch nur den leisesten Verdacht äußerte, ging er gleich an die Decke und zog sich beleidigt zurück. Natürlich war sie trotz alledem noch besser dran als die meisten anderen jungen Frauen mit kleinen Kindern, die sich wegen der Seitensprünge ihrer Ehemänner im stillen Kämmerlein die Augen ausweinten; sie könnte, wenn alle Stricke rissen, immer noch wieder nach Hause zu einem reichen Daddy rennen. Nein, es war nicht die finanzielle Sicherheit, die sie veranlasste zu schweigen. Es war ihre Verunsicherung, ihre Verwirrung, das Nichtwissen. Gab es da irgendetwas – irgendeinen anderen – für sie da draußen? Oder liebte sie ihren Mann? War eine Zukunft mit ihm wirklich das, was sie sich wünschte? War sie vielleicht einfach nur müde und erschöpft und maß deshalb der Tatsache, dass sie nach drei Kindern nie mehr so schlank wie früher sein würde, so viel Bedeutung bei? Gott möge ihr verzeihen, sie war ja wirklich dankbar, dass ihre Kinder gesund und munter waren, aber ...

Aber in ihr herrschte ein einziges Chaos.

Und würde sie nicht verrückt werden vor Kummer, wenn sie sich gezwungen sähe, Dan freizugeben, weil er sich in eine andere Frau verliebt hatte und sich von ihr trennen wollte? Sie liebte ihn, sie liebte ihn wirklich, sie war nur so ...

Durcheinander.

Und einfach nicht in der richtigen Stimmung.

Und doch fügte sie sich lieber seinen Wünschen, als dass sie versucht hätte, ihm irgendetwas zu erklären, obwohl sie schlicht nicht bei der Sache war. Und dies trotz des Umstands, dass er sich schweißnass und erregt in ihr bewegte.

Endlich erreichte er den Höhepunkt. Fiel über ihr zusammen. Rollte sich auf die Seite.

Er vergrub seine Finger in ihrem Haar.

Schweigend lagen sie nebeneinander.

Ein paar Minuten später fing er an, sie zu streicheln. Sie biss erneut die Zähne zusammen, doch dann spürte sie zu ihrer Überraschung ihre wachsende Erregung. Sie presste sich an ihn. Sie küssten sich. Seine Hände liebkosten ihren Körper. Sie schmiegte sich an ihn, rieb sich an ihm, umkreiste mit der Zungenspitze seinen Nabel.

„Komm, Baby, mach schon, mach, Baby“, stöhnte er.

Es war, als ob er ihr einen Kübel Eiswasser über den Kopf geschüttet hätte.

Kaila verharrte einen Moment regungslos, den Kopf über seinen Bauch gebeugt, die Unterlippe zwischen den Zähnen. Natürlich wusste sie, was ihm vorschwebte. Und sie hätte sich zwischen seine Schenkel knien und ihn mit dem Mund liebkosen können, genau wie er es sich wünschte. Nur dass sie nicht in der Stimmung dafür war.

Sie war weder in der Stimmung, ihn mit Worten zu erregen noch hart an ihm zu arbeiten, damit er eine weitere Erektion bekam. Sie wollte verführt werden, wollte sich von ihrer eigenen Erregung davontragen lassen, sie wünschte sich, dass ihr jemand den Boden unter den Füßen wegzog. Sie wollte fliegen.

Unvermittelt sprang sie auf. Ihr Ehemann riss die Augen auf und starrte sie überrascht an.

„Ich muss Frühstück machen“, sagte sie wütend und marschierte ins Bad. „Die Kinder sind bestimmt schon wach.“

Sie hörte, wie er sich die Zähne putzte, während sie unter der Dusche stand. Nachdem sie fertig war, stieg er in die Duschkabine. Ohne sie eines Blickes zu würdigen.

Er duschte. Sie putzte sich die Zähne und cremte sich das Gesicht ein.

Er kam raus, frottierte sich ab. Sie beobachtete ihn im Spiegel. Dan hatte dunkelblonde Haare – einen gepflegten Haarschnitt, wie es sich für einen Staatsanwalt gehörte. Er hielt sich fit. Er hatte helle blaugrüne Augen und war immer leicht gebräunt. Kinder in die Welt zu setzen hatte auf den Körper eines Mannes keinerlei nachteilige Auswirkungen. Er war hoch gewachsen und gut gebaut und gut aussehend. Sie begehrte ihn; sie begehrte ihn nicht. Sie liebte ihn; sie hasste ihn.

Sie fragte sich, ob sie womöglich an irgendeiner seltsamen Krankheit litt.

Er schlang sich das Badetuch um die Hüften. „Wenn dir etwas nicht passt, Kaila, sag es einfach."

„Ich musste doch nur ..."

„Nein. Beim ersten Mal. Es war so, als würde ich mit einem Holzklotz Liebe machen."

Das tat weh.

„Es tut mir Leid."

„Du brauchst es nur zu sagen, wenn du keine Lust hast."

„Ich habe versucht, eine gute Ehefrau zu sein."

„Ja. Klar. Es gibt allerdings nichts, wodurch sich ein Mann unzulänglicher fühlen könnte, als durch das Gefühl, die verdammt willigste Ehefrau auf der ganzen Welt zu haben."

„Ach, fick dich doch selbst", sagte Kaila leise.

„Ich hätte definitiv mehr Spaß dabei", versicherte er ihr.

Getroffen verharrte sie einen Moment reglos.

Sie hatte gewusst, dass sie unglücklich war.

Es war ihr jedoch nie in den Sinn gekommen, dass er ebenfalls unglücklich sein könnte. Und jetzt fragte sie sich mehr denn je, ob er eine Affäre hatte.

Er ging nach nebenan ins Schlafzimmer und begann sich anzuziehen. Zitternd schlüpfte sie in einen Bademantel, ging eilig aus dem Zimmer und machte die Tür hinter sich zu.

Mechanisch erledigte sie ihre morgendlichen Pflichten, indem sie Justin und Shelley weckte und anschließend in die Küche ging, um Frühstück zu machen.

Shelley kam in Tränen aufgelöst hereingestürmt, weil sie ihren einen Turnschuh nicht finden konnte, und sie *musste* ihre Turnschuhe anziehen, weil heute die neuen Schaukeln auf dem Spielplatz im Kindergarten kamen.

Anthony – der schon fast abgestillt war, aber noch nicht ganz – warf seine Schnabeltasse auf den Boden und brüllte wie am Spieß.

Justin beschloss, ihr mit den Cornflakes zu helfen, und veranstaltete mit der Milch auf dem Tisch und dem Fußboden eine Riesenüberschwemmung. Natürlich kam genau in diesem Moment Dan herein.

„Jesus, Kaila“, stöhnte er. „Sieht ganz danach aus, als würde ich heute zu spät ins Büro kommen“, setzte er brummig hinzu.

„Das hättest du dir früher überlegen sollen“, sagte sie gehässig.

„In der Tat.“

Er griff nach einem Küchentuch und fing an, Justin und den Tisch abzuwischen. Kaila spürte, dass sie kurz davor stand, in Tränen auszubrechen. „Ich komme schon allein zurecht, geh ruhig. Geh einfach. Du kannst überall zu spät kommen, aber komm bloß nicht in dein heiß geliebtes Büro zu spät.“

„Nun, weißt du was, Kaila? Zumindest mögen mich die Leute im Büro. Erstaunlich, wie gern man doch dorthin geht, wo man weiß, dass man gemocht wird.“

Er warf das Geschirrtuch, mit dem er die Milch aufgewischt hatte, hin und stürmte aus dem Haus.

Der restliche Morgen schien kein Ende nehmen zu wollen. Sie brachte Justin und Shelley in ihre jeweiligen Kindergärten, und endlich war auch Anthony wieder glücklich und guter Dinge. Ihre Haushälterin Anna traf ein. Anna war eine wundervolle Latina, die ein großes Talent im Umgang mit Kindern hatte. Sie schaffte es im Handumdrehen, die Küche wieder in ihren Urzustand zu versetzen, stellte die Waschmaschine an und kam dann in Shelleys Zimmer, wo Kaila sich auf der Suche nach dem noch nicht wieder aufgetauchten Turnschuh durch Berge von Spielzeug arbeitete. „Sie gehen doch zum Tennis heute Vormittag, oder?"

„Ich wollte eigentlich eine Stunde nehmen, aber ..."

„Sie gehen. Machen Sie, dass Sie rauskommen. Viel Spaß."

„Heute Morgen ist irgendwie alles schief gegangen, Anna. Ich möchte Sie nicht gern in einem solchen Chaos ..."

„Kaila, ich arbeite für Sie, ja? Ich räume das Chaos schon auf. Das ist mein Job. Sie bezahlen mich gut dafür, und Sie haben reizende, brave Kinder. Los, los, machen Sie schon, dass Sie rauskommen. Ich kümmere mich um alles."

Kaila nahm ihre Tennisstunde. Es war um diese relativ frühe Morgenstunde bereits heißer als in der Hölle. Sie traf ein paar Freundinnen auf dem Tennisplatz, die sie fragten, ob sie nicht Lust hätte, mit zum Mittagessen zu gehen.

Sie rief Anna an, der es nichts ausmachte, Shelley und Justin um zwei aus dem Kindergarten abzuholen.

Sie aß mit ihren Freundinnen im Country Club. Sie trank zwei Piña Coladas. In ihrem Kopf drehte sich alles.

Sie verabschiedete sich von ihren Freundinnen, dann eilte sie zurück in das Gebäude, in dem sich die Umkleideräume befanden. Ihre Tennisschuhe quietschten auf dem gefliesten Boden, als sie den Flur zwischen dem Umkleideraum der Männer auf der einen und dem der Frauen auf der anderen Seite, den Toiletten und den Duschen hinunterging.

Es war seltsam still.

Sie hätte fast aufgeschrien vor Schreck, als sie eine Hand auf ihrer Schulter spürte.

„Kaila!"

Sie fuhr herum.

Er war da. Großer Gott, sah er gut aus. Er hatte auch Tennis gespielt. Er hatte eine weiße Tennishose und ein weißes T-Shirt an. Seine Haut war sonnengebräunt. Er zeigte in einem perfekten, zärtlichen Lächeln strahlend weiße Zähne.

„Du siehst zum Anbeißen aus", sagte er.

Sie lächelte. Sie fühlte sich irgendwie komisch; zwei Cocktails mit reichlich Rum mitten am Tag waren des Guten wohl ein bisschen zu viel.

„Danke."

„Bist du jetzt bereit, dich auf mich einzulassen?" fragte er. Er hatte einen leichten Ton angeschlagen, aber seine Augen blickten ernst. Er drängte sie sanft gegen die Wand und strich ihr mit den Fingerspitzen zärtlich übers Gesicht.

„Ich ... kann nicht."

„Du weißt, dass du es willst."

Sie lächelte, schaute ihn an, schüttelte den Kopf. „Wir können das unmöglich machen ... ich meine ... es wäre einfach nicht richtig. Ich meine ... ach, ich meine überhaupt nichts."

Sie kicherte. Verdammte Piña Coladas.

Er zog sie an sich. Seine Lippen waren plötzlich auf den ihren. Voller Leidenschaft. Sie verspürte ein vertrautes Ziehen im Unterleib. Die Piña Coladas, versuchte sie sich einzureden. Sie erwiderte seinen Kuss. Es war nur ein Kuss. Mehr als ein Kuss. Ihre Zungen begegneten sich. Liebkosten einander. Verschmolzen. Seine Mundhöhle war heiß und feucht. Plötzlich hatte sie das Gefühl, ersticken zu müssen. Sie brauchte mehr Luft. Seltsam. Sie war erregt und ...

Abgestoßen zugleich.

Panik überfiel sie. Seine Hände waren auf ihr, legten sich über ihre Brüste, streichelten sie, glitten weiter nach unten hin zu ihren Schenkeln. Sie spürte seine Hand auf ihrer nackten Haut, gefährlich nah an ihrer intimsten Stelle.

„Schlaf mit mir, liebe mich ...“, flüsterte er heiser an ihrem Mund.

Plötzlich wollte sie ihn wegstoßen. Aber er löste sich vorher von ihr. „Ich liebe dich. Ich warte auf dich, bis du bereit bist. Die Zeit wird kommen. Ich kann es schmecken, wenn wir uns küssen ...“, flüsterte er. „Es gibt noch so viel mehr, wovon ich bei dir kosten möchte. Wo ich dich küssen möchte. Ich möchte dir die höchsten Wonnen bereiten. Ich möchte dich mit meiner Zunge verwöhnen ... hier.“

Er legte seine Hand zwischen ihre Schenkel. Sie schnappte schockiert nach Luft. Bisher hatte sie nur mit der Idee gespielt. Aber dies hier war mehr als ein Spiel. Mehr als eine Fantasie.

Es war real.

„Ich kann warten. Ich *werde* warten. Weil es so viel besser sein wird, wenn ich warte ... du wirst dich vor Sehnsucht nach mir verzehren. Und wenn ich erst fertig bin mit dir, wirst du nicht mehr von mir lassen können, das verspreche ich dir.“

„Ich ...“

Mehr brachte sie nicht heraus.

Er fuhr ihr mit einem Finger sanft über die Wange, und seine Augen leuchteten verlangend auf.

Dann ging er weg.

Auf dem Weg zum Umkleideraum traf er einen Bekannten. Sie schlugen sich gegenseitig freundschaftlich auf die Schultern, wechselten ein paar Worte und lachten.

Kaila stand noch immer mit weichen Knien gegen die Wand gelehnt da. Sie zitterte.

Wieder einmal wusste sie nicht, was sie wollte. Wieder einmal war sie vollkommen durcheinander.

In der Phantasie hatte es so viel Spaß gemacht. Sich einen Liebhaber auszumalen. Davon zu träumen, wie er sie verwöhnte. Von einem Liebhaber, der sie anbetete, einem, der genau wusste, wann, wo und wie sie berührt werden wollte ...

Und doch fühlte sie sich plötzlich ... schmutzig.

Sie hatte genau das bekommen, was sie sich gewünscht hatte, außer, dass sie es sich gar nicht wirklich gewünscht hatte.

Am liebsten hätte sie geweint.

Endlich schaffte sie es, sich von der Wand zu lösen und in den Umkleideraum zu gehen. Sie musste versuchen, das Rad zurückzudrehen, die Beziehung mit ihm wieder auf eine freundschaftliche Basis zu stellen. Es sei denn, Dan hätte tatsächlich eine Affäre, natürlich. Dann wäre sie so wütend, dass sie wahrscheinlich mit dem erstbesten Mann, der ihr über den Weg lief, schlafen würde.

Mit ihm.

Sie blieb vor ihrem Spind stehen, um ihre Mundwinkel nistete sich ein Lächeln ein. Das Gefühl des Widerwillens, das sie ihrem potenziellen Liebhaber eben noch entgegengebracht hatte, verblasste. Er war ein wunderbarer Mann. Ein Mann, der wusste, was sie brauchte. Der es schaffte, dass sie sich wieder wie eine attraktive, begehrenswerte Frau fühlte – auch wenn sie gelegentlich Breiflecken und Babyspucke auf dem T-Shirt hatte.

Er hatte ihr Rosen mitgebracht. Wunderschöne dunkelrote Rosen. Ein ganzes Dutzend. Sie lagen auf der Bank direkt unter ihrem Spind.

Sie griff nach dem Strauß, lächelte, dann stieß sie einen erstickten Schrei aus und leckte sich den winzigen Blutstropfen, der aus ihrer Fingerspitze hervorquoll, ab.

Diese Rosen hatten Dornen.

Und doch war die Idee mit den Rosen einfach wundervoll ...

Kaila duschte lange im Club in der Hoffnung, wieder einen klaren Kopf zu bekommen, bevor sie nach Hause ging.

Nach ihrer Rückkehr sah die Welt schon wieder ein bisschen freundlicher aus. Anna hatte das Haus auf Hochglanz gebracht. Anthony schlief, Shelley spielte mit ihren Puppen und Justin mit seinen Trucks, während sie sich ein Disneyvideo anschauten.

Sie ging in die Küche, wo Anna das Gemüse für den Eintopf zum Abendessen schnippelte.

Als ihr Blick durch die offene Tür ins Esszimmer fiel, zuckte sie überrascht zusammen.

Auf dem Esstisch stand ein riesiger Strauß roter Rosen.

„Anna?“ fragte sie.

„Sie sind vor einer Stunde gekommen.“

„Von wem?“

„Ich weiß nicht. Es ist eine Karte dabei.“

Kaila ging ins Esszimmer. Es waren mindestens zwei Dutzend Rosen, die da, wunderschön arrangiert, in einer rosa Glasvase standen. Sie fand den Briefumschlag und öffnete ihn.

Der Text war überaus schlicht.

„Kaila, ich liebe dich. Dan.“

Sie arbeiteten manchmal Tage, Wochen, sogar Monate an einem Mordfall, ohne auf einen entscheidenden Hinweis zu stoßen.

Und natürlich gab es auch diese schrecklichen Fälle, die sich trotz allergrößter Bemühungen niemals aufklären ließen. Das einzig Gute an den meisten Serienmördern war, dass sie in ihrem tiefsten Inneren gefasst werden wollten. Sie wussten, dass ihr Verhalten abartig war, und sie wollten aufgehalten werden. Deshalb hinterließen sie ihre Visitenkarten, sie spielten mit der Polizei Katz und Maus und legten Spuren. Und die ständig steigenden wissenschaftlichen Erkenntnisse und präziseren Untersuchungsmethoden ermöglichten es von Jahr zu Jahr mehr, unwiderlegbare Beweise für die Verbindung eines Täters zu seinem Opfer zu finden. Fingerabdrücke, Hautfetzen, Haare, Gebissabdrücke, die DNA-Analyse, all das trug dazu bei, dass zahllose Verbrecher hinter Gitter wanderten.

Wenn man sie erst einmal gefasst hatte.

Um dorthin zu gelangen, war die Arbeit der Profiler gefragt.

Kyle verbrachte den Vormittag mit Jimmy am Tatort bei Krome, wo man den Torso auf einer Uferböschung gefunden hatte. Dann fuhr er in die Gerichtsmedizin und schaute den Pathologen bei der Untersuchung zu. Die Mediziner erklärten, dass der Kopf, der Arm und der Torso zu demselben Körper gehörten. Er bat um zahllose Aufnahmen der Tätowierung auf dem Gesäß der unbekannten Toten und der auf dem Bauch des jüngsten Opfers. Am Nachmittag scannte er die Fotos in den Computer ein und schickte sie an die Polizeidienststellen sämtlicher Bundesstaaten, mit der Bitte, dass man ihn in Kenntnis setzen möge, falls noch mehr Mordopfer mit ähnlichen „Stempeln" auftauchen sollten.

Die Polizei von Dade County begann im weiteren Umkreis sämtliche Tätowierstudios abzuklappern.

Kyle arbeitete bis spätabends in seinem Hotelzimmer am Coconut Grove an seinem Computer, wo er ungezielt Informationen abrief in der Hoffnung, irgendwann per Zufall einen Treffer ins Schwarze zu landen. Um sieben ließ er sich sein Abendessen aufs Zimmer kommen und arbeitete weiter. Gegen neun schaltete er den Computer frustriert ab und den Fernseher an.

Um halb zehn läutete sein Telefon.

„Kyle."

„Hallo, Dad", begrüßte er seinen Vater. „Was gibt's?"

„Nichts. Es ist nur der Luxus, dich wieder einmal in der Stadt zu haben. Ich wollte mich bloß kurz melden und hören, ob es etwas Neues gibt."

„Es läuft ganz gut. Wir haben ein paar interessante Spuren in dem Fall."

„Ach ja?"

„Etwas, das möglicherweise entscheidend sein kann. Zwei der Opfer haben sich anscheinend erst kürzlich tätowieren lassen."

„Die Zeitungen haben von Körperteilen gesprochen", erklärte Roger trocken.

„Es kommt viel zu viel an die Öffentlichkeit, aber wir können kaum etwas dagegen tun. Und die Presse suhlt sich unglücklicherweise in den Grausamkeiten."

„Das ist wohl wahr. Sag mal, glaubst du, dass du am Wochenende ein bisschen freie Zeit erübrigen kannst?"

„Da bin ich mir ziemlich sicher."

„Prima. Erinnerst du dich an die Vernissage, von der ich dir kürzlich erzählt habe?"

Kyle dachte scharf nach, und einen Augenblick später fiel es ihm siedend heiß wieder ein. Richtig, sein Vater und ein befreundeter Maler wollten eine Galerie eröffnen, um die ortsansässigen Künstler zu fördern. Sie hatten vor, ihre eigenen Bilder zusammen mit den Arbeiten derjenigen, die weniger bekannt waren, auszustellen in der Hoffnung, dass es ihren Künstlerkollegen zugute kommen würde.

„Aber klar, Dad, vorausgesetzt, dass mir nicht etwas Entscheidendes dazwischenkommt, kannst du mit mir rechnen."

„Gut. Rafe würde deine Anwesenheit ebenfalls sehr begrüßen."

„Ach ja?" fragte Kyle belustigt.

„Ja. Dein Bruder hofft, dass ihn die Presse vielleicht in Ruhe lässt, wenn du da bist. Sie löchern ihn ständig, warum er sich keinen künstlerischen Beruf ausgesucht hat, selbst wenn er ihnen hundertmal versichert, dass ihm jegliches Talent abgeht. Vielleicht sind sie ja dann am Sonntag hinter dir her statt hinter ihm."

Kyle lachte. „Deswegen muss er ihnen immer noch selbst erzählen, dass er nicht mal ein Strichmännchen malen kann. Na schön. Falls du ihn vor mir sehen solltest, sag ihm, dass ich wirklich ein schlechtes Gewissen habe, ihn die ganzen Jahre über hier dieser wilden Reportermeute überlassen zu haben."

„Na, das wird ihn sicher freuen. Also gut, wir treffen uns dann dort, mein Sohn – falls wir uns nicht schon vorher sehen."

„Alles klar. He, eine Sekunde noch, Dad, sag mal, kommt der Rest der Familie eigentlich auch?"

„Der Rest der Familie?"

Kyle zuckte leicht zusammen. „Ja. Na, du weißt schon, Jordan und seine Brut. Und Trent."

„Ja sicher, natürlich. Zumindest nehme ich es an. Auf jeden Fall sind sie alle eingeladen, und sie wissen, dass mir diese Sache wichtig ist. Warum fragst du? Hast du ein Problem damit?"

„Nein, selbstverständlich nicht."

Sie verabschiedeten sich und legten auf. Kyle erhob sich und streckte müde, aber rastlos seine Glieder.

Das Telefon läutete erneut. Es war Kaila, die nur mal kurz Hallo sagen wollte. Dann klingelte es auf der zweiten Leitung, und diesmal war es Trent. Ein dritter Anruf kam von Jassy, die ihn in ein ausuferndes Gespräch über ein gerichtsmedizinisches Gutachten verwickelte, bevor sie erklärte, dass sie eigentlich nur der Höflichkeit halber anrufe und dass es schön sei, ihn endlich wieder mal zu Hause zu haben.

Kaum hatte er aufgelegt, läutete es von neuem. Er versuchte sich einzureden, dass er nicht hoffte, es könnte Madison sein.

Sie war es nicht. Es war Rafe. Er erzählte, er käme gerade mit einer Freundin aus dem Kino am Cocowalk. Sie wohne am Grove, und er würde sie nur noch schnell nach Hause bringen, und dann könnten sie sich vielleicht auf einen kurzen Drink treffen, falls Kyle das recht wäre.

Kyle war es recht.

Auf dem Coconut Grove war selbst nach zehn Uhr abends noch viel los. Touristen aus aller Welt, zwischen denen sich die Einheimischen drängten, bummelten die Straße hinunter.

Kyle schlenderte durch eine Buchhandlung, die an Werktagen bis elf Uhr abends geöffnet hatte, und kaufte sich einige Tageszeitungen, dann ließ er sich von der Menge über den Cocowalk treiben, wo er mit Rafe im Fat Tuesday verabredet war. Sein Bruder saß bereits mit einem Bier an der Bar und schaute sich die Hockey-Endergebnisse an.

Kyle gesellte sich zu ihm und bestellte dasselbe. „Und du wolltest nicht noch auf einen Drink bei deiner Freundin bleiben?“ erkundigte er sich.

Rafe lächelte langsam und zuckte die Schultern. Er war knapp zwei Jahre älter als Kyle – Roger hatte seine Frauen immer schnell wieder abgelegt, als er jung war –, doch obwohl sie fast gleichaltrig waren, den gleichen Körperbau und dieselbe ausgeprägte Vorliebe für die Sonne besaßen, waren sie sich ansonsten kaum ähnlich. Rafe war ein guter Student gewesen, er war ernst und engagiert und nicht im mindesten künstlerisch veranlagt, dafür aber ein Finanzgenie. Er hatte mehrere Jahre als Börsenmakler gearbeitet und anschließend seine Ersparnisse so klug investiert, dass er nach kurzer Zeit in der Lage gewesen war, nur von dem, was seine Investitionen abwarfen, gut zu leben. Die Jahre in der Sonne hatten seine Haare platinblond gebleicht, und trotz seiner ernsthaften Natur blitzten seine silbergrauen Augen gelegentlich belustigt auf, so wie sie es jetzt taten. „Ich wäre schon ganz gern noch geblieben, aber ich wurde nicht eingeladen. Scheint so, als müsste ich mich beim nächsten Mal noch ein bisschen mehr ins Zeug legen. Sie ist Krankenschwester – sie muss morgen früh um sechs in der Klinik sein. Nettes Mädchen. Na, mal sehen, wie es weitergeht."

„Es wird langsam Zeit, dass du dich nach etwas Ernsthaftem umschaust."

„Ich schaue ja schon dauernd", versicherte Rafe ihm grinsend. „Und was ist mit dir? Wie ergeht es dir denn so in unserer lasterhaften Stadt?"

„Ganz gut. Immerhin haben wir schon ein paar Spuren." Er erzählte seinem Bruder von dem Torso und den Tattoos und den Rosen, die bei Maria Garcia abgeliefert worden waren, wobei er ihn bat, diese Informationen für sich zu behalten. Dann zuckte er unglücklich mit den Schultern. „Jimmy hat Madison in die Sache mit reingezogen."

„Na und? Schließlich hat sie schon öfter mit ihm zusammengearbeitet. Ist doch klar, dass er bei einem Fall wie diesem ihre Hilfe in Anspruch nimmt, wenn sie ihm helfen kann."

„Es gefällt mir nur nicht."

„Warum? Was sieht Madison denn? Wie nah kommt sie ran?"

Kyle schüttelte missbilligend den Kopf. „Bisher hat sie nur das Opfer gesehen."

„Sie sieht meistens nur die Opfer. Den Mörder ihrer Mutter hat sie schließlich auch nie gesehen, falls du dich erinnerst."

„Es hat auch schon andere Fälle gegeben. Manchmal sieht sie das, was das Opfer sieht. Aber du hast Recht. In diesem Fall scheint bei ihr dort, wo eigentlich der Mörder sein müsste, ein blinder Fleck zu sein. Bis jetzt ist nur dabei herausgekommen, dass sie den Schmerz der Frau verspürt hat, die getötet wurde. Ich möchte einfach nicht, dass sie da mit reingezogen wird."

„Schön, aber was willst du dagegen unternehmen?" fragte Rafe mit einem resignierten Schulterzucken. „Jimmy wird sich ihrer Hilfe weiterhin bedienen, und Madison ist über einundzwanzig."

„Ich habe kein gutes Gefühl dabei."

Rafe spielte gedankenverloren mit dem Etikett an seiner Bierflasche. „Wahrscheinlich bist du nur beunruhigt, weil du Madison schon so lange nicht mehr gesehen hast und jetzt feststellst, dass sie genauso aussieht wie Lainie ... wie Lainie zu dem Zeitpunkt, als sie umgebracht wurde. Du hast Angst um Madison, vielleicht weil du unbewusst befürchtest, dass sich die Geschichte wiederholen könnte."

Kyle schüttelte den Kopf, dann stutzte er und überlegte einen Moment. Irgendwie hatte er das Gefühl, als ob er etwas übersehen hätte, aber er kam nicht darauf, was es sein könnte. „Nein, das ist es nicht. Abgesehen davon, dass Harry Nore noch immer sicher hinter Schloss und Riegel sitzt."

Rafe hob eine Schulter. „Ich möchte bezweifeln, dass Madison jemals geglaubt hat, dass Harry Nore ihre Mutter getötet hat."

„Jedenfalls hat sie nie etwas Gegenteiliges gesagt. Und bei seiner Festnahme hatte er die Mordwaffe bei sich – mit Spuren von Lainies Blut darauf."

„Sie hat nie etwas Gegenteiliges gesagt, weil sie noch ein Kind war und man ihr diese Version der Geschichte auftischte. Sie hatte keine andere Wahl, als sie zu akzeptieren."

„Die Beweislage gegen Nore war erdrückend, ganz abgesehen davon, dass er die Tat gestanden hat. Aber wie auch immer, ich will einfach nicht, dass Madison da mit reingezogen wird, sie hat schon genug durchgemacht."

„Oh, sie ist zäher, als du denkst. Und ganz nebenbei kannst du nicht einfach nach Jahren wieder hier reinschneien und glauben, die Familie herumkommandieren zu können, kleiner Bruder. Das solltest du nicht vergessen."

„Ich will überhaupt niemanden rumkommandieren", sagte Kyle mit finsterem Gesicht. „Es passt mir nur einfach nicht, dass sie ... na ja, ich will einfach nicht, dass sie etwas damit zu tun hat. Es macht mich höllisch nervös."

„Dann hol sie raus."

„Tja ... aber wie?"

Rafe lachte. „Woher zum Teufel soll ich das wissen? Du bist doch das verdammte FBI." Plötzlich wurde er wieder ernst. „Okay. Es ist eine üble Geschichte. Auch wenn die Polizei versucht, Stillschweigen zu bewahren, berichtet die Presse mehr und mehr Einzelheiten, und eine Menge Leute sind mittlerweile nervös geworden. Vielleicht hast du ja Recht und man sollte Madison tatsächlich heraushalten. Am besten sorgst du dafür, dass sie anderweitig beschäftigt ist. Vielleicht solltest du sie auf eine einsame Insel entführen, bis der Fall aufgeklärt ist."

„Richtig. Dann wird das FBI hinter *mir* her sein."

Rafe lachte entspannt. „Ich bin mir sicher, dass du es schaffst, dir etwas einfallen zu lassen. Tu dein Bestes, um sie da rauszuhalten."

Kyle stand unvermittelt auf.

„Wohin gehst du?" wollte Rafe wissen.

„Telefonieren. Ich will sie kurz anrufen. Die ganze Familie hat sich heute bei mir gemeldet – Himmel, sogar Trent. Nur von ihr habe ich nichts gehört. Ich will mich einfach nur überzeugen, dass mit ihr alles in Ordnung ist."

„Vergiss nicht, sie ist schon ein großes Mädchen."

Kyle nickte und eilte zum Telefon. Er hatte ein Handy, aber er hasste das verdammte Ding, und er hatte es im Hotelzimmer gelassen.

Er wählte Madisons Nummer. Ihr Anrufbeantworter schaltete sich ein. „Madison, hier ist Kyle. Geh ran, Madison. Ich warte. Ich bin's, Kyle. Nimm ab."

Sie tat es nicht. Er wählte die Nummer ein zweites Mal. Wieder meldete sich der Anrufbeantworter.

Er legte auf und ging mit einem Blick auf seine Armbanduhr zu

Rafe zurück. „Elf Uhr nachts an einem ganz normalen Werktag. Wo zum Teufel steckt sie bloß?“

„Vielleicht hat sie ja ein Rendezvous“, vermutete Rafe.

„Sie hat ein Kind.“

„Ja nun, auch Frauen mit Kindern haben Rendezvous.“

Er warf seinem Bruder einen finsteren Blick zu. „Dann würde der Babysitter abnehmen.“

„Richtig. Aber du vergisst, dass Darryl in der Stadt ist. Vielleicht ist Carrie Anne ja bei ihm. Und sie womöglich auch.“

„Madison und Darryl sind geschieden ...“

„Schon, aber sie stehen sich immer noch nah. Wirklich nah. Sie sind gute Freunde. Wer weiß, vielleicht tun sie sich ja wieder zusammen, wenn sie sich beide die Hörner abgestoßen haben. Kyle, es geht ihr gut, glaub mir. Wahrscheinlich übernachtet sie einfach nur bei Darryl. Du kannst nicht plötzlich hier auftauchen und versuchen, sie durch die Gegend zu scheuchen.“

„Ich scheuche sie nicht durch die Gegend. Ich mache mir Sorgen um sie.“

„Kyle, sie ist erwachsen. Du bist nicht mal richtig verwandt mit ihr und dazu kommt, dass du dich ein paar Jahre überhaupt nicht um sie gekümmert hast. Du bist einfach auf dem Holzweg, wenn du glaubst, dass du jetzt plötzlich ihren Schutzengel spielen kannst.“

„Vielleicht hast du ja Recht.“

Sie wechselten das Gesprächsthema und redeten über die Börse, und Rafe erteilte Kyle Ratschläge, wo er investieren sollte. Es war spät, als Kyle sich von seinem Bruder verabschiedete.

Und noch später, als er schließlich nach weiteren zwei Bieren ins Bett ging.

Er hoffte, schnell einzuschlafen.

Vergebens.

Zuerst lag er wach und zerbrach sich den Kopf darüber, was es gewesen sein könnte, das er womöglich übersehen hatte. Irgendetwas auf den Bildern der Opfer oder in den Obduktionsberichten.

Er stand wieder auf und blätterte die Berichte noch einmal durch. Herrgott, was war es bloß?

Dann hatte er es, und ihm wurde klar, dass er so lange gebraucht hatte, weil das Foto, das Julie Sabor zeigte, nur ein Schwarzweißfoto war.

Rothaarige.

Sie waren alle rothaarig.

Maria Garcia war sehr dunkel gewesen, aber ihr Haar hatte trotzdem einen rötlichen Schimmer. Und die Leiche heute ...

Er fühlte sich hundeelend. Er sorgte sich mehr denn je um Madison. Erneut rief er bei ihr an.

Sie nahm nicht ab.

Er legte auf. Rafe hatte ihm praktisch zu verstehen gegeben, dass sie mit ihrem Ex schlief. Wenn er gewusst hätte, wo Darryl wohnte, hätte er dort anrufen können, aber er wusste es nicht.

Obwohl es bereits sehr spät war, beschloss er, Jassy anzurufen. Es dauerte eine ganze Weile, bis sie sich mit verschlafener Stimme meldete. „Es ist nicht ganz ausgeschlossen, dass Madison bei Darryl ist, aber ich nehme eher an, dass sie zu Hause ist. Sie stellt das Telefon nach zehn leise, weil Carrie Anne einen leichten Schlaf hat. Ruf sie morgen früh an, Kyle. Ich bin mir sicher, dass bei ihr alles okay ist."

Er erwog, zu ihrem Haus zu fahren und an ihre Tür zu hämmern, bis sie aufmachte. Aber sie würde ihm wahrscheinlich das Gesicht zerkratzen und anschließend seine Warnungen noch mehr als bisher in den Wind schlagen. Er musste Ruhe bewahren und sich bis morgen gedulden. Und wahrscheinlich schlief sie ja wirklich bei ihrem Ex, und alles war gut.

Die Minuten dehnten sich zu Stunden. Er lag immer noch wach.

Endlich schlief er ein.

Und träumte.

Er träumte wieder, dass Madison und er in demselben Haus waren. Und er bewegte sich einen dunklen Flur hinunter in der Absicht, zu ihr zu gehen. Er hatte sich ein Handtuch um die Hüften geschlungen. Er hatte geduscht, und er dachte nur an eins – an Madison. Die Zeit war reif. Es spielte keine Rolle, dass sie sich ständig in den Haaren lagen. Es war einfach an der Zeit. Sie wusste es genauso wie er. Es hatte nichts mit den Gefühlen zu tun, die ihn mit Fallon verbunden hatten. Es hatte weder mit der Vergangenheit noch mit der Zukunft zu tun, und sie wusste das auch.

Deshalb ging er jetzt diesen Flur hinunter. Er war dunkel und verschwommen und schien kein Ende nehmen zu wollen.

Wie der Flur in dem Haus, das Lainie Adair vor all diesen Jahren mit Roger Montgomery bewohnt hatte.

Am Ende des Flurs war Madison, in ihrem Zimmer. Ein weicher Lichtschein fiel über ihre Gestalt. Sie war ebenfalls in ein Badelaken gehüllt. Ihr Haar war trocken, es leuchtete feuerrot in dem seltsamen Licht und fiel ihr wie ein Umhang über die nackten Schultern und den Rücken hinab. Er konnte sie sehen, während er über den Flur ging. Das Kinn hatte sie angriffslustig vorgestreckt, ihre Augen glitzerten, die Lippen hatte sie gespitzt, als wollte sie gleich etwas sagen. Sie würde ihm sagen, was er mit sich selbst tun sollte, aber es spielte keine Rolle. Was sie sagte, war egal, nur Taten zählten. Und sie wartete, weil sie beide wussten, dass das, was gleich geschehen würde, unausweichlich war.

Er verspürte ein Ziehen in den Lenden.

Er begegnete ihrem Blick. Spürte die Wut, die in ihr hochkochte, weil sie ihn begehrte und er es wusste. Sie wollte ihn nicht begehren, und sie wollte ihn unter keinen Umständen wissen lassen, dass sie ihn begehrte ...

Er lächelte. Und ging näher an sie heran.

Dann passierte es ...

Als es plötzlich dunkler wurde. Als sie plötzlich so weit weg war von ihm. Als die Luft um ihn herum sich verwandelte. Als er spürte ...

Als er spürte, dass außer ihnen beiden noch jemand im Zimmer war.

Zwischen ihnen.

Jemand, der in den Schatten lauerte, die tiefer und tiefer wurden. Jemand, der wartete. Jemand Böses, der Madison bedrohte ...

In dem mittlerweile stockfinster gewordenen Zimmer sah er etwas aufblitzen. Eine Messerklinge. Ein großes langes Schlachtermesser, höllisch scharf. Es hing wie von unsichtbaren Fäden gehalten in der unheimlichen Dunkelheit.

Die silberne Klinge zischte durch die Luft.

Zerschnitt die schwarzen Schatten.

Madison schrie ...

Kyle fuhr aus dem Schlaf hoch, schweißgebadet.

Für ein paar Sekunden saß er einfach nur da, während ihm klar wurde, dass er geträumt hatte, dass er in seinem Bett in seinem Hotelzimmer lag und dass das Morgenlicht bereits durch die Vorhänge fiel.

Halb sieben.

Der Wecker klingelte.

Mit einem Satz war er aus dem Bett.

Ruhe bewahren, sagte er sich. Er ging unter die Dusche und sprang erschrocken zur Seite, als ihn der noch eiskalte Wasserstrahl traf.

Das Wasser erwärmte sich, und er hob sein Gesicht in den Duschstrahl. Vielleicht hätte er diesen Auftrag doch nicht übernehmen sollen. Verbrechen gab es im ganzen Land. Er hätte nicht nach Hause zurückkommen sollen.

Als er aus dem Bad kam, klingelte das Telefon. Er nahm ab. Sein Assistent Ricky Haines rief aus Virginia an. Sie seien bis jetzt auf keine weiteren ähnlichen Rosentätowierungen gestoßen, aber er würde an der Sache dranbleiben.

Kyle dankte ihm, dann legte er auf und rief Jimmy an, der meistens schon sehr früh im Büro war.

Er hatte Glück, Jimmy war bereits da, und er hatte Neuigkeiten.

Ihre unbekannte Tote war endgültig identifiziert worden. Es handelte sich um die vermisste Julie Sabor, und sie war anhand von Gebissabdrücken identifiziert worden.

Aber das war nicht die einzige Neuigkeit, die Jimmy für ihn hatte.

„Wir gehen davon aus, dass wir für unser Opfer vom Wochenende mittlerweile ebenfalls einen Namen haben“, berichtete Jimmy. „Holly Tyler, achtundzwanzig, sie arbeitete als Rezeptionistin in einem medizinisch-technischen Labor. Das einzige Kind, die Eltern verstorben, freundlich und zuvorkommend, bei den Arbeitskollegen beliebt. Am Freitagnachmittag war sie nach Aussagen einiger Kolleginnen schrecklich aufgeregt, aber sie weigerte sich, etwas zu verraten. Sie wollte früher gehen, weil sie ein ‚wildes Wochenende‘ vor sich habe, wie sie sagte. Doch mehr wollte sie trotz des Drängens ihrer Kolleginnen nicht verraten.“

„Und am Montag ist sie nicht zur Arbeit erschienen?“

„Richtig. Anfänglich dachten sich ihre Arbeitskolleginnen nichts dabei, sie nahmen an, dass sie womöglich noch unterwegs wäre und sich krankmelden würde oder so was. Doch dann entdeckte eine von ihnen in der Morgenzeitung den Artikel über den Torso, den wir gestern gefunden haben, und beschloss, hier bei uns anzurufen. Ich erwarte, dass Larraine Harrison und Betty Kilbride, zwei junge Frauen, die mit ihr zusammengearbeitet haben, in etwa einer Stunde hier sein werden, um die Leiche – na ja, den Kopf – zu identifizieren.“

„Ich werde ebenfalls da sein“, sagte Kyle und legte auf.

Er zog sich eilig an, dann wählte er Madisons Nummer. Wieder meldete sich nur der Anrufbeantworter.

Er fluchte ausgiebig, dann beschloss er, zu ihrem Haus zu fahren.

Ihr Cherokee stand in der Auffahrt, aber sie machte auf sein Läuten hin nicht auf. Er hämmerte an die Tür, dann ging er um das Haus herum und klopfte ans Fenster.

„Verdammt, Madison, mach endlich auf!"

Schließlich rief er Jimmy von seinem Handy aus an. „Haben Sie Madison schon wieder bei sich im Leichenschauhaus?" fuhr er ihn an.

„Nein, hier ist sie nicht", erwiderte Jimmy irritiert. „Aber was ist denn überhaupt los, warum regen Sie sich so auf?"

„Sie hat letzte Nacht das Telefon nicht abgenommen, und jetzt ist sie nicht zu Hause."

„Tja, wissen Sie, Kyle, sie ist schon über einundzwanzig."

„Ich gehe rein, Jimmy."

„Kyle, ich weiß wirklich nicht, ob ..."

„Es ist mir schnurz, was Sie denken. Ich gehe rein."

„Schön. Ich bin in fünf Minuten da. In fünf ..."

Kyle hatte bereits aufgelegt.

8. KAPITEL

„Großartig, absolut großartig. Nein, jetzt nicht lächeln. Leg einen schwülen Blick auf. Verführ die Kamera, Madison. Uns ist nicht spielerisch zumute, wir glühen, Darling. Du bist Sinnlichkeit pur ... beweg dich, ganz subtil, nur eine winzige Bewegung, das Gesicht, die Augen ... öffne die Lippen, nur einen winzigen Spalt. Das ist es, perfekt, perfekt ..."

Jaime Marquesas Kameraverschluss klickte unentwegt, während er seine Anweisungen erteilte. Sie machten Außenaufnahmen auf einem kleinen Privatstrand in Key West, und während Jaime Madison mit seiner Kamera umkreiste, hielten sich seine Assistenten schweigend im Hintergrund, bereit, jedes Hindernis aus dem Weg zu räumen oder die Aluminiumplatten gegen die Sonne zu halten, wenn es nötig war.

Madison mochte Jaime, und sie arbeitete gern mit Michelle Michaux, einer einheimischen Modedesignerin, zusammen. Michelle, die haitianischer Abstammung war, hatte einen wundervollen weichen Akzent. Ihre Bademode war mittlerweile überaus populär. Doch obwohl sie in Florida festen Fuß gefasst hatte, fühlte sie sich ihren Landsleuten noch immer tief verbunden. Heute gaben sie, Jaime und Madison, ihr Bestes für eine Plakatkampagne zur Unterstützung der einheimischen Künstler und der Studenten, die beabsichtigten, eine Laufbahn in der Mode oder in der Kunst einzuschlagen. Michelle hatte die Kampagne entworfen. Das Thema hieß „Lasst uns träumen und unsere Träume verwirklichen". Für Madison war die Tatsache, dass Darryl derzeit in Miami arbeitete und bestrebt war, seine gesamte Freizeit mit Carrie Anne zu verbringen, ein überaus glücklicher Zufall, weil sie so Zeit hatte, ein paar Tage ungestört an dem Projekt arbeiten zu können. Und der es ihr ermöglichte, einige Zeit von zu Hause wegzukommen.

Sie war neugierig gewesen, ob sie die Willenskraft aufbringen würde, Miami zu verlassen – obwohl Kyle da war. Aber wenn er und Jassy eine Affäre hatten, war für sie ohnehin kein Platz. Und falls sie die Zeichen falsch gedeutet haben sollte ...

„Sand!" brüllte Jaime unvermittelt – und unglücklich. Er schaute seinen jungen Assistenten Hector, einen attraktiven New Yorker nicaraguanischer Abstammung, auffordernd an. „Sand!" wiederholte er.

Hector setzte sich in Bewegung und rannte mit seiner kleinen Bürste nach vorn, um auch noch das kleinste Sandkörnchen von Madisons Gesäß zu entfernen.

„Danke“, murmelte sie.

Er winkte mit einem lässigen Schulterzucken ab. „Ein Scheißjob, Madison, aber irgendjemand muss ihn schließlich machen.“

Sie lächelte ihn an. Er hatte nur Spaß gemacht. Er war Jaimes Liebhaber.

„Und ich kriege schon steife Arme, weil ich ständig diese verdammten Dinger hochhalten muss.“ George Nathan, Jamies zweiter Assistent, sagte es mit einem Aufseufzen, während er einen Blick auf einen Belichtungsmesser warf. George hatte sandfarbenes Haar und war schlaksig, er hatte kürzlich an der University of Miami seinen Abschluss gemacht. Er hatte bereits eine ganze Anzahl von Preisen für seine eigenen Fotografien gewonnen, aber er arbeitete mit Jaime, um von einem der Besten noch etwas dazuzulernen.

„Die richtigen Lichtverhältnisse sind wichtig“, versicherte Hector ihm. „Aber Sand abbürsten macht entschieden mehr Spaß.“

„Leute, wir arbeiten hier“, mischte sich Jaime mit einem theatralischen Aufseufzen ein. „Noch mal, Madison, derselbe Blick, schwül, verträumt ... Okay, los jetzt, sie braucht die Tücher. Gut. Du spielst mit ihnen, Madison. Zeig uns, dass du Spaß hast. Renn mit ihnen, lass sie im Wind flattern. Wir wollen rüberbringen, dass Träume wie fein gesponnene Seide sind, dass sie schwerelos durch die Luft fliegen, dass sie sind, was wir aus ihnen machen ... hast du mich verstanden? Lauf los, bring sie zum Tanzen ...“

Sie tat, was er sagte. Jaime war gut, einer der Besten. Sie war sich sicher, dass er es schaffte, einer fünfhundert Pfund schweren Matrone das Gefühl zu vermitteln, sie brauche sich nur ein bisschen aufzutakeln, um genau wie Aschenputtel auf dem Weg zum Ball auszusehen. Es machte Spaß, mit den Seidentüchern zu spielen, sie im Wind flattern zu lassen und mit ihnen den Strand rauf- und runterzurennen. Aber es war auch harte Arbeit, weil – ungeachtet der Tatsache, dass es später Nachmittag war – die Sonne noch immer heiß vom Himmel brannte und Jaime entschlossen zu sein schien, sämtliche Filme zu verschießen, die er mitgebracht hatte. Sie waren schon den ganzen Tag hier draußen. Der Haarstylist und die Maskenbildnerin waren nach der letzten Pause gegangen, und Jaime hatte hoch und heilig versprochen, dass sie es in einer Minute geschafft hätten. Seine Vorstellung von einer Minute wich offensichtlich ein bisschen von der Norm ab, aber er holte das Beste aus ihr heraus, und sie wusste es.

Während einer kurzen Unterbrechung – in der Hector ihr wieder einmal den Sand abbürstete – war sie völlig perplex, als sie aufschaute und Kyle Montgomery neben Jaime und Michelle im Hintergrund stehen sah. Er sprach mit den beiden, aber sein Blick ruhte auf ihr. Er trug nichts als eine ausgewaschene, abgeschnittene Jeans, Sandalen und die unvermeidliche Sonnenbrille. Eine Strähne seines dunklen Haars fiel ihm in die Stirn, seine Haut war unglaublich braun und mit einem feinen Schweißfilm überzogen. Er sah aus wie ein Rettungsschwimmer.

Es hatte einmal eine Zeit gegeben, da war er es gewesen, wie ihr jetzt einfiel. In den letzten beiden Sommern, bevor er aufs College gegangen war, hatte er als Rettungsschwimmer gearbeitet.

Das war lange her. Jetzt gehörte er nicht mehr hierher.

Was also tat er hier? Eigentlich hätte er jetzt in Miami in Jimmys Büro sitzen sollen.

Obwohl sie sich bemühte, es zu übersehen, spürte sie, wie ihr heiß wurde. Ihr Herz begann zu hämmern, das Atmen wurde ihr schwer. Sie wünschte sich, Kyle wäre in Washington geblieben.

Sie drückte entschlossen die Knie durch, weil sie sich plötzlich so schwach anfühlten. Sie verfluchte sich, weil sie es zuließ, dass er sie derart aus dem Konzept brachte. Sie fragte sich, ob er verschwinden würde, wenn sie die Augen schlösse.

Sie versuchte es. Er verschwand nicht.

Jaime machte lächelnd eine einladende Handbewegung in Madisons Richtung. Kyle nickte, dann begann er, auf sie zuzugehen. Sein lässiger Beach-Boy-Look wurde von seiner finsteren Miene Lügen gestraft. Er blieb abrupt vor ihr stehen, und sie war sich sicher, dass er seine gesamte Willenskraft aufbringen musste, um nicht die Hände nach ihr auszustrecken und sie zu schütteln.

„Was tust du hier?“ fragte sie, wobei sie verärgert registrierte, dass sie längst nicht so gelassen klang, wie sie es sich wünschte. Ihre Stimme hörte sich scheußlich schrill an. Sie schien sich in seiner Gegenwart nicht sonderlich gut im Griff zu haben.

„Ich schaffe es nur mit Anstrengung, dir keine zu kleben, du verrücktes Huhn“, erwiderte er zornig.

„Spinnst du? Was zum Teufel ist los mit dir?“ fragte sie völlig perplex.

„Du“, stieß er hervor, riss sich die Sonnenbrille herunter und starrte sie aus grünen Augen, die so klar wie Smaragde waren, an. „Du!“ wiederholte er voller Ingrimm, während er sich mit den Fingern durchs Haar fuhr. „Verdammt nochmal, Madison, was tust du hier?“

Überrascht von dem Ausmaß seiner Wut, erwiderte sie: „Entschuldige, aber ich mache hier nur meine Arbeit. Und tatsächlich bin ich im Augenblick besonders gut. Du warst wütend, weil ich mich in deine Arbeit eingemischt habe. Nun, ich habe mich zurückgezogen, was also zum Teufel ist jetzt dein Problem?“ Sie war stolz auf sich. Sie hatte in einem sehr ruhigen Ton gesprochen.

„Was fällt dir ein, einfach zu verschwinden, ohne jemandem zu sagen, wo du bist?“

„Darryl weiß, wo ich bin – er hat Carrie Anne.“

„Darryl! Und das, glaubst du, reicht?“

„Warte, lass mich nachdenken. Hätte ich statt dem Vater meines Kindes – der sich während dieser Zeit um dieses Kind kümmert – besser meinem Stiefbruder, den ich seit mehr als fünf Jahren nicht gesehen habe, eine Nachricht zukommen lassen sollen, wo ich mich aufhalte? Dem Stiefbruder, der mit nichts, aber gar nichts von dem, was ich mache, einverstanden ist?“

Jetzt konnte er sich nicht mehr zurückhalten. Seine Hand schnellte vor, packte sie am Unterarm und zog sie zu sich heran, damit ihr auch wirklich kein Wort von dem, was er sagte, entging. „Nein, Madison, nicht mir. Aber vielleicht deiner Schwester, deinem Vater, irgendjemandem.“

Sie versuchte, sich von ihm loszureißen, aber er gab sie nicht frei. Sie beschloss, dass es würdelos war, sich unter seinem Griff zu winden, und gab ihre Gegenwehr auf.

„Es ging alles ziemlich schnell. Mein Vater hält sich derzeit in Miami auf, und eigentlich hatte ich vor, ihn nachher noch anzurufen, um ihn zu informieren, dass ich für ein paar Tage hier in seinem Haus wohne, aber vielleicht lasse ich es auch.“

„Unverantwortliches kleines Biest!“ brummte er.

Madison war sprachlos über die Wut, die in seiner Stimme mitschwang. Sie versteifte sich und zwang sich, ruhig zu bleiben. „Findest du? Es tut mir wirklich schrecklich Leid, dass du das, was ich tue, nicht billigen kannst. Aber ich trage für Carrie Anne die Verantwortung, nicht für dich. Und ich hätte meine Familie schon noch angerufen ...“

„Ich dachte, es wäre endlich in deinen Dickschädel reingegangen, dass hier ein Massenmörder frei herumläuft!“

Madison hielt den Atem an, während sie spürte, wie eiskalte Wut über sie hinwegschwappte und ihr neue Kraft gab. „Es läuft immer irgendwo ein Massenmörder frei herum, oder etwa nicht? Andernfalls wärst du nämlich arbeitslos.“

„Das ist etwas anderes, und das weißt du verdammt gut.“

„Und wie hast du mich gefunden?“

„Indem ich wie ein Irrer herumtelefoniert habe, bis ich schließlich bei Darryl Glück hatte.“

Madison biss sich auf die Unterlippe und seufzte. „Hör zu, du wolltest nicht, dass ich in diese Sache verwickelt werde. Ich habe mich zurückgezogen."

„Menschenskind, Madison, es sind alles Rothaarige. Alle Opfer hatten ..."

„Rote Haare, ich weiß, und sie waren Frauen und jung. Und ich habe Verstand genug, um vorsichtig zu sein, Kyle."

Er legte die Stirn in Falten. „Woher weißt du, dass sie alle rothaarig waren?"

„Du hast es mir eben gesagt."

„Aber du wusstest es schon vorher."

„Die junge Frau in meiner Vision war rothaarig. Das ist alles, was ich wusste. Hör zu, Kyle, ich kann nicht aufhören zu leben, nur weil ich jung bin und rote Haare habe."

„Verdammt, Madison ..." begann er, aber er unterbrach sich, weil Jaime ihnen etwas zurief. „Agent Montgomery?" Jaime kam herübergeeilt. Er war offensichtlich besorgt. „Ich weiß, wie wichtig Ihre Arbeit ist, Lieutenant, aber wenn Ihre Unterhaltung vielleicht noch ein paar Minuten warten könnte ... wir müssen dringend noch ein paar Aufnahmen schießen, und das Licht wird langsam knapp."

„Ich denke, der Agent ist fertig", sagte Madison.

„Nein, er ist nicht fertig", widersprach Kyle heftig und starrte sie erbittert an, während er sich die Sonnenbrille wieder aufsetzte. „Aber ich kann warten", fügte er höflich hinzu.

„Musst du nicht wieder nach Miami zurück? Ein paar Spuren verfolgen?"

„Ich verfolge eine Spur, hier, bei dir, Madison. Ich unterhalte mich mit der Hellseherin in der Hoffnung, auf einen entscheidenden Hinweis zu stoßen. Ich arbeite."

„Madison?" fragte Jaime, mittlerweile leicht verärgert.

„Ich bin bereit", sagte sie, ohne Kyle aus den Augen zu lassen.

Er gesellte sich wieder zu den anderen. Madison war sich seiner Anwesenheit quälend bewusst, wie er da so stand mit über der nackten Brust verschränkten Armen und des Fortgangs der Dinge harrte.

Sie fühlte sich unwohl in seiner Gegenwart. Plötzlich war sie wieder das kleine Mädchen, das versucht hatte, Eindruck bei ihm zu schinden, indem es sich für ihn herausgeputzt hatte. Das versucht hatte, für ihn schön, erwachsen und begehrenswert zu sein.

Jaime seufzte.

Hector fuhrwerkte wie ein Wilder mit seiner kleinen Bürste herum, was alles nur noch schlimmer zu machen schien.

„Komm jetzt, Madison, wir müssen uns beeilen, sonst geht uns noch das Licht aus. Vergiss nicht, wir wollen helfen, dass die Hoffnungen und Träume vieler Menschen in Erfüllung gehen“, ermahnte Michelle sie. „Mir hat man auch geholfen, Madison. Meine Mama lebte noch von der Fürsorge. Ich nicht. Wir wollen den Menschen zeigen, dass man sich ein besseres Morgen erschaffen kann.“

„*Sí, sí*“, sagte Jaime. „Schön gesagt, Michelle, aber denk dran, Madison, ich will keinen kämpferischen Ausdruck. Wir verbrennen hier keine BHs. Im Augenblick sind wir ganz weich, die pure Hingabe. Sexy.“

„Alles, was sie tun muss, um sexy auszusehen, ist wach zu sein“, mischte sich Michelle ein.

„Oh, mit geschlossenen Augen, schlafend, wäre sie sexy wie die Hölle“, widersprach George leicht heiser.

„Spiel mit der Kamera, spiel mit ihr!“ forderte Jaime sie auf. „Mach Liebe mit ihr, ja ...?“

Sie hätte Kyle am liebsten umgebracht. Die Aufnahmen waren wichtig. Sie musste vergessen, dass er hier war. Sie musste absolut professionell sein. Sie wusste nicht, warum sie sich in Kyles Gegenwart wie ein kleines Mädchen fühlte, das nur vorgab, zu wissen, was es tat. Irgendwie musste sie es schaffen, seine Anwesenheit zu vergessen.

Unter allen Umständen.

Dann kam sie auf die Idee, die Tatsache, dass er hier war, für ihre eigenen Zwecke auszunutzen. Sie würde es nie schaffen, mit Kyle zu lachen und zu spielen und zu flirten. Deshalb wollte sie zumindest vor der Kamera so verführerisch wie möglich erscheinen.

Sie hoffte, ihn damit quälen zu können.

Sie spielte mit der Kamera. Sie lachte, lächelte, verzog die Lippen zu einem Schmollmund. Sie spürte die weiche Seide auf ihrer Haut, den Sand, den Wind, fühlte, wie die Sonnenstrahlen in ihre Poren einsickerten. Der leuchtende Ball der Sonne bewegte sich langsam auf den Horizont zu. Berühren. Fühlen. Sie war sich verdammt sicher, dass sie aufreizend wirkte. Sie war dabei, ihm zu zeigen, was er sich hatte entgehen lassen.

Schließlich war die Sonne untergegangen. Zu diesem Zeitpunkt war Jaime jedoch schon überglücklich. Michelle war ebenfalls begeistert, Hector versicherte ihr, dass sie einen Bisexuellen aus ihm gemacht hatte, und George standen kleine Schweißperlen auf der Oberlippe und der Stirn.

Kyle hatte die ganze Zeit über keine Miene verzogen.

Hector legte ihr einen Bademantel um die Schultern, während sie aus einer Kühlbox eine Flasche Wasser herausholte. Sie wusste, dass Kyle hinter ihr war.

„Ich weiß wirklich nicht, warum du immer noch hier herumlungerst. Dass du dich nicht langweilst! Ach, entschuldige, ich habe ganz vergessen, dass du noch etwas wolltest. Oder bist du den ganzen Weg hier runtergekommen, nur um mich anzuschreien, weil ich es nicht für nötig befunden habe, sämtlichen Leuten, die ich kenne, Bescheid zu sagen, dass ich für ein paar Tage hier bin?“

Sie nahm einen großen Schluck Wasser und schaute ihn an.

Er hatte die Arme noch immer über der Brust verschränkt; die Sonne war weg, aber die verfluchte Sonnenbrille hatte er immer noch auf.

„Wir können später reden. Deine Freunde und Verehrer meinen, sie hätten was zu feiern, und wollen irgendwo etwas essen gehen."

„Redest du von meinen Geschäftspartnern?" fragte sie pikiert.

„Ja, von den beiden Schwulen, der Frau und dem Assistenten, dem die Zunge im Sand hängt. Von denen. Deinen Geschäftspartnern."

„Hängt Georges Zunge wirklich im Sand? Wie niedlich", murmelte Madison erfreut.

„Du wirst noch dem falschen Mann den Kopf verdrehen, wenn du so weitermachst, Madison", warnte Kyle.

„Und dann gibt es hier wiederum Männer, die ich total kalt lasse", murmelte sie. „Entschuldige mich, ich möchte mich umziehen."

Sie streifte ihn, als sie hinter ihm vorbeiging und zu dem kleinen Strandhaus eilte, das einer Freundin von Michelle gehörte.

Michelle kam herein, um die Badeanzüge, die für die Aufnahmen benötigt worden waren, einzusammeln. Sie trug einen weich fallenden Sarong in leuchtenden Farben und schüttelte jetzt belustigt den Kopf. „Ach, du meine Güte."

„Was meine Güte?"

„Dieser Junge, er hätte sich auch gut auf dem Plakat gemacht. Sehr sexy, wirklich."

„Er ist ein FBI-Agent. FBI-Agenten dürfen nicht sexy sein."

Michelle hob viel sagend eine Augenbraue. „Er scheint mächtig verrückt nach dir zu sein, *chérie*."

„Er ist mächtig sauer auf mich, das ist es. Ich bin sechsundzwanzig, aber offensichtlich habe ich nicht angemessen um Erlaubnis gebeten, ehe ich die Stadt verlassen habe."

Michelle machte tss tss, schüttelte den Kopf und lächelte wissend. „Die Leute machen sich nur Sorgen, wenn ihnen etwas an einem liegt. Und wütend werden sie nur, wenn ihnen noch mehr an einem liegt."

„Na ja, schon, klar, ich denke schon, dass ... ihm etwas an mir liegt. Auf seine Art. Wir waren früher Stiefgeschwister."

„Stiefbrüder machen sich nicht immer etwas aus ihren Stiefschwestern. Vor allem, wenn ... Nun, deine Mama starb und die Beziehung war beendet, stimmt's?"

„Meine Mutter wurde ermordet, und ich sehe aus wie meine Mutter, und niemand hat ihr helfen können. Ich glaube, er fühlt sich dafür verantwortlich, dass mir nichts passiert."

„Aber du siehst nur aus wie deine Mutter, *chérie*. Du *bist* nicht so wie sie."

„Exakt. Das ist alles nur Psycho. Irgendwie scheint er es sich in den Kopf gesetzt zu haben, dass mir auch etwas Schlimmes zustoßen wird."

„Das Aussehen *kann* einem gefährlich werden, Schätzchen. Du solltest dankbar sein, dass dieser starke Junge ein Auge auf dich hat. Also wirklich, wenn ich du wäre ..."

Madison verknotete sich das schulterfreie Kleid im Nacken und schaute Michelle an. „Was wäre denn dann?"

Michelle blinzelte ihr zu. „Dann würde ich mit ihm schlafen."

„Ich soll mit einem Mann schlafen, nur weil er sich Sorgen um mich macht?"

„Nein, nein, du sollst mit ihm schlafen, weil er starke Arme und eine schöne breite Brust hat ... und einen knackigen Po, nehme ich doch an. Schöne Haut, ein kantiges, männliches, sehr gutes Gesicht. Lass dir das von einer Künstlerin gesagt sein."

Madison musste lachen. „Und du meinst wirklich, das gute Aussehen wiegt alles andere auf?"

„Du bist eine junge Frau. Willst du vielleicht mit einem zerknitterten alten Mann schlafen?"

„Nein, ich will nicht mit einem zerknitterten alten Mann schlafen – bis ich eine zerknitterte alte Frau bin. Aber jetzt mal Spaß beiseite,

Michelle, Frauen müssen nicht mit Männern schlafen, nur weil sie einen schönen Körper haben. Dazu gehört mehr, Verzauberung, Sehnsucht, Verlangen ..." Michelle schaute sie mit skeptisch hochgezogenen Augenbrauen an. Madison stieß einen langen Seufzer aus. „Ich habe bisher noch nicht mal im Traum daran gedacht, mit einem Kerl nur deshalb Liebe zu machen, weil er einen schönen Körper hat." Es war nur ein ganz kleines bisschen geschwindelt.

„Dann bist du wahrscheinlich die einzige Frau auf der ganzen Welt, der beim Anblick eines schönen Männerkörpers nicht schon mal die Fantasie durchgegangen ist. Ah, aber du sehnst dich nach Liebe. Dummes Mädchen. Du willst dich verlieben. Aber ich warne dich. Wir Frauen, *mais oui,* wollen uns immer verlieben. Wir wollen Romantik. Männer wollen Sex. Guten Sex. Frauen haben Gefühle, und Männer werden von Urinstinkten getrieben." Sie zerschnitt mit ihren dunklen langen Fingern temperamentvoll die Luft. „Männer denken mit einem gewissen Körperteil. Sie schauen sich an, was ein Frauenkörper ihnen zu bieten hat. Liebe ist gut. Doch wenn du dich verlieben willst ... nun, Liebe ist keine einfache Sache. Sex ist leicht. Vielleicht zu leicht für manche Leute, aber im Augenblick, für dich?" Sie hob lächelnd eine Augenbraue. „Sei wagemutig, *chérie.* Du magst vielleicht aussehen wie eine Barbiepuppe, *oui?* Aber du bist ein Mensch aus Fleisch und Blut, und du musst leben und atmen und Liebe machen, nicht wahr?" Wieder lächelte sie. „Auch wenn wir im Elektronikzeitalter leben, geht doch nichts über einen Mann aus Fleisch und Blut. Besonders nicht für eine Barbiepuppe."

„Was soll denn das heißen?"

„Nur Gutes. Dass du zurückhaltend bist. Du verbringst deine Zeit mit der Familie, mit der kleinen Carrie Anne. Ich versuche dir nur zu sagen, dass du deine Chance nutzen sollst. Man muss das Leben genießen, und dafür muss man ab und zu auch mal etwas wagen."

„Manchmal“, sagte Madison langsam, „ist es nicht gut, seine Chance zu nutzen. Man kann andere Menschen verletzen.“

„Und *du* kannst verletzt werden. So ist das Leben. Der Schmerz kann der beste Lehrer sein. Er hat seinen Sinn. Aber wer leidet, kann auch glücklich sein. Nicht wahr, *ma chérie*?“ Lächelnd wartete Michelle auf eine Antwort.

„Michelle, er ist der falsche Mann für mich. Er hält mich für eine Hexe.“

„Hexen können gut sein. Und sehr sexy.“

„Michelle, du bist ein hoffnungsloser Fall. Und du verstehst mich nicht. Kyle und ich haben eine ... Vergangenheit.“

„Nein, *chérie*, du verstehst nicht. Die Vergangenheit ist vorbei, die Zukunft liegt vor dir, und die Gegenwart will gelebt werden.“

Lächelnd verließ Michelle das Strandhaus und schloss leise die Tür hinter sich.

Madison ging zum Fenster und schaute hinaus. Michelle sagte etwas zu Kyle, sie lachte ihr perlendes Lachen.

„Flirt!“ murmelte Madison und schüttelte den Kopf, während sie die Freundin beobachtete.

Es war nahezu acht Uhr abends, und die leuchtenden Farben, Orange-, Blutrot, Mauve-, Pink-, Blau- und Goldtöne in allen Schattierungen, die sich über den Himmel zogen, begannen langsam zu verblassen.

Kyle betrachtete den Sonnenuntergang ebenfalls, wie sie sah. Er sprach mit Michelle, aber er schaute zu, wie sich der Himmel verfärbte. Früher, als sie noch Kinder gewesen waren, hatten sie manchmal in der Stille der Spätnachmittage gesessen und zugeschaut, wie die Sonne im Meer versank. Sie wusste, dass er die spektakulären Sonnenuntergänge auf den Keys ebenso liebte wie sie selbst. Wie hatte er sich nur so lange von zu Hause fern halten können?

Sie schüttelte den Kopf und griff, verärgert über ihren Anfall von

Nostalgie, nach ihrer Handtasche. „Warum arbeitet der Mann nicht von neun bis fünf?“ brummte sie ungehalten in sich hinein. „Wer zum Teufel gibt ihm die Erlaubnis, mitten in einem Fall hier aufzukreuzen?“

Madison verließ das Strandhaus und versuchte sich einzureden, dass sie kühl und gefasst genug war, den anderen wieder unter die Augen zu treten.

„Wir sind fertig“, sagte Hector gut gelaunt. „George hat so gut wie alles eingepackt.“ Sie stand neben ihm, während sie warteten, und beobachtete, wie Kyle sich ein paar Schritte entfernt mit Michelle unterhielt, bis er sich entschuldigte und von seinem Handy aus irgendjemanden anrief.

George hatte mittlerweile die Ausrüstung verstaut, und dann gesellten er, Michelle und Jaime sich zu Madison und Hector. George erzählte einen Witz, aber Madison entging die Pointe, weil sie nicht zugehört hatte. Ihr war irgendwie unbehaglich zumute, fast so, als ob sie beobachtet würde.

Sie drehte sich um und suchte den Strand hinter sich mit Blicken ab, dann schaute sie auf das Strandhaus vor sich; die Blätter der Bäume, die zwischen den anderen Häusern standen, raschelten leise im Abendwind. Sie konnte nichts Verdächtiges entdecken, aber sie wurde dennoch das Gefühl, beobachtet zu werden, nicht los.

Der Privatstrand war eingezäunt und wurde bewacht, sodass es mehr als unwahrscheinlich war, dass irgendjemand sie beobachten konnte.

Und doch hatte sie auf den Armen noch immer eine Gänsehaut.

Kyle beendete sein Telefonat, verstaute sein Handy wieder in seiner Gesäßtasche und gesellte sich dann zu ihnen.

„So, und wohin gehen wir jetzt?“ fragte Jaime.

Jeder hatte einen anderen Vorschlag. Bis auf Madison.

Ihr war es egal, wohin sie gingen, Hauptsache sie kam von hier weg. Doch selbst als sie endlich im Auto saß, gelang es ihr nicht, das unheimliche Gefühl, beobachtet zu werden, abzuschütteln.

Kaila war hundemüde, sie fühlte sich seelisch und körperlich ausgelaugt. Dans Blumen waren eine schöne Geste gewesen – aber ein schwacher Ersatz für ihn. Sie hatte die Blumen bekommen ...

Und dann einen Telefonanruf. Er müsse für ein paar Tage verreisen, hatte er gesagt. Es täte ihm so Leid. Er würde es wieder ausgleichen. Er liebe sie.

Ja, ja, ja.

Anna war zu Hause geblieben, weil sie krank war, und so hatte sich Kaila Stunde um Stunde allein mit den Kindern abmühen müssen, sie hatte verschütteten Saft und Erbrochenes aufgewischt, Streitereien geschlichtet, das Chaos im Kinderzimmer beseitigt und, und, und. Sie erinnerte sich den ganzen Tag daran, dass Kinder solche Dinge eben machten, dass sie ihre Kinder liebte, dass sie sich Kinder gewünscht hatte.

Sie hatte nur nicht geplant, sie allein großzuziehen.

Gegen acht waren sie endlich alle im Bett. Sie ging in ihr Schlafzimmer, wobei sie sich im Laufen bereits die Hose aufzuknöpfen begann. Sie war normalerweise sehr zuverlässig und genau. Kyle hatte sie ermahnt, vorsichtig zu sein, und sie liebte Kyle, sie wusste, dass er sie ebenfalls liebte und dass er um ihre Sicherheit besorgt war. Aber sie war müde. Und so vergaß sie, die Vorhänge zuzuziehen und die Jalousien herunterzulassen.

Sie ließ ihre Jeans, das T-Shirt und den BH einfach im Schlafzimmer auf dem Boden liegen – sie konnte den Geruch von Erbrochenem keine Sekunde länger ertragen. Sie drehte die Dusche auf, dann steckte sie sich die Haare hoch und zog sich eine Duschhaube darüber und wartete, bis das Wasser warm wurde. Sie trat unter den Duschstrahl, spürte die entspannende Wirkung des Wassers, dann drehte sie am Wasserhahn, um die Dusche noch ein bisschen wärmer zu machen. Gott, fühlte sich das gut an. Wenn sie nicht gefürchtet hätte einzuschlafen und zu ertrinken, hätte sie anschließend noch ein Schaumbad genommen. Aber es war auch schon herrlich genug, unter dem heißen Duschstrahl zu stehen und das Wasser auf sich niederprasseln zu spüren.

Doch dann ...

Sie glaubte, etwas gehört zu haben. Als ob die Glastüren, die das Schlafzimmer von dem Patio mit dem Pool abtrennten, aufglitten.

Trotz des heißen Wassers fror sie.

Und wartete, nach draußen lauschend ...

Es war ein langer Tag für Jassy gewesen, in vielerlei Hinsicht dramatisch, aufregend, erschreckend.

Sie war manchmal über sich selbst überrascht, dass sie eine Menge Mitgefühl mit den Opfern eines Gewaltverbrechens empfinden und doch gleichzeitig mit der kühlen, leidenschaftslosen Präzision des Wissenschaftlers eine Obduktion durchführen konnte. In einem Interview war sie einmal gefragt worden, ob sie sich nicht schuldig fühle, wenn sie die Körper derjenigen, die eines gewaltsamen Todes gestorben waren, auch noch aufschnitte. Sie hatte dem jungen Reporter versichert, dass sie, obwohl es ihr oft Leid tat, ein Opfer obduzieren zu müssen, sich nicht im Mindesten schuldig fühlte. Die Toten konnten nicht mehr für sich sprechen, sie konnten nicht mehr versuchen, Gerechtigkeit für das, was man ihnen angetan hatte, zu erlangen. Mit ihrer Arbeit trug sie dazu bei, der Gerechtigkeit zu ihrem Sieg zu verhelfen.

Mit der Entdeckung des Torsos waren sie in der Lage, den Mageninhalt der Toten zu bestimmen. Jetzt konnte die Polizei mit einem bisschen detektivischen Scharfsinn und guter Beinarbeit vielleicht herausfinden, wo Holly Tyler ihre letzte Mahlzeit eingenommen hatte. Von diesem Punkt aus konnten sie anfangen, die Hotels und Motels der Gegend zu durchkämmen, und mit etwas Glück oder vielleicht auch einem entscheidenden Hinweis von irgendeinem aufmerksamen Beobachter würden sie dann schließlich herausfinden, wo Holly Tyler getötet worden war, und vielleicht würden sich Zeugen von ihrer Ankunft dort finden, Zeugen, die womöglich sogar den Mörder gesehen hatten.

Jassy war in Hochstimmung, als sie ihre Haustür aufschloss.

Sie schaute auf ihre Uhr und stellte erfreut fest, dass der neue Mann, der kürzlich in ihr Leben getreten war, in ein paar Minuten hier sein musste. Sie fühlte eine Erregung, von der ihr ganz schwindlig wurde und die so völlig anders war als jede Erregung, die sie seit der High School empfunden hatte. Es war wundervoll, so aufregend, so himmelhochjauchzend. Sie war verliebt!

Und er liebte sie auch.

Noch fünfzehn Minuten.

Sie warf die Tür hinter sich zu, wobei sie bereits aus den Kleidern schlüpfte, die sie den ganzen Tag über angehabt hatte. Fünfzehn Minuten konnten sehr kurz sein.

Sie ließ ihre Schuhe und ihren Laborkittel im Wohnzimmer, dann streifte sie sich ihren Rock und die Strumpfhose ab, während sie den Flur hinunterging. Beim Erreichen ihres Schlafzimmers riss sie sich beim Öffnen ihrer weißen Bluse fast die Knöpfe ab, so eilig hatte sie es, und tastete auf dem Rücken nach dem Verschluss ihres BHs. Eine Kleiderspur hinter sich zurücklassend, ging sie unter die Dusche, noch ehe sie das Wasser angedreht hatte, dann schrie sie überrascht auf, als ein eisiger Sprühregen ihr Gesicht traf. Ungehalten in sich hineinbrummend, drehte sie das Wasser heißer.

Nun, der Kälteschock hatte auf jeden Fall für einen Energieschub gesorgt.

Sie griff nach der Seife und seifte sich ein, dann erinnerte sie sich an das parfümierte Zeugs, das sie zu Weihnachten geschenkt bekommen hatte. Triefend stieg sie aus der Dusche, kramte in dem Schränkchen unter dem Waschbecken herum, förderte schließlich das parfümierte Duschgel zutage und stellte sich wieder unter den Wasserstrahl. Es duftete herrlich, während sie sich einseifte – zweimal an den entscheidenden Stellen.

So ... und was sollte sie nach dem Duschen anziehen?

Nichts, beschloss sie. Nichts bis auf ihre langen goldenen Ohrringe, die passende Halskette mit dem Saphir und ihr Fußkettchen. Das würde genug sein.

Doch obwohl sie sich eben entschieden hatte, keinen Bademantel anzuziehen, erschauerte sie jetzt, weil sie glaubte, ein Geräusch gehört zu haben. Sie überlegte einen Moment.

Oh, Mist! Hatte sie womöglich in der Eile vergessen, die Vordertür abzuschließen?

Killer beobachtete die Frau, die er liebte.

Natürlich hieß er nicht wirklich Killer, und er liebte alle Frauen. Aber sie war etwas Besonderes.

Er nannte sich selbst Killer, weil ihm das gefiel. Weil es ein kühner, großmäuliger, männlicher Name war.

Und natürlich, weil er ein Killer war. Spitzfindig. Gewitzt. Und die anderen waren alle solche Idioten.

Er beobachtete sie ... fasziniert.

Beobachtete, wie sie sich anmutig bewegte. Beobachtete, wie die Kleider von ihrem schönen Körper abfielen. Sie hatte herrliche Brüste, hoch, fest, perfekt. Das Haar fiel ihr schimmernd über die nackten Schultern. Sie drehte sich um, und er zitterte, während er daran dachte, wie es wohl sein mochte, sie jetzt zu berühren. Sie hatte wunderschöne Augen. Und sie war anders. Er wusste es bereits, dass sie anders war. Dass es mit ihr anders werden würde. Vor allem deshalb, weil er sie kannte. Er kannte sie gut, nicht flüchtig. Sie war keine Zufallsbekanntschaft, wie die anderen vor ihr. Diesmal konnte es klappen. Und sie könnte ihn lieben. Wirklich lieben. Sie würde der süße Duft und die köstliche Weichheit ... ohne Dornen sein.

Und er würde sie vielleicht nicht ...

Töten müssen.

Sie bewegte sich wieder. Bald würde sie außer Sichtweite sein. Es war so gut, sie zu beobachten, sie zu sehen, ohne dass sie wusste, dass er sie sah, dass er sie beobachtete. Dass er davon träumte, von ihrer Süße zu kosten. Sie wusste nicht, was für ein guter Liebhaber er war. Vielleicht würde er ihr irgendwann wehtun müssen. Nur um ihr klarzumachen, dass sie ihn nicht verletzen durfte. Und damit sie verstand, wie groß ihre Lust nach dem Schmerz sein konnte.

Er würde sich viel Zeit lassen mit ihr. Viel Zeit ...

Unvermittelt zuckte er zusammen. Er hatte plötzlich das unangenehme Gefühl, selbst beobachtet zu werden. Er schaute sich suchend um. Niemand, niemand, niemand konnte ihn sehen außer vielleicht ...

Der anderen. Der, die er *wirklich* wollte. Eines Tages, oh Gott, ja, eines Tages! Plötzlich wurde ihm schwindlig. Sie hatte geschaut und geschaut und geschaut – und doch war es ihr nicht gelungen, ihn zu sehen.

Aber er hatte sie gesehen.

Während sie ... sie hatte ihn nicht entdecken können. Oh Gott, sie waren alle so blind. Er hätte am liebsten laut aufgelacht, als ihm ein altes biblisches Sprichwort in den Sinn kam.

Niemand ist so blind wie der, der nicht sehen will. Sie waren alle mit Blindheit geschlagen.

Und doch ...

Sie konnte ihm gefährlich werden. Und wenn sie ihm zu nah kam, wenn Gefahr bestand, dass sie ...

Er würde es ganz langsam angehen lassen mit ihr. Weil es genauso sein würde wie damals, vor langer Zeit. Er betete sie an, obwohl er sie verabscheute. Sie war die Bedrohung. Und er würde sie bis in die kleinste Kleinigkeit wissen lassen, was er mit ihr vorhatte.

Im Augenblick aber lauerte er noch im Schatten und wartete geduldig darauf, dass sich eine Wolke vor den Mond schob, bevor er seinen nächsten Schritt machte.

Jassy Adair war sich sicher, dass sie den Mörder bald fassen würden. Kyle verstand sein Handwerk, und das Täterprofil, das er erstellt hatte, zeichnete ein sehr genaues Bild von dem Täter: ein anziehender Mann, der sich gut auszudrücken wusste und der es verstand, die Frauen mit seinem Charme um den kleinen Finger zu wickeln. Ein Mann, der ein scheinbar normales Leben führte und von seiner Familie und seinen Freunden akzeptiert wurde.

Dank der übersinnlichen Fähigkeiten ihrer Schwester wusste man, nach welcher Art Hotelzimmer man suchen musste, und wenn man erst noch näher dran war, würde Madison eine noch größere Hilfe sein, dessen war Jassy sich gewiss. Wissenschaft und Spiritualität – oder was es auch immer sein mochte, was Madison hatte – konnten Hand in Hand arbeiten. Die Wissenschaft konnte den Beweis erbringen, dass Madisons Visionen Realität waren.

Der Mörder würde gefasst werden ...

Dann hörte sie wieder ein Geräusch, und sie fragte sich erneut, ob sie ihre Haustür abgeschlossen hatte. Plötzlich bekam sie Angst.

Sie trat aus der Dusche und griff nach dem Badetuch. Noch halb nass tappte sie barfuß den hellerleuchteten Flur hinunter, auch wenn ihr ihr Verstand sagte, dass dies das Dümmste war, was sie tun konnte. Sie hätte das Licht ausmachen und sich irgendwie zur Hintertür schleichen müssen.

Zu spät.

Er war bereits da.

Wie angewurzelt, eingehüllt in ihr Badelaken, stand sie da und starrte ihn an.

„Türen sind zum Abschließen da", sagte er sehr sanft. „Du solltest es eigentlich wissen, dass man Türen immer abschließen sollte. Ausgerechnet du …" Er seufzte. „Du wirst es lernen."

Sie öffnete den Mund, um etwas zu sagen.

Die Worte weigerten sich zu kommen. Weil er bereits einen Schritt auf sie zu machte. „Oh, mein Gott, bist du schön. So perfekt und wunderschön. Und die Art, wie du dich mit deinem Körper ausdrückst …"

Ohne sich abzutrocknen, wickelte sich Kaila hastig in das Badetuch ein; die Dusche ließ sie laufen. Sie schlich sich zur Badezimmertür und lugte vorsichtig durch den Spalt, wobei sie aufpasste, dass sie von draußen nicht gesehen werden konnte.

Irgendjemand war im Haus.

Instinktiv hätte sie am liebsten die Tür zugemacht und sich im Bad eingeschlossen. Sie dachte an ihr Handy, das in ihrer Handtasche neben ihrem Bett war.

Sie konnte die Tür nicht hinter sich zuwerfen und sich im Bad einschließen; ihre Kinder waren im Haus. Sie musste sie beschützen.

Eine ganze Weile, die ihr wie eine Ewigkeit erschien, spähte sie durch den Türspalt, ohne irgendetwas Verdächtiges zu sehen. Dann schlich sie sich leise nach nebenan ins Schlafzimmer. Sie sah niemanden.

Aber die Terrassentür stand einen Spalt offen. Ein Luftzug bewegte die halb zugezogenen Vorhänge.

Mit Herzklopfen ging sie darauf zu.

„Kaila?"

Beim Klang ihres Namens schrie sie auf, wirbelte auf dem Absatz herum und ließ vor Schreck das Handtuch fallen.

Dan stand in der Tür, in der einen Hand einen Sektkübel, aus dem eine Flasche Champagner herausschaute, in der anderen zwei langstielige Sektgläser.

„Mein Gott, Schatz, es tut mir Leid. Ich habe versucht, dich von unterwegs anzurufen. Die Reise ist verschoben worden. Wahrscheinlich hast du das Telefon unter der Dusche nicht gehört."

„Meine Güte, du hast mich zu Tode erschreckt."

„Entschuldige, Liebling." Er ging hinter ihr vorbei, stellte den Sektkübel und die Gläser ab, verriegelte die Terrassentür, dann wandte er sich zu ihr um. Sie hatte das Handtuch nicht aufgehoben. Er lächelte, er sah anziehend aus, ein bisschen gerupft von einem langen Arbeitstag und müde und froh, endlich zu Hause zu sein. Als sie Anstalten machte, das Handtuch aufzuheben, ging er schnell auf sie zu. „Honey, tu das nicht. Du siehst wunderschön aus so. Es tut mir wirklich schrecklich Leid, dass ich derzeit beruflich so eingespannt bin. Irgendwie kriege ich es anscheinend nicht auf die Reihe ... aber ich liebe dich, Kaila, das musst du mir einfach glauben. Du und die Kinder, ihr bedeutet mir mehr als alles andere auf der Welt. Ich schwöre es." Er zog sie an sich und schlang seine Arme um sie. Sie war nass und fror in dem klimatisierten Raum, und er war sehr warm. Es fühlte sich schön und sicher an, in seinen Armen zu liegen, und sie war plötzlich froh, dass sie ihn hatte. Er konnte sie berühren, sie küssen, sie überall am ganzen Körper liebkosen, und es würde sich natürlich und köstlich anfühlen. Ihre ganze Verwirrung kam sicher nur daher, weil sie schon so lange verheiratet waren ...

„Ich liebe dich auch", sagte sie.

„Ich habe mir morgen freigenommen. Ich werde mich um die Kinder kümmern, damit du endlich auch mal wieder einen ganzen Tag nur für dich hast."

„Oh, mein Gott, Dan, ein schöneres Geschenk hättest du mir wirklich nicht machen können“, sagte sie dankbar.

Er begann sie zu küssen, zuerst ihre Lippen, dann ihren nackten Körper. Seine Zunge glitt über ihr Fleisch, zwischen ihre Schenkel ...

Beim Einsteigen in Jaimes Van erschauerte Madison plötzlich heftig. Sie setzte sich auf den Beifahrersitz und fummelte mit ihrem Sicherheitsgurt herum, während sich die Vision ihrer zu bemächtigen suchte.

Sie sah Schatten, und in den Schatten erkannte sie verschwommen ein eng umschlungenes Liebespaar.

Sie konnte die beiden nicht richtig sehen, aber sie hatte dennoch das unangenehme Gefühl, in etwas einzudringen, das nicht für sie bestimmt war. Sie konnte sehen, dass ...

Die Frau war rothaarig.

Sie beobachtete die beiden nicht durch ihre eigenen Augen, so viel war ihr klar.

Seltsame Worte schossen ihr durch den Kopf.

Killer schaut zu, Killer schaut zu ...

Und dann verblasste die Vision wieder.

Alles, was blieb, war die Erinnerung, dass die Frau rothaarig gewesen war.

Und die Worte.

Killer schaut zu, Killer schaut zu ...

Sie wiederholten sich wie ein Refrain, der nicht aufhören wollte, in ihrem Kopf herumzuspuken. Und sie wusste, dass ihr nichts anderes übrig bleiben würde, als Kyle davon zu erzählen, ohne Rücksicht darauf, was für einen Streit das wieder nach sich ziehen würde.

Madison strich sich glättend übers Haar, während sie versuchte, sich wieder in den Griff zu bekommen und das Geplapper der anderen zu ignorieren, die sich nicht einig werden konnten, wohin man zum Essen gehen sollte.

Nachdem der unheimliche Refrain in ihrem Kopf schließlich verklungen war, kam sie sich vor wie ein Idiot. Sie hatte Angst gehabt, das stimmte, aber so viel Angst auch wieder nicht. Sie war umgeben von Menschen; sie war in Sicherheit. Was konnte ihr schon passieren?

Himmel, sie hatte sogar ihren persönlichen Leibwächter dabei, der in seinem Mietwagen dicht hinter dem Van herfuhr.

Sie merkte, dass Jaime sie besorgt mit gerunzelter Stirn anschaute. Er hatte schließlich die Entscheidung, wohin man gehen sollte, Hector und George überlassen, die sich mittlerweile auf ein rustikales Fischrestaurant in der Nähe von Sloppy Joe's geeinigt hatten.

„Stimmt irgendwas nicht?“ erkundigte sich Jaime, während er ihr beim Aussteigen half. „Du siehst aus, als hättest du einen Geist gesehen.“

„Nein, nein, es ist alles okay, wirklich.“

Er streckte plötzlich die Hände aus und zwickte sie in die Wangen. Es tat weh. „Jaime!“ protestierte sie.

„So, jetzt ist es schon viel besser“, stellte er zufrieden fest. „Du willst doch sicher nicht, dass dich das FBI wegen deines Aussehens ins Kreuzverhör nimmt, oder?“ Er hob diabolisch grinsend eine Augenbraue.

Sie wollte erneut protestieren, aber dann zuckte sie nur die Schultern. „Ist es jetzt wirklich besser?“

„Ah, Madison, du siehst absolut umwerfend aus. Komm jetzt.“

Er hakte sich bei ihr unter, und obwohl das Lokal gerammelt voll war, nahm er sich das Recht, sich vorzudrängeln. Sie hatten schnell einen Sitzplatz.

Sie hatte erwartet, dass Kyle sich beim Essen unbehaglich fühlen würde, weil er außer ihr niemanden kannte, aber er schien sich merkwürdigerweise wohler zu fühlen als sie. Alle wussten von der bevorstehenden Galerieeröffnung seines Vaters, und ihr Lob für Roger Montgomerys Arbeiten und sein Engagement kannte kaum Grenzen. Madison, die nach und nach anfing, sich zu entspannen, vergaß das seltsame Gefühl, beobachtet zu werden, das sie vorhin im Strandhaus beschlichen hatte. Die Stimmung in dem Lokal war gut, und sie befand sich in angenehmer Gesellschaft.

Kyle hatte Erbarmen mit ihr und ritt Gott sei Dank nicht mehr auf der Tatsache herum, dass sie die Stadt verlassen hatte, ohne jemandem Bescheid zu geben. Er ließ sich sogar herab, ihr noch vor dem Essen zu erzählen, dass ihr Vater gewusst hatte, dass sie in seinem Haus wohnen würde, weil Jordan Adair am Nachmittag mit Darryl telefoniert hatte. Dann belegte Michelle ihn mit Beschlag, aber dagegen hatte Madison nichts einzuwenden. Sie begann endlich, sich wirklich zu entspannen. Die Gesellschaft und der Alkohol hatten eine beruhigende Wirkung auf sie. Selbst die Erinnerungen an ihre Vision verblassten nach und nach. Mitten im Gespräch hob sie überrascht den Kopf, als sie einen erfreuten Aufschrei von der anderen Seite des Raums her hörte. Eine Sekunde später kam eine zierliche Gestalt auf ihren Tisch zugeschossen. Sheila.

„Madison! Was für ein herrlicher Zufall! Und Kyle Montgomery. Oh, wie mich das freut."

„Sheila, was für eine Überraschung", sagte Madison hilflos. Kyle zog einen Stuhl für Sheila heraus, und Madison stellte sie den anderen am Tisch vor. „Sheila spielt Keyboard bei den Storm Fronts", erklärte sie.

„Ja, natürlich, deine wunderbare Band", sagte Jaime lebhaft. „Ich habe Sie schon mit Madison spielen sehen“, wandte er sich dann direkt an Sheila und küsste ihr zur Begrüßung die Hand. „Leider sind wir einander bisher nicht vorgestellt worden.“

Sheila war begeistert. „Natürlich kenne ich Ihre Arbeiten auch sehr gut! Sie sind sensationell.“

„Nein, wirklich, Sie sind zu freundlich“, protestierte Jaime geschmeichelt. „Nun, ab und an werden wir alle von der Muse geküsst, *sí*?“

„Sheila, wir würden uns freuen, wenn du dich zu uns setzt“, sagte Madison. Gott, sie log, ohne rot zu werden. Und Sheila war eine Freundin! „Aber natürlich verstehen wir, wenn es nicht geht, weil du mit Freunden hier bist.“

„Was für ein Glück! Ich war hier, um den Geburtstag meiner Schwester zu feiern, aber sie ist gerade mit ihrem Mann – und Mom und Dad – gegangen.“

„Ja, was für ein Glück“, stimmte Madison wenig begeistert zu.

Sheila setzte sich zu ihnen und riet ihnen zu dem Bier vom Fass, das hier ausgeschenkt wurde. Madison hatte nicht vorgehabt, noch mehr Alkohol zu trinken, aber jetzt überlegte sie es sich anders. Als Hauptgericht bestellten alle fangfrischen Fisch, und als Vorspeise nahmen sie in Speckstreifen eingewickelte Shrimps oder Muschelsuppe.

Die Unterhaltung drehte sich erst um Musik, dann um bildende Kunst. Madison, die am Ende des Tisches saß, weit weg von Kyle und Sheila, hörte, dass Kyle sich lebhaft an der Diskussion beteiligte. Sie beobachtete ihn und sann darüber nach, warum er sein eigenes Licht die Malerei betreffend so unter Scheffel stellte. Doch abgesehen davon schien es, dass er ein echter Kunstliebhaber war und der Arbeit seines Vaters eine größere Wertschätzung entgegenbrachte, als sie bisher vermutet hatte.

Einmal ertappte er sie dabei, wie sie ihn beobachtete. Es war ein seltsamer Moment, weil ihr aus irgendeinem Grund klar war, dass er ihre Gedanken lesen konnte, und das machte sie irgendwie merkwürdig verwundbar.

Eine nette Umkehrung, dachte sie.

Das Gespräch plätscherte dahin. Man aß, trank, plauderte und lachte. Madison fühlte sich behaglich, entspannt, sicher.

Aber es war unvermeidlich, dass Kyle irgendwann nach seiner Arbeit gefragt wurde.

„Ich habe kürzlich etwas über diese so genannten Profiler in der *Time* gelesen“, sagte George. „Können Sie uns sagen, warum Sie hier sind, oder ist das geheim? Geht es um diesen angeblichen Serienkiller, über den die Zeitungen im Moment ständig berichten?“

„Tja, wir gehen tatsächlich davon aus, dass hier in der Gegend ein Serienkiller sein Unwesen treibt“, antwortete Kyle ernst. „Die Spätnachrichten heute Abend bringen einen ausführlichen Bericht darüber. In dem unter anderem auch mein Einbruch in Madisons Haus Erwähnung findet“, fügte er trocken hinzu.

„Was?“ entfuhr es Madison überrascht.

Er zuckte nur die Schultern und wandte sich wieder den anderen zu. „Während der vergangenen vier Monate haben sich hier in der Gegend vier scheußliche Morde ereignet, die alle um einen Fünfzehnten herum begangen wurden, und die Morde wurden zunehmend grausamer. Die Opfer waren allesamt schöne, junge, lebenslustige Frauen. Wenn man an einem so abscheulichen Fall arbeitet, neigt man dazu, sich um die Menschen, die einem nahe stehen, Sorgen zu machen.“

„Du guter Gott“, murmelte Sheila, stützte sich mit einem Ellbogen auf den Tisch und legte den Kopf in die Hand, während sie ihn aus großen Augen anschaute.

„Und ... Sie sind auf der Suche nach dem Mörder in Madisons Haus eingebrochen?“ fragte Michelle verdutzt noch einmal nach.

Kyle lächelte bedauernd. „Ja also, wie bereits gesagt, sucht sich der Mörder seine Opfer unter jungen, schönen Frauen. Ich konnte Madison letzte Nacht nicht erreichen und dann ... als sie heute Morgen auch nicht ans Telefon ging ...“ Er hob hilflos die Hände, nahm einen großen Schluck von seinem Bier und richtete seinen Blick auf Madison. „Ihr Schloss war leicht zu knacken, doch sie hat eine gute Alarmanlage. Ich sagte Jimmy Gates vom Morddezernat in Miami vorher Bescheid, dass ich beabsichtigte, mir Zutritt zu ihrem Haus zu verschaffen, aber ... na ja, ich habe es trotzdem geschafft, dass man mich um ein Haar verhaftet hätte, und jetzt frage ich mich, ob ich nicht in den Nachrichten eine schrecklich lächerliche Figur mache.“

„Weil ich nicht ans Telefon gegangen bin, bist du kurzerhand in mein Haus eingebrochen?“ fragte Madison fassungslos.

„Madison, du solltest ihm wirklich nicht böse sein“, versuchte Sheila sie zu beruhigen. „Kyle hat es doch nur gut gemeint.“

„Ich bin ja gar nicht böse. Ich bin nur überrascht.“

„Gott sei Dank hast du einen Stiefbruder, der sich so um dich sorgt. Wenn mich jemand von meiner Familie nicht erreichen könnte, würden sie sich wahrscheinlich eine ganze Woche lang keine Sorgen machen.“

Kyle schaute Madison mit hochgezogener Augenbraue an, offensichtlich erfreut darüber, dass sie mit ihrer Empörung entschieden in der Minderheit war.

„Du bist ja auch öfter ein paar Tage weg“, wandte Madison ein.

„Na wenn schon, du solltest aber trotzdem nicht böse sein“, beharrte Sheila.

„Bist du wirklich böse?“ erkundigte sich Hector, Madison angrinsend. Er wirkte amüsiert und schien drauf und dran, noch ein bisschen mehr Öl ins Feuer zu gießen.

Alle Blicke lagen auf ihr. Sie schaute Kyle an und knirschte mit den Zähnen. „Natürlich nicht. Ich habe es schon gesagt – ich bin nicht böse, ich bin überrascht.“

„Überrascht! Also, ich habe ehrlich gesagt Angst. Ein Serienkiller, der hinter jungen Frauen her ist“, sagte Sheila und schüttelte sich.

„Ein bisschen Angst kann nicht schaden, da bin ich mir sicher“, mischte sich Jaime ein.

„Stimmen Sie dem zu, Kyle?“ fragte Michelle. „Sollten die Frauen jetzt Angst haben?“

„Es ist wichtig, dass die Frauen sich der Gefahr bewusst sind, in der sie schweben. Die Polizei hat bisher versucht, weitgehend Stillschweigen über die Morde zu bewahren, weil niemand möchte, dass Panik entsteht. Heute Nachmittag allerdings wurde von offizieller Seite entschieden, dass es Zeit wird, die Frauen zu warnen. Aus den Aussagen der Freundinnen der Opfer lässt sich schließen, dass der Täter ein charmanter Mann ist, der seine Opfer damit ködert, dass er ihnen vormacht, sie wären die große Liebe seines Lebens. Wir gehen davon aus, dass er sehr gut aussieht, anpassungsfähig ist und überaus Vertrauen erweckend wirkt. Das ist nicht die Vorstellung, die man gemeinhin von einem geistesgestörten Mörder hat. Deshalb ist es natürlich richtig, beunruhigt zu sein, Sheila. Es ist absolute Vorsicht geboten.“

„Hören Sie“, sagte Hector leise zu Kyle, „wenn Sie die Spätnachrichten sehen wollen – vielleicht können wir sie uns ja vorn an der Bar anschauen.“

Die am Tisch Versammelten blickten sich einen Augenblick lang an, dann standen alle auf und marschierten im Gänsemarsch nach vorn an die Bar. Kyle hielt sich etwas im Hintergrund. Nach einem Bericht über die jüngsten terroristischen Aktivitäten im Nahen Osten kamen die Lokalnachrichten an die Reihe, und ein Polizeisprecher erklärte, dass man anhand der polizeilichen Untersuchungen mit an Sicherheit grenzender Wahrscheinlichkeit davon ausgehen könne, dass es sich bei den vier Morden um ein und denselben Täter handele, und dass man jungen Frauen dringend ans Herz lege, äußerst vorsichtig zu sein, insbesondere denjenigen jungen Frauen, die allein lebten.

Madison ertappte sich beim Zuhören dabei, dass sie plötzlich anfing, sich Sorgen um Jassy zu machen, doch dann sagte sie sich, dass ihre Schwester kein naives Dummchen sei. Ganz abgesehen davon, dass noch immer die Möglichkeit bestand, dass Kyle der Mann war, in den sie sich verliebt hatte, und wenn dies der Fall war ...

Sie würde Jassy anrufen. Sie musste sich davon überzeugen, dass ihre Schwester wusste, was sie tat.

Sie richtete ihre Aufmerksamkeit wieder auf den Fernseher. Es ging noch immer um die Morde. Im Augenblick gab Jimmy Gates ein Interview, der verschiedene Einzelheiten berichtete.

Dann wurde Kyle eingeblendet. Er trug einen Anzug und stand vor Madisons Haus. Überall waren Polizeiautos zu sehen. Kyle sah müde und verärgert aus – aber noch immer überaus anziehend. Man sah ihn mit Jimmy im Gespräch, dann beantwortete er der Presse einige Fragen, wobei er noch einmal unterstrich, dass den Frauen in der Gegend dringend angeraten wurde, bei neuen Männerbekanntschaften absolute Vorsicht walten zu lassen. „Gehen Sie nicht mit Fremden aus. Ohne Ausnahme“, sagte er in die Kamera. „Tun Sie es selbst dann nicht, wenn Sie jemanden zu kennen glauben, wenn es vielleicht bereits die zweite Verabredung ist. Gehen Sie nirgendwohin, ohne einen Nahestehenden darüber zu informieren, wo Sie sich aufhalten und mit wem Sie unterwegs sind. Gehen Sie von Ihrem Arbeitsplatz in Gruppen nach Hause, machen Sie Ihre Besorgungen mit einer Freundin.“

„Halten Sie es für richtig, wenn Frauen sich bewaffnen?“ erkundigte sich eine hübsche Reporterin besorgt.

„Wenn sich eine Frau bewaffnet, muss sie selbstverständlich wissen, wie man eine Waffe handhabt. Eine Pistole allein ist noch keine

Garantie für Sicherheit. Denken Sie daran, wie viele Kinder sich und andere schon aus Versehen mit einem Familienrevolver umgebracht haben. Meiner Meinung nach ist es das Beste, äußerste Vorsicht walten zu lassen."

„Und wie können sich allein stehende Frauen schützen?" wollte dieselbe Reporterin wissen.

Kyle war die ganze Zeit über sehr ernst gewesen, jetzt lächelte er. Eins seiner überaus charmanten Lächeln, das Frauenherzen höher schlagen ließ. „Nun, wenn es möglich ist, sollten sie am besten für eine Weile wieder in ihr Elternhaus ziehen", schlug er vor.

„Gute Idee", rief jemand.

„Und falls das nicht geht, sollten sie zumindest sehr vorsichtig sein."

Noch mehr Fragen hagelten auf ihn nieder.

Kyle antwortete knapp, vor allem, als man wissen wollte, was er im Haus seiner Stiefschwester, der Tochter der ermordeten Filmschauspielerin, gesucht hatte.

„Haben Sie sich hier nicht gewaltsam Zutritt verschafft?"

„Was Sie getan haben, ist ungesetzlich. Wird man Sie verhaften?"

Kyle blockte die Fragen, die ihm nicht passten, ab und beantwortete nur die, die er beantworten wollte. Er berichtete, dass er sich um seine Stiefschwester Sorgen gemacht hätte, weil es ihm nicht möglich gewesen sei, sie telefonisch zu erreichen, aber mittlerweile hätte er erfahren, dass sie wohlbehalten außerhalb der Stadt auf einem Fototermin sei.

Madison registrierte, dass er nicht sagte, wo.

Nachdem er sich schließlich entschuldigt hatte und wegging, kam die hübsche Reporterin, die ihm die meisten Fragen gestellt hatte, ins Bild. Sie hatte ihre Hausaufgaben gut gemacht. Sie wärmte die Geschichte von dem Mord an Lainie und ihrem „skandalösen" Leben noch einmal auf, dann kam sie auf Madisons Arbeit zu sprechen, auf ihre äußerliche Ähnlichkeit mit ihrer Mutter und ihre gelegentliche Mitarbeit bei der Polizei. Am Ende der Nachrichten wäre Madison am liebsten im Boden versunken.

Gleichzeitig jedoch kam sie sich absolut undankbar vor, weil sie sich sicher war, dass in dem Bericht der Vorfall nicht in seinem ganzen Ausmaß dargestellt worden war. Kyle wäre beim Einbruch in ihr Haus fast verhaftet worden, nur weil er sich Sorgen um sie gemacht hatte.

Um *sie*.

Sie warf Kyle einen Blick zu, der verärgert mit den Schultern zuckte. „Wenigstens haben sie nicht mitbekommen, dass ich, bevor ich die Chance hatte, meine Dienstmarke zu zeigen, in der irrigen Annahme, ich sei ein Einbrecher, fast erschossen worden wäre."

„Danke, dass du dir Sorgen um mich gemacht hast", murmelte sie zerknirscht. „Und ich möchte mich entschuldigen. Wahrscheinlich wäre es unter diesen Umständen ja doch besser gewesen, wenn ich vor meiner Abreise Jassy oder Dad Bescheid gesagt hätte." Sie seufzte tief auf. „Diese verfluchte Reporterin. Sie hat auch nichts in meinem Leben ausgelassen. Müssen sie denn immer und immer wieder die Geschichte vom Tod meiner Mutter aufwärmen?"

„Armes Kind", sagte Michelle mitfühlend.

„Sie haben dein Haus gefilmt. Kannst du sie nicht wegen Verletzung der Privatsphäre oder so was verklagen?" fragte Sheila.

„Ich glaube nicht", murmelte Madison. „Jetzt ist es eh schon egal. Im Übrigen habe ich nie ein Geheimnis daraus gemacht, wo ich wohne."

Kyle schaute sie an. Er wirkte alles andere als erfreut. Seinem Gesichtsausdruck nach zu urteilen war es absolut nicht egal.

„Nun", sagte Michelle, „dieser Mörder wird sich jetzt schon ein bisschen mehr anstrengen müssen. Nach so einer Warnung werden die jungen Frauen hier in der Gegend bestimmt sehr vorsichtig sein."

Kyle schüttelte langsam den Kopf. „Wenn es nur so wäre. Wenn sie den entscheidenden Punkt nur alle verstehen würden. Dieser Mann ist extrem raffiniert – und er versteht es, seine Opfer einzuwickeln. Die meisten Leute glauben, dass derart grausame Morde das Werk eines Verrückten sind. Sie sind überzeugt davon, dass sie einen solchen Mann auf den ersten Blick erkennen würden, dass er aussehen müsste wie ein Ungeheuer. Doch hier ist das genaue Gegenteil der Fall. Unser Mörder wirkt ausgesprochen Vertrauen erweckend. Ein Beschützer der Schwachen. Ich hoffe nur, dass wir zumindest ein paar seiner potenziellen Opfer aufgerüttelt haben, und vielleicht schaffen wir es ja, ihn so lange aufzuhalten, bis wir ihn gefasst haben."

Michelle schüttelte den Kopf und bekreuzigte sich. Hector machte es ihr nach. Madison war versucht, dasselbe zu tun, als sie Kyle anschaute.

„Oje", murmelte Sheila, „was für ein deprimierendes Ende eines so netten Abends." Sie stand sehr nah bei Kyle und lächelte ihn an. „Ich muss gestehen, dass es mir jetzt ein bisschen unheimlich ist, allein nach Hause zu gehen."

„Kyle hat ein Auto, er kann dich nach Hause fahren", sagte Madison, obwohl sie den Gedanken hasste.

Versuchte sie Jassy zu beschützen, indem sie herauszubekommen suchte, ob diese eine Romanze mit Kyle hatte?

Ihr war plötzlich ganz elend zumute. Jassy hatte sich frisch verliebt. Wenn es nicht Kyle war, könnte es womöglich ...?

Oh Gott, sie musste mit ihrer Schwester reden.

„Das wäre wundervoll", sagte Sheila und schaute Kyle aus ihren großen Augen an. „Würden Sie das wirklich tun?" Sie himmelte ihn so an, dass Madison sie am liebsten an den Schultern gepackt und geschüttelt hätte.

„Selbstverständlich", gab Kyle zurück und schaute dabei Madison an. „Wir bringen Sheila nach Hause, bevor wir zum Haus deines Vaters fahren."

Sheila wirkte plötzlich leicht verstimmt; es war offensichtlich nicht ganz das, was sie sich vorgestellt hatte. Aber sie sagte nichts, und es schien, dass sie wirklich irgendwie nervös war. Auf der Fahrt nach Hause lebte sie jedoch wieder auf. Sie saß auf dem Beifahrersitz neben Kyle und plauderte angeregt mit ihm. Sie erzählte von ihrem Single-Dasein und wie sehr sie normalerweise ihre Unabhängigkeit zu schätzen wisse. „Aber jetzt ... na ja ... ach was, ich weigere mich einfach, mich einschüchtern zu lassen. Es reicht mir jetzt, wirklich, ich will nicht mehr darüber reden. Madison, ich habe gehört, dass dein Vater an der Eröffnung einer Galerie teilnimmt, die von Kyles Vater gesponsert wird. Wie faszinierend, dass die beiden die ganzen Jahre über so gute Freunde geblieben sind."

„Die Eröffnung ist am Sonntag", berichtete Kyle. „Wir würden uns freuen, Sie zu sehen."

„Oh, ich würde Sie schrecklich gern begleiten. Vielen Dank für die Einladung."

Kyle stutzte. „Sheila, ich habe nicht ..."

„Dort vorn ist mein Haus. Ich renne ganz schnell rein. Wo ist denn bloß mein Schlüssel ... ach du meine Güte, ich habe wieder mal nur Daumen. Ich hasse es, so ängstlich zu sein, aber würde es Ihnen etwas ausmachen, ganz kurz mit reinzukommen und einen schnellen Blick in die Runde zu werfen?"

Madison auf dem Rücksitz verhielt sich still, aber sie schäumte. Sheila wusste verdammt gut, dass Kyle mit seiner Einladung nicht gemeint hatte, dass er sie begleiten wollte. Es war eine allgemeine Einladung gewesen. Aber Sheila hatte bei der Party ihres Vaters klar und deutlich zum Ausdruck gebracht, dass sie beabsichtigte, ihn sich anzulachen, und genau das war es, was sie jetzt tat.

Kyle parkte den Wagen vor Sheilas Haus. Aber er folgte Sheila nicht die Einfahrt hinauf. Er stieg aus und schaute nach hinten auf den Rücksitz, zu Madison. „Los komm."

„Ich bleibe hier und warte auf dich. Ich nehme an, sie will noch einen Gutenachtkuss."

Er schüttelte den Kopf, um seine Lippen spielte ein kleines Lächeln. „Madison, du hast doch bestimmt schon genug Gruselfilme gesehen. Der Mann lässt das Mädchen allein im Auto zurück, und dann weiß man schon, wie es weitergeht. Ich lasse dich nicht allein. Komm mit."

„Ich bin nicht in Gefahr."

„Woher willst du das wissen?"

„Ich spüre es."

Er schüttelte, plötzlich sehr ernst geworden, den Kopf. „Genau das ist meine größte Befürchtung bei der ganzen Sache. Ich habe Angst, dass du, was dich anbelangt, gar nichts spürst und dich deshalb in Gefahr bringst. Ganz davon abgesehen, dass ..."

„Was?"

„Dass du vielleicht wirklich nicht in Gefahr bist, aber ich."

„In Gefahr? Du?" fragte sie verdutzt.

„Ich sage nur Sheila. Los, steig jetzt aus und komm mit."

„Sheila ist ganz reizend."

„Ja, das ist sie. Jetzt komm schon, Madison, steig endlich aus!" Er zögerte. „Bitte."

Sie stieß einen tiefen Seufzer aus und gehorchte. Dann gingen sie zu Sheilas Haus, wo Kyle es schaffte, Sheila überaus charmant zu erklären, dass sie bei der Vernissage auf seine Begleitung verzichten müsse, weil er seinem Vater versprochen hätte, das Mädchen für alles zu spielen. Sheila versprach, trotzdem da zu sein, und fügte hinzu, dass sie, falls sie irgendwie helfen könne, ganz egal wobei, es mit Freuden tun würde.

Sie verließen Sheilas Haus und fuhren zu Jordan Adairs Domizil am Strand. Obwohl sie so leise wie möglich waren, kam ihnen im Foyer eine verschlafene Martique entgegen. Die Haushälterin ging schnell wieder ins Bett, und dann waren Kyle und Madison allein.

Madison versuchte, ihn ein bisschen wegen Sheila aufzuziehen, aber er sprang sie an wie ein Dobermann.

„Madison, mir ist im Augenblick absolut nicht nach dummen Sprüchen zumute, und ich will, dass du mir jetzt genau zuhörst. Die Sendung aus den Spätnachrichten wird einschlagen wie eine Bombe. Die Leute werden Panik bekommen. Die Hälfte der Frauen in Miami wird sich morgen Handfeuerwaffen besorgen. Ich kann nur beten, dass nicht irgendjemand, der keinen Schimmer von Waffen hat, einen tödlichen Unfall verursacht. Aber ich sage dir nur eins, Madison, geh nie mehr irgendwohin, ohne mir vorher Bescheid zu sagen. *Mir*. Du hast heute einen Narren aus mir gemacht, und du hättest dich in ernsthafte Gefahr bringen können."

„Kyle! Verdammt nochmal, ich bin dir dankbar, aber ich habe mir nichts vorzuwerfen. Du hast selbst einen Narren aus dir gemacht. Ich weiß es zu schätzen, dass du dir Sorgen gemacht hast, doch du bist nicht verantwortlich für mich."

„Nein? Nun, da du es ganz offensichtlich nicht schaffst, für dich selbst verantwortlich zu sein, muss es wohl oder übel jemand anders übernehmen." Er fuhr sich ungeduldig durchs Haar. „Madison, bitte, widersprich mir jetzt nicht."

„Also gut, Kyle, ich werde ohne deine gütige Erlaubnis keinen einzigen Schritt mehr machen", brummte sie.

Er überhörte ihren Sarkasmus. „Gut", erwiderte er knapp.

„Schön", stimmte sie zu.

„Gute Nacht."

„Gute Nacht."

Sie drehte sich um und begann, den Flur zu ihrem Schlafzimmer hinunterzugehen.

„Madison!“ rief er ihr nach.

„Was ist denn noch?“ Sie blieb stehen und drehte sich zu ihm um. Sie fühlte sich seltsam, wie unter Strom. Sie waren hier, zusammen. Sie hatte so viele Tagträume von ihm gehabt. Sie war atemlos, ängstlich und brannte vor ...

„Madison, fällt dir eigentlich etwas auf?“

„Was?“

Er zögerte. „Also, ich bin ja zugegebenermaßen nicht ganz auf dem Laufenden, aber ...“

„Was aber?“

„Soweit ich es verstanden habe, nimmt Jimmy gewöhnlich deine Hilfe weniger deshalb in Anspruch, weil du die Opfer siehst und spürst, was sie spüren, sondern weil ...“ er zögerte, als sie ihn mit hochgezogenen Augenbrauen anschaute, „... du manchmal auch den Mörder siehst. Nur diesmal scheint dir das nicht zu gelingen. Was glaubst du, was das zu bedeuten hat?“

Sie schüttelte den Kopf und schluckte schwer.

„Ich weiß es nicht“, sagte sie schließlich. „Du?“

Er schüttelte ebenfalls den Kopf. „Nein. Aber es ist wirklich merkwürdig. Und es macht mir Angst“, fügte er weich hinzu.

„Mir passiert schon nichts“, versicherte sie.

Er nickte. „Nein. Ganz bestimmt nicht. Gute Nacht, Madison.“

Diesmal drehte er sich um und ging den Flur hinunter. Sie hörte, wie er die Tür seines Zimmers öffnete ...

Und schloss.

Sie nagte an ihrer Unterlippe, dann wandte sie sich in die andere Richtung um und ging in ihr Zimmer. Der Flur schien kein Ende zu nehmen.

Und in den Ecken lauerten düstere Schatten.

Kyle blieb noch lange auf. Er packte sein Notebook aus und schloss das Modem an, dann nahm er, trotz der späten Stunde, Kontakt mit Ricky Haines in Virginia auf. Ricky würde nichts Ungewöhnliches daran finden. Seine Frau arbeitete als Chemikerin beim FBI, und sie waren beide beruflich sehr engagiert.

Ricky klang ein bisschen verschlafen, aber er wurde gleich munter und erzählte Kyle, dass er gestern den ganzen Tag alle verfügbaren Informationen durch den Computer gejagt hätte auf der Suche nach Tätowierstudios, die in irgendeiner Verbindung zu den getöteten Frauen gestanden haben könnten. „Bis jetzt habe ich noch nichts rausfinden können, aber mach dir keine Sorgen, wir bleiben dran. Und wie sieht es bei dir aus?“

„Ich bin auch dran. Im Moment bin ich in Key West ...“

„In Key West?“

„Meine Stiefschwester ist die Hellseherin, erinnerst du dich? Ich bin ihr hierher nachgefahren, weil ich irgendwie so ein komisches Gefühl hatte, frag mich nicht, woher.“

„Du weißt schon, was du tust, Kyle.“

Wusste er es wirklich? Es hatte keine Notwendigkeit bestanden, Miami zu verlassen. Er war nur so verdammt unruhig gewesen – was wahrscheinlich mit seinem Alptraum und dem Umstand, dass sie nicht ans Telefon gegangen war, zusammenhing –, dass er sie unbedingt hatte sehen müssen. Er war eigentlich nicht wirklich aus beruflichen Gründen hier. Und wenn der Fall gelöst werden würde, obwohl er nicht einmal in Miami war ...

Der Fall würde nicht so schnell gelöst werden. Leider.

„Ricky, es gibt da noch etwas.“

„Was denn, Kyle?“

„Es sind alles Rothaarige.“

„Tatsächlich? Von dem Bild her ...“

„Ich weiß, man sieht es nicht. Auf dem Foto, das ich dir geschickt habe, sieht es so aus, als hätte Maria Garcia dunkle Haare. Aber glaub mir, alle Opfer waren rothaarig." Er dachte an seine Stiefmutter. „Behalt das bei deinen Nachforschungen im Auge, okay?"

„Okay."

Er bat Ricky, ihm jeweils alle neuesten Informationen zukommen zu lassen, dann verabschiedete er sich und wünschte ihm eine gute Nacht. Er saß noch eine Weile vor seinem Computer und studierte die Akten der vier Opfer. Debrah Miller, Julie Sabor und Holly Tyler waren allein stehend und nie verheiratet gewesen. Maria Garcia war geschieden. Sie hatte zwei kleine Kinder hinterlassen. Als sich ihr Bild auf dem Computerbildschirm aufbaute, wurde ihm ganz elend zumute. Manchmal gelang es ihm, die Dinge mit kühlem Kopf zu analysieren. Manchmal jedoch war es schlicht unmöglich, nicht wie ein Mensch zu reagieren und den Schmerz nicht zu fühlen.

Aus dem, was ihm vorlag, ließen sich keine Gemeinsamkeiten zwischen den Frauen erkennen – bis auf die roten Haare. Sie lebten und arbeiteten in ganz verschiedenen Teilen der Stadt. Sie hatten völlig verschiedene Berufe. Debrah war in Miami geboren, Julie kam aus New York; Maria war eine Immigrantin aus Kuba gewesen und Holly Tyler stammte aus Minnesota. Alles, was sie verbunden hatte, war die Tatsache, dass sie rothaarig, jung, lebenslustig und attraktiv gewesen waren. Vielleicht war das ja wirklich alles, und vielleicht war es auch genug.

Kyle rieb sich die Stirn und dachte über die Vorgehensweisen und Methoden von Serienmördern aus der Vergangenheit nach. Normalerweise war es irgendetwas Bestimmtes am Erscheinungsbild einer Frau, das im Kopf eines Mörders den Stein ins Rollen brachte. Was war es in diesem Fall? Nur das Haar, die Lebenslust? Wo fand der Mörder seine Opfer? Bundy hatte sich auf Universitätsgeländen umgeschaut in der Gewissheit, dort eine Menge junger schöner Frauen zu finden. Aber diese Frauen hier waren etwas älter, Ende zwanzig.

Er kam zu keinem Schluss. Und er war noch nicht annähernd so müde, wie er sein wollte. Er hatte einfach keine Lust, ins Bett zu gehen, nur um sich dann schlaflos von einer Seite auf die andere zu wälzen.

Oder, schlimmer noch, einzuschlafen und womöglich wieder zu träumen, dass er den Flur hinunter zu Madisons Zimmer schlich, um dort den Mörder zu entdecken, der mit einem im Mondlicht aufblitzenden Messer in der Dunkelheit lauerte.

Er schaltete dennoch seinen Computer aus und rieb sich die Augen. Dann stand er auf und ging unter die Dusche. Er seifte sich ein, und anschließend drehte er das kalte Wasser voll auf. Er blieb unter dem kalten Duschstrahl stehen, bis sich seine Haut vor Kälte ganz taub anfühlte.

Nachdem er aus der Dusche gestiegen war und sich abgetrocknet hatte, machte er alle Lichter bis auf das Licht im Badezimmer und die Lampe links neben der Tür aus. Aus langjähriger Erfahrung wusste er, dass es sinnvoll war, im Dunkeln zu schlafen, während alle möglichen Eingänge erhellt waren.

Er schloss die Augen, aber wie erwartet konnte er nicht einschlafen. Er öffnete sie wieder und starrte an die Decke.

Er könnte einfach aufstehen und den Flur hinuntergehen. Und sie ohne viel Federlesens fragen, ob sie mit ihm schlafen wollte.

Zu unverblümt. Ja. Viel zu unverblümt.

Er könnte den Flur hinuntergehen und ihr sagen, dass er sich ein Glas Wasser hätte holen wollen und sich in der Tür geirrt hätte.

Lachhaft.

Bestimmt schlief sie schon längst.

Dieser verdammte Film hatte sich schon viel zu oft in seinem Kopf abgespult. Er würde ihr Zimmer betreten, und sie würde da sein. Vielleicht in ein Badelaken gehüllt, vielleicht in fließende Seide. Es würde keine Rolle spielen. Die Hüllen würden zu Boden fallen.

Wir wollen es beide, lass uns aufhören zu streiten, lass es uns einfach tun, bringen wir es ein für alle Mal hinter uns, vielleicht schaffen wir es dann ja ...

Er konnte es nicht; er konnte es einfach nicht. Er glaubte Madison zu kennen, er glaubte manchmal, nur manchmal, aus der Art, wie sie ihn anschaute, wie sie lächelte, wenn sie sich unbeobachtet wähnte, schließen zu können ... verdammt, es knisterte einfach zwischen ihnen. Wenn sie nicht bald ...

Plötzlich hörte er Schritte. Leise schnelle Schritte, die einen Moment später direkt vor seiner Tür Halt machten.

Er spannte sich an, schwang die Beine über die Bettkante und schnappte sich vom Nachttisch seinen 38er Spezial.

Seine Tür öffnete sich langsam.

Sie stand in dem weichen Lichtschein, der aus dem Bad ins Zimmer fiel. Für einen Moment blieb sie geblendet stehen, während er in der Dunkelheit saß.

Sie trug Seide.

Einen langen smaragdgrünen Seidenmantel, der sich eng an ihren Körper schmiegte. Ihre Kurven modellierte. Das Haar fiel ihr, leuchtend wie ein Flammenmeer bei Nacht, über die Schultern.

Sie war zu ihm gekommen.

10. KAPITEL

„Sag das noch mal, oh, bitte, sag das noch mal“, flehte Jimmy Gates, während er eine Spur kleiner Küsse über Jassys Fessel zog.

Sie lachte. „Morphometrisch.“

„Hmmm ... weiter“, bettelte er, ihren Schenkel liebkosend.

„Periostal.“

„Es macht mich rasend, wenn du solche Fachausdrücke benutzt.“

Sie hielt sich den Bauch vor Lachen, stemmte sich an seiner Schulter hoch und sprang aus dem Bett.

„Hey!“

„Ich habe Durst.“

„Na toll. Ich mache leidenschaftlich Liebe mit dir und du verzehrst dich nach einer Cola!“

„Du machst keine leidenschaftliche Liebe mit mir, du machst dich lustig über mich und bringst mich so zum Lachen, dass ich Seitenstechen bekomme. Möchtest du auch etwas?“

Er klopfte neben sich aufs Bett. „Nur dich.“ Er zögerte einen Augenblick, dann zuckte er die Schultern. „Und vielleicht ein Bier.“

„Ein Bier, alles klar. Kommt sofort.“

Jassy flitzte nackt und barfuß in die Küche. Der Lichtschein, der aus dem Schlafzimmer fiel, reichte aus, um den Kühlschrank zu finden. Sie griff sich eine Cola und ein Bier und sicherheitshalber auch noch eine Tüte Chips und rannte dann ins Schlafzimmer zurück.

„Was für eine Frau“, sagte Jimmy und rollte theatralisch die Augen. „Fachdiskussionen über Körperteile, Bier und Chips – alles im Bett. Wie konnte ich nur so lange leben ohne dich?“

„Das darfst du mich nicht fragen“, gab Jassy zurück, schüttelte das Kissen auf und lehnte sich zurück. Dann riss sie die Chipstüte auf. „Willst du auch was?“

„Klingt wie im Himmel.“

Er saß neben ihr, aß eine Hand voll Chips und klickte auf die Fernbedienung. Ein Lokalsender brachte eine Wiederholung der Elf-Uhr-Nachrichten. Er hörte einen Moment schweigend zu, dann schüttelte er den Kopf. „Herrgott, wir müssen diesen Burschen endlich schnappen.“ Er warf Jassy einen unglücklichen Blick zu. „Du weißt, wie sehr ich deine Schwester schätze und dass ich immer versucht habe, sie nicht überzustrapazieren, wenn ich ihre Hilfe in Anspruch genommen habe, aber Kyle hat mir jetzt doch einen ganz gehörigen Schrecken eingejagt."

„Wie das?"

„Na ja, hauptsächlich wohl, weil er ständig auf der Tatsache herumreitet, dass alle Frauen rote Haare hatten."

„Es ist immer irgendetwas, das bei Mördern wie diesem hier den Stein ins Rollen bringt. Ich weiß von einem Fall in Kalifornien, wo ein Verrückter nur hinter Brünetten her war. Dieser Mann hier scheint auf Rothaarige zu stehen. Aber ich ... oh, jetzt verstehe ich erst. Madison ist rothaarig." Sie war einen Moment lang still. „Aber ich wüsste nicht, warum sich Kyle um Madison besondere Sorgen machen sollte. Kaila ist auch rothaarig."

„Nun, ich bin mir sicher, dass er sich um Kaila ebenfalls Sorgen macht, aber sie ist immerhin verheiratet, und es ist kaum anzunehmen, dass sie auf die Idee kommt, mit irgendeinem fremden Mann ein Wochenende zu verbringen."

„Kyle ist wegen Madison runtergefahren?"

Jimmy nickte und nahm einen langen Schluck von seinem Bier.

„Nun, das ist eine Erleichterung."

Jimmy runzelte die Stirn. „Das klingt ja fast, als würdest du dir auch Sorgen um sie machen."

„Ab morgen wird jeder in der Stadt hier ein komisches Gefühl haben. Nicht, dass wir nicht schon längst an Mord und Totschlag gewöhnt wären. Aber ein Serienkiller ... ja, ich bin wirklich froh, dass er bei meiner Schwester ist. Er wird auf sie aufpassen." Jassy starrte ihn an. „Warum schaust du denn immer noch so unglücklich?"

„Dein Stiefbruder hat mir auch einen Schrecken eingejagt. Und weißt du was?"

„Nein, was?"

„Ich habe noch mal nachgedacht."

„Worüber?"

„Über Lainie Adair.“

„Über Lainie?“ fragte Jassy verdutzt.

Er nickte. „Sie war definitiv rothaarig.“

Jassy atmete aus. „Eine temperamentvolle Rothaarige, ganz recht.“

„Du bist nicht besonders gut mit ihr ausgekommen?“

„Doch! Klar. Aber nur, weil ich meine Nase immer in irgendeinem Buch hatte und keine Bedrohung für sie war. Und nachdem sie und mein Vater geschieden waren ... na ja, ich lebte bei Dad und sah sie nur noch selten. Aber sie machte mich trotzdem manchmal wütend, weil ...“

„Weil?“ Jimmy lehnte sich zurück und schaute sie neugierig an.

„Du willst die Wahrheit wissen?“

„Sicher.“

„Sie war ein Biest. Mein Vater war ihr nicht genug. Roger war ihr nicht genug. Sie haben sie beide verzweifelt geliebt. Sie hatte irgendetwas Besonderes an sich. Natürlich war sie sehr sexy. Und sie war ein Star. Das Problem mit ihr war, dass sie entweder alles zu einem Drama hochstilisierte oder es war nur ein Spiel. Sie liebte es, Roger und meinen Vater gegeneinander auszuspielen. Sie wollte, dass jeder Mann in ihrem Leben glaubte, dass sie die einzige Frau wäre, die er je lieben könnte. Mein Dad ist nie über sie hinweggekommen. Wenn sie sauer auf Roger war, rannte sie wieder zu Dad. Ich weiß nicht, ob sie noch miteinander geschlafen haben, nachdem sie mit Roger verheiratet war, aber wenn sie es nicht getan haben, dann ganz bestimmt nicht deshalb, weil sie es nicht wollte. Oh, Lainie konnte sehr charmant sein. Sie vergötterte ihre Töchter, und ich muss zugeben, dass sie zu Trent und mir immer ganz toll war. Aber die Art, wie sie Männer manipulierte, war einfach schrecklich.“

„Allerdings kann man wohl kaum behaupten, dass Roger Montgomery oder dein Vater keusche Waisenknaben gewesen wären", erinnerte Jimmy sie.

„Nein, das vermutlich nicht. Dad hat einmal – als Lainie noch am Leben war – zu mir gesagt, dass sie wahrscheinlich die Strafe Gottes wäre für all die Gemeinheiten, die er anderen Menschen angetan hat. Wer weiß, wenn sie nicht gestorben wäre, hätte sie meinen Vater und Roger womöglich noch dazu gebracht, sich gegenseitig zu erschießen."

„Doch stattdessen sind sie die besten und dicksten Freunde geworden."

„Ihre Trauer und ihre Wut hat sie zusammengeschweißt", sagte Jassy. „In der Nacht nach Lainies Beerdigung haben sie sich gemeinsam betrunken."

„Es ist interessant zu sehen, wenn sie Madison beobachten."

„Weil sie Lainie wie aus dem Gesicht geschnitten ist."

„Ja."

„Es ist komisch, wirklich, Kaila sieht Lainie ja auch sehr ähnlich, aber irgendetwas ist anders an ihr. Ich denke, es kommt daher, weil Madison Lainies Präsenz geerbt hat. Es liegt an ihrem Gang ... an der Art, wie sie sich bewegt." Sie warf Jimmy einen Blick zu und fügte eilig hinzu: „Aber davon abgesehen ist sie natürlich ganz anders als Lainie."

„Was meinst du damit?"

„Madison ist alles andere als ein Biest. Sie kümmert sich schon fast ein bisschen zu viel um die, die ihr nahe stehen. Ist das nicht merkwürdig? Sie ist Lainie einerseits so ähnlich und andererseits überhaupt nicht. Lainie war schön, verwöhnt und unglaublich egoistisch. Madison dagegen hat für alles Verständnis. Tatsächlich hat sich Kaila kürzlich viel eher wie Lainie verhalten."

„Nun, mir gegenüber muss niemand Madison in Schutz nehmen. Ich finde sie großartig. Sie ist ein ganz außergewöhnlicher Mensch."

Jassy versetzte ihm einen scherzhaften Rippenstoß. „He, reiß dich zusammen! Du musst es ja nicht gleich übertreiben."

Jimmy grinste. „Benimm dich. Ich habe deine Schwester wirklich gern, und das weißt du auch. Aber ganz anders als dich. Mit ihr kann man eben keine medizinischen Fachdiskussionen führen."

Jassy lachte leise und fuhr ihm mit den Fingern durchs Haar. „Ich danke Gott für meine verborgenen Talente."

Jimmys Lächeln verblasste. „Sie ist ein gutes Mädchen, ein großartiger Mensch. Aber sie ist nun mal Lainies Ebenbild, und das hat mich auf den Gedanken gebracht, dass ... ich weiß auch nicht ... ich habe mich nur gefragt, ob diese Frauen, diese Opfer, irgendeine entfernte Ähnlichkeit mit Lainie Adair haben könnten."

„Lainie ist schon lange tot."

„Ich weiß, ich weiß. Ich glaube ja auch nicht wirklich, dass es da irgendeine Verbindung gibt. Und trotzdem ..."

„Und trotzdem was?"

Er stand auf, griff nach seiner Hose. „Jassy, mir ist eben etwas eingefallen. Ich muss es sofort überprüfen. Schließ hinter mir ab. Eine Pistole hast du doch, oder?"

„Darauf kannst du wetten – und ich weiß, wie man sie benutzt."

„Braves Mädchen. Du kannst dich später bei mir beschweren", sagte er und winkte ihr zu, dann verließ er sie.

Jassy lag noch lange wach, nachdem er gegangen war.

Madison ...

Sie war keine Phantasiegestalt, keine Fata Morgana. Kein unwirklicher Traum.

Kein feuchter Traum.

Sie war wirklich hier.

Eingehüllt in schimmernde Seide.

„Madison ..." murmelte Kyle, nachdem er sich halbwegs von seiner Überraschung erholt hatte. „Du hättest anklopfen sollen. Ich hätte dich erschießen können."

Ihre Augen suchten ihn in den Schatten. Er sah, wie sie sich weiteten. Er saß nackt auf der Bettkante. Instinktiv wollte er nach der Bettdecke greifen, um seine Blöße zu bedecken, aber er hielt sich zurück. Er blieb sitzen, wie er saß, und legte die Pistole auf den Nachttisch. Ihr Blick wanderte über ihn hinweg, dann kehrte er zu seinen Augen zurück.

„Nein. Du hättest mich nicht erschossen. Ganz bestimmt nicht. Du neigst nicht zu Panikreaktionen."

Er erwiderte nichts. Er hatte den Eindruck, dass ihre Wangen außergewöhnlich gerötet waren. Sie hüllte sich ebenfalls in Schweigen. Ihre Lider flatterten. Vielleicht weil sie seine anschwellende Erektion bemerkt hatte.

Er stand unbekümmert auf. Immerhin war sie in sein Schlafzimmer gekommen.

„Nun? Was willst du hier?" fragte er sie, wobei er sich wünschte, dass seine Stimme nicht so heiser klänge. Aber sein Herz hämmerte, er bekam kaum Luft, und seine Anspannung wuchs.

„Ich ..." begann sie, dann warf sie ihr Haar zurück, schluckte und fing noch einmal von vorn an. „Ich konnte nicht schlafen. Und ich ... ich dachte, dass du vielleicht auch noch auf bist und ein bisschen reden willst."

„Reden?"

Sie war für einen Augenblick still und schaute ihn an. Dann zuckte sie die Schultern.

„Also schön, vergiss es. Vermutlich habe ich nicht wirklich gedacht, dass du reden willst. Aber es stimmt, ich konnte tatsächlich nicht schlafen. Oh, Himmel, Kyle! Lass ... lass es uns tun, lass es uns endlich hinter uns bringen, damit wir wieder zur Tagesordnung übergehen können."

Er machte den Mund auf, um etwas zu sagen, aber er starrte sie eine ganze Weile nur erschüttert an. „Was?“ brachte er endlich heiser heraus.

„Ich sagte ...“

„Bist du in meinem Kopf, Madison?“

„Was?“ fragte sie verärgert.

„Ich sagte ...“

„Nein, ich bin nicht in deinem Kopf. Ich bin keine verdammte Gedankenleserin, verflucht nochmal. Jetzt tust du schon wieder so, als wäre ich ein Alien oder sonst irgendwie seltsam ...“

„Du hast irgendetwas, Madison. Eine übersinnliche Fähigkeit, weiß der Geier was. Aber die Leute behalten ihre Gedanken nun mal gern für sich, kannst du das nicht verstehen?“

„Es war ein Fehler. Oh Gott, was für ein Fehler.“

Sie zitterte am ganzen Leib. Ihm wurde klar, dass es sie eine Menge gekostet hatte, hierher zu kommen, egal wie unerschrocken sie auch sonst sein mochte.

Sie wirbelte herum, das feuerrote Haar flog ihr um den Kopf. Sie war gekommen, um seine Phantasien Wirklichkeit werden zu lassen, und er stand kurz davor, sie zu verlieren.

Weil sie dieselben Worte benutzt hatte, die er zuvor schon tausendmal gedacht hatte.

Er machte einen schnellen Schritt auf sie zu, entschlossen sie aufzuhalten. Denn wenn er sie jetzt gehen ließe, würde sie nie mehr zurückkommen.

„Madison!“ Er packte sie am Arm, zog sie zurück. Sie schaute ihn wieder an und errötete. Sie maßen sich mit Blicken.

„Wir wollen es beide“, sagte er leise. „Lass es uns tun ... Himmel, ja, lass es uns tun.“

Er löste den Gürtel ihres smaragdgrünen Morgenmantels. Er hatte gewusst, dass sie nichts darunter trug. Er schob ihr das Kleidungsstück über die Schultern und beobachtete fasziniert, wie die Seide an ihrem Körper nach unten glitt und zu ihren Füßen liegen blieb.

Langsam eine Braue hebend, schaute er ihr tief in die Augen. „Wir sprechen doch von derselben Sache, richtig?“

Sie errötete noch mehr.

Er lächelte. Und weidete sich an ihrem Anblick.

Er kannte sie länger als ein halbes Leben. Er hatte sie schon in jedem erdenklichen Aufzug gesehen, lässig gekleidet, elegant, im Bikini oder im Bademantel, immer war sie strahlend schön gewesen. Nackt jedoch war sie atemberaubend. Er hatte noch nie zuvor einen so vollendeten Körper gesehen. Ihre Brüste waren hoch und voll, ihre Knospen groß, dunkel und provozierend. Das Haar zwischen ihren Schenkeln war von einem ebenso feurigen Rot wie das Haar auf ihrem Kopf, während alles dazwischen kurvig und glatt und so verdammt verführerisch war, dass er befürchtete, allein von dem Anblick einen Orgasmus zu bekommen.

Ein großartiger Anfang ...

Aber er konnte nicht länger dastehen und sie anstarren. Er würde auf der Stelle explodieren. Ein heiserer, erstickter Laut entrang sich seiner Kehle, ein Laut, ursprünglicher und animalischer, als es der Anstand gebot. Er riss sie in seine Arme und presste sie an sich. Ihr nacktes Fleisch rieb sich aufregend an seinem. Er konnte spüren, wie ihr Herz klopfte, wie sich ihre Brüste an seiner Brust hoben und senkten, als sie nach Atem rang, er spürte, wie ihr Körper unter seinen Händen vibrierte, er spürte ihre Wärme ... atmete ihren Duft ein ...

„Warte, Kyle!“ murmelte sie plötzlich.

„Warten?“

Er lehnte sich ein bisschen zurück und schaute ihr in die Augen. Sie waren groß, von einem leuchtenden Blau und erwiderten seinen Blick. „Kyle, du hast doch nichts ...“

„Ich habe was nicht?“

„Du hast doch nichts ...?“

Gleich würde er vor Verlangen vergehen, das war so sicher wie das Amen in der Kirche.

„Du ... schläfst doch nicht mit meiner Schwester, oder?“

„Mit deiner Schwester? Welcher Schwester denn?“

„Mit Jassy.“ Ihre Augen wurden noch größer. „Oder irgendeiner.“

Er schüttelte lächelnd den Kopf. „Nein, ich schlafe mit keiner deiner Schwestern. Wie zum Teufel kommst du denn darauf?“

„Jassy hat irgendjemand.“

„Mich nicht. Können wir das Thema jetzt beenden?“

Ihn noch immer anschauend, nickte sie. Dann schlossen sich ihre Augen, als sich seine Lippen auf die ihren legten und seine Zunge in ihre Mundhöhle eindrang. Ohne den Kuss zu beenden, hob er sie hoch und machte sich blind auf die Suche nach dem Bett.

Dort angelangt, ließ er sich, noch immer in inniger Umarmung verschmolzen, mit ihr darauf fallen, während die Leidenschaft wie eine Feuersbrunst über sie beide hinwegfegte. Er kostete dieses Gefühl bis zur Neige aus, aber er wollte mehr, er wollte alles von ihr. Seine Lippen lösten sich von ihrem Mund und wanderten an ihrem Hals langsam nach unten. Seine Hände schlossen sich um ihre Brüste, mit den Fingerspitzen ihre Knospen liebkosend. Dann folgte sein Mund, um ihre Brüste zu kosten und an ihren hart gewordenen Spitzen zu saugen, was ihr kleine schluchzende Seufzer der Lust entlockte, sein Name kam über ihre Lippen ...

Madison ...

Großer Gott, begehrte er sie. Er litt Höllenqualen. Sein Hunger konnte allein durch Berührungen und ihren Geschmack nicht gestillt werden. Er hatte immer gewusst, dass ihr Haar wie Seide war, dass ihr nacktes Fleisch wie Satin sein würde. Aber dazu war sie auch noch von einer verzehrenden Leidenschaft, sie wand sich unter ihm, hob sich ihm entgegen, grub ihre Zähne in seine Schultern, als seine Berührungen immer intimer wurden und seine Fingerspitzen über ihren Bauch nach unten wanderten, bis er schließlich seine Finger in sie hineingleiten ließ ...

Ihre Münder begegneten sich erneut in einem langen, leidenschaftlichen Kuss. Seine Finger waren noch immer in ihr. Er spürte, wie sie ihn berührte. Wie sich ihre Hand fest um ihn schloss und anfing, ihn zu streicheln.

Er beendete den Kuss und schaute auf sie hinunter in ihre blauen Augen, die verschleiert waren vor Leidenschaft und ihm signalisierten, dass sie bereit war.

Von neuem begann er, ihren ganzen Körper mit seinen Liebkosungen zu überschütten, indem er mit der Zunge zärtlich ihre Knospen umspielte, dann tiefer glitt, bis er ihren Nabel erreichte. Schließlich schob er ihre Schenkel auseinander, legte den Kopf dazwischen und liebte sie mit der Zunge.

Sie schrie auf, ihre Finger krallten sich in sein Haar. Er ertrug es. Sekunden später begann sie zu kommen. Das Blut pulsierte schmerzhaft in seinen Lenden, dann bäumte er sich über ihr auf, legte sich auf sie und glitt einen Moment später mit der ganzen Kraft seiner Leidenschaft in sie hinein. Versengend heiß umschloss sie ihn ...

Er bewegte sich in einem fiebrigen, drängenden Rhythmus, allein vorangetrieben von seiner Lust. Er knirschte mit den Zähnen in dem Versuch, sich zurückzuhalten, weil er wollte, dass sie mit ihm zusammen kam, er ertrank in dem köstlichen erotischen Duft, den sie beide verströmten, in der Weiche ihres Schoßes, in ihr.

Ihre Hüften hoben sich seinen Stößen, verzweifelt nach Erfüllung suchend, entgegen. Dann konnte er sich nicht mehr länger beherrschen, sein Höhepunkt kam mit Macht und endete in einer fulminanten Explosion, er schlang fest seine Arme um sie, zog sie noch näher an sich heran und bewegte sich weiter, bis sich ihrer Kehle ein wilder Schrei der Erlösung entrang ...

Nachdem er wieder zu Atem gekommen war, rollte er sich von ihr herunter und kostete, sie weiter fest umschlungen haltend, das Gefühl der Intimität aus, das ihn noch immer erfüllte. Sie lag eng an ihn geschmiegt und schweißüberströmt mit dem Rücken zu ihm da. Er berührte sie erneut und zog ganz leicht mit den Fingerspitzen eine Spur von ihrer Schulter an ihrem Rückgrat nach unten, über ihre Hüfte und ihren Po.

„Jetzt weiß ich, warum ich so lange Abstand gehalten habe von dir“, murmelte er weich.

„Warum?“ Ihre Stimme klang schläfrig.

„Du bist die reine Versuchung, Madison.“

Sie drehte sich in seinen Armen zu ihm herum und lächelte ihn an. „Du auch.“

„Oh, danke, aber irgendwie ... ach, egal.“

„Warum hast du mir vorgeworfen, deine Gedanken lesen zu können?“ fragte sie weich. „Hältst du mich immer noch für eine Hexe?“

Er zog sie noch ein bisschen enger an sich. „Ja, du bist definitiv eine Hexe. Du ziehst Menschen in deinen Bann. Männer verlieben sich in dich, wenn du sie nur von einem Titelblatt her anlächelst. Sie würden ihr Leben dafür geben, dich nur ein einziges Mal zu besitzen.“

„Sie?“

„Und ich habe daran gedacht, mit denselben Worten in dein Zimmer zu platzen.“

„Oh.“

„Lass uns einfach so weitermachen, als ob nichts geschehen wäre“, murmelte er. „Ich bin mir sicher, dass irgendetwas Schreckliches passiert wäre, wenn wir es nicht getan hätten. Ich wäre wahrscheinlich explodiert."

„Wohl kaum."

„Doch. Man hätte meine Einzelteile in ganz Südflorida zusammensuchen müssen", sagte er mit Grabesstimme.

Sie lächelte, aber plötzlich wurde sie ernst. „Wie diese arme Frau", bemerkte sie weich.

Er schüttelte über sich selbst den Kopf, als ihm klar wurde, was er eben gesagt hatte. „Eine böse Sache", versicherte er ihr, und sie musste lächeln, während sie ihren Kopf an seine Brust bettete. „Aber wir werden es aufklären." Sie erwiderte nichts und hüllte sich auch anschließend noch eine ganze Weile in Schweigen. Er streichelte ihr zärtlich übers Haar und kostete es aus, die seidige Fülle an seiner Brust zu spüren.

„Ich sollte jetzt wohl langsam wieder in mein Zimmer gehen."

„Das kommt gar nicht in Frage", protestierte er entschieden.

„Aber ..."

Er hob ihr Kinn und schaute ihr tief in die Augen. „Das war der beste Sex, den ich in meinem Leben je hatte. Und du musst verrückt sein, wenn du glaubst, dass ich dich jetzt einfach so gehen lasse, nachdem ich dich endlich in meinem Bett habe und wir nicht mit irgendjemandem essen gehen oder etwas trinken müssen, wobei wir uns vorstellen, wie wir einander die Kleider vom Leib reißen."

Madison blickte ihn unverwandt an. „Komisch, nicht? Ich dachte, es sei einfach nur Neugier. Dass ich nur Lust hätte ..."

„Mal wieder richtig schön zu bumsen?" forschte er trocken.

Madison zuckte mit keiner Wimper. „Ich dachte eigentlich, wir würden jetzt wieder zur Tagesordnung übergehen."

„Bist du schon so weit?" fragte er. „Bist du fertig mit mir?"

„Ich wünschte, es wäre so", erwiderte sie aufrichtig.

„Aber?"

„Vermutlich hätte ich nicht herkommen dürfen. Aber ich bin fast verrückt geworden, ich musste einfach wissen ..."

„Und weißt du es jetzt?" unterbrach er sie ungeduldig. „Hast du schon alles bekommen, was du wolltest, ja?" Sie zögerte und schaute ihn an, seine Unverfrorenheit ärgerte sie. „Na los, sag's mir, hast du schon genug?"

„Diese Frage ist eine Unverschämtheit."

„Überhaupt nicht. Ich vergehe vor Lust. Also was ist?"

„Unverblümt, derb."

„Es war eine ehrliche Frage. Auf die ich eine ebenso ehrliche Antwort erwarte."

„Also schön, wenn du es unbedingt wissen willst, nein", räumte sie verärgert ein.

„Gut." Er suchte ihren Mund und küsste sie, beherrschter jetzt als beim ersten Mal. Er küsste und liebkoste und neckte sie, bis erneut heftiges Verlangen in ihnen aufstieg.

Dann war er wieder in ihr.

Und es stimmte.

Es war der beste Sex, den er je gehabt hatte.

Die Uhrzeit spielte für Trent Adair keine Rolle. Wenn es sein musste, konnte er die ganze Nacht wach bleiben. Voller Zufriedenheit überflog er die Seite, die er gerade geschrieben hatte.

Chefinspektor Jésus Hernandez kniete neben der Leiche nieder und schüttelte bestürzt den Kopf, während er versuchte, gegen die in ihm aufsteigende Übelkeit anzukämpfen. Mit jedem Mord zerstückelte der Mörder sein Opfer mit größerer Inbrunst.

Sie war eine Schönheit gewesen – einst.

Jung und angefüllt mit Hoffnungen und Träumen, die sich gewiss in den jetzt blicklos gen Himmel starrenden kristallblauen Augen widergespiegelt hatten. Vielleicht war ja ihre Seele im Augenblick des

Todes zum Himmel aufgefahren. Hernandez konnte nur hoffen, dass es so war.

Weil ihre sterblichen Überreste da neben ihm auf dem Boden eine Tragödie waren, eine grausame Verhöhnung der Hoffnungen und Träume dieser jungen Frau. Der Mörder hatte fein säuberlich sämtliche Gliedmaßen vom Körper abgetrennt, der Kopf war fast abgeschnitten, der Streifen eingetrockneten Blutes um ihren Hals war so dick, dass es aussah, als trüge sie ein farbenprächtiges Halsband ...

Nachdem er die Seite gelesen hatte, lehnte er sich in seinem Stuhl zurück und lächelte zufrieden in sich hinein.

Verdammt, er wurde immer besser, und er würde veröffentlicht werden, bevor überhaupt irgendjemand wusste, dass er versuchte, ein Buch zu schreiben. Er hielt es geheim, weil er verhindern wollte, dass irgendjemand auf die Idee kam, er würde sich Hilfe von Jordan erwarten oder versuchen, sich seine Beziehungen zunutze zu machen. Er würde es allein schaffen.

Die Szene war ausgesprochen grausam.

Gut, aber grausam.

Und sie unterschied sich sehr von dem, was Jordan Adair schrieb. Dies hier war weitaus drastischer.

Es war real.

Der Morgen zog herauf.

Licht drang durch die Vorhänge ins Schlafzimmer.

Kyle erwachte langsam, dann stutzte er und zog verwundert die Augenbrauen zusammen. Träumte er noch?

Aber nein ... Madison war wirklich da. Sie lag neben ihm.

Nackt.

Noch im Tiefschlaf.

Ein Umstand, den er ausgesprochen begrüßte. Heute Morgen miteinander zu reden würde wahrscheinlich ziemlich peinlich werden, deshalb war er froh, dass sie noch schlief, und im Übrigen hatte er Lust, sie einfach noch ein bisschen anzuschauen. Sie lag lang ausgestreckt auf dem Bauch, ihre rote Mähne floss ihr zerzaust über Rücken und Schultern. Sie hatte sich im Schlaf die Decke abgestrampelt, sodass sie jetzt praktisch nackt dalag – nackt und entspannt –, und er konnte in aller Ruhe den atemberaubenden Anblick, den sie bot, genießen.

Sie hatte den schönsten Rücken der Welt, über den jetzt ein Wasserfall aus dunkelrotem Haar fiel. Ihre Beine waren lang, seidig und wohlgeformt. Madison hatte nicht das magersüchtige Aussehen, das für so viele Models charakteristisch war; sie war schlank, aber mit Kurven an den richtigen Stellen. Und mit wirklich hübschen, festen, runden Pobacken.

Er wagte es nicht, sie zu berühren, weil er befürchtete, sie könnte aufwachen.

Deshalb liebkoste er ihren Körper nur mit Blicken, aber dann stutzte er plötzlich, beugte sich vor und schob die Ecke der Decke zurück, die einen Schatten über ihre rechte Hüfte warf.

Da ... an einer Stelle, die ein Bikinihöschen gerade noch verdecken würde, war eine Tätowierung. Winzig, diskret, überaus hübsch anzusehen.

Und doch bewirkte der Anblick, dass ihm das Blut in den Adern gefror.

Eine Rose.

Eine blutrote Rose.

11. KAPITEL

Kyle bewegte sich so abrupt, dass Madison aufwachte. Sie rollte sich herum und schnellte einen Moment später in eine sitzende Position hoch. Er sah die Gefühle, die sich in ihren Augen widerspiegelten; die

Erkenntnis, wo sie war, und die Bestürzung, die ihr auf dem Fuß folgte.

Es war eine wilde Nacht gewesen.

Aber jetzt, im Sonnenlicht, das, gefiltert durch die Vorhänge, ins Zimmer drang, griff sie instinktiv nach der Decke und zog sie sich über ihre Brüste hoch, während sie ihm einen verunsicherten Blick zuwarf. „Ich ... ich wollte eigentlich schon längst hier raus sein. Martique ist bestimmt bereits auf. Sie wird ..."

„Wie bist du zu diesem Tattoo gekommen?" unterbrach er sie scharf.

„Was?"

„Deine Tätowierung. Wo und wann hast du sie dir machen lassen?"

„Ich weiß wirklich nicht, was dich das angeht", gab sie verärgert zurück.

Kyle holte tief Atem und riss sich zusammen, ihm wurde klar, dass er sich wie ein Oberfeldwebel aufführte. „Es ist wichtig, Madison."

Sie starrte ihn einen Moment lang finster an, dann wandte sie sich ab und schaute sich suchend nach ihrem Morgenrock um, erpicht darauf, so schnell wie möglich von ihm wegzukommen. Er hielt sie am Arm fest. „Madison, warte."

„Lass mich gehen, Kyle."

„Madison, zwei der Opfer hatten Rosentattoos."

„Eine Menge Frauen haben Tattoos."

„Nicht einfach nur Tattoos, sondern Rosentattoos."

„Das höre ich jetzt zum ersten Mal und ..."

„Und du wirst es auch nicht noch einmal hören. Die Polizei hält diese Information geheim. Bei Mordfällen wie diesen hier rufen Dutzende von Spinnern an, die behaupten, der Täter zu sein. Informationen wie diese helfen der Polizei, die Spreu vom Weizen zu trennen. Glaub mir, Madison, oder zum Teufel, wenn du mir nicht glaubst, ruf von mir aus deine Schwester an. Zwei der Opfer hatten Rosentattoos.

Andere haben kurz vor ihrem Tod einen riesigen Rosenstrauß zugestellt bekommen. Also sag mir jetzt bitte, wo und wann du zu diesem Tattoo gekommen bist."

Sie hüllte sich in Schweigen und schaute auf seine Hand, die noch immer auf ihrem Arm lag. Durch ihren Blick wollte sie ihm zu verstehen geben, dass er sie loslassen sollte. Er tat es nicht.

„Kyle, ich habe dieses Tattoo seit meinem ersten Collegejahr. Ich war mit ein paar Freundinnen unterwegs. Wir hatten in einem Club ein bisschen was getrunken und beschlossen dann, uns Tattoos stechen zu lassen. Glücklicherweise waren wir nur leicht beschwipst, sonst wäre mein Tattoo möglicherweise um einiges größer ausgefallen."

Kyle zog nachdenklich die Stirn in Falten, dann schüttelte er den Kopf. „Wie seid ihr denn auf diese Idee gekommen?"

Sie zuckte die Schultern, ihr schöner roter Mund verzog sich zu einem kleinen bedauernden Lächeln. „Ach, was weiß ich. Wie Collegekids eben so sind. Wahrscheinlich hatten wir zu viel Zeit, weil wir an diesem Tag freihatten, und zu viel Geld. Es machte uns Spaß, uns ein bisschen dekadent aufzuführen – erwachsen, wie wir dachten. Ich glaube, das Tätowierstudio war irgendwo in Virginia. In der Nähe von Manassas, wenn ich mich nicht irre. Aber genau erinnere ich mich nicht mehr. Es ist ja schon ewig her. Jugendliche machen eben so Sachen. Einmal habe ich mir sogar die Haare abgeschnitten und blau gefärbt." Sie seufzte auf und schüttelte den Kopf. „Und was diese Rose anbelangt ..."

„Ja?"

Sie schaute ihm fest in die Augen. „Ich vermute, dass ich mich schuldig fühlte."

„Schuldig? Wie das?"

„Ich war immer wild entschlossen, nie wie meine Mutter zu werden. Es beunruhigt mich selbst heute noch gelegentlich ... weil ich ihr wie aus dem Gesicht geschnitten bin, und ich ... ich will einfach nicht das Leben führen, das sie geführt hat, obwohl es scheint, dass ich auf dem besten Weg dazu bin, oder nicht?“ Sie wollte nicht, dass er antwortete, deshalb sprach sie schnell weiter. „Ich liebte Lainie. Sie war eine schreckliche Ehefrau, und sie war auf ihre Weise furchtbar egozentrisch, aber sie war eine wunderbare Mutter. Ich erinnere mich daran, dass sie einmal schon ihr Kostüm anhatte und fix und fertig geschminkt war für ihre Rolle, da brüllte sie der Regisseur an, dass sie noch ihr ganzes Kleid ruinieren werde, wenn sie mich weiterhin auf meinem Schoß sitzen ließe. Sie umarmte mich nur noch fester und sagte ihm, dass ihr ihre Kinder tausendmal wichtiger wären als irgendein Kleid und jede Rolle. Sie liebte uns. Aber egal ... auf jeden Fall hatte Lainie diese Rose.“

Kyle atmete erleichtert auf. „Deine Mutter hatte ein Rosentattoo?“

Madison nickte ernst, dann lächelte sie wieder. „Erinnerst du dich noch daran, dass dein Vater sie immer seine Rose nannte? Er behauptete, dass Lainie wie die herrlichste Rose der Welt wäre, so schön und süß duftend – und so voller Dornen. Sie hat sich das Tattoo für deinen Vater stechen lassen. Sie sagte, dass sie sich eine Rose mit Dornen ausgesucht hätte, weil ihn das immer daran erinnern sollte, dass sie ihre eigenen Waffen hätte. Sie behauptete, ihre Stacheln zu brauchen. Du hast ihre Tätowierung nie gesehen, weil meine Mutter vor dir so gut wie nie nackt herumgelaufen ist, aber sich vor ihren Töchtern nackt zu zeigen kam ihr ganz natürlich vor. An dem Abend, an dem ich mir mein Tattoo habe stechen lassen, hatte ich schon ein, zwei Gläser Sekt getrunken, und du weißt ja, dass ich nichts vertrage. Ich war vielleicht ein bisschen sentimental und dachte an meine Mutter, obwohl sie zu jener Zeit schon lange tot war. Meine Freundin Cathy Tarlington hat sich für einen Fächerfisch entschieden, weil ihr Freund ein begeisterter Angler war. Und Jill Anderson für einen Reiher – sie kämpft noch immer dafür, dass man die Everglades so weit wie möglich in ihrem Urzustand belässt. Und ich ließ mir ... eine Rose stechen."

Kyle schaute sie einen Moment lang nachdenklich an, dann nickte er.

„Mit meinem Tattoo hat es also nichts auch nur annähernd Gefährliches auf sich."

„Vermutlich nicht. Es ist nur so ein merkwürdiger Zufall."

„Du hättest es womöglich nie zu Gesicht bekommen."

Er begegnete ihrem Blick. „Ich glaube, du irrst. Ich hätte es in jedem Fall gesehen. Das, was letzte Nacht passiert ist, war längst überfällig, das weißt du genauso gut wie ich."

„So lange kann es noch gar nicht überfällig sein. Du warst ja eine Ewigkeit weg."

„Sieh es, wie du willst, auf jeden Fall habe ich mir seit meinem ersten Abend hier vorgestellt, wie es mit dir sein würde. Und du?"

„Ich habe mir überhaupt nichts vorgestellt", schwindelte sie.

„Nein?"

„Nein."

„Du bist eine Lügnerin."

„Bin ich nicht."

„Du hast behauptet, so neugierig gewesen zu sein, dass du es nicht mehr ausgehalten hast. Keine Minute länger."

„Das habe ich nie gesagt."

„Aber etwas verdammt Ähnliches."

„Also gut, ich habe mir vielleicht nichts vorgestellt, aber ..."

„Ich verstehe. Aber deine Freundinnen haben dich mit der Nase darauf gestoßen, dass ich im Bett möglicherweise der große Renner sein könnte?"

Sie hob in eleganter Verachtung eine fein gezeichnete Augenbraue. „Was für eine Wortwahl."

„Wie würdest du es denn ausdrücken?"

„Überhaupt nicht."

Sie schickte sich an aufzustehen und nahm die Decke, in die sie sich eingewickelt hatte, mit. Er zerrte daran. Sie ließ sie los und wirbelte zu ihm herum.

„He, ich meine es ernst", sagte er heiser. „Du bist die Beste, die ich jemals hatte."

„Die beste was?"

„Du hast dich eben beschwert, dass ich mich zu drastisch ausdrücke."

„Das habe ich nicht gesagt. Nicht direkt. Die beste was?"

Er schaute sie lange an, aufgestützt auf einen Ellbogen. „Du bist die beste Partnerin, die ich im Bett jemals hatte. Du bist schön, sexy und kannst sowohl geben als auch nehmen. Und mich würden keine zehn Pferde dazu bringen, das, was zwischen uns vorgefallen ist, zu bereuen."

Sie schwieg einen Augenblick und schaute ihn nur an. „Ich habe auch nie behauptet, dass ich etwas bereue", sagte sie schließlich. Dann bückte sie sich graziös und hob ihren grünen Seidenmorgenrock auf, zog ihn jedoch nicht an.

Gleich würde sie gehen, er wusste es. Aber sie würde zurückkommen. Bei Gott, sie würde zurückkommen *müssen*. Weil er so verrückt nach ihr war wie noch nach keiner Frau in seinem ganzen Leben. Noch genoss er den Luxus, sie anschauen zu dürfen, bevor sie ihre Nacktheit verhüllte. Sie war so herrlich gebaut, und ihre Haut war rein wie Porzellan. Er hatte die Decke jetzt über sich gezogen. Aber wieder einmal entdeckte er, dass er sie nur anzuschauen brauchte, um eine Erektion zu bekommen.

Das könnte in den kommenden Tagen zu einigen Problemen führen.

„Warum hast du es denn so eilig?" fragte er.

„Es ist Morgen. Martique ..."

„Würde nicht mal im Traum daran denken, auch nur ein Sterbenswörtchen zu irgendjemandem zu sagen."

„Ich muss duschen und mich anziehen. Wir machen heute noch mehr Aufnahmen für das Plakat."

„Madison, es ist noch nicht mal halb sieben. Und braucht ihr denn wirklich noch mehr Fotos? Jaime muss gestern Hunderte geschossen haben. Ich muss dringend wieder nach Miami zurück ..."

„Und ich muss hier arbeiten."

Kyle stieg aus dem Bett. Er schaute ihr tief in die Augen, während er versuchte, ihr den Morgenmantel zu entwinden. Er wollte sich nicht mit ihr streiten. Nicht jetzt.

„Wenn ich es darauf anlege, kann ich sehr schnell sein, das verspreche ich", gelobte er feierlich.

„Kyle ..."

„Wirklich schnell."

Er zerrte jetzt mit mehr Nachdruck an dem Morgenrock. „Und wenn du erst weg bist", sagte er, nahm ihr das grünseidene Wäschestück endgültig aus der Hand und ließ es zu Boden fallen, „weiß ich nicht, wann ich dich zurückbekomme. Bitte, quäl mich jetzt nicht." Er zog sie in seine Arme, umspannte mit den Händen ihre Pobacken und drückte ihr Becken an sich.

Ihre Mundwinkel zuckten verräterisch. Das reichte ihm als Zustimmung. Er hob sie hoch und legte sie aufs Bett.

Und nachdem er sie erst einmal dort hatte ...

War es unmöglich, sie wieder aufstehen zu lassen.

Er war nicht annähernd so schnell wie versprochen.

Also schön, ich war es, die in sein Zimmer gegangen ist, erinnerte Madison sich. Und es war nicht so, dass sie jetzt nicht froh darüber wäre. Darryl war ein guter Liebhaber gewesen, aber ...

Es war nur einfach so, dass sie so etwas wie mit Kyle noch nie erlebt hatte. Seine Leidenschaft war wie ein Vulkan, jede seiner Berührungen löste eine neue, nie gekannte Empfindung aus. Wenn sie glaubte, erschöpft zu sein, schaffte er es, ihre Lust von neuem anzufachen; während sie sich noch sicher war, die einander jagenden Höhepunkte nicht mehr ertragen zu können und vor Wonne sterben zu müssen, trieb er sie schon einem neuen Gipfel entgegen. Es war herrlich, atemberaubend. Und er hatte sich nicht gescheut zu sagen, dass sie die beste Liebhaberin war, die er je gehabt hatte. Ihrem Seelenheil zuliebe hatte sie es allerdings nicht gewagt, dieses Kompliment zu erwidern.

Aber Sex schien Männer besitzergreifend zu machen. Doch vielleicht macht er Frauen ja auch besitzergreifend, dachte sie selbstkritisch, während sie duschte, weil sie wusste, dass sie Sheila den Hals umdrehen würde, falls diese erneut ihr Glück bei Kyle versuchen sollte. Aber natürlich hatte Sheila noch immer jedes Recht der Welt dazu. Kyle und sie waren ohne Erwartungen zueinander gekommen, und keiner hatte dem anderen irgendwelche Versprechungen gemacht. Es war einfach nur die Chemie zwischen ihnen, die gebrodelt hatte, sie hatten es beide bemerkt und danach gehandelt. Und es war gut gewesen. Aber mehr war es nicht. Die Neugier war gestillt, sie hatten bekommen, was sie wollten, und jetzt konnten sie wieder zur Tagesordnung übergehen.

Um nichts in der Welt wäre Madison bereit gewesen zuzugeben, dass sie Kyle fast ihr ganzes Leben lang geliebt hatte, dass sie ihn immer noch liebte und dass sie ihn wahrscheinlich immer lieben würde. Er hatte sie einst eine Hexe genannt. Und jetzt fand er, dass sie gut im Bett war. Nun, was hatte sie erwartet? Kyle verschenkte sein Herz nicht so leicht. Sie hatten tollen Sex gehabt. Solche Worte zeugten nicht von sonderlich großer gefühlsmäßiger Beteiligung, und sie tat gut daran aufzupassen, dass sie ihren Kopf auf den Schultern behielt.

Aber er machte es ihr verdammt schwer.

„Ich will nicht, dass du hier bleibst", sagte er etwas später am Küchentisch.

„Ich habe mich bereit erklärt, noch für einen weiteren Tag für Aufnahmen zur Verfügung zu stehen, und ich halte mein Wort. Aber ich bin bei diesen Jungs wirklich sicher, das kannst du mir glauben."

Dunkel und tödlich gut aussehend in seinem Anzug, nickte er ernst, während er seinen Kaffee trank, und schaute sie aus Augen an, die sehr grün wirkten im Kontrast zu seiner braunen Haut.

„Das Erschreckendste ist, dass dieser Killer ein Mensch ist, dem jeder vertraut. Es handelt sich um jemanden, der ein ganz unauffälliges Leben führt und so normal aussieht, wie man nur aussehen kann."

„Hör jetzt endlich auf, dir Sorgen zu machen. Ich bin in guten Händen. Jaime holt mich ab, und ich werde ihn bitten, mich auch wieder nach Hause zu bringen. Martique wird den ganzen Tag hier sein und ..." sie hielt inne und fuhr dann mit einem belustigten Funkeln in den Augen fort: „... die Alarmanlage meines Vaters ist besser als meine eigene."

„Hmmm", murmelte er.

„Mal ganz davon abgesehen, dass schließlich ich es bin, die über übersinnliche Kräfte verfügt, wie du weißt. Immerhin bin ich die Hexe", erinnerte Madison ihn. „Und ich verspüre nicht einmal den Hauch einer Gefahr."

Er hob eine Braue, dann zuckte er die Schultern. „Ich weiß nicht, warum, aber irgendetwas an dem Fall ist mir ganz und gar nicht geheuer."

„Vielleicht arbeitest du einfach schon zu lange daran", erwiderte sie sanft.

„Möglich. Vielleicht bin ich ja urlaubsreif. Ich fahre trotzdem, sobald Jaime hier ist, aber ich komme heute Abend zurück, und morgen bringe ich dich nach Hause."

„Das ist nicht nötig."

„Ich denke schon."

Madison gab ihren Widerstand auf und sagte nichts mehr. Wenig später hörte sie Jaime draußen hupen. „Ich muss gehen."

Er küsste sie nicht auf die Wange, berührte sie nicht. Er nickte ihr nur zu, ging mit ihr zur Tür und beobachtete, wie Hector aus dem Auto stieg, um ihr beim Einsteigen zu helfen. Hector winkte Kyle zu, dann quetschte er sich zu den anderen auf den Rücksitz und schlug die Tür zu.

„*Mucho macho*, dieser Mann", sagte Hector und wiegte bewundernd den Kopf.

„Das kann man wohl sagen", stimmte Michelle zu.

„Er wäre ein gutes Model", sagte Jaime. „Gutes Gesicht."

„Und ein toller Körper", ergänzte Michelle.

„Er würde sich gut auf dem Plakat machen", überlegte Hector. „Was glaubst du, Stiefschwester des *mucho macho*-Mannes? Wäre er bereit, uns Modell zu stehen?"

„Fragt ihn doch bei der Galerieeröffnung seines Vaters", erwiderte Madison leichthin. „Da sehen wir uns ja alle, und fragen kostet schließlich nichts."

„Dich vielleicht nicht", sagte Jaime, nahm den Blick von der Straße und lächelte sie ein bisschen schief an.

„Na gut, dann am Sonntag", sagte Madison.

„Im Augenblick müssen wir uns erst mal auf unsere heutige Arbeit konzentrieren", sagte Michelle. „Ich kann nicht so weit im Voraus planen. Aber Madison, schau dich an! Du glühst ja heute richtig. Was meinst du, Hector, findest du nicht?"

„Wie tausend Watt", stimmte Hector zu.

„Du hattest eine gute Nacht, was? Gott sei Dank!" Michelle lachte.

„Was?" Madison schnappte nach Luft.

Hector und Jaime lachten leise, und sie wusste, dass niemand etwas von ihrer Nacht erfahren hätte, wenn sie es nicht selbst preisgegeben hätte.

„Jaime, fahr jetzt endlich los, okay?"

Dan war wundervoll.

Er hielt sein Wort.

Er ließ Kaila ausschlafen, weckte die Kinder, machte ihnen Frühstück und sorgte dafür, dass sie sich anzogen. Er bestand darauf, dass sie das Beste aus ihrem freien Tag machte und mit ihren Freundinnen essen ging.

Sie spielte Tennis, duschte anschließend und traf sich dann mit ihren Freundinnen im Clubhaus. Sie musste keins ihrer Kinder irgendwohin kutschieren, deshalb trank sie zum Essen ein Glas Wein. Gegen Ende der Mahlzeit brachte der Kellner auf einem Silbertablett eine kleine, wunderschön eingepackte Schachtel mit einem Schildchen daran, auf dem nichts als ihr Name stand.

„Ein heimlicher Verehrer?" forschte Candy Fox, eine zierliche Brünette, die ebenfalls mit einem Staatsanwalt verheiratet war, neugierig.

Kaila schüttelte lächelnd den Kopf. „Es wird von Dan sein. Er ist in letzter Zeit besonders lieb zu mir."

„Los, schau nach, was drin ist", forderte Tara Anderson sie auf, die zweifache Mutter, Teilzeit-Trainerin im Club und die Dritte im Bunde war.

Kaila öffnete die Schachtel. Sie fand, eingepackt in zartes rosa Seidenpapier, ein „essbares" Höschen. Es war aus weißer Schokolade mit einer roten Rose aus Zuckerguss im Schritt. Kaila spürte, dass sie knallrot wurde.

„Wow! Wie ... wie romantisch!" Candy schnappte nach Luft. „Oh Gott, wie sexy. Mannomann, das wird heute eine Nacht werden,

Honey! Ich wünschte, David würde auch mal auf so eine Idee kommen. Dieser Mann ist ja so was von *bieder*, das könnt ihr euch gar nicht vorstellen. Wisst ihr, was er mir zum Geburtstag schenkt? Küchenutensilien!" Sie kreischte vor Lachen.

Sie zogen bereits die Aufmerksamkeit der Gäste an den anderen Tischen auf sich. Hastig und noch immer hochrot im Gesicht machte Kaila die Schachtel wieder zu. „Irgendwie komisch ..."

„Was ist komisch?" fragte Tara.

Kaila zuckte die Schultern. „Das ... das sieht Dan überhaupt nicht ähnlich. Er hat mir zwar kürzlich Rosen geschickt, aber im Grunde ist er auch eher ein Küchenutensilien-Mann."

„Hattet ihr vielleicht Zoff?" erkundigte sich Candy. „Du weißt doch, wie die Männer danach immer angekrochen kommen."

„Nein, nicht wirklich. Na ja, irgendwie vielleicht schon, aber wir vertragen uns längst wieder. Ich meine, immerhin ist er heute zu Hause und passt auf die Kinder auf, er ist wirklich ganz toll zur Zeit."

„Ein Mann, der den ganzen Tag mit seinen kleinen Kindern allein zu Hause ist – na, kein Wunder, dass er auf solche Gedanken kommt. Er hat sich nur überlegt, wie er seiner Frustration ein Ventil verschaffen kann", verkündete Tara.

„Vielleicht", murmelte Kaila.

„Honey, er ist ein romantischer Genießer. Genieß es auch", riet Tara ihr.

Plötzlich lächelte Kaila. Dan war gut. So gut. Oh Gott, sie fühlte sich so schuldig. Sie führte sich manchmal wirklich auf wie ein verzogenes Gör, wenn sie sich einbildete, das Leben ginge an ihr vorüber, während sie Windeln wechselte. Sie betete im Stillen, dass Gott ihr vergeben möge; ihre Kinder waren so wichtig für sie. Sie liebte sie von ganzem Herzen, und sie verdienten eine geduldigere Mutter. Und Dan war ein wunderbarer Ehemann. Obwohl er so hart arbeitete, war es ihm nicht entgangen, dass sie eine Verschnaufpause brauchte. Großer Gott, und dabei hatte sie sogar noch Anna! So viele Mütter mit kleinen Kindern hatten überhaupt keine Hilfe.

Sie blinzelte heftig, als ihr bewusst wurde, dass sie um ein Haar ihre Ehe zerstört hätte. Sie war so blind und egoistisch gewesen, dass sie Dan womöglich wirklich betrogen hätte.

Sie nahm einen Schluck von ihrem Kaffee und lächelte Tara an. „Ich hoffe nur, er ist so richtig schön frustriert, weil ihm nämlich die Nacht seines Lebens bevorsteht." Sie würde es wieder gutmachen. Alles, was sie ihm in Gedanken angetan hatte. Sie würde heute sein Geschenk anziehen und ihn dafür entschädigen, dass sie kürzlich so ein Biest gewesen war.

Heute Nacht ...

Einschließlich der Wartezeit auf dem Flughafen dauerte es weniger als eine Stunde, um von Key West nach Miami zu gelangen. Gegen Mittag war Kyle in Jimmys Büro, wo er immer wieder die Obduktionsberichte las in der Hoffnung, dass ihm noch etwas auffallen würde, das er bisher übersehen hatte.

Jimmy kam herein, nahm sich einen Stuhl und schaute Kyle an. „Wissen Sie was?"

„Was?"

„Erinnern Sie sich an Harry Nore, den Obdachlosen mit den schlechten Zähnen, den man damals mit der St. Christopherus-Medaille Ihres Vaters und dem Schlachtermesser, mit dem Lainie Adair getötet wurde, aufgegriffen hat?"

Kyle runzelte die Augenbrauen. „Ja, sicher. Was ist mit ihm?"

„Sie haben ihn rausgelassen."

„Was?" fragte Kyle ungläubig.

Jimmy nickte ernst. „Ob Sie's glauben oder nicht", sagte er in missbilligendem Tonfall, „die Seelenklempner haben ihn gehen lassen.

Die Klinikleitung sollte der Polizei umgehend Bescheid geben, falls er entlassen wird. Der Brief hat uns heute erreicht – aber er ist schon seit sechs Monaten frei."

„Seit sechs Monaten?"

„Und die Morde haben vor sechs Monaten angefangen. Lauter rothaarige Frauen, genau wie Lainie, wie Sie bereits richtig bemerkt haben."

„Rothaarige, ja. Wie Lainie." Kyle schüttelte den Kopf.

„Was meinen Sie? Könnte er die Morde begangen haben?"

„Vollkommen unmöglich. Dafür ist er nicht der Typ. Oder können Sie sich vorstellen, dass Nore irgendeine Frau in ein romantisches Abenteuer verwickelt?" Kyle verneinte seine eigene Frage mit einem Kopfschütteln. „Aber ... wissen wir, wo er sich derzeit aufhält?"

„Er erhielt die Auflage, in Stuart zu bleiben, und ein Sozialarbeiter sollte ab und zu nach dem Rechten schauen bei ihm, aber Sie wissen ja, wie es in solchen Fällen geht. Nach dem ersten Besuch des Sozialarbeiters verschwand Nore auf Nimmerwiedersehen. Ich habe ein paar Leute losgeschickt, damit sie nach ihm suchen, aber ... er kann überall sein. Einschließlich Miami."

Kyle klopfte mit einem Stift auf Jimmys Schreibtisch, dann schüttelte er entschieden den Kopf.

„Vollkommen ausgeschlossen, dass es sich bei Nore um den Täter handelt."

„Warum? Lainie hat er immerhin auch getötet. Er hat gestanden. Behauptete, dass sie vom Teufel besessen sei. Vielleicht glaubt er das ja von allen Rothaarigen. Und jetzt, nachdem sie ihn freigelassen haben, bildet er sich vielleicht ein, dass Gott ihm befohlen hat, noch mehr vom Teufel besessene Rothaarige umzubringen."

„Das glaube ich nicht."

Jimmy stöhnte gereizt auf. „Warum zum Teufel kann mit solchen Typen nicht *einmal* alles nach Plan laufen? Nore ist ein Verrückter. Er hat seine Frau erstochen, dann Lainie, und es sieht so aus, als würde er nach seiner Entlassung nahtlos an alte Gewohnheiten anknüpfen."

Um Kyles Lippen spielte ein leises Lächeln. „Nore wurde niemals von einem Gericht für den Mord an Lainie verurteilt."

„Jesus! Er hat ihn gestanden!"

„Richtig, aber man hat ihn für unzurechnungsfähig erklärt, und Geistesgestörte gestehen viel, wenn der Tag lang ist."

„Sie haben sich zu lange auf dem College rumgedrückt, Junge. Verrückte gestehen keine Verbrechen, sie *begehen* sie."

„Jimmy, unser Mörder ist gesellschaftlich akzeptiert und ungeheuer raffiniert. Er verführt seine Opfer. Himmel, erinnern Sie sich denn nicht mehr daran, wie Nore aussah? In den Augen ein irres Flackern, um die Mundwinkel ein idiotisches Grinsen. Er wirkte ungefähr so verführerisch wie ein tollwütiger Hund. Ich halte es für völlig ausgeschlossen, dass er unser Mann ist."

Jimmy sagte eine ganze Weile nichts. Schließlich seufzte er. „Ach, verdammt, Kyle, Sie haben ja Recht. Im ersten Moment klammert man sich eben an jeden Strohhalm, aber im Grunde war mir das, was Sie eben angeführt haben, natürlich auch von Anfang an klar."

Kyle zuckte die Schultern. „Man hätte Nore möglicherweise trotzdem nicht rauslassen sollen."

„Um nichts in der Welt", stimmte Jimmy zu.

„Es wäre dennoch gut, ihn zu finden und ihn, falls er sich in Miami aufhält, zum Verhör aufs Revier zu bringen."

„Ich habe die Fahndung bereits eingeleitet."

„Gut. Ich denke, wir haben einen interessanten Nachmittag vor uns."

„Ach ja? Ich höre."

„Was halten Sie davon, wenn wir uns selbst aufraffen und ein paar Tattoostudios abklappern?"

„Ich habe aber meine Leute schon darauf angesetzt."

„Ich weiß, ich würde dennoch ganz gern selbst ein bisschen mitmischen. Es sei denn, Sie haben eine andere wichtige Spur, von der Sie glauben, dass es sich lohnt, sie zu verfolgen."

„Im Moment nicht. Na schön, ich wollte schon immer mal in so ein schmieriges Etablissement", sagte Jimmy. „Also los, machen wir uns auf die Socken."

Sie verbrachten den Nachmittag damit, den verschiedensten Tätowierstudios einen Besuch abzustatten, wo sie den „Körperkünstlern" Fotos der beiden toten Frauen vorlegten. Sie entdeckten ähnliche Motive, aber nicht exakt dasselbe wie jenes, nach dem sie suchten. Sie erkundigten sich auch überall nach Holly Tyler.

Gegen Ende des Tages, es war nahezu sieben, hatten sie in Florida City in einem Tätowierstudio, das *Tammy's Tailored Tattoos und Tea Parlor* hieß, Glück. Tammy begrüßte sie höchstpersönlich. Sie war eine kleine Frau in knapp sitzenden Ledershorts und einer noch knapper sitzenden Lederweste, aus der ihr üppiger Busen herausquoll. Die hochgesteckten Haare hatte sie sich in einem leuchtenden Orangeton gefärbt. Sie flirtete wie der Teufel und machte ihnen unübersehbare Avancen, doch als ihr klar wurde, dass sie es mit der Polizei zu tun hatte, machte sie schnell einen Rückzieher und wurde wachsam. Kyle unterbrach ihr verlegenes Gestotter, indem er ihr erklärte, dass sie nur etwas über die Rosentattoos und Holly Tyler herausfinden wollten, sonst nichts.

Tammy schaute einen Moment lang auf die Fotos von Holly Tyler, dann starrte sie Kyle mit weit aufgerissenen Augen an. „Mein Gott! Sie ist tot? Dieses süße kleine Ding ist tot?"

„Sie war hier?" fragte Jimmy.

Tammy nickte, noch immer mit großen Augen. „Dieses Tattoo stammt von mir."

„Wann haben Sie es gestochen?" wollte Jimmy wissen.

„Letzten Freitag, am frühen Abend. Sie hatte es eilig, sie wollte das Tattoo, um einem Mann eine Freude zu machen, wie sie erzählte."

Jimmy warf Kyle einen kurzen Blick zu.

„Wer war der Mann?" erkundigte sich Kyle.

„Keine Ahnung. Er war nicht dabei. Sie kam allein und wirkte ziemlich verunsichert. Sie hatte so was noch nie gemacht. Sie schien zu denken, dass es was ganz Verruchtes wäre oder so. Den Typ hatte sie wie gesagt nicht dabei. Ich konnte es nicht ganz so kunstvoll machen, wie ich es eigentlich wollte, weil sie es so eilig hatte. Aber sie wollte dieses Tattoo unbedingt, weil sie auf den Typ so scharf war. Sagte irgend so was wie, dass gute Männer heutzutage schwer zu finden sind, womit sie ja auch Recht hatte. Aber dass dieser Typ ein echter Knaller wäre. So hat sie es natürlich nicht gesagt, sie drückte sich vornehmer aus, aber irgendwie so. Es war anscheinend einer von der Sorte, die unheimlich nett sind und einem die Tür aufreißen und immer bezahlen und so ... Auf jeden Fall hat er sie zu einem Romantikwochenende irgendwo am Wasser eingeladen. Sie wollten den ganzen Tag in der Sonne liegen, Wein trinken, ein bisschen schwimmen, ein bisschen angeln und ein bisschen rammeln wie die Hasen, wie ich's verstanden hab."

„Und wohin sind sie gefahren, wissen Sie das?"

Tammy schüttelte den Kopf. „Irgendwo in den Süden. Ich weiß nicht genau, wohin. Einfach irgendwo nach Süden. Vielleicht nach Key Largo, vielleicht nach Marathon, keine Ahnung ... Himmel, vielleicht sind sie ja sogar bis nach Key West runtergefahren. Alles, was sie erzählt hat, war, was sie sich da für einen tollen Fisch an Land gezogen hätte und wie aufgeregt sie wäre ... und wie sehr er sich wünschte, dass sie ein Rosentattoo hätte, wo nur er es sehen könnte."

„Hat sie irgendwas davon gesagt, wie er aussah, ob er dunkel- oder hellhäutig war, blond oder schwarz, Anglo oder Latino oder sonst was?"

Tammy schüttelte den Kopf.

„Sie hat den Mann überhaupt nicht beschrieben?“ forschte Jimmy.

„Nein, tut mir wirklich Leid. Ich ...“ Sie unterbrach sich plötzlich, als ob ihr etwas einfiele.

„Was?“ fragte Kyle.

„Sie war wirklich ganz weg von dem Typ. Schwärmte mir vor, wie gut er aussähe, obwohl er anscheinend irgendwie ein bisschen scheu war. Auf jeden Fall weigerte er sich, sich von ihr fotografieren zu lassen. Sie erzählte, dass sie unauffällig zwei Polaroids von ihm geschossen hätte, aber als sie sie mir zeigen wollte, merkte sie, dass sie sie wohl vergessen oder irgendwo verloren hatte. Jedenfalls hatte sie die Fotos nicht bei sich, deshalb konnte sie sie mir auch nicht zeigen.“

„Mist“, murmelte Jimmy.

Die Untertreibung des Jahres, dachte Kyle. „Veranlassen Sie, dass Ihre Leute in Holly Tylers Haus nach Fotos und dergleichen suchen“, sagte er zu Jimmy.

Jimmy nickte. „Ich setze heute noch jemand darauf an.“

Tammy schaute sie bedrückt an, offensichtlich wurde ihr klar, wie sehr sie ihnen hätte helfen können, wenn sie die Fotos gesehen hätte. „Gott, es tut mir ja so Leid. Ich hätte Ihnen wirklich schrecklich gern geholfen, wissen Sie.“

„Nun, Sie haben uns immerhin auf die Idee gebracht, dass wir nach Fotos suchen können, deshalb waren Sie uns vielleicht eine größere Hilfe, als Sie denken.“

„Falls mir noch irgendwas einfällt ...“

„Rufen Sie uns auf jeden Fall an“, sagte Kyle. Er kramte eine Visitenkarte aus seiner Tasche und schrieb die Nummer von Jordans Haus in Key West darauf sowie seine Handynummer. „Egal wie unwichtig es Ihnen auch erscheinen mag, rufen Sie uns bitte, *bitte* an“, sagte er und beobachtete, wie Jimmy ihr ebenfalls eine Visitenkarte gab.

Dann verließen sie das Tattoostudio und fuhren nach Norden, zurück nach Miami. Sie begaben sich wieder in Jimmys Büro, wo sie die neue Information der Zeittafel, die sie über Holly Tylers letzte Schritte angefertigt hatten, hinzufügten.

„Mit diesem Tattoodings hatten Sie wirklich den richtigen Riecher", bemerkte Jimmy während der Fahrt zum Flughafen.

Kyle schaute auf seine Uhr, verärgert darüber, dass es schon so spät war. Es war bereits nach zehn. Er würde erst gegen Mitternacht wieder in Jordans Haus sein. Der Gedanke, dass Madison dort so lange allein war, behagte ihm ganz und gar nicht.

Er warf Jimmy einen Blick zu und war versucht, ihm zu erzählen, dass er sich Sorgen machte, weil Madison ein ähnliches Tattoo hatte.

Aber er sagte nichts. Jimmy würde sich fragen, woher er von dem Tattoo wusste, und er war sich sicher, dass es Madison nicht recht wäre, wenn irgendjemand Spekulationen über sie beide anstellte.

Plötzlich erschien es ihm überaus wichtig, dass niemand etwas von Madisons Tattoo erfuhr.

Niemand.

Natürlich wusste Darryl Hart von seiner Existenz, aber ansonsten durfte es niemand erfahren, und Kyle war entschlossen, absolutes Stillschweigen darüber zu bewahren.

Er zögerte einen Moment, dann sagte er: „Lainie hatte ein ähnliches Tattoo."

„Lainie?" Jimmy schaute ihn stirnrunzelnd an. „Woher wissen Sie das?"

„Sie war immerhin mit meinem Vater verheiratet."

„Oh", sagte Jimmy. Er klang noch immer misstrauisch. Er warf Kyle einen verstohlenen Blick von der Seite zu.

„Nein, ich hatte keine Pubertätsaffäre mit meiner Stiefmutter", versicherte Kyle ihm trocken.

„Das habe ich auch nicht angenommen. Ich habe mich nur ..."

„Gewundert?" vermutete Kyle.

Jimmy zuckte verlegen die Schultern. „Na ja ..."

„Laine hätte ich nicht mal mit der Feuerzange angefasst", murmelte Kyle.

Er registrierte, dass Jimmy ihn erneut mit einem misstrauischen Seitenblick streifte.

Er lächelte ihn an. „Sie war eine Teufelin. Quälte meinen Vater und Jordan. Und eine Menge anderer Männer, da bin ich mir sicher."

„Warum war sie so?"

Kyle überlegte einen Moment. „Sie liebte es, die Leute gegeneinander auszuspielen. Wenn mein Vater etwas tat, was ihr nicht passte, ließ sie ihn sofort wissen, dass Jordan glücklich wäre, sie wieder zurückzubekommen. Sie machte es ganz subtil. Und wenn sie etwas gegen einen in der Hand hatte ... benutzte sie es auch."

„Zum Beispiel?"

„Zum Beispiel erwischte sie mich einmal, als ich noch auf der High School war, mit der Ballkönigin auf dem Rücksitz meines alten Chevys. Es war nichts Ernstes, nur eine kleine Knutscherei. Aber wenn mein Vater davon gewusst hätte, wäre er an die Decke gegangen, weil er überzeugt war, dass Patty Lawton – die Ballkönigin – es darauf anlegte, schwanger zu werden, und mein Vater war wild entschlossen, mich aufs College zu schicken. Deshalb drohte mir Lainie jedes Mal, wenn ich mich weigerte, nach ihrer Pfeife zu tanzen, damit, meinem Vater von der Sache zu erzählen. Sie wusste immer genau, welche Knöpfe sie bei den Leuten drücken musste. Es ist schwer zu erklären. Lainie manipulierte die Menschen."

„Komisch, wie verschieden wir doch die Menschen sehen. Für mich war Lainie Adair ein großer Star – elegant, ewig jung, schön –, ich vergötterte sie. Ich hätte nie geglaubt, dass sie auch nur zu einer einzigen Gemeinheit fähig wäre."

„Fragen Sie Jassy, zu was für Gemeinheiten der Mensch fähig ist. Und Lainie war ein Musterbeispiel dafür", gab Kyle trocken zurück.

„Ganz so schlecht kann sie nicht gewesen sein!" protestierte Jimmy.

„Niemand ist ganz schlecht. Die Welt ist nicht schwarzweiß. Überall gibt es Grautöne", erwiderte Kyle. „Natürlich hatte auch Lainie ihre guten Seiten." Er zuckte die Schultern. „Aber Sie haben Recht. Es hängt alles von den Augen des Betrachters ab. Die Mädchen liebten sie. Sie war Madison und Kaila eine gute Mutter, und sie konnte ihren Stiefkindern eine ordentliche Stiefmutter sein. *Konnte*. Wenn sie wollte. Sie plante große Geburtstagsfeiern für alle von uns. Sie liebte es, mit Geschenken beladen nach Hause zu kommen. Und sie war stolz auf uns und zeigte es uns auch, wenn wir eine Sache gut machten. Lainie war ... einzigartig. Und niemand verdient es, auf diese Weise zu sterben, wie sie starb."

Kyle verfiel in Schweigen, während er sich erinnerte, wie er aus seinem Zimmer gelaufen war, als er den Entsetzensschrei seines Vaters gehört hatte. Er war in das Schlafzimmer seiner Eltern gerannt, wo er seinen Vater über Lainie kauernd vorgefunden hatte. Roger weinte laut, er schluchzte verzweifelt, und als er aufschaute, war sein Gesicht tränenüberströmt. Lainie lag tot in ihrem Blut. Das Messer ihres Mörders hatte eine Niere getroffen, und sie war gestorben.

Er gab sich einen inneren Ruck, als er spürte, wie sich ein Gefühl der Unsicherheit in ihm breit machte. Zugegeben, zuerst hatte er daran gedacht, dass Lainie seinen Vater schließlich doch noch so gereizt haben könnte, dass Roger für einen Moment den Verstand verloren – und sie getötet hatte. Aber am Ende war er zu dem Schluss gelangt, dass niemand in der Lage wäre, eine so große Trauer und Verzweiflung vorzutäuschen, wie Roger sie in dieser Nacht gezeigt hatte. Und er glaubte seinem Vater.

Damals nicht anders als heute.

„Was ist?“ fragte Jimmy.

„Nichts. Man soll den Toten nichts Schlechtes nachsagen, so heißt es doch, nicht? Lainie war eine Frau mit vielen Gesichtern. Möge sie in Frieden ruhen“, sagte Kyle leise. Aber mit der Erinnerung an Lainie kamen auch wieder die Gedanken an Madison.

Madison war nicht wie Lainie.

Und er machte sich mehr aus ihr, als er sich selbst eingestehen wollte, geschweige denn jemand anderem. Aber sie konnten einander verletzen und hatten es schon getan. Sie wussten beide, dass sie besser daran taten, Abstand zu halten.

Nun, im Augenblick war dies jedoch nicht möglich. Er durfte Madison praktisch nicht von der Seite weichen. Wie er das allerdings anstellen sollte, war ihm schleierhaft.

Jimmy lieferte ihn am Flughafen ab, wo er eine kleine Maschine buchte. Trotz der Tatsache, dass der Motor ohrenbetäubend laut war, döste er ein. In Key West nahm er sich ein Taxi. Der Fahrer fuhr langsam, und Kyle, der hinten saß, begann erneut, unruhig zu werden.

Es war fast Mitternacht, als sie durch die ruhigen Straßen auf Jordans Haus zufuhren.

Je näher sie kamen, desto mehr verstärkte sich Kyles Unruhe. Da Jordan sich im Augenblick in Miami aufhielt, war Madison in dem Haus mit der Haushälterin ihres Vaters allein, die ihr Zimmer in einem Nebengebäude auf der anderen Seite des Swimmingpools hatte.

Je unruhiger Kyle wurde, desto langsamer schien der Taxifahrer die Straßen hinunterzurollen.

„Können Sie nicht ein bisschen schneller fahren?“ drängte Kyle ungeduldig.

Der Taxifahrer brummte unwirsch irgendetwas in sich hinein,

dann gab er so trotzig Gas, dass Kyle in seinen Sitz zurückgedrückt wurde. Aber immerhin rasten sie jetzt die Straße entlang, und als sie um die letzte Ecke bogen, kreischten die Reifen in wütendem Protest auf.

„Danke“, sagte Kyle und gab dem Fahrer ein großzügig bemessenes Trinkgeld. „Der Rest ist für Sie.“

Er rannte auf das Haus zu. Die Außenbeleuchtung war überall an; alles sah ganz normal aus. Aber der Schein trog oft.

Gewohnheitsmäßig tastete er seine Brust ab, um sich davon zu überzeugen, dass sein Schulterholster und die Pistole an ihrem Platz waren. Dann eilte er auf das Haus zu, während er bereits im Laufen in seiner Hosentasche nach den Haustürschlüsseln kramte.

Gerade als er den Schlüssel ins Schloss stecken wollte, hörte er den ersten Schrei.

Kurz und schrill hing er einen Moment zitternd in der Nachtluft.

Ihm folgte umgehend ein zweiter Schrei, der im Gegensatz zum ersten lang gezogen und voller Angst war, ein Schrei, der einem das Blut in den Adern gefrieren lassen konnte.

Für einen Sekundenbruchteil stand Kyle wie erstarrt da.

Dann schloss er hastig auf, zog seine Pistole und rannte den Flur hinunter.

In diesem Moment schrie Madison erneut.

12. KAPITEL

Sie war wieder in dem Haus. In Roger Montgomerys altem Haus am Coconut Grove. In dem Haus, in dem Lainie gestorben war.

Aber es gab mehr als nur einen Flur.

Der Hauptflur verzweigte sich in verschiedene Richtungen. Überall in den Fluren waberte silbriger Nebel, er war so dicht, dass man kaum durchsehen konnte. Sie konnte die Stimme ihrer Mutter hören, und sie wusste, dass sie zu Lainie musste, doch sie war sich nicht sicher, welcher Abzweigung sie folgen sollte.

Sie begann zu rennen.

Sie versuchte es zuerst beim ersten Flur, dann beim nächsten. Lainies Schreie wurden lauter, drängender, voller Angst. Jedes Mal, wenn sie zu rennen versuchte, wurde der Nebel dicker und dicker und wirbelte um sie herum wie eine Windhose. Plötzlich löste sich der Nebel auf, und sie hörte die Stimme ihrer Mutter – und es gab nur noch einen Flur.

Sie wollte rennen, doch sie konnte es nicht. Sie versuchte es, sie wollte sich zwingen, aber ihre Beine waren schwer wie Blei. Sie kam nur sehr langsam vorwärts, fast war es, als würde sie in zähem Schlamm waten, wobei sie zu schreien versuchte, aber sie bekam keinen einzigen Ton heraus.

Während sie durch den Nebel, der jetzt fast am Boden lag, durch den Flur ging, sah sie das Messer. Es hing wie von unsichtbaren Fäden gehalten hoch in der Luft, die Klinge glitzerte silbern.

Plötzlich bewegte es sich, zerschnitt die Luft.

Sie hörte ihre Mutter schreien.

Spürte den Schmerz, den ihre Mutter spürte.

Spürte, wie sich die Klinge in Lainies Seite bohrte. Spürte, wie sie Fleisch, Muskeln, Sehnen zerschnitt ...

Wieder versuchte sie zu schreien. Sie wusste, dass sie sich in einem Alptraum befand, wo es wie so oft unmöglich war zu schreien. Aber sie musste schreien. Sie musste aufwachen.

Sie sah wieder das Messer in dem silbrigen Nebel hängen, irgendetwas tropfte von seiner rasiermesserscharfen Klinge.

Blut.

Unter dem Messer auf dem Boden breitete sich langsam eine große Blutlache aus. Lainies Stimme war für immer verstummt.

Madison kannte den Alptraum; sie hatte ihn erlebt. Sie versuchte aufzuwachen, aber sie verstrickte sich tiefer und tiefer in ihren Traum. Das Messer konnte nicht so einfach in der Luft hängen. Irgendjemand hielt das Messer. Irgendjemand hatte mit dem Messer zugestoßen. Er hielt das Messer noch immer, bereit, wieder und wieder zu töten.

Das Messer wurde von einer Hand gehalten.

Von einer behandschuhten Hand ...

Mit einem Handgelenk, einem Arm ...

Den Rest schluckte die Dunkelheit. Aber wenn sie weiterschaute, wenn sie darauf wartete, dass sich der Nebel ganz auflöste, würde sie den Mörder sehen. Sie musste ihn sehen, sie musste ihn davon abhalten, wieder zu töten, doch der Nebel war plötzlich wieder so dick.

Einen Moment später begann er, sich aufzulösen.

Wenn sie genau hinschaute, ganz genau ...

Das Messer hob sich erneut. Sie konnte ihn nicht sehen, aber sie spürte die Augen des Mörders auf sich ruhen. Sah, wie er sie beobachtete. Killer schaut zu! Killer schaut zu!

Das Messer kam auf sie zu. Noch eine Sekunde, dann würde die Klinge sie durchbohren, weil der Mörder sie sehen konnte, obwohl er für sie im Dunkel blieb. Die Klinge war scharf, und noch immer tropfte das Blut ihrer Mutter daran herunter ...

Sie kam näher, näher, näher ...

Sie fuhr herum, wollte wegrennen, hörte, wie das Messer durch die Luft zischte. Endlich ...

Endlich ... jetzt endlich ...

Fing sie an zu schreien. Sie schrie und schrie und schrie ...

Arme schlangen sich um sie, hielten sie fest, schüttelten sie.

„Madison!“

Ihre Augen waren weit offen, aber sie brauchte einen Moment, um zu erkennen, dass Kyle der Mann war, der versuchte sie festzuhalten, obwohl sie sich verzweifelt wehrte.

Martique stand in ihrem Flanellpyjama neben der Tür; sie hatte sich nicht einmal die Zeit genommen, Hausschuhe anzuziehen oder sich einen Morgenrock überzuwerfen. „Großer Gott, Madison“, murmelte sie betroffen. Sie bekreuzigte sich.

Madison schaute Kyle an, der sie ernst und besorgt musterte. Er trug noch seinen Anzug, aber er hatte seine Krawatte gelockert und die obersten Hemdknöpfe aufgemacht.

Der kalte Luftzug der Klimaanlage traf ihren schweißnassen Körper, und sie begann zu zittern. Er strich ihr das Haar aus dem Gesicht. „Ist alles in Ordnung mit dir, Madison? Du hattest einen Alptraum, stimmt's?“

Sie nickte.

„Ich bringe Ihnen etwas zu trinken“, sagte Martique und schaute sie mitfühlend an. „Was möchten Sie denn?“

„Irgendetwas Starkes“, sagte Kyle. Er warf Martique einen Blick zu. „Einen doppelten Jack Black.“

„Ich kann keinen Bourbon trinken“, sagte Madison.

„Tu es für mich“, scherzte Kyle. „Dieser Schreck hat mich wahrscheinlich zehn Jahre meines Lebens gekostet.“

Sie errötete und streifte ihn mit einem Blick, während ihr klar wurde, dass sie nur ein kurzes schwarzes Seidennachthemd trug, das sie sehr bewusst ausgewählt hatte, nur für den Fall, dass er wirklich zurückkäme – und dass er neben ihr auf der Bettkante kauerte, und Martique schaute zu. Aber Martique schienen die Umstände nicht weiter zu interessieren, das Einzige, was sie interessierte, war Madisons Seelenzustand. „Ich mixe Ihnen beiden etwas Gutes, keine Widerrede, junge Dame“, erklärte sie resolut.

Nachdem die Haushälterin das Zimmer verlassen hatte, fuhr Kyle Madison mit den Fingerknöcheln sanft über ihre heißen, geröteten Wangen. „Erzähl mir von deinem Traum.“

„Da gibt es nicht viel zu erzählen. Ich träumte von der Nacht, in der meine Mutter getötet wurde. Es war so real, so erschreckend. Als ob ich es wieder erlebte. Ich spürte, dass der Mörder ganz nah neben mir war. Es kam mir so vor, als könnte er mich sehen, während ich versuchte, zu Lainie zu gelangen."

Kyle schwieg einen Moment. Er hatte seine Finger jetzt mit den ihren verschränkt, und er suchte ihren Blick nicht, sondern schaute auf ihre Hände.

„Jimmy hätte dich da nicht mit hineinziehen dürfen", sagte er.

Sie zuckte die Schultern, nicht gewillt zuzugeben, dass sie in diesem Moment bereit war, ihm zuzustimmen. Sie schüttelte den Kopf. „Ich habe schon vorher oft mit ihm zusammengearbeitet, allerdings an keinem Fall wie diesem ... ach, ich weiß nicht. Ich meine, jeder Mord ist schlimm. Tot ist tot, und für die Mütter, die Ehefrauen, die Ehemänner, Kinder, Liebhaber ist es letzten Endes unerheblich, wie jemand gestorben ist, für sie zählt nur, dass sie das Liebste in ihrem Leben verloren haben. Doch diese Morde hier sind so brutal und scheußlich ... ich nehme an, das ist der Grund dafür, warum jetzt all die Erinnerungen an den Tod meiner Mutter wieder hochkommen."

„Sie waren alle rothaarig", murmelte Kyle. Er schaute sie an. „Wie Lainie."

„Harry Nore ..."

„Harry Nore ist entlassen", sagte Kyle ohne Umschweife.

„Was?" keuchte Madison entsetzt und erhob sich auf die Knie. „Sie haben ihn entlassen? Hör zu, Kyle, wenn er raus ist, ist er vielleicht für diese entsetzlichen Morde verantwortlich. Kyle ..."

„Jimmy Gates lässt den ganzen Bundesstaat nach ihm absuchen, bestimmt findet er ihn."

„Oh, Kyle, vielleicht ..."

„Madison, ich sage dir jetzt dasselbe, was ich Jimmy Gates auch bereits gesagt habe. Ich glaube nicht, dass Harry Nore diese Morde verübt hat. Welche Frau würde einem romantischen Wochenende mit

Harry Nore entgegenfiebern? Er grinst wie ein Idiot, stinkt übler als ein Ziegenbock und ist so offensichtlich neben der Spur, dass ..."

„Sie haben ihn entlassen", erinnerte Madison ihn. „Vielleicht ist er ja geheilt ..."

„Richtig. Und das macht ihn so gut aussehend und charmant wie Sean Connery, stimmt's? Unser Killer reißt sich junge, schöne Frauen auf. Ein gebrochener, verrückter, alter Irrer verwandelt sich nicht in einen Don Juan, glaub mir."

Madison schluckte verunsichert, schloss die Augen und seufzte. „Ich weiß, dass er bei seiner Verhaftung die Mordwaffe bei sich trug. Er hatte das Messer bei sich, an dem noch das Blut meiner Mutter klebte. Aber ich habe nie daran geglaubt, dass er der Mörder war. Es kam mir immer irgendwie falsch vor."

Kyle hob in einer hilflosen Gebärde die Hand. „Ich war damals zu jung und unerfahren, als dass mir irgendwelche Ungereimtheiten aufgefallen wären. Aber überleg mal. Man ertappte Harry Nore in einer fremden Küche beim Brotschneiden. Doch als du den Mörder ‚sahst', als du sahst, wie er das Messer hielt, um deine Mutter zu töten, trug er Handschuhe. Fleischfarbene Plastikhandschuhe, wie Ärzte sie tragen."

Madison nickte. „Nun, wenn Harry Nore es nicht war und der wahre Mörder vom Tatort flüchten konnte, musste er nur zusehen, dass er möglichst schnell und unauffällig das Messer loswurde ..."

Madison erschauerte erneut. Sie war noch immer schweißnass, und die Klimaanlage blies kalt. Und während der Traum langsam verblasste, kehrte ihre Eitelkeit zurück. Sie fühlte sich klebrig und verschwitzt, ihre Haare klebten an ihrem Kopf, und sie fühlte sich kein bisschen verführerisch.

Sie rutschte von Kyle weg und stieg auf der anderen Seite aus dem Bett. „Ich gehe nur schnell unter die Dusche."

Er nickte.

Im Badezimmer spürte sie wieder Nervosität in sich aufsteigen.

Sie steckte den Kopf durch den Türspalt und schaute nach, ob Kyle noch da war.

„Ich bleibe hier“, versprach er.

Madison streifte sich ihr Nachthemd ab und stellte sich unter die Dusche, drehte das warme Wasser an und ließ sich den Duschstrahl für eine ganze Weile über Gesicht und Körper rinnen, ehe sie ihr Haar einseifte. Während sie es ausspülte, hörte sie Kyles Stimme.

„Madison?“

„Ja?“ rief sie.

Er trat hinter ihr unter die Dusche. Nackt.

„Ich wollte dich nur nicht erschrecken“, sagte er.

Er legte von hinten die Arme um sie und zog sie an sich. Er hob ihr nasses Haar von ihren Schultern und ihrem Hals und küsste ihren Nacken. Seine Hände wanderten an ihren Rippen nach oben und umschlossen ihre Brüste. Sie machte die Augen zu, als kleine Stromstöße sie durchzuckten und bewirkten, dass ihre Knie ganz weich wurden.

Seine Lippen wanderten an ihrem Rückgrat langsam nach unten. Er leckte mit der Zunge die kleine Mulde über ihrem Steißbein aus, dann drehte er sie zu sich herum, und seine Zärtlichkeiten wurden immer intimer und in ihrer Wirkung durch die auf sie niederprasselnden warmen Wasserkaskaden so verstärkt, dass sie befürchtete, ihre Beine könnten den Dienst versagen. Jetzt kniete er sich vor sie hin, und sie krallte sich mit den Fingernägeln in seine Schultern, wobei sie wie im Fieber seinen Namen flüsterte, während er sie an ihrer intimsten Stelle mit der Zunge liebkoste. Er kannte kein Erbarmen. Lust raste wie ein Fiebersturm durch sie hindurch, bis sie glaubte, es nicht länger ertragen zu können und seinen Namen laut herausschrie. Dann erhob er sich wieder, küsste sie auf den Mund, und ihre Zungen, auf denen der Geschmack ihres Liebesspiels haftete, verschmolzen miteinander. Dann drehte er sie um, veranlasste sie, die Beine zu spreizen und sich an den Kacheln abzustützen. Er drang in sie ein, während das Wasser auf sie niederrauschte. Seine Bewegungen waren von drängender Leidenschaft, und er nahm sie mit an einen Ort, von dem sie überzeugt gewesen war, ihn so schnell nicht wieder erreichen zu können. Das Hämmern in ihren Ohren verband sich mit dem in ihrem Herzen und mit den lustvollen Kontraktionen ihres Schoßes. Dann bewegte er sich noch schneller, noch leidenschaftlicher, sein Körper spannte sich an, und als sie spürte, dass er den Höhepunkt erreichte, kam sie auch und ließ sich vollkommen erschöpft in seine Arme zurückfallen.

Kyle streckte die Hand aus und drehte den Wasserhahn zu. Er stieg aus der Dusche, kam mit einem großen Badelaken zurück und hüllte sie darin ein.

„Martique hat heißen Tee mit Brandy gemacht."

„Oje, glaubst du, er ist immer noch heiß?"

„Bestimmt. Sie brachte ihn in weiser Voraussicht in einer Thermoskanne und wünschte uns eine gute Nacht."

„Sie weiß es", murmelte Madison, drehte sich um und verließ das Bad.

„Und wenn schon?" fragte Kyle, während er sich abtrocknete, dann schlang er sich das Badetuch um die Hüften und folgte ihr ins Schlafzimmer. „Sonderlich geschockt schien sie jedenfalls nicht zu sein. Und was ist schon dabei? Du bist über einundzwanzig, und ich bin es auch." Er schenkte zwei Tassen Tee ein und reichte ihr eine davon. „Wir sind nicht miteinander verwandt, weshalb auch nicht die Gefahr genetischer Probleme bei unseren Kindern – die wir ohnehin nie haben werden – besteht. Es handelt sich um ein kleines Intermezzo, und es besteht kein Grund, warum wir es nicht auskosten sollten, so lange es dauert."

Sie lächelte, dann schaute sie ihn ernst an. „Kyle, ich habe eine kleine Tochter", erinnerte sie ihn.

„Ich weiß. Glaubst du, das könnte ich je vergessen?“ erwiderte er.

Sie verfiel in Schweigen und wandte den Kopf ab, wobei sie sich fragte, ob er wohl ebenso wenig je vergesssen könnte, dass er die Frau, die er so sehr geliebt hatte, verloren hatte.

Oder dass er sie einmal eine Hexe genannt hatte.

Oder dass es früher nicht selten passiert war, dass sie im Verlauf einer ganz normalen Unterhaltung plötzlich wütend aufeinander losgegangen waren. Was es sehr wahrscheinlich machte, dass sich diese ... Leidenschaft irgendwann in nicht allzu ferner Zeit von selbst erledigte.

„Ich habe eine Tochter, und ich will ihr unter keinen Umständen durch mein Verhalten wehtun“, erklärte Madison.

„Sie ist jetzt bei ihrem Vater, richtig?“

„Ja.“

„Dann kann sie auch durch dein Verhalten nicht verletzt werden. Im Gegenteil, es kommt ihr zugute.“

Madison hob eine Augenbraue. „Wie das?“

„Ich fürchte um deine Sicherheit. Und jeder, der zu dir will, muss erst an mir vorbei.“

„Aha.“

„Und an mir vorbeizukommen dürfte schwierig werden“, versicherte er ihr. Er trank seinen Tee aus, nahm ihr ihre Tasse aus der Hand und stellte sie auf die Untertasse.

„Bist du noch immer besessen?“ flüsterte sie, während sich sein Mund dem ihren näherte.

„Ja.“

„Bist du dir sicher, dass du nicht einfach nur deinen Beschützerinstinkt auslebst und Sex eine willkommene Ablenkung ist?“

„Ja, ganz sicher. Und was ist mit dir?“

„Ich ... bin noch immer neugierig“, war das Mindeste, das sie zuzugeben wagte, bevor sich sein Mund auf ihren legte.

Sie gab ihren Versuch, vernünftig zu sein, auf und überließ sich ihren Empfindungen.

Kaila schmiegte sich an ihren Ehemann und badete in einem Meer von Zufriedenheit, wie sie sie seit Jahren nicht mehr erlebt hatte.

Er zog sie noch näher an sich und flüsterte an ihrer Stirn: „Whow."

„Unglaublich", stimmte sie zu.

Und es war wirklich unglaublich gewesen. Absolut. Sie hatte sich nie als eine Frau gesehen, die zu sexuellen Extravaganzen neigte, und das hatte sich bis zum heutigen Tag nicht verändert. Sie verurteilte niemanden aufgrund seiner sexuellen Vorlieben, aber sie hatte nie auch nur die geringste Lust verspürt, die Sexspielchen, die einem auf bestimmten Kanälen zu nachtschlafender Zeit geboten wurden, nachzuspielen. Auch ohne es auszuprobieren wusste sie, dass es ihr keinen Spaß machen würde, sich mit Handschellen ans Bett fesseln zu lassen, ebenso wenig wie sie geohrfeigt oder ausgepeitscht werden wollte oder dass Dan sich wie ein kleiner Junge verhielt, der bestraft werden musste. Es machte sie nicht an, ihn einen „unartigen Jungen" zu schimpfen, der zur Strafe vor ihr auf dem Bauch kriechen musste. Sie hatte auch kein Verlangen danach, an einer Sexorgie teilzunehmen oder sich mit anderen Paaren dem Partnertausch hinzugeben.

Aber heute Nacht ...

Whow.

Und das alles wegen seines kleinen erotischen Geschenks. Ihr Anblick in dem Höschen hatte ihn richtig wild gemacht. Und die Dinge, die er getan hatte ... und ihre Reaktion darauf ...

Nur sie beide. So allein, so intim. Sie hatten ihren Spaß gehabt. So viel Spaß wie schon lange nicht mehr ...

„Was für eine Idee. Danke", sagte sie weich, küsste ihn auf den Mund und kuschelte sich dann wieder neben ihn.

„Was meinst du damit? Ich habe *dir* zu danken. Honey, du warst anbetungswürdig. So sexy. Du musst dir unbedingt mehr davon kaufen. Wer hat dich bloß auf diese Idee gebracht?“

Sie fühlte sich, als hätte ihr jemand einen Kübel mit Eiswasser über den Kopf gekippt. Was sie verspürte, war nicht direkt Angst, aber es war schrecklich nah daran.

Sie schwieg zu lange.

„Kaila?“ fragte er misstrauisch.

„Ich ...“

Dan runzelte die Stirn, er beugte sich über sie und schaute sie verärgert an. „Kaila, woher hattest du dieses Höschen?“

„Ich ... ich habe es nicht gekauft. Es war ein Geschenk. Der Kellner brachte mir das Päckchen beim Mittagessen im Club an den Tisch. Es war an mich adressiert, und ich nahm an, dass du es mir geschickt hättest.“

„Ganz bestimmt.“

„Dan!“

Er lehnte sich, sie noch immer anstarrend, in sein Kissen zurück, und das gefährliche Glitzern in seinen Augen machte ihr Angst.

„Dan ... du hast es mir nicht geschickt?“

„Nein.“

„Aber ...“

„Nein, ich habe es dir nicht geschickt,“

„Dann muss es ein Versehen gewesen sein. Das Höschen war für jemand anders bestimmt.“

„Du hast eben gesagt, dass das Päckchen an dich adressiert war.“

„Habe ich das?“

„Ja, das hast du! War es oder war es nicht an dich adressiert?“ Er war laut geworden.

„Dan, hör auf. Du bist hier nicht im Gerichtssaal. Du ...“

„Es kann sich aber verdammt schnell in einen Gerichtssaal verwandeln. Es war an dich adressiert, richtig?"

„Richtig. Aber warum regst du dich eigentlich so auf? Wenn du es mir nicht geschickt hast, hat sich bestimmt eins der Mädels einen Scherz mit mir erlaubt und ..."

„Oh, Kaila, bitte, hör auf."

„Was zum Teufel soll das heißen?"

„Was das heißen soll?" polterte er. „Es heißt, dass du ganz offensichtlich mit irgendjemandem flirtest. Immerhin genug flirtest, um ihn auf den Gedanken zu bringen, dass du zu haben bist. Du lieber Gott. Und ich mache mir Vorwürfe, dass du so deprimiert bist, weil du den ganzen Tag zu Hause sitzen und die Kinder hüten musst. Was bin ich doch für ein Trottel!"

„Ich bin nicht deprimiert, weil ich mich um meine Kinder kümmern muss", protestierte sie. „Das habe ich nie behauptet. Und ich flirte nicht!" behauptete sie kühn, dann merkte sie, dass es eine Lüge war.

Sie hatte tatsächlich jemanden glauben gemacht, zumindest an einem Seitensprung nicht uninteressiert zu sein.

Ihr wurde wieder kalt. Richtig kalt. Oh Gott, *er* wusste noch gar nichts davon, dass sie ihre Meinung geändert hatte, weil ihr klar geworden war, dass das, was sie da trieb, höchst töricht war und sie ihren Mann aufrichtig liebte.

Oh, verdammt.

Dann war er es wahrscheinlich gewesen, der ihr dieses ... Geschenk geschickt hatte.

„Hör zu, Dan, ehrlich ..."

„Spar dir deine Erklärungen, Kaila", sagte er leise, dann stand er auf. Er schlüpfte hastig in seinen Bademantel und verließ, die Tür hinter sich zuknallend, das Zimmer.

Kaila starrte ihm entsetzt nach. Und ihr war kalt, so kalt.

Das Höschen ...

Sie erschauerte, fühlte sich schmutzig. War sie wirklich so nah an einem Seitensprung gewesen? Schlimmer noch, hatte sie womöglich ihre Ehe zerstört?

Das nächste Mal, wenn sie *ihn* sah, würde sie unter allen Umständen reinen Tisch machen müssen. Sie würde ihm mit aller Entschiedenheit erklären müssen, dass er die Sache vergessen musste. Sie würde versuchen müssen, ihm zu erklären, dass sie eine schlechte Zeit gehabt hatte und dass sie ihren Mann aufrichtig liebte.

Oh Gott ...

Sie fühlte sich schmutzig. Gedemütigt. Und sie hatte Angst.

Dan hatte sie noch nie so angeschaut wie eben.

Sie stand auf, wickelte sich in ihren Bademantel, während sie sich fragte, wie sich eine derart wilde Ekstase in etwas so Schreckliches verwandeln konnte. Sie ging durchs Wohnzimmer auf den Flur. Er stand mit einer Bierflasche in der Hand in der Küche am Fenster und starrte hinaus in den Garten, wobei er ab und zu einen Schluck aus der Flasche nahm.

„Dan?"

„Was ist?"

„Ich liebe dich."

„Wer hat dir dieses Höschen geschickt, Kaila?"

Sie log. Sie musste lügen. „Ich weiß es wirklich nicht, Dan. Ich schwöre es bei Gott. Ich schwöre es bei dem Leben unserer Kinder – ich habe dich nie betrogen."

„Nun, es ist einfach nur interessant, dass irgendein Mann meiner Frau essbare Unterwäsche schickt", erwiderte er trocken.

„Es war kein Mann, Dan. Eins der Mädchen muss sich einen Scherz erlaubt haben."

„Bestimmt, Kaila."

Sie ging zu ihm hin und schlang ihre Arme um seine Taille, während ihre Befürchtungen, dass sie ihn verlieren könnte, sich noch verdichteten.

„Ich liebe dich, Dan!“ flüsterte sie verzweifelt.

Er sagte eine Weile nichts und blieb steif stehen, dann jedoch spürte sie, wie er sich entspannte. Jetzt legte er die Arme um sie. Tränen liefen ihr über die Wangen, er wischte sie weg und küsste sie auf die Lippen.

„Manchmal ...“ murmelte er.

„Was?“

„Manchmal siehst du aus wie deine Mutter. Vielleicht habe ich deshalb gelegentlich die Befürchtung, du könntest auch mehrere Ehemänner durchprobieren.“

„Dan, sag doch nicht so was Schreckliches.“

„Irgendjemand hat dir essbare Unterwäsche geschickt.“

„Ich liebe dich, Dan.“

„Tust du das wirklich?“

„Gott, ja! Vermutlich habe ich nur Angst, weil du so viel unterwegs bist. Weil du den ganzen Tag über mit jungen, klugen Anwältinnen zusammen bist. Und manchmal habe ich eben das Gefühl, mit deinem Leben nicht mithalten zu können, weil ich den ganzen Tag nur Babysabber abwische oder Spielzeug wegräume. Das Einzige, wovon ich reden kann, ist der letzte Elternnachmittag im Kindergarten oder der neueste Disneyfilm.“

Er lächelte und strich ihr übers Haar. „Das ist der Sabber meines Kindes, den du da abwischst, Kaila. Und ich liebe Disneyfilme, und wenn du von den Elternnachmittagen erzählst, interessiert mich das, ob du es glaubst oder nicht. Und du bist intelligent und interessant. Ich liebe dich, Kaila.“

„Oh Dan“, murmelte sie. „Es tut mir ja so Leid. Es ist nur, weil die Kinder noch so klein sind, und manchmal kommt es mir so vor, als bräuchte ich drei Hände, und doch vergöttere ich sie, und ... und dich ... vergöttere ich auch. Du bist so gut“, flüsterte sie.

„Weißt du was?“ fragte er, wieder schroffer geworden.

„Was?“

„Ich werde herausfinden, von wem zum Teufel dieses Höschen stammt.“

Er schlang erneut seine Arme um sie, aber sie fühlte wieder diese verstörende Kälte.

„Ich weiß wirklich nicht, warum du dir solche Sorgen machst“, sagte Madison. Sie fuhr, Kyle saß neben ihr auf dem Beifahrersitz und nahm ab und zu einen Schluck Kaffee aus dem Pappbecher, den er in der Hand hielt. Jetzt drehte er sich um und angelte sich vom Rücksitz den *Miami Herald*, den sie gerade gekauft hatte. „Kyle, dieser Typ handelt nach einem ganz bestimmten Muster, und deshalb ist es höchst unwahrscheinlich, dass er in den nächsten Wochen zuschlägt. Er wartet den nächsten Fünfzehnten ab.“

Er starrte in die Zeitung. „Verdammt!“ fluchte er.

Sie zuckte erschrocken zusammen. „Was ist?“

Er umklammerte die Zeitung so fest, dass seine Knöchel weiß hervortraten.

„Kyle?“

Er schüttelte den Kopf, starrte sie an. „Irgendwie ist durchgesickert, dass wir das Haus des letzten Opfers nach einem Schnappschuss des Mörders durchsucht haben.“

„Was?“

„Jimmy und ich haben das Tätowierstudio entdeckt, in dem sich Holly Tyler, das letzte Opfer, ihr Tattoo stechen ließ. Die Frau, der der Laden gehört, hat berichtet, dass Holly ihr ein Foto des Mannes, mit dem sie vorhatte wegzufahren, zeigen wollte, es jedoch nicht finden konnte. Jimmy hat seine Leute beauftragt, Holly Tylers Haus nach den Fotos zu durchsuchen. Und jetzt steht es in dieser verdammten Zeitung.“

„Kyle, vielleicht siehst du einfach zu schwarz. Ich meine, die Cops haben das Haus doch schon durchsucht, oder? Selbst wenn der Mörder die Absicht hätte, die Fotos in seinen Besitz zu bringen, käme er zu spät, richtig?"

„Richtig", sagte er und starrte, noch immer aufgebracht, durch die Frontscheibe auf die Straße. „Und in einer perfekten Welt hätten sie die Fotos jetzt schon, und wenn er vorbestraft ist, könnten wir sehr schnell herausfinden, wer er ist, und ihn bereits heute Nachmittag verhaften."

„So kann es doch noch kommen."

„Es kommt aber nicht so. Was passieren wird, ist, dass wir Holly Tylers Cousin dritten Grades irgendwo aus dem hintersten Arkansas aufscheuchen, weil er sich einbildet, irgendwas zu wissen. Und tausend Spinner werden uns mit irgendwelchen idiotischen Schnappschüssen eindecken, bis unsere Nadel in einem riesigen Heuhaufen verschwindet."

„Vielleicht auch nicht. Das erste Szenario ist immer noch möglich."

„Na klar", sagte Kyle. Er zog sein Handy aus seiner Tasche, wählte die Nummer des Headquarters und bekam Jimmy an die Strippe. Jimmy versicherte ihm, dass sie nach der undichten Stelle suchen würden und dass jemand für diesen verfluchten Bockmist bezahlen müsse.

Kyle schaltete sein Handy wieder aus.

„Kyle?" fragte sie ruhig.

„Ja?" Er schaute sie an.

„Erinnerst du dich daran, was ich vorhin gesagt habe? Der Killer schlägt Mitte des Monats zu. Er ist erst in drei Wochen wieder fällig."

„Was hast du gesagt?"

„Ich habe gesagt, dass du dir nicht solche Sorgen um mich zu machen brauchst. Ich fahre jetzt nach Hause."

„Und?"

„Und Carrie Anne kommt heute Abend heim."

„Und?"

„Kyle, ich kann einfach nicht ... du kannst unmöglich heute Nacht bei mir schlafen. Du musst in dein Hotel zurück." Obwohl sie den Blick auf der Straße hatte, wusste sie, dass er sie anschaute. „Kyle, sie ist ein kleines Mädchen, und ich weiß einfach nicht, wie ich es ihr erklären soll ..."

„Dann glaubst du also, dass Darryl nie jemand da hat, wenn seine Tochter zu Besuch ist?"

„Ich habe eine Verantwortung", wandte Madison ein. „Und sie ..."

„Dann willst du dein Leben also mit Zwei-Tages-Affären verbringen, während deine Tochter bei ihrem Vater ist?"

„Du übertreibst maßlos, du ..."

„Ich bin nur neugierig. Was willst du tun, wenn du irgendwann mal ein ernsthaftes Interesse an einem Mann hast?"

„Wenn es wirklich ernsthaft ist, werde ich wieder heiraten, und dann habe ich auch keine Schwierigkeiten, Carrie Anne irgendetwas zu erklären", sagte sie gereizt. „Kyle, sie ist ein sehr kleines Mädchen. Und egal, wie gut Darryl und ich uns verstehen, ich will ihm keine Munition gegen mich liefern, falls ihm irgendwann plötzlich einfallen sollte, dass er das Sorgerecht für Carrie Anne will."

„Unsinn. So etwas würde Darryl nie tun."

„Man kann nie wissen", sagte sie.

Sie spürte, dass er sie beobachtete. „Na, wenn alle Stricke reißen, kannst du den guten alten Darryl ja jederzeit wieder heiraten. Das würde das Problem lösen. Oder ab und zu mit ihm schlafen – vermutlich würde das schon ausreichen."

Sie starrte ihn an, ungläubig und wütend. Ein Stück weiter vorn war eine Tankstelle. Sie setzte den Blinker und bog ab.

„Was zum Teufel hast du vor?“

„Anhalten. Ich möchte, dass du aussteigst.“

„Was?“

„Raus!“

„Ich denke ja gar nicht daran.“

„Raus habe ich gesagt!“

Er verengte die Augen. „Und ich habe gesagt, dass ich gar nicht daran denke. Ich muss nach Miami zur Arbeit.“

„Ruf dir ein Taxi.“

„Hier draußen? Mitten auf den Keys soll ich mir ein Taxi rufen, das mich nach Miami bringt?“

„Ruf dir ein Taxi – ruf das verdammte FBI an. Es ist mir egal. Geh raus aus meinem Auto.“

„Warum?“

Sie starrte ihn ungläubig an. „Weil du das Letzte bist und gemein und ...“

„Weil ich Angst um dich habe“, unterbrach er sie mit einer Stimme, die so tief und heiser war, dass sie ihn erstaunt anschaute. Er zerquetschte seinen leeren Pappbecher und umklammerte ihn so fest, dass seine Knöchel weiß hervortraten.

„Kyle ...“

Der zerknüllte Becher fiel unbemerkt zu Boden, er nahm ihr Gesicht zwischen seine Hände und schaute ihr tief in die Augen. „Zur Zeit wird in der Mitte eines jeden Monats eine rothaarige Frau ermordet, und du verfügst über hellseherische Kräfte – ob dir das nun passt oder nicht. Du siehst die Opfer. Die Polizei hat mittlerweile ein paar Spuren. Nur ein paar wenige. Aber vielleicht genug, um den Killer nervös zu machen. Ich möchte nicht, dass du in deinem Haus allein bist. Wir müssen nicht miteinander schlafen, aber ich will dich unter keinen Umständen allein lassen. Ich kann auf eurer Couch schlafen, und wir können Carrie Anne erklären, dass ich Polizist bin wie Jimmy und dass ich hergekommen bin, um auf euch aufzupassen. Irgendwelche Einwände?"

Madison versuchte, den Kopf zu schütteln. „Nein, vermutlich nicht. Und jetzt kannst du mich wieder loslassen."

Er nahm seine Hände weg und lehnte sich in seinen Sitz zurück. „Können wir weiterfahren?" erkundigte er sich höflich.

Die Weiterfahrt verlief in eisigem Schweigen. Aber fünfzehn Minuten später kamen sie am *Theater of the Sea* vorbei, einem neu erbauten, großen Freizeitpark, in dem man mit Delphinen schwimmen konnte.

„Das wollte ich schon immer mal machen", bemerkte Madison.

„Ins *Theater of the Sea* gehen?" fragte er verdutzt.

Sie lachte. „Mit Delphinen schwimmen."

„Du tauchst doch ständig. Da begegnet man bestimmt allem Möglichen."

Sie schüttelte den Kopf. „Einem Delphin bin ich noch nie begegnet. Nie."

„Wenn du es tun willst, tu es doch einfach."

„Tust du immer das, was du tun willst?"

„Ja."

„Was war das Letzte, was du unbedingt tun wolltest?" forschte sie.

Er grinste. „Mit dir schlafen."

Jetzt musste sie auch lächeln. „Oh", sagte sie leichthin. Dann merkte sie, dass er sie erneut ernst anschaute.

„Madison."

„Was?"

„Wann genau wurde deine Mutter ermordet?"

Sie fühlte sich plötzlich seltsam angespannt. „Am fünfzehnten Juni."

„Richtig. In der Mitte des Monats."

„Das muss ein Zufall sein."

„Muss es das?"

Killer hätte besser die Dunkelheit abwarten sollen.

Aber das Risiko war zu groß. Und die Herausforderung reizte ihn.

Das Tattoostudio öffnete nicht vor zehn.

Jetzt war es 9:03. Er streifte sich die Handschuhe über. Dünne Plastikhandschuhe, wie Ärzte sie tragen.

Er parkte auf dem Parkplatz vor dem Supermarkt ein Stück weiter unten und ging dann mit den Händen in den Hosentaschen zu Fuß zu dem Tätowierstudio. Seine Augen wurden von einer großen, dunklen Sonnenbrille verdeckt.

Die Vordertür war abgeschlossen.

Er ging um das Haus herum nach hinten und probierte die Hintertür. Sie war offen. Er trat ein.

Die gute alte Tammy mit ihrem grell gefärbten Haar und dem nachlässig geschminkten Gesicht saß an ihrem Schreibtisch im Hinterzimmer und ging ihre Rechnungen durch. Als er hereinkam, schaute sie auf.

„Wir haben noch zu", sagte sie.

Er ließ einen verächtlichen Blick über sie hinwegwandern. Widerliche Schlampe. Er verabscheute es, seine Zeit und sein Talent an sie verschwenden zu müssen. Aber Holly hatte ein Foto von ihm gemacht. Die Polizei hatte ihr Haus durchsucht. Aber es war hier. Hier bei dieser alten Schlampe. Holly *musste* es hier irgendwo verloren haben.

„Hi, Tammy."

„Kennen wir uns?"

„Ich kenne Sie. Und ich weiß, dass Sie noch nicht geöffnet haben, aber ... ja also ... ich habe Sie schon öfter gesehen. Ich musste einfach einen Weg finden ... allein mit Ihnen zu sprechen."

„Allein?“

Er nickte. „Ja, es ist nämlich so, ich wollte Sie um einen Gefallen bitten“, sagte er, charmant lächelnd, während er die Tür hinter sich zumachte und den Riegel vorschob.

Tammy witterte Morgenluft. Sie erhob sich und kam mit einem koketten Lächeln und wackelnden Hüften auf ihn zu. „Soso, Süßer, dann mal raus mit der Sprache, was kann ich für dich tun?“

Er trat hinter sie, legte seine Arme um sie, und sein Atem war heiß an ihrem Ohr, als er flüsterte: „Sterben, Lady, einfach nur sterben.“

Es ging so schnell, dass sie gar nicht wusste, wie ihr geschah. Er hielt sie von hinten gepackt, während er ihr die Kehle durchtrennte. Es war ein unglaublich sauberer Schnitt. Er besudelte sich mit keinem einzigen Blutstropfen.

Er ließ sie zu Boden fallen und machte sich an die Arbeit, indem er buchstäblich den ganzen Laden auseinander nahm.

Und endlich, in einer Ritze der verstellbaren Liege, auf der die Kunden lagen, während sie sich tätowieren ließen, entdeckte er die Polaroids.

Er schaute die Fotos von sich an, die Holly Tyler in einem unbemerkten Augenblick aufgenommen hatte.

Dann steckte er sie ein und warf einen Blick auf seine Armbanduhr. Die ganze Aktion hatte ihn nicht einmal fünfzehn Minuten gekostet. Er musste weg.

Und doch ...

Er zögerte. Er schaute auf Tammy und spürte, dass er nicht widerstehen konnte. Ein paar Minuten hatte er noch Zeit ...

Er ließ seinen Blick über ihre Gerätschaften wandern und machte sich dann ans Werk.

13. KAPITEL

Gegen elf Uhr an diesem Morgen war Madison zu Hause. Sie hatte Kyle eigentlich an der Polizeistation oder bei seinem Hotel absetzen wollen, damit er sich seinen Mietwagen holen konnte, aber er beharrte darauf, mit zu ihr nach Hause zu kommen. Er durchsuchte alle Räume – trotz der Tatsache, dass ihre Teilzeithaushälterin Peggy O'Rourke das Haus während ihrer Abwesenheit gehütet hatte. Und obwohl er höflich zu Peggy war – es war schwer, dies nicht zu sein, weil Peggy mit ihren roten Apfelbäckchen freundlich und rund und mütterlich war –, verlangte er in strengem Ton von Madison klipp und klar Auskunft darüber, wer alles einen Schlüssel zu ihrem Haus hatte.

„Peggy. Sie kommt dreimal die Woche."

„An welchen Tagen?"

„Je nachdem. Wir legen es von Woche zu Woche neu fest."

Kyle fuhr sich verzweifelt mit den Fingern durchs Haar. „Gut, und wer noch?"

„Jassy. Mein Vater."

„Noch jemand?"

„Hmm ... Kaila."

„Und?"

„Trent ... vielleicht Rafe, ich erinnere mich nicht mehr genau daran, ob ich ihm einen Schlüssel gegeben habe oder nicht."

„Warum zum Teufel machst du dir überhaupt die Mühe, dein Haus abzuschließen, wenn du aller Welt Schlüssel gibst?"

„Ich muss manchmal überraschend wegfahren, und wir haben eine Katze, zwei Hamster und Fische. Manchmal rufe ich sogar von unterwegs an in der Hoffnung, jemand auftreiben zu können, der unser Viehzeug füttert. Und im Übrigen gehören alle, die ich dir eben aufgezählt habe, zur Familie, mit Ausnahme von ..."

„Mit Ausnahme von?“

Madison zögerte. „Jimmy Gates. Er hat auch einen Schlüssel.“

„Jimmy Gates?“

„Na und? Wir treffen uns manchmal hier, wenn wir zusammen an einem Fall arbeiten, und ich kann ihn schließlich nicht einfach draußen im Auto warten lassen, wenn ich zu spät dran bin oder ...“

„Madison!“ fuhr er wütend auf. Er merkte, dass er nahe daran war, die Geduld zu verlieren, er raufte sich so heftig die Haare, dass sie zu Berge standen. Er schüttelte den Kopf und versuchte, seine Selbstkontrolle wiederzuerlangen. „Das ist ja interessant. Ich frage mich nur, warum Jimmy an jenem Morgen, an dem ich ihn informierte, dass ich mir Zutritt zu deinem Haus verschaffen wollte, keinen Ton davon gesagt hat, dass er einen Schlüssel hat.“

„Wahrscheinlich hat er in dem Moment nicht daran gedacht“, murmelte sie.

„Madison, du musst deine Schlösser auswechseln lassen.“

„Quatsch. Meine Schlüssel haben nur Leute, die ich sehr gut kenne und denen ich vertraue ...“

„Und was ist, wenn irgendjemand seinen Schlüssel zufällig mal herumliegen lässt?“

„Kyle, du leidest unter Verfolgungswahn.“

„Es kann jedenfalls nicht schaden. Ist Peggy heute den ganzen Tag hier?“

„Ja.“

„Wann kommt Carrie Anne zurück?“

„Ich hole sie um zwei ab.“

„Gut. Anschließend kommt ihr sofort wieder hierher zurück ...“

„Stopp, Kyle, warte! Wir gehen freitags immer ins Kino und hinterher Eis essen oder so. Es ist ihr Nachmittag.“

„Schön. Ruf mich auf dem Handy an. Sag mir, wo ihr seid.“

„Das ist lachhaft.“

Noch während sie sprach, klingelte sein Handy. Er klopfte seine Taschen ab, bis er es gefunden hatte, drückte auf den Einschaltknopf und meldete sich. Ohne sie aus den Augen zu lassen, hörte er zu. Sie sah, wie sich Bestürzung auf seinem Gesicht widerspiegelte.

„Holen Sie mich bei Madison ab“, sagte er kurz angebunden und schaltete dann das Handy wieder aus.

„Was ist?“ wollte Madison wissen.

„Die Tattookünstlerin, die uns die Information über Holly Tyler gegeben hat, ist tot.“

Madison bekam einen Schreck. „Oh, mein Gott. Was ist denn passiert?“

„Man hat ihr die Kehle durchgeschnitten.“

„Wo hat man sie gefunden?“

„In ihrem Laden.“

„Vielleicht hat sie ja einen Einbrecher auf frischer Tat ertappt. Der Serienkiller lässt seine Opfer nicht am Tatort liegen. War sie rothaarig?“

„Na ja, ihre Haare waren wohl eher orange. Ein leuchtendes Orange.“

„Und es ist nicht Mitte des Monats ...“

„Der Killer ist ein Psychopath, aber ein äußerst raffinierter. Vielleicht ist er ja nervös geworden. Ich glaube nicht, dass er diesmal versucht hat, seine krankhaften Begierden zu stillen. Es ist vorstellbar, dass er angenommen hat, die Frau könnte ihm irgendwie gefährlich werden, weshalb er beschlossen hat, sie aus dem Weg zu räumen. Entweder war es das oder ...“

„Oder was?“

Kyle zuckte die Schultern. „Oder es ging ihm um die Fotos. Vielleicht sind sie ja gar nicht in Holly Tylers Haus. Möglicherweise wusste er, dass sie sich noch in dem Tattoostudio befinden, und um an sie heranzukommen, musste er erst Tammy loswerden. Und aus diesem Grund“, fügte er hinzu, als draußen eine Hupe ertönte, „wirst du mir ganz genau sagen, wo du dich den ganzen Tag über aufhältst, verstanden? Und nimm dein Handy überallhin mit, ja?“

„Die Leute werden stocksauer, wenn während des Films ständig ein Handy klingelt“, wandte Madison ein.

„Dann lass den Film sausen oder halt es aus, dass sie stocksauer werden.“

„Kyle ...“

„Jimmy wartet. Ich muss weg.“

„Aber du weißt doch nicht einmal, ob es derselbe Mörder war.“

„Es war derselbe, darauf gebe ich dir Brief und Siegel.“

„Aber woher willst du das denn ...“

„Weil er seine Visitenkarte hinterlassen hat.“

„Seine Visitenkarte?“

„Er benutzte Tammys Instrumente, um ihr eine Rose auf den Rücken zu tätowieren. Zufrieden?“

Madison nickte beklommen.

„Ich komme heute Abend“, sagte er.

Sie ging mit ihm zur Tür und beobachtete, wie er Jimmy, der draußen auf dem Bürgersteig wartete, begrüßte.

Jimmy fing sofort an, mit Nachdruck auf ihn einzureden. Kyle schüttelte ebenso nachdrücklich den Kopf.

Madison wurde klar, dass Jimmy wollte, dass sie mitkam.

Kyle erlaubte es nicht.

Sie machte die Haustür zu und lehnte sich von innen dagegen. Es war gut möglich, dass sie in dem Tattoostudio eine Hilfe sein könnte, aber ebenso gut konnte auch das Gegenteil der Fall sein. Fest stand, dass sie nicht hingehen wollte, das spürte sie ganz deutlich.

Was bedeutete, dass sie es tun musste.

„Peggy!“ rief sie ihrer Haushälterin zu. „Ich muss weg.“

Peggy kam, sich die Hände an der Schürze abwischend, aus der

Küche. Sie musste immer etwas zu tun haben. Wenn Madison und Carrie Anne außer Haus waren und sie es schwer hatte, irgendetwas zum Putzen zu finden, fing sie an zu backen.

„Soll ich Carrie Anne abholen?"

„Das wäre mir sehr recht", stimmte Madion zu. „Die Schlüssel zu meinem Cherokee liegen auf der Anrichte. Holen Sie Carrie Anne ab, und dann treffen wir uns gegen drei vor dem Kino an der Falls Street."

„Kein Problem, Liebes. Ich werde da sein."

Madison öffnete die Haustür erneut. Die beiden Männer standen noch immer auf dem Gehsteig und diskutierten.

„Wird Mr. Montgomery hier übernachten? Möchten Sie, dass ich das Bett im Gästezimmer frisch beziehe?"

Madison schaute Peggy an. „Vermutlich. Ich wollte ihn eigentlich im Wohnzimmer auf der Couch schlafen lassen ... nein, richten Sie das Gästezimmer her, es ist besser so. Danke, Peggy. Ich muss los, sonst gibt es da draußen noch ein Unglück. Bis um drei dann", sagte sie und eilte nach draußen.

„Madison sieht nur die Opfer!" beharrte Kyle gerade wütend, als sie hinter die beiden Männer trat.

„Ja, aber vielleicht ist ja gerade das, was sie sieht, genau das, wonach wir suchen", wandte Jimmy ein.

„Kyle", sagte sie von hinten.

Sie sah, wie er sich anspannte, dann drehte er sich zu ihr herum und schaute sie an.

„Es ist in Ordnung, Kyle. Ich komme mit."

„Wenn du darauf bestehst", sagte er eisig, stiefelte dann wütend zu Jimmys Wagen und rutschte auf den Beifahrersitz.

Jimmy schaute Madison unglücklich an und zuckte die Schultern, dann ging er mit ihr ebenfalls zu seinem Auto und hielt ihr die hintere Tür auf. Während der Fahrt stellte Kyle Jimmy in schroffem Ton Fragen, die dieser höflich beantwortete.

Eine ihrer Angestellten hatte Tamara Leigh Harding um zehn Uhr dreißig tot aufgefunden. Das Tätowierstudio war völlig auf den Kopf gestellt worden. Fingerabdrücke gab es mehr als genug, aber die Leute von der Spurensicherung waren sich mittlerweile fast hundertprozentig sicher, dass der Täter Handschuhe getragen hatte.

Die Mordwaffe war noch nicht gefunden worden, obwohl man sowohl den Tatort als auch die Umgebung bereits gründlich abgesucht hatte. Der Gerichtsmediziner ging davon aus, dass der Mörder Rechtshänder war, er war hinter Tammy getreten, hatte sie mit einem Arm festgehalten und ihr dann mit einem sauberen Schnitt die Kehle durchtrennt. Es war durchaus möglich, dass der Täter keine Blutspritzer abbekommen hatte, weil das Blut nach vorn gespritzt war, während der Täter durch den Körper des Opfers abgeschirmt war. Möbel waren verrückt worden und sämtliche Schubladen aufgerissen, aber es sah nicht nach einem Raubüberfall aus. Tammys Handtasche lag auf ihrem Schreibtisch, doch ihr Portemonnaie mit annähernd hundert Dollar darin war unangetastet geblieben. In der Kasse waren annähernd fünfhundert Dollar in bar.

Der Tatort war mit einem gelben Plastikband abgesperrt. Sie schoben sich durch die gaffende Menge, die sich vor dem Laden angesammelt hatte, auf die Absperrung zu, wobei Kyle Madison eine Hand auf den Rücken legte, um sie zu veranlassen, schneller zu gehen. Jimmy zückte seinen Polizeiausweis, woraufhin sie der Streifenpolizist durchließ.

Madison spürte, wie ihr ein kleiner Schauder über den Rücken lief, als sie sich der Hintertür näherten. Sie blieb stehen und schaute sich in dem Gefühl, beobachtet zu werden, hastig um. Ihr blieb keine Zeit, diesem Gefühl nachzuspüren, weil Kyle, der so weit wie möglich verhindern wollte, dass man sie sah, sie erneut vorwärts drängte. Er schubste sie regelrecht in die Tür.

Die Tote lag auf dem Fußboden. Polizeifotografen nahmen sie noch immer aus den verschiedensten Blickwinkeln auf.

Um sie herum hatte sich eine Blutlache gebildet, die aussah wie angetrocknete Kirschmarmelade. Madison musste sich zusammenreißen, während sie auf die Leiche hinunterschaute. Augen und Mund des Opfers standen weit offen, als ob es total überrascht worden wäre. Die Bluse war am Rücken aufgerissen, und da war die Rose.

Die Umrisse waren grob und unbeholfen skizziert wie von einem Kind. Stängel, Blätter, die Blüte – und Dornen.

Eine Fliege kam angeflogen und ließ sich auf der Unterlippe der toten Frau nieder.

Madison befürchtete, sich übergeben zu müssen. Sie atmete durch den Mund.

Kyle stand schräg hinter ihr, die Arme über der Brust verschränkt. Sie wusste, dass er sie beobachtete. Er hatte nicht vor, ihr in irgendeiner Hinsicht eine Hilfe zu sein. Er war wütend; es passte ihm nicht, dass sie hier war.

Sie hörte monotones Stimmengewirr um sich herum, während sie versuchte, gegen ihre Übelkeit anzukämpfen. Jimmy und Kyle redeten mit den Polizisten, die zuerst am Tatort eingetroffen waren. Dann wandte sich Jimmy zu ihr um.

„Madison?"

Sie zögerte, schaute auf die Tote und schloss die Augen.

Dann machte sie sie wieder auf und blickte zur Hintertür. Sie schien im Schatten zu liegen. Aber da war jemand. Sie hörte, wie die Tote dem Mann erklärte, dass sie noch nicht geöffnet hätte. Der Mann sprach wieder, seine Stimme war heiser.

Die tote Frau lächelte. Kokett. Sie flirtete; sie war erregt ...

Noch erregter wurde sie, als der Mörder hinter sie trat. Dann, kurz, ganz kurz, sah sie das Aufblitzen von Stahl.

Schmeckte ... schmeckte heißes Blut in ihrer Kehle. Oh Gott, sie schmeckte es, sie schmeckte ihr eigenes Blut, bevor sie es sah ...

Das war das Ende.

„Madison?"

Ihr wurde klar, dass sie schwankte. Dass sie fast in Ohnmacht gefallen wäre. Kyle hatte sie nicht gehalten, sondern Jimmy. Er stützte sie. Einer der anderen Polizisten brachte ihr ein Glas Wasser. Sie dankte ihm.

Kyle war überhaupt nicht mehr da, wie sie jetzt überrascht bemerkte.

„Was hast du gesehen?" fragte Jimmy.

„Nichts. Einen Mann im Schatten. Sie flirtete mit ihm. Sie lud ihn ein hereinzukommen, gleich nachdem sie gesagt hatte, dass sie noch geschlossen hätten."

„Was wollte er? Warum hat er das getan?"

„Ich weiß es nicht. Sie wusste es nicht. Er tauchte einfach an der Tür auf, er gefiel ihr, er kam herein ... und tötete sie."

Jimmy nickte ernst. „Gut, Madison. Ich weiß, wie hart es für dich ist. Danke."

„Schon gut, Jimmy."

„Komm jetzt." Er führte sie nach draußen zum Auto. Kyle saß bereits auf dem Beifahrersitz.

„Sie hat den Mörder nicht richtig sehen können", sagte Jimmy, während er und Madison einstiegen und er den Gang einlegte.

„Natürlich nicht", erwiderte Kyle schroff.

„Aber man kann nie wissen ..."

Kyle fuhr herum und starrte Madison finster an. „Du hast gesehen, wie das Opfer starb."

„Ja. Aber ..."

„Und jetzt werden dich die Bilder dieser armen Frau verfolgen, zusammen mit Dutzenden anderer Bilder, die du schon gesehen hast.

Wenn du so weitermachst, wirst du irgendwann noch den Verstand verlieren.“

„Mir geht es gut, Kyle.“

„Es ist krank, Madison. Du darfst dich nicht so benutzen lassen.“

„Kyle, wenn ich dazu beitragen kann, dass diese Morde aufhören …“

„Bis jetzt hast du noch kein Fitzelchen dazu beigetragen, verstehst du das denn nicht? Das Einzige, was du tust, ist, dich selbst in Gefahr zu bringen. Was soll daran Gutes sein?“

Sie holte tief Luft. „Ich weiß, dass Tammy ihren Mörder nicht kannte und nicht wusste, warum er gekommen war. Und ich weiß auch, dass … dass sie sich von ihm angezogen fühlte und dass er sie sehr schnell getötet hat.“

Kyle drehte sich wieder um und starrte aus dem Vorderfenster auf die Straße.

„Du wirst den Mörder nie sehen, Madison“, prophezeite er schroff.

„Warum nicht?“ fragte Madison.

„Ja, warum nicht?“ schaltete sich Jimmy ein.

„Ich wäre Ihnen dankbar, wenn Sie sich ein einziges Mal nicht einmischten, Jimmy“, sagte Kyle gereizt.

„Dann erklär es mir, Kyle“, verlangte Madison verärgert.

„Weil der Mörder nicht will, dass du ihn siehst.“

„Wie kann der Mörder Madison vom Sehen abhalten?“ fragte Jimmy. „Woher sollte er überhaupt von ihr wissen?“

„Oh, ganz einfach. Madison ist sozusagen eine öffentliche Person. Die Zeitungen haben schon mehrfach über ihre hellseherischen Fähigkeiten berichtet. Und vielleicht ist der Mörder ja jemand, der ihr nahe steht. Auf jeden Fall hat sie aus irgendeinem Grund eine Blockade, und dieser Umstand könnte dies erklären.“

„Aber kann er sich wirklich einbilden, er könnte diese Blockade bewirken?“

„Vielleicht. Möglicherweise glaubt er aber auch, sie könnte nur die Opfer eines Gewaltverbrechens sehen. Oder er vertraut darauf, dass sie ihn einfach nicht anschauen würde. Wenn man nicht hinschaut, sieht man auch nichts. Andererseits ...“

„Was?“ fragte Jimmy.

„Andererseits scheint er langsam höllisch nervös zu werden – und ich halte es nicht für ausgeschlossen, dass er beschließt, Madison aus dem Weg zu räumen, weil sie eine Gefahr für ihn bedeutet. Wie die arme Frau dort drin. Madison könnte genauso mit aufgeschlitzter Kehle enden.“

Er war wütend, das ließ sich nicht übersehen.

Und vielleicht ja zu Recht.

Während der restlichen Fahrt hüllten sie sich alle in Schweigen.

Kyle weigerte sich, Madison an der Falls Street allein aussteigen zu lassen, deshalb begleiteten er und Jimmy sie bis vors Kino. Peggy und Carrie Anne warteten bereits. Carrie Anne stieß einen Freudenschrei aus und warf sich ihrer Mutter in die Arme. Die beiden drückten sich, als hätten sie sich eine Ewigkeit nicht mehr gesehen, und Carrie Anne versicherte ihrer Mutter, dass es ihrem Daddy gut ginge und dass sie eine schöne Zeit gehabt hätten.

Auch Jimmy begrüßte Carrie Anne mit einer Umarmung und Kyle ebenfalls – nur ein bisschen schüchterner. Carrie Anne wollte, dass Jimmy und Kyle ins Kino und anschließend zum Essen mitkommen sollten, aber sie sagten beide, dass sie, obwohl es ihnen schrecklich leid täte, wieder zurück an ihre Arbeit müssten.

Nachdem sie Madison ermahnt hatten, nach dem Essen sofort nach Hause zu gehen, verabschiedeten sich Jimmy und Kyle schließlich und gingen wieder zu ihrem Wagen.

Madison schaute ihnen nach, beunruhigt über die Tatsache, dass Kyle, was ihre Sicherheit anbelangte, von Mal zu Mal nervöser reagierte.

„Was für ein gut aussehender Mann!" erklärte Peggy beifällig, bevor sie sich ebenfalls von Madison und Carrie Anne verabschiedete.

„Daddy sagt, dass Kyle ganz lieb ist", berichtete Carrie Anne ernst.

„Tatsächlich?"

Carrie Anne nickte feierlich. „Und er sagt, dass du Kyle schon immer ganz doll lieb gehabt hast."

„Na ja, er war ja auch mein Stiefbruder, weißt du", murmelte Madison.

Carrie Anne zuckte die Schultern. „Ich glaube, Daddy hat gemeint, dass du in Kyle schon immer verliebt warst", sagte sie und klang unglaublich reif für ihr Alter. „Aber es macht ihm nichts aus", versicherte sie. „Er hat ja jetzt Lindy. Sie ist auch ganz lieb. Es ist lustig, Mommy, aber sie sieht ein bisschen so aus wie du. Bloß dass sie nicht ganz so schön ist, aber sie hat grüne Augen und wirklich schöne rote Haare. Genau wie du und Tante Kaila. Er erzählt Lindy ganz viel von dir."

„Carrie Anne, du hättest nicht zuhören sollen, und ich will nichts von dem hören, was dein Daddy zu Lindy gesagt hat, okay?"

„Okay."

Madison erschauerte. Oh Gott, nein, sie würde nicht anfangen, Darryl solch grässlicher Verbrechen zu verdächtigen. Nein, das würde sie ganz bestimmt nicht tun. Verdammter Kyle! Sie konnte nicht durch die Gegend laufen und sich vor ihrer eigenen Familie und ihren Freunden fürchten. Irgendjemandem musste sie schließlich vertrauen.

„Komm, lass uns ins Kino gehen. Und es spielt keine Rolle, wie Lindy aussieht, solange sie nur gut zu dir und Daddy ist", sagte Madison.

Weil es keine Rolle spielte, wem die Frau ähnlich sah.

Oder?

Während Kyle im Leichenschauhaus war, dort in der Kantine schalen Kaffee trank und auf den Obduktionsbericht wartete, gesellte sich Jassy zu ihm.

„Hallo, großer Bruder."

„Hi, kleine Schwester."

„Hummerschwänze, Shrimpscocktail, Pommes frites, grüner Salat mit einer Vinaigrette."

Er hob eine Augenbraue. „Jassy, ich bin nicht hungrig."

„Holly Tylers letztes Essen. Hier ist eine Kopie des Berichts. Die Polizei von Dade und Monroe hat bereits ihre Leute losgeschickt, damit sie sämtliche Restaurants von Miami bis Key West abklappern."

„Sag Jimmy, dass sie sich auf die Gegend südlich von Florida City konzentrieren sollen. Wir wissen bereits, um welche Uhrzeit sich Holly ihr Tattoo hat stechen lassen. Das Essen hat wahrscheinlich im Anschluss daran stattgefunden, und es sieht so aus, als wären sie in Richtung Süden gefahren."

„Bist du dir sicher?"

Er zögerte, dann zuckte er die Schultern. „Deine Schwester ‚sah' sie nach Süden fahren, am Lake Surprise vorbei. Ich bin sicher."

„Ich sag Jimmy Bescheid."

Der Gerichtsmediziner konnte ihnen über Tammys Tod nicht viel mehr sagen als das, was sie ohnehin bereits wussten. Sie hatte ihrem Mörder vertraut, bis sie ihr eigenes Blut schluckte. Sie hatte sich nicht gewehrt, sie war einfach gestorben. Unter ihren Fingernägeln fanden sich ein paar Tintenspuren. Einige Fingerabdrücke, die die Spurensicherung von ihrem Schreibtisch, dem Türstock und ein paar anderen Stellen abgenommen hatte, stimmten mit den Abdrücken einiger Jungs mit einem ausgedehnten Vorstrafenregister überein, und Kyle war klar, dass sie sie alle verhören mussten. Allerdings war er sich sicher, dass die Ex-Knackis alle nur gekommen waren, um sich tätowieren zu lassen. Die Fingerabdrücke des Mörders, so sie denn überhaupt vorhanden waren, würden nirgendwo registriert sein.

Er verbrachte einen Teil des Spätnachmittags und des frühen Abends damit, Tammys Angestellte und Freunde und zwei Ex-Liebhaber zu befragen. Sie schienen alle als Verdächtige auszuscheiden.

Gegen sechs rief er in seinem Büro in Virginia an, weil er hoffte, dass Ricky Haines ihm irgendetwas Neues berichten könnte, entweder über Harry Nores derzeitigen Aufenthaltsort oder über ein ähnliches Verbrechen irgendwo in einem anderen Bundesstaat. Ricky klang müde und niedergeschlagen. „Das Einzige, was ich herausgefunden habe und was mit dem Fall irgendwie in Beziehung stehen könnte, ist ein Vorfall, der sich vor zwei Jahren in West Palm Beach ereignet hat."

„Schieß los."

„Es gibt nicht viel zu erzählen, weil es zu keiner Anklageerhebung kam. Eine junge Polizistin versuchte die Frauen, die in die Sache verwickelt waren, zu bewegen, Anzeige zu erstatten, aber du weißt ja, wie es mit Vergewaltigungen ist. Es ist schwer, die Opfer dazu zu bringen, gegen ihre Vergewaltiger auszusagen, weil sie genau wissen, dass es der Polizei nicht möglich ist, sie zu schützen, und sie deshalb Angst haben."

„Ich weiß. Erzähl mir Näheres. Vielleicht kann ich mit der Polizistin ja selbst sprechen."

„Sie heißt Marge Krell. Eine Freundin schleppte sie zu einem Treffen mit einer anderen Freundin mit, die vergewaltigt wurde. Sie hatte sich von einem Typen überreden lassen, mit ihm auszugehen, aber dann entdeckte sie, dass sich die Dinge schneller entwickelten, als ihr lieb war. Sie landeten in einem Hotel, und sie sagte nein, und das Nächste war, dass er mit einem Messer herumfuchtelte. Er hat nicht auf sie eingestochen, aber er bedrohte und fesselte sie, um sie anschließend zu vergewaltigen. Die junge Frau unternahm nichts, weil sie freiwillig mit dem Mann in das Hotel gegangen war. Hinzu kam, dass sie verheiratet war. Sie lebte in jener Zeit getrennt von ihrem Mann, aber sie sah eine Chance, dass sie sich wieder versöhnen könnten, und wollte nicht, dass ihr Ehemann erfuhr, was passiert war. Der Bursche hatte ihr erzählt, dass er in einem Club in Palm Beach als Tennislehrer arbeitete, aber als sie dort anrief, wusste man nichts von ihm. Obwohl die Polizistin die Frau nicht zu einer Anzeige bewegen konnte, blieb sie an dem Fall dran und fand noch einige andere Frauen, denen es ähnlich ergangen war, doch die Frauen hatten alle Angst auszusagen."

„Aber getötet wurde niemand?"

„In diesem Zusammenhang ist nichts bekannt. Obwohl einige Zeit danach zwei stark verweste weibliche Leichen in irgendeinem Sumpf in der Gegend aufgefunden wurden. Die jungen Frauen waren als vermisst gemeldet worden. Die Verwesung war in beiden Fällen bereits so weit fortgeschritten, dass es nicht mehr möglich war, die Todesursache festzustellen."

„Hier könnte ein Zusammenhang bestehen", bemerkte Kyle.

„Ich bin mir sicher, dass es so ist."

„Warum?"

„Halt dich fest – sämtliche Frauen waren rothaarig."

Nachdem Kyle aufgelegt hatte, rief er Marge Krell an. Sie war sich nicht sicher, ob sie ihm helfen konnte, aber sie war mehr als bereit, es zu versuchen. „Nur zwei Frauen haben sich damals bereit erklärt, mit mir zu sprechen. Die eine davon war Claire Engle, sie ist kurz danach wieder zu ihrem Mann zurückgekehrt, hat mittlerweile ein Kind und ist nach Iowa verzogen. Ich wette meinen Kopf, dass sie alles abstreiten würde. Sie könnten sie in den Gerichtssaal zitieren und unter Eid aussagen lassen, und sie würde kein Wort sagen. Und dann gibt es da noch Josie Morgan. Sie würde mit Ihnen sprechen, da bin ich mir ganz sicher. Wir haben seitdem Kontakt gehalten und sind gute Freundinnen geworden, deshalb weiß ich, dass sie sich im Moment auf einer Kreuzfahrt befindet, aber sie kommt am Mittwochvormittag zurück. Josie ist schwer in Ordnung. Ich bin mir sicher, dass ich sie dazu bringen kann, sich am Mittwochnachmittag mit Ihnen zu treffen, wenn Sie das möchten. Ich könnte sie in Miami vom Schiff abholen, und anschließend könnten wir uns alle drei irgendwo zusammensetzen. Natürlich muss ich meinen Vorgesetzten fragen ..."

„Das FBI wird das für Sie regeln", versicherte Kyle ihr. „Was halten Sie davon, wenn wir uns alle drei irgendwo zum Mittagessen treffen?"

„Großartig. Wohin wollen Sie uns denn ausführen?"

„Wohin möchten Sie denn?"

Marge entschied sich für ein italienisches Restaurant am Coconut Grove. Dann legte er auf in der Hoffnung, endlich einen entscheidenden Schritt weitergekommen zu sein.

Gewalt eskalierte meistens. Es war sehr gut möglich, dass ihr Killer als Vergewaltiger angefangen hatte.

Oder ...

Was war, wenn der Serienmörder derselbe Mann war wie der, der Lainie Adair erstochen hatte? Hatte sein Hass die ganzen Jahre über in ihm geschlummert, ohne dass er zum Ausbruch gekommen war? Hatte ihm der eine Mord jahrelang ausgereicht, bis er schließlich erneut den Drang verspürt hatte, einer Frau Gewalt anzutun ...

Weil sie nicht bereit gewesen war, ihm das zu geben, was er haben wollte? Etwas, das er brauchte?

Während er an Lainie dachte, las er das gerichtspsychiatrische Gutachten über Harry Nore wieder und wieder. Und wurde sich immer sicherer, dass Harry Nore Lainie Adair nicht getötet hatte. Ja, Nore hatte seine Frau mit einem Schlachtermesser umgebracht. Aber es war eine Affekthandlung gewesen, er war gerade in seiner Küche damit beschäftigt gewesen, Fleisch zu schneiden.

Seine Frau hatte ihm mitten im NBA-Finale das Radio abgedreht. Harry Nores Reaktion darauf war ein bisschen drastisch ausgefallen, aber für einen Mann mit einem schweren psychischen Defekt nicht ungewöhnlich. Häusliche Gewalt kam oft aufgrund kleiner Vorfälle zum Ausbruch.

Also gut, dann hatte Harry Nore das Messer, mit dem Lainie Adair getötet worden war, gefunden. Er war zu jener Zeit obdachlos gewesen und hatte auf dem Coconut Grove in Hauseingängen geschlafen. Es war alles andere als unwahrscheinlich, dass er das Messer gefunden hatte.

Kyle, der an Jimmys Schreibtisch saß und die Berichte immer und immer wieder las, rieb sich den Nacken.

„Hey."

Er schaute auf. Es war Jimmy.

„Wollen Sie nicht Schluss machen für heute? Es ist bereits zehn Uhr."

Kyle schaute auf seine Uhr. Dann raffte er eilig seine Unterlagen zusammen. Verdammt. Schon zehn Uhr.

Warum hatte er plötzlich solche Angst um Madison?

Diesmal war der Traum anders.

Sie saß in einem Auto. Sie war es, und sie war es nicht. Sie fuhr.

Er war an ihrer Seite. Er sagte ihr, wohin sie fahren sollte, aber sie wusste es bereits. Sie war schon dort gewesen, vor vielen Jahren, als kleines Mädchen.

Sie fuhren zu einer ganz bestimmten Stelle in den Sümpfen. Früher, bevor die Umweltschützer entdeckt hatten, dass das gesamte Ökosystem der Everglades in Gefahr war, waren die Männer oft zum Jagen in die Sümpfe gegangen. Angeblich, um Alligatoren zu erlegen, aber meistens schossen sie nur auf leere Bierdosen. Sowohl Jordan Adair als auch Roger Montgomery hatten oft ihre Freizeit auf diese Weise verbracht.

„Ich liebe dich, und du liebst mich, und heute Abend wirst du mir zeigen, wie sehr du mich liebst."

Er saß neben ihr, auf dem Beifahrersitz. Sie konnte ihn nicht sehen, aber sie hatte schreckliche Angst. Sie ängstigte sich so sehr, dass sie am liebsten einfach angehalten hätte und in die Sümpfe hineingerannt wäre in der Hoffnung, ihm irgendwie zu entkommen, wenn nicht ...

Irgendjemand auf dem Rücksitz gesessen und geflüstert hätte. „Mommy?"

Wieder und wieder. Mit verängstigter Stimme.

„Du wirst mich lieben ... Miststück. Du wirst mir nicht wehtun, du wirst mir nicht das Herz bei lebendigem Leib aus der Brust reißen, du wirst mir alles zurückzahlen."

„Mommy?"

Sie öffnete den Mund, um etwas zu sagen, dann spürte sie irgendetwas an ihrer Seite. Sie schaute nach unten und schnappte erschrocken nach Luft.

Ein Messer.

Ins Riesenhafte verzerrt, mit einer langen, blitzenden Klinge. Es war silbern und glänzte im Sonnenlicht. Die Lichtstrahlen blendeten sie, als sie versuchte, ihm ins Gesicht zu schauen. Das Messer berührte sie. Es berührte sie nur. Noch durchbohrte es sie nicht. Noch nicht. Aber während sie es anstarrte ...

Tropfte Blut an ihm herunter, und sie wusste, dass es das Blut derer war, die vor ihr an der Reihe gewesen waren ...

Sie wachte schweißgebadet auf.

Und merkte, dass irgendjemand in ihrem Zimmer war. Irgendjemand, der sie beobachtete. Der wartete ...

Sie begann zu schreien.

Es war schon spät, als Kaila sich entschloss, noch einmal in den Supermarkt zu fahren.

Normalerweise kaufte sie nicht um zehn Uhr abends ein, aber sie hatte eben erst festgestellt, dass ihr die Milch ausgegangen war. Dan war spät nach Hause gekommen, sie hatten gerade erst zu Abend gegessen. Sein Angebot, die Milch zu holen, schlug sie aus, denn er sah müde und abgekämpft aus, und sie war ganz froh, wenigstens für ein paar Minuten aus dem Haus zu kommen.

Sie verbrachte mehr Zeit in dem Supermarkt als notwendig, sie genoss die Stille und wanderte die Regalreihen entlang, obwohl sie kaum etwas kaufte. Mit einer braunen Tüte im Arm trat sie schließlich gegen zehn Uhr dreißig aus dem Geschäft.

Sie ging auf ihren Wagen zu, als ihr plötzlich jemand leicht auf die Schulter tippte. Sie wandte sich überrascht um, dann sah sie ihn.

Und erschauerte, bestürzt, verärgert und merkwürdig verängstigt.

„Warte, Kaila, ich helfe dir."

„Nein, danke, es geht schon ... es ist ja nur eine kleine Tüte."

„Was machst du denn noch so spät hier?"

„Ich habe nur schnell Milch geholt."

„Dan hätte dich begleiten sollen. Es ist gefährlich nachts."

„Ach, am Freitagabend gehen doch eine Menge Leute einkaufen. Der Supermarkt hat bis elf auf."

„Es ist trotzdem gefährlich." Er zögerte. „Er liebt dich nicht genug. Er liebt dich nicht so wie ich. Wann begreifst du das endlich? Wann kommst du mit mir?" Er kam sehr nah, seine Stimme klang heiser. „Ich möchte, dass du dieses Höschen anziehst, und dann werde ich dich mit meiner Zunge verwöhnen, während ich es aufesse."

Sie sog scharf die Luft ein. „Wie konntest du mir das antun?" fragte sie verärgert.

„Was denn antun? Ich habe dir doch nur ein Geschenk geschickt, an dem wir beide unseren Spaß haben können."

Sie schüttelte den Kopf. „Ich dachte, es wäre von Dan."

Sein Gesicht wurde hart. „Was? Wie kommst du denn darauf? Du hast dich doch beklagt, dass er es nicht mal schafft, pünktlich nach Hause zu kommen. Warum sollte er dir dann jetzt plötzlich so ein Geschenk machen?"

„Ich ... ich weiß nicht. Hör zu, das mit uns muss aufhören. Ich habe mich geirrt, ich habe uns beiden etwas vorgemacht ... oder ... ach, ich weiß auch nicht, vielleicht war ich ja wirklich ein bisschen in dich verliebt, aber ... aber Dan ist der Vater meiner Kinder, verstehst du das nicht? Wir sind verheiratet, und wir hatten ein paar Probleme, doch wir werden sie lösen. Du hast mir immer sehr geholfen, wenn ich niedergeschlagen war, und das vergesse ich dir nie, aber ..."

„Aber was, Kaila?"

„Bitte, keine Geschenke mehr. Zwischen uns kann nichts sein. Außer dem, was schon immer zwischen uns war."

Er schüttelte den Kopf. „Du irrst dich", sagte er sehr sanft, sehr zärtlich. „Du liebst mich. Irgendwann wird dir das schon noch klar werden. Bis dahin bums von mir aus mit Dan."

„Du verstehst mich nicht", versuchte Kaila zu erklären.

„Doch, ich verstehe sehr gut." Seine Stimme klang noch immer sehr sanft, aber seine Augen blitzten zornig. „Du bist nur ein mieses Stück Dreck, nicht anders als die meisten Frauen. Genau wie deine Mutter."

„Mein Gott, wie kannst du nur ... wie kannst du es wagen ..."

„Entschuldige", sagte er. „Nun gut, du liebst also deinen Ehemann jetzt wieder von ganzem Herzen. Gib her, ich trage dir deine Tüte zum Auto." Er nahm ihr kurzerhand die Tüte aus dem Arm und ging damit zu ihrem Wagen. Sie hatte plötzlich Angst, dass er womöglich die Absicht hätte mit einzusteigen.

Er tat es nicht. Er stellte die Tüte auf den Rücksitz und machte die Tür zu. „Hör zu, Kaila, es tut mir Leid. Ich habe mich eben vergessen. Was ich gesagt habe, war schrecklich. Trotzdem hast du mich an der Nase herumgeführt. Aber egal, ich bin mir jedenfalls sicher, dass du bald wieder Probleme mit Dan bekommen wirst. Und dann wirst du schon wieder angekrochen kommen."

„Nein ... bitte, ich wollte dich nicht verletzen. Ich hatte nur eine schlimme Zeit. Und Dan ist außer sich. Ich habe alles abgestritten, aber er ist entschlossen herauszufinden, von wem dieses Höschen stammt. Bitte ... du musst vorsichtig sein. Wir müssen aufhören, uns ..."

„Zu küssen?"

„Richtig. Wir müssen aufhören, uns zu küssen. Bitte, sei nicht böse auf mich. Du bedeutest mir viel. Bitte sei mir nicht böse."

„Ich bin dir nicht böse." Er lächelte sie an. „Weil du zurückkommen wirst."

Sie schüttelte den Kopf. „Das werde ich nicht."

„Bekomme ich wenigstens noch ein freundschaftliches Küsschen zum Abschied?" fragte er.

„Ja, sicher."

Es war kein keuscher Kuss. Er wollte mehr, und weil sie völlig zermürbt war, wehrte sie sich anfangs nicht. Doch dann fand sie die Kraft, den Kuss zu beenden und sich aus seiner Umarmung zu lösen.

Er wandte den Kopf ab. „Ich liebe dich immer noch."

„Wir werden die besten Freunde werden", murmelte sie.

„Abwarten."

„Sei nicht böse."

„Ich bin nicht böse. Kein bisschen."

Er wandte sich um und ging davon. Sie erschauerte heftig. Sie fragte sich, ob sie Dan erzählen sollte, was sie um ein Haar getan hätte.

Oh Gott, nein, sie konnte es nicht. Zu viele Menschen waren beteiligt; sie könnte durch ihr Geständnis alles kaputtmachen.

Kaila fuhr schnell nach Hause, rief Dan zu, dass sie zurück sei, und räumte ihre wenigen Einkäufe weg. Dan war bereits im Bett und sah fern, als sie ins Schlafzimmer kam. Er klopfte neben sich aufs Bett und lächelte hoffnungsvoll.

„Eine Sekunde – ich will nur noch schnell duschen."

Sie duschte, dann putzte sie sich die Zähne und spülte ihren Mund mit Mundwasser aus, wobei sie sich sagte, dass der Geschmack des anderen Mannes unmöglich noch ihren eigenen überlagern könnte.

14. KAPITEL

„Herrgottnochmal! Das kommt davon, wenn du dir unbedingt verdammte Mordopfer anschauen musst", fluchte Kyle.

Das Licht brannte, und er rannte aufgeregt vor Madisons Bett auf und ab. Er trug schwarze Baumwollboxershorts und sah hart und geschmeidig aus wie ein Panther und ebenso gefährlich. Madison saß – erleichtert, oh Gott, so erleichtert – mit einem Kissen im Rücken im Bett und spürte, wie sich ein beginnender Kopfschmerz hinter ihren Schläfen bemerkbar machte. Kyle war schrecklich wütend auf sie.

Nicht, dass er sie nicht zuerst in den Arm genommen und festgehalten hätte, bis sie wusste, dass er es war, und aufhörte zu zittern.

„Du ... du warst in meinem Zimmer", erinnerte sie ihn. „Du hast mir einen Heidenschreck eingejagt."

„Du wusstest, dass ich zurückkommen würde. Ich habe dich schreien gehört. Ich dachte mir, dass du wieder einen Alptraum hast, und mir war klar, dass ich dich aufwecken musste. Und wenn es kein Alptraum gewesen wäre ... nun, dann wäre ich Gott sei Dank rechtzeitig zur Stelle gewesen, um dir das Leben zu retten."

„Dann tut es mir Leid, aber ehrlich, du hast mir einen Riesenschreck eingejagt."

„Was hast du denn geträumt?"

„Ich ... ich erinnere mich nicht mehr."

„Erzähl mir nichts. Du erinnerst dich doch immer an deine Träume und Visionen, bloß ziehst du es anscheinend vor, mir gegenüber Stillschweigen darüber zu bewahren. An dem Tag, an dem wir den Arm fanden, hattest du auf dem Boot deines Vaters auch eine Vision, aber du hast kein Sterbenswörtchen davon gesagt. Ich habe erst am nächsten Tag, als du es Jimmy erzähltest, davon erfahren."

„Und wenn schon, Jimmy glaubt ja auch nicht, dass ich in sein Leben eindringe."

Er sagte einen Moment nichts, dann holte er tief Atem und schüttelte den Kopf. „Verdammt, Madison, jetzt ist nicht der richtige Zeitpunkt, mir irgendwelche Dummheiten von früher vorzuhalten."

Plötzlich erschauerte sie heftig.

Er blieb stehen, musterte sie mit zusammengekniffenen Augen und kam dann zu ihr ans Bett. Er setzte sich auf die Bettkante und zog sie so eng an sich, dass sie seinen Herzschlag spürte.

„Was ist?" erkundigte er sich heiser.

„Nichts. Es ist alles in Ordnung."

„Wovon handelte der Traum? Von Tammy?"

Sie machte sich von ihm frei, schaute ihn an und schüttelte dann langsam den Kopf. „Nein, es war seltsam. Ich kann mich nicht mehr genau erinnern, aber ... irgendwie haben sich die Vergangenheit und die Gegenwart vermischt. Ich fuhr den Tamiami Trail entlang. Die Person, die am Steuer saß, war ich und doch war ich es auch wieder nicht ... die Stimmung war genauso wie damals, als wir noch Kinder waren und in die Sümpfe gingen, um alles Mögliche zu jagen, nur dass ich jetzt erwachsen war und der Mörder versuchte, mich irgendwohin zu verschleppen, aber ich konnte nicht wegrennen, weil ..."

„Weil?“

„Da war ein Kind im Auto.“

„Carrie Anne?“

„Ich weiß nicht. Ich glaube nicht. Es war wirklich seltsam. Die Person am Steuer war ich und doch jemand anders ...“

„Du siehst doch immer durch die Augen des Opfers ...“

„Ja, aber dieser Traum hier war anders als alle vor ihm.“ Sie atmete tief und lange aus. „Manche Menschen haben eine prophetische Gabe, das hatte ich nie. Ich kann nur sehen, was bereits passiert ist. Dieser Traum war anders. Es war nichts, was bereits passiert war, und ich war es und war es auch nicht. Und das Kind ... es sagte dauernd ‚Mommy‘. Irgendwie unheimlich, findest du nicht?“

„Dann glaubst du also nicht, dass irgendetwas davon wirklich passiert ist?“

Sie schüttelte den Kopf. „Nein, ich meine ... es waren doch in keinen dieser Morde Kinder verwickelt, richtig?“

Er verneinte.

„Dann habe ich vielleicht ... ich weiß nicht, womöglich habe ich ja nur eine Leiche zu viel gesehen.“ Sie zögerte. „Wie kommt es, dass Jassy nie Alpträume hat?“

„Sie hat ein Wissenschaftlergehirn.“

„Ich wünschte, ich hätte auch eins.“ Sie zögerte. „Kyle, ich spüre noch immer, dass ich helfen kann. Ich spüre es mehr und mehr.“

„Und ich bekomme mehr und mehr das Gefühl, dass du in Gefahr schwebst. Abgesehen davon, dass du leidest. Du leidest mit jeder armen Frau, die getötet wurde, mit.“

„Mir geht es gut. Polizisten und Ärzte lernen es, mit Leid und Tod zu leben. Ich kann es auch lernen. Ich *muss* es lernen. Ich muss an diesem Fall dranbleiben. Ich *muss*!“

„Verdammt, Madison, aber nur, wenn du mir versprichst, endlich auf mich zu hören.“

„Auf dich hören? Wer hat dich denn hier zum Boss ernannt?"

„Das FBI."

„Schön, dann bilde dir aber bitte nicht ein, dass du in meinem Leben auch der Boss bist."

„Wenn ich es will, bin ich es."

„Mommy?"

Sie drehten sich beide um. Carrie Anne stand mit dem Daumen im Mund auf der Schwelle zu Madisons Schlafzimmer.

Madison wurde von Schuldgefühlen überschwemmt. Sie hatte sich nichts vorzuwerfen, aber sie fühlte sich dennoch schuldig. Sie hatte versucht, aus ihrer Scheidung das Beste zu machen, aber Carrie Anne tat ihr dennoch Leid. Die Kleine vergötterte ihren Vater, und die Situation jetzt bereitete ihr einfach ... Unbehagen.

„Hallo, Schätzchen, komm rein!" sagte Madison und machte sich von Kyle frei.

Kyle erhob sich von der Bettkante. „Hi, Krümel."

Sie schaute ihn aus großen Augen an.

Er ging vor ihr in die Hocke. „Deine Mommy hatte einen bösen Traum."

„Schläfst du hier?" fragte sie.

„Ich schlafe im Gästezimmer."

„Gar nicht. Du bist doch hier."

„Ich *habe* im Gästezimmer geschlafen. Dann hatte deine Mommy den bösen Traum."

Carrie Anne schaute Madison an, dann nickte sie ernst und richtete ihren Blick erneut auf Kyle. „Sie hat oft böse Träume."

„Vielen Dank, Herzchen", murmelte Madison.

Carrie Anne musterte Kyle noch immer. „Heiratest du Mommy?"

„Carrie Anne", keuchte Madison.

„Das ist okay, Mommy. Er ist ja in Wirklichkeit gar nicht dein

Bruder", sagte Carrie Anne. Und dann zu Kyle gewandt: „Das hat Lindy zu Daddy gesagt. Daddy macht sich bloß Sorgen, weil er denkt, dass du dein eigenes kleines Mädchen haben sollst, und weil er nicht will, dass du denkst, dass du dann mein Daddy bist oder so. Er hat zu Lindy gesagt, dass er dich wirklich gern mag, auch wenn das Einzige, was an ihm falsch ist, das ist, dass er nicht du ist."

Madison war mit einem Satz aus dem Bett und nahm ihre Tochter auf den Arm. „Carrie Anne, du weißt, dass du nicht zuhören sollst, wenn Erwachsene sich unterhalten, und du weißt auch, dass du *nie* etwas wiederholen sollst, was Daddy gesagt hast. Erinnerst du dich, dass ich dir schon früher gesagt habe, dass ich nicht wissen will, worüber sich Daddy und Lindy unterhalten?"

Kyle richtete sich wieder auf und hatte Mühe, sich ein Grinsen zu verkneifen.

„Ich schätze, ich sollte jetzt wieder ins Gästezimmer gehen."

Carrie Anne nickte feierlich. „Du kannst erst hier schlafen, wenn ihr verheiratet seid."

„Das weiß ich", sagte Kyle. „Und weißt du was? Ich mag deinen Daddy auch, und ich habe vor langer Zeit ein kleines Mädchen verloren, deshalb finde ich es schön, ab und zu mit dir zusammen sein zu können. Ich glaube nicht, dass er etwas dagegen hat. Ich werde ihn fragen, wenn wir uns das nächste Mal sehen."

„Keine Chance", murmelte Madison. „Weil ich ihn nämlich vorher erwürge."

„Wen? Daddy?" fragte Carrie Anne besorgt.

„Nein. Ich meine ... weißt du was? Ich gehe jetzt in die Küche und mache uns eine heiße Schokolade. Was hältst du davon?"

„Ich setze schon mal die Milch auf", sagte Kyle. „Ich möchte nämlich auch eine."

Er verließ das Zimmer. Madison setzte Carrie Anne ab. „So, und jetzt zu dir, junge Dame."

Carrie Anne verzog das kleine Gesicht. „Entschuldige, Mommy, hab ich irgendwas falsch gemacht?“

„Oh …“ stöhnte Madison. Sie zog ihre Tochter an ihre Brust. „Sag mal, Schätzchen, was glaubst du, hat Daddy vielleicht vor, Lindy zu heiraten?“

„Kann schon sein.“

„Also, wenn er es wirklich vorhat, dann möchte ich wetten, dass er Lindy schon lange kennt und dass er sich sicher ist, dass sie eine gute Stiefmutter sein wird, bevor er euch beide miteinander bekannt gemacht hat.“

„Ganz bestimmt. Ganz bestimmt passt Daddy auf, dass ich eine Stiefmutter bekomme, die mich auch mag, oder meinst du nicht? Stiefmütter können nämlich wirklich böse sein, weißt du. Wie in ‚Schneewittchen‘. Und in ‚Aschenputtel‘.“

Madison lachte weich auf. „Daddy liebt dich mehr als alles andere auf der Welt. Er würde immer zuerst an dich denken. Und ich auch.“

„Dann ist es okay.“

„Was ist okay?“

„Wenn Daddy Lindy heiratet. Und wenn du Kyle heiratest.“

„Also, weißt du, Schatz, Kyle lebt eigentlich nicht hier. Er wohnt in der Nähe von Washington. Er ist nur hier, um zu arbeiten, und wenn er mit seiner Arbeit fertig ist …“

„He, Leute, die Milch ist heiß. Wo ist der Kakao?“ rief Kyle aus der Küche.

„Ich zeig’s ihm!“ rief Carrie Anne und flitzte aus dem Schlafzimmer in die Küche. Mit einem Seufzer folgte Madison ihr.

Carrie Anne plapperte unentwegt, während sie ihre heiße Schokolade tranken. Sie berichtete Kyle von ihren Freunden im Kindergarten. Dann erzählte sie begeistert von einem Film, den er versäumt hatte.

Und er war gut zu ihr. Er hörte zu. Er gab nicht vor zuzuhören, er hörte wirklich zu. Als er sie nach dem Film ausfragte, interessierten ihn ihre Antworten tatsächlich.

Während sie, ab und zu einen Schluck von ihrer heißen Schokolade nehmend, zuhörte, verspürte Madison wieder Bedauern in sich aufsteigen. Seine Frau und sein Kind hätten leben sollen. Er wäre ein wunderbarer Vater gewesen.

Schließlich unterbrach sie das muntere Geplapper ihrer Tochter. „Carrie Anne, du musst jetzt ins Bett."

„Ja gut, Mommy."

„Willst du bei mir schlafen?"

„Nein."

Sie küsste ihre Mutter. Dann küsste sie Kyle, und Madison brachte sie in ihr Zimmer. Nachdem sie Carrie Anne ins Bett gesteckt hatte, ging sie zurück in die Küche, allerdings nur, um festzustellen, dass Kyle sich bereits in sein Zimmer zurückgezogen hatte. Sie tat dasselbe.

Es wurde eine sehr lange Nacht.

Am Samstagmorgen gleich nach dem Aufwachen beschloss Madison, sich mit dem Frühstück Mühe zu geben.

Der Kaffee wartete bereits fertig in der Küche, und als sie an Kyles Tür klopfte, sah sie, dass er schon vor seinem Computer saß, den er auf dem Tisch am Fenster aufgestellt hatte. „Entschuldige, dass ich dich störe. Danke", sagte sie und hob ihre Kaffeetasse.

Er nickte kurz.

„Ich wollte dich nicht von der Arbeit abhalten."

„Schon gut."

„Ich mache Carrie Anne Frühstück. Willst du auch etwas?"

„Klar."

„Ich schicke Carrie Anne rauf, wenn es fertig ist."

Sie sagte sich, dass sie es nicht nötig hatte, ihn mit ihren hausfraulichen Fähigkeiten zu beeindrucken – oder deren Ermangelung. Sie war nicht unbedingt eine begnadete Köchin, aber was sie zubereitete, schmeckte. Sie entschied sich für French Toast, Erdbeeren mit Schlagsahne, Omelette mit Pfeffer, Pilzen und Zwiebeln, frisch gepressten Orangensaft ... und am Ende brach sie mit allen guten Vorsätzen und briet auch noch Speck. Sie liebte gebratenen Speck, obwohl sie sich dieses Vergnügen nur äußerst selten gönnte.

Carrie Anne half ihr beim Tischdecken. Der Tisch stand in einer gemütlichen Ecke im hinteren Teil der Küche, von wo aus man den abgeschirmten Swimmingpool und den Patio übersehen konnte. Madison hatte nach ihrer Scheidung eine Menge Geld ausgegeben, um dieses Haus zu kaufen, weil sie geglaubt hatte, dass sich mit einem neuen Haus ein neues Leben am besten beginnen ließe. Sie liebte das Haus noch immer, obwohl es ihr manchmal schrecklich groß für sie und Carrie Anne vorkam. Ein junges Paar mit einem Baby hatte es sich bauen lassen, jedoch nie darin gewohnt, weil der Mann kurz vor seiner Fertigstellung nach Toronto versetzt worden war, und sie hatten an alle möglichen wunderbaren Extras gedacht. Die Frühstücksecke war nur eins davon. Sie hatte ein Erkerfenster, von wo aus man eine herrliche Aussicht hatte.

„Whow!“ sagte Kyle, als er mit Carrie Anne hereinkam. Er trug abgeschnittene Jeans, Sandalen und ein schwarzes Tanktop, auf dessen Brust der Name einer berühmten Rockgruppe prangte. Eine Locke seines dunklen Haars fiel ihm in die Stirn, als ob er sich ständig mit den Fingern durchgefahren wäre, während er in seine Arbeit vertieft vor seinem Computer saß. In Gedanken versunken wiederholte er jetzt diese Geste, als er seinen Blick von Carrie Anne zum Frühstückstisch und dann zu Madison hinter dem Tresen wandern ließ. „Carrie Anne, bekommst du jeden Morgen so ein Frühstück?“ erkundigte sich Kyle.

Carrie Anne verneinte mit einem nachdrücklichen Kopfschütteln.

„Ich ess sonst immer Cornflakes, und Mommy isst immer so Körner mit Rosinen drin."

„Na, dann ist das ja heute etwas ganz Besonderes."

„Ich fühle mich im Augenblick ein bisschen rastlos, nehme ich an", murmelte Madison peinlich berührt. Sie schaute ihre Tochter vorwurfsvoll an. „Und an Wochenenden kochen wir immer."

„Wirklich immer?" hakte Kyle bei Carrie Anne nach.

Sie lächelte selig und zuckte unbestimmt die Schultern. Sie waren Verbündete geworden.

„Setzt euch hin und esst und hört auf, mich zu foltern", befahl Madison. Als sie dabei war, Saft einzugießen, begann das Telefon zu läuten.

Carrie Anne flitzte zum Tresen und streckte die Hand nach dem Telefonhörer aus. „Darf ich oder soll sich der Anrufbeantworter einschalten, Mommy?"

„Ah, so siebst du also normalerweise deine Anrufe aus", murmelte Kyle und nahm sich eine Scheibe knusprig gebratenen Speck.

„Du etwa nicht?" erwiderte Madison und gab Carrie Anne ein Zeichen, dass sie abnehmen solle.

„Hallo?" sagte Carrie Anne in die Sprechmuschel. Dann lächelte sie die ganze Zeit, während sie lauschte, schließlich nahm sie den Hörer vom Ohr und schaute Madison an. „Es ist Tante Kaila. Sie will, dass wir zu ihnen kommen. Sie hat gesagt, dass sie weiß, dass Kyle hier ist, und dass er aufhören soll, so viel zu arbeiten, und dass er heute Nachmittag mit uns rüberkommen soll. Wir wollen nämlich schwimmen und grillen und alles. Onkel Dan ist auch da, und er will kochen. Gehen wir, Mom, gehen wir?"

Madison zögerte. „Kyle muss vielleicht arbeiten."

„Wenn sie mich brauchen, können sie mich ja anrufen. Ich hatte gestern einen Zwölf-Stunden-Tag. Ich hätte nichts gegen einen Nachmittag in der Sonne einzuwenden."

„Au ja, Mommy, gehen wir?“ Carrie Anne hopste aufgeregt mit dem Hörer am Ohr auf und ab.

„Na klar. Sag Tante Kaila, dass wir nur noch frühstücken, ein bisschen aufräumen und unser Zeug zusammenpacken. Und frag sie, was wir mitbringen sollen.“

„Was sollen wir denn mitbringen, Tante Kaila?“

Sie lauschte und drehte sich dann wieder zu Madison um. „Sie sagt, nur uns selbst.“

Madison lachte. „Sag ihr, dass wir bald da sind.“

Carrie Anne tat es und legte dann auf. Sie war so aufgeregt, dass sie nicht mehr sitzen bleiben und essen wollte, aber Madison blieb unerbittlich und sagte ihr, dass sie erst gehen würden, wenn sie gefrühstückt hätten.

Kyle erwies sich als ein außerordentlich höflicher Gast und lobte Madisons Frühstück in höchsten Tönen. Nachdem sie fertig waren, bot er ihr an, beim Wegräumen zu helfen.

Madison lehnte dankend ab und sagte: „Macht ihr beide euch besser schon mal fertig. Ich schaffe es schneller allein. Vielleicht kannst du ja deine Badesachen raussuchen, Carrie Anne, und dann pack mit Kyle ein paar Flaschen Mineralwasser, einen Sechserpack Bier und vielleicht Plätzchen oder so ein.“

„Tante Kaila hat aber gesagt, wir sollen nur uns selbst mitbringen“, erinnerte Carrie Anne.

„Carrie Anne ...“, begann Madison.

„Wir wollen doch nicht mit leeren Händen kommen, nicht wahr?“ schaltete sich Kyle ein. „Ich kenne deinen Onkel Dan nicht sehr gut. Schließlich muss ich doch einen guten Eindruck machen, oder was meinst du?“

„Stimmt. Ich zeig dir die richtigen Plätzchen.“

„Für Onkel Dan?“ fragte Kyle.

„Für Justin, Shelley und Baby Anthony“, erwiderte Carrie ernsthaft.

„Wenn wir Onkel Dan beeindrucken wollen, müssen wir ein paar Guinness mitnehmen“, riet Madison.

„Wird gemacht“, sagte Kyle.

Nachdem sie sich verkrümelt hatten, wusch Madison schnell ab und zog ihren Badeanzug an, darüber Shorts und ein T-Shirt. Sie war eben dabei, in ihre Sandaletten zu schlüpfen, als das Telefon erneut klingelte. Sie rannte mit dem zweiten Schuh in der Hand hin in der Erwartung, dass es Kaila wäre, die sie vielleicht bitten wollte, von unterwegs noch Eis oder irgendwas mitzubringen.

„Hallo?“ sagte sie, auf einem Bein balancierend, während sie sich die zweite Sandalette überstreifte.

„Madison.“ Es war Darryl.

„He! Mit dir habe ich noch ein Hühnchen zu rupfen“, warnte sie ihn gutmütig.

„So? Was denn?“

„Sag mir zuerst, warum du anrufst. Was gibt's?“

„Es geht um eine Freundin. Lindy. Ich wollte sie morgen eigentlich mitbringen, aber es ist Rogers Party – eine Familienangelegenheit gewissermaßen –, und da wollte ich mich erst vergewissern, ob es okay ist, wenn ich sie mitbringe.“

Sie lächelte in den Hörer und verspürte eine Aufwallung tiefer Sympathie für Darryl. Sie hätte ihn nie heiraten sollen, und doch war sie froh, dass sie es getan hatte. So hatten sie beide Carrie Anne, und sie hatte einen guten Freund.

„Darryl, wir sind seit fast drei Jahren geschieden! Natürlich kannst du Lindy mitbringen. Ich habe schon von ihr gehört.“

„Tatsächlich?“ Er klang überrascht.

Sie seufzte weich auf. „Das ist das Hühnchen, das ich mit dir zu rupfen habe, Darryl. Leider wart ihr nicht sonderlich diskret. Carrie Anne hat wortwörtlich alles wiederholt, worüber ihr euch unterhalten habt.“

Er schwieg einen Moment. „Oh."

„Kyle mag dich auch", flachste sie.

Darryl stöhnte leise. „Was ist das eigentlich für eine Geschichte mit ihm?" erkundigte er sich. „Ich meine, du hast ja Recht, wir sind seit langem geschieden, aber, na ja, wir achten beide so sorgfältig darauf, dass Carrie Anne nicht ..."

„Mach dir keine Gedanken, Darryl. Und ganz ehrlich ... ich hab keine Ahnung, was das für eine Geschichte mit Kyle ist. Er ist besessen von der Idee, dass ich in Gefahr sein könnte, deshalb wohnt er derzeit hier."

„Das ist alles?"

„Er schläft im Gästezimmer", versicherte Madison.

„Hmmm."

„He, was soll das denn heißen? Darryl, ich würde nie ..."

„Es liegt mir fern, dir irgendetwas zu unterstellen, Madison. Es ist nur einfach so, dass ich nie die Nacht vergessen werde, in der du diesen Traum hattest ... und auch nicht die Beerdigung seiner Frau und wie es dir danach ging. Dich hat immer irgendetwas mit ihm verbunden, Madison. Ich könnte nicht sagen, was es ist, aber es ist da. Und es wird nicht weggehen."

„Aber *er* wird wieder weggehen", entgegnete sie trocken. „Er arbeitet in D.C."

„Na und? Ich schließlich auch. Obwohl es so aussieht, als würde ich nach hier unten versetzt werden. Für immer."

„Oh, Darryl. Ich freue mich so!"

„Wirklich?"

„Natürlich!"

„Wie auch immer, auf jeden Fall wirst du Lindy kennen lernen, und ich hoffe, dass sie dir gefällt. Sie ist wirklich sehr nett. Und rothaarig."

„Das habe ich bereits gehört."

„Ach ja?"

Madison lachte weich. „Ich nehme an, du kennst sie schon länger?"

„Ja. Ich habe sie vor fast einem Jahr kennen gelernt, als ich zu Carrie Annes Geburtstag hier unten war. Wir haben uns seitdem immer gesehen, wenn ich hier war, und ein paarmal war sie auch bei mir."

„Gut. Ich wünsche dir, dass deine nächste Ehe ein voller Erfolg wird."

„Danke. Ich bin dankbar, dass ich von meiner letzten Ehe eine so gute Freundin zurückbehalten habe."

„Und ich einen so guten Freund. Also schön, dann sehen wir uns morgen auf Rogers Party. Ich kann es schon gar nicht mehr erwarten, die Dame deines Herzens kennen zu lernen."

„Das freut mich. He, sag mal, Madison, was meinst du ..."

„Hmmm?"

„Sollte eine Scheidung womöglich doch noch etwas Gutes haben?"

„Ich versuche nicht, die Segnungen meines Lebens zu hinterfragen", sagte sie.

„Bin ich eine Segnung?"

„Darauf kannst du wetten."

„Ich mag dich, wirklich. Und, he ..."

„Ja?"

„Lass es nicht zu, dass sich dein Stolz deinem Glück in den Weg stellt, Madison. Du hast mich geheiratet, weil er dich verletzt hat. Er hat es nicht so gemeint. Pass auf dich auf."

Er legte auf. Madison legte vorsichtig den Hörer zurück. Sie starrte noch immer gedankenverloren darauf, als Kyle und Carrie Anne hereinkamen.

„Irgendetwas Wichtiges?" erkundigte sich Kyle.

„Darryl bringt morgen Lindy zu Dads Party mit. Wir werden sie kennen lernen."

„Sie ist ganz lieb, Mommy. Wirklich", sagte Carrie Anne.

„Da bin ich mir sicher", stimmte Madison zu. „Hol deine Badesachen, Schätzchen."

„Das Bier, das Wasser und die Plätzchen sind schon im Auto", erklärte Kyle, während Carrie Anne davonsauste.

„Ich bin startklar", sagte sie, nahm ihre Kaffeetasse und stellte sie in die Spüle.

„Fühlst du dich wohl dabei?"

„Wobei?" fragte sie und wandte sich zu ihm um.

„Dass Darryl Lindy mitbringt."

„Warum sollte ich mich nicht wohl fühlen?"

Er schüttelte den Kopf. „Ich weiß nicht genau. Ich meine, schließlich wart ihr beide mal verheiratet. Und ich verstehe immer noch nicht, was zwischen euch eigentlich falsch gelaufen ist."

„Es hat eben nicht funktioniert."

„Lag es an mir?"

„Also wirklich, Kyle Montgomery, eingebildet bist du ja überhaupt nicht", protestierte sie. Sie wünschte sich, er stünde nicht so nah. „Lass uns jetzt endlich gehen, okay?"

Er nickte.

„Ein anderer Mann?"

„Ich sagte, lass uns gehen."

„Eine andere Frau?"

Sie schlug ihm mit der flachen Hand gegen die Brust und schob ihn zurück. „Lass uns gehen!"

Carrie Anne plapperte während der Fahrt unentwegt, sodass sich Kyle am Ende, als sie bei Kaila angelangt waren, ein gutes Bild von ihren drei Cousins machen konnte.

Madison lächelte nur.

Eine Stunde später war sie wirklich froh, dass sie zu ihrer Schwester gefahren war. Ein Tag in netter Gesellschaft und in der Sonne erschien ihr das Beste, um zumindest für den Moment die dunklen Schatten zu vergessen, die schon so lange über ihrem Leben hingen. Dan war bester Laune, er machte zum Vergnügen der Kinder aus dem Grillen eine große Show, indem er die Hamburger beim Wenden hoch in die Luft warf. Später half Madison, das übrig gebliebene Essen einzupacken und wegzuräumen, und sie stellte mit Erleichterung fest, dass ihre Schwester glücklich und die Liebe zu ihrem Mann wieder aufgeblüht zu sein schien.

„Die letzte Woche war ein bisschen besser, stimmt's?" fragte Madison später in der Küche.

Kaila lächelte, zuckte die Schultern und schaute auf den Teller, den sie gerade unter fließendem Wasser abspülte. „Sie war großartig. Dan hat sich einen Tag frei genommen. Er hat sich um alles gekümmert und ... wir haben geredet."

„Das ist gut. Ich weiß, dass er dich liebt. Er ist einfach nur überarbeitet, weißt du. Der Anwaltsberuf ist hart und verschlingt eine Menge Zeit. Davon abgesehen, dass es heutzutage für jeden schwer ist, die richtige Balance zwischen Beruf und Familie zu finden."

„Ich fühle mich nur so schuldig, und ich habe so Angst, dass ..."

„Schuldig, warum?" fragte Madison und zog die Stirn in Falten. „Kaila, du hast doch nicht etwa ..."

„Nein, nein, ich habe keine Affäre, falls du das meinst."

„Aber was ist denn dann?"

„Ich ... ich ... ach, nichts", wehrte Kaila schnell ab. „Allein der Gedanke, weißt du. Du sollst dich nicht versündigen in Gedanken, Worten oder Taten, so heißt es doch, stimmt's? Meine Gedanken waren für eine Weile nicht so ganz astrein, das muss ich ganz ehrlich zugeben."

„Kaila! Hattest du wirklich auf jemanden ein Auge geworfen?"

Ihre Schwester schaute sie lange an. Zu lange, fand Madison.

„Kaila?“

„Ich ...“

„He, Schatz!“ rief Dan, in die Küche kommend. Er warf Madison ein Lächeln zu, während er seiner Frau einen Arm um die Taille legte. „Hahnenkämpfchen im Wasser ist angesagt!“

„Hahnenkämpfchen?“ fragte Kaila.

Dan nickte. „Du und ich gegen Madison und Kyle. Die Kinder möchten gern – nein, sie verlangen unterhalten zu werden.“

„Sie sind wie die alten Römer, die aus reiner Vergnügungssucht verlangten, dass man die Christen den Löwen zum Fraß vorwarf. Schickt die Gladiatoren herein, lasst die Löwen aus ihren Käfigen frei“, sagte Kyle, der hinter Dan in die Küche kam. Sie sahen aus wie die dicksten Freunde, in ihren ähnlichen Badehosen im Boxerstil und mit ihren Sonnenbrillen, jeder ein Guinness in der Hand. Dan war hell, Kyle dunkel, aber sie waren beide muskulös und braun gebrannt. Sie hätten für eine Anzeige für Herrenbademoden Modell stehen können.

„Machst du mit, Madison?“ fragte Kaila.

„Ähh ... ja klar.“

„Dann komm, Kaila“, sagte Dan. „Wir sind die Löwen. Wir müssen herrschen. Wir dürfen uns vor den Kindern keine Blöße geben.“

„Passt bloß auf, ich bin verdammt gut beim Hahnenkampf“, riet Kyle Dan und Kaila feierlich.

„Und ich konnte Kaila dabei schon immer ziemlich alt aussehen lassen“, warnte Madison Dan.

„Whow, was für eine Herausforderung!“ kreischte Kaila vergnügt.

Zehn Minuten später konnten sich Madison und Kaila vor Lachen kaum mehr halten, denn egal, wie sehr sie sich auch abmühten, schafften sie es doch nicht, einander von den Schultern ihrer Partner zu zerren und ins Wasser zu werfen. Die Kinder hielten sich die Bäuche vor Lachen.

„Kaila, krall dich um Himmels willen nicht so fest", protestierte Dan. „Du reißt mir noch sämtliche Haare vom Kopf. Sie werden sowieso schon dauernd weniger."

„Madison, lass sie los. Sie bricht mir mit ihrem Knie noch das Nasenbein!" stöhnte Kyle.

„Ich schlage sie! Ich werde sie schlagen!" schrie Kaila und zerrte mit aller Kraft an Madisons Händen.

„Ha!" brüllte Madison, aber dann fielen sie beide gleichzeitig herunter.

Das Wasser spritzte hoch auf, und die Kinder verlangten Revanche. Stattdessen ging Kyle mit ihnen zum hinteren Ende des Pools, wo das Wasser weniger tief war, Carrie Anne mit dem kleinen Anthony auf den Schultern, während Justin sich mit Shelley in den Kampf warf. Kyle half den beiden Parteien, das Gleichgewicht zu halten und bewerkstelligte es, dass Shelley siegreich aus der Schlacht hervorging, weil er sah, dass sie darauf brannte zu gewinnen, während Anthony gern ins Wasser fallen wollte, weil er scharf auf den Platscher war.

Bevor sie sich auf den Heimweg machten, versuchte Madison, ihre Schwester noch einmal ins Gebet zu nehmen, aber es war schwierig, weil Kaila genau dies geschickt zu verhindern wusste. Schließlich gelang es ihr kurz vor der Abfahrt doch noch, Kaila beiseite zu ziehen. „Hör zu, Kaila, wenn es da jemanden gibt, mit dem du dich fast eingelassen hättest, bitte sag es mir. Vielleicht kann ich dir ja helfen."

„Ach, Blödsinn", versuchte Kaila abzuwiegeln. „Es ... es gab niemanden."

„Okay, ich will nicht behaupten, dass du lügst", sagte Madison schnell, weil sie sah, dass Kyle und Dan auf sie zukamen. „Aber wenn du das Bedürfnis hast zu reden oder wenn du Hilfe brauchst, ruf mich an. Oder Jassy. Oder Dad!"

„Oh, ja, Dad! Ganz bestimmt. Er behandelt Jassy, als ob sie immer noch sechzehn wäre."

„Und sie ignoriert es. Von mir aus, dann ruf Dad eben nicht an. Ruf mich oder Jassy an."

„Natürlich, Madison."

„Versprochen?"

„Ja. Klar. Versprochen."

Dann gesellten sich Dan und Kyle zu ihnen. Carrie Anne hatte sich bereits auf dem Rücksitz eingerollt und schlief wie ein Murmeltier. Madison und Kyle wünschten Dan und Kaila eine gute Nacht, und anschließend setzte Madison sich hinters Steuer, weil sie nicht wusste, wie viele Guinness Kyle getrunken hatte.

Doch als sie zum Abschied noch winkten, während sie rückwärts aus der Einfahrt herausstieß, sah sie mit einem Seitenblick auf Kyle, dass er stocknüchtern war.

„Was ist los?" fragte sie lächelnd.

„Nichts."

„Doch, irgendetwas ist."

Er zuckte die Schultern. „Dein Schwager hat mich gebeten, etwas für ihn herauszufinden."

„Herauszufinden? Was denn?"

Er warf ihr einen Blick zu. „Du weißt nichts?"

Sie schüttelte den Kopf.

„Sie hat dir nichts erzählt ... dass sie sich mit irgendjemandem trifft?"

Madison brach der kalte Schweiß aus. „Kaila hat keine Affäre."

„Bist du dir sicher?"

„Ich ... ja", schwindelte sie. „Warum?"

Er wandte den Kopf und schaute auf den Rücksitz, um sich zu

versichern, dass Carrie Anne noch immer tief und fest schlief, dann schaute er Madison wieder an. „Weil irgendjemand ihr ein essbares Höschen geschickt hat."

„Ein *was*?" fragte Madison fassungslos. „Das kann ja wohl nicht wahr sein."

„Doch."

„Aber wie ... wie kann Dan das wissen?"

Er zuckte die Schultern. „Offensichtlich dachte Kaila, dass er es ihr geschickt hat. Und hat es für ihn angezogen."

„Also, dann ..." Madison nahm den Fuß vom Gas, weil eine rote Ampel in Sicht war. „Ich meine, wenn sie es für Dan angezogen hat, hat sie ja offensichtlich keine Affäre. Irgendein Scherzkeks muss es ihr geschickt haben."

„Egal wie, wir werden es herausfinden", erklärte Kyle ungerührt.

Madison runzelte die Stirn. „Kyle, warum willst du etwas tun, das Kailas Ehe gefährden könnte?" fragte sie beunruhigt.

„Mir scheint, du vergisst da etwas."

„Was denn?"

„Deine Schwester ist rothaarig. Wenn irgendein Witzbold ihr dieses Dingsda geschickt hat, will ich zum Teufel nochmal wissen, wer es ist."

„Aber Kyle, es könnte ..."

„Verdammt, Madison, sie kann versuchen, ihre Ehe zu kitten, wenn wir aufgehört haben, uns Sorgen um ihr Leben zu machen", sagte er entschieden.

Madison verfiel für einige Zeit in Schweigen. „Gib mir erst noch die Chance, mit ihr zu reden, okay?"

„Also schön."

„Gut."

„Morgen", sagte Kyle. „Bei der Eröffnung. Sie wird auch da sein."

„Ja.“

„Madison?“

„Ja?“

„Aber wenn sie nichts sagt, werde ich alles tun, was in meiner Macht steht, um herauszufinden, wie sie es angestellt hat, ein derart pikantes Geschenk zu bekommen.“

Madison bog in die Auffahrt zu ihrem Haus ein. Kyle hob Carrie Anne behutsam vom Rücksitz und trug sie zum Haus, während Madison die Tür aufschloss und die Zahlenkombination für die Alarmanlage einstellte.

Kyle brachte Carrie Anne in ihr Zimmer, wo Madison sich weiter um sie kümmerte. Er verließ den Raum, noch bevor sie ihrer Tochter das Nachthemd über den Kopf zog.

Madison ging davon aus, dass er in der Küche oder im Wohnzimmer auf sie wartete, doch er wartete nicht. Sie zögerte, dann ging sie zum Gästezimmer und klopfte.

„Ja?“

Sie öffnete die Tür einen Spalt. Er saß am Computer. „Entschuldige. Ich wollte dir nur gute Nacht sagen.“

„Gute Nacht, Madison.“

Sie nickte und schloss die Tür.

So viel zu seiner Obsession.

Sie ging ins Bett in der Gewissheit, dass sie entweder wach liegen oder, schlimmer noch, dass sie einschlafen – und träumen – würde.

Letzteres war der Fall. In ihrem Traum saß sie am Steuer. Diesmal wusste sie genau, dass sie es selbst war und nicht irgendeine andere Frau. Sie fuhr schnell, fast rücksichtslos.

Sie fuhr den Tamiami Trail weit im Westen hinunter. Hier draußen gab es nur unbefestigte, staubige Wege. Manche führten in ein Sumpfgebiet hinein und über Kanäle und endeten im Nirgendwo.

Andere führten zu den ohne behördliche Genehmigung errichteten Jagdhütten, die tief im Dickicht verborgen lagen.

Sie hatte Panik, versuchte, irgendwohin zu gelangen. Irgendwohin. In ein anderes Leben, dachte sie.

Oder weg aus einer Zeit, in der sie sehr jung gewesen war.

Sie hätte es nicht tun sollen, aber sie konnte nicht mehr zurück.

Sie musste ... *irgendwohin* gelangen. Unbedingt. Es war wie damals, als sie aus ihrem Schlafzimmer gekommen war. Als sie gewusst hatte, dass sie zu ihrer Mutter musste. Sie musste sich bewegen, schnell, denn wenn sie es nicht tat ...

Oh, Gott, wenn sie es nicht tat ...

Würde noch jemand sterben. Jemand, den sie liebte. Oh Gott, sie musste das Gaspedal durchdrücken, durchdrücken, fahren, so schnell es nur ging ...

„Madison, ssschchch, Madison, es ist gut ...“

Kyle war da. Er war zu ihr ins Bett gekommen und hielt sie im Arm. Behutsam strich er ihr das Haar aus der Stirn. „Ich bin da. Alles ist gut.“

Sie erschauerte heftig. Er hielt sie eng an sich gedrückt.

„Was war es denn diesmal?“

„Ich fuhr wieder den Tamiami Trail hinunter. Ich musste ganz schnell irgendwohin gelangen, und ich war verzweifelt, weil ich wusste, dass etwas Schreckliches passieren würde, wenn ich es nicht schaffte. Ich versuchte, eine der Hütten zu erreichen. Erinnerst du dich an die Hütten in den Everglades, Kyle? Als wir noch Kinder waren, waren Roger und mein Dad oft dort, angeblich um zu jagen, aber es endete meistens damit, dass sie nur tranken und auf leere Bierdosen schossen. Dein Dad hat dich bestimmt auch oft mit rausgenommen.“

„Ja, das hat er. Sie haben sich dort immer voll getankt, und es ist wirklich ein Wunder, dass die einzigen Dinge, die sie getroffen haben, leere Bierdosen waren."

Sie lächelte, dann stöhnte sie und vergrub ihr Gesicht in ihren Händen. „Werde ich nie aufhören zu träumen?"

„Madison", sagte er und hob sich sanft ihr Gesicht entgegen, sodass er ihr in die Augen sehen konnte. „Wahrscheinlich gibt es diese Hütten gar nicht mehr. Wir leben heute in einer anderen Zeit. Die Umweltschützer hassen Typen, die auf leere Bierdosen schießen."

Sie lächelte ein bisschen schief, und er streichelte ihr zärtlich über die Wange. Er war so nah, aber er zog sie noch enger an sich. Ihr war eiskalt gewesen vor Angst, aber jetzt wurde ihr plötzlich ganz warm. Er trug nur einen Bademantel. Was für eine Versuchung. Ihre Finger schlüpften unter den Frotteestoff und glitten über seine Brust. Tiefer. Ihre Finger streiften, dann schlossen sie sich um seine Erektion, wobei sie heftig erschauerte. Sie streichelte ihn unter dem Bademantel, ihre Lippen näherten sich seinem Mund. Aber er zog sich unerwartet zurück und flüsterte: „Die Tür."

Carrie Anne stand auf der Schwelle und rieb sich verschlafen die Augen.

„Mommy, du hast wieder geschrien."

Madison ließ augenblicklich von Kyle ab. Er machte seinen Bademantelgürtel zu, stand auf und ging auf Carrie Anne zu. Er verstrubbelte ihr zärtlich das Haar. „Gut, dass du hier bist. Geh und kuschel dich neben deiner Mommy ins Bett, willst du?"

„Du kannst da bleiben", bot Carrie Anne höflich an.

Er warf Madison einen kurzen Blick zu.

„Ich glaube, ich gehe lieber unter die Dusche", sagte er freundlich. „Ihr Mädels braucht noch ein bisschen Schlaf. Morgen ist ein großer Tag. Mein Dad eröffnet seine Galerie."

Geplagt von Schuldgefühlen nahm Madison ihre Tochter in die Arme.

Und versuchte wieder einzuschlafen.

15. KAPITEL

„Es funktioniert einfach nicht", sagte Madison am nächsten Morgen beim Kaffee zu Kyle.

„Was?"

Sie wurde rot. „Du kannst nichts dafür. Es ... es funktioniert nur einfach nicht."

„Was heißt, es funktioniert nicht? Es geht hier nicht um irgendwelche delikaten Gefühle – weder um deine noch um meine, nicht einmal um die von Carrie Anne. Du bist in Gefahr."

„Das wissen wir doch gar nicht."

„Es ist aber verdammt gut möglich."

„Menschenskind, Kyle ..."

„Du kannst nicht allein bleiben."

„Ich könnte für eine Weile zu Jassy ziehen. Sie kann schießen wie ein Profi."

„Sie ist nie zu Hause."

„Dann eben zu meinem Vater."

„Vielleicht keine sonderlich gute Idee."

Madison schnappte nach Luft. „Wenn du jetzt schon anfängst, meinen Vater zu verdächtigen ..."

„Ich weiß, dass dein Vater und deine Mutter kurz vor ihrer Ermordung einen Riesenkrach hatten. Du hast nichts davon mitbekommen, weil du in der Schule warst. Ich war zufälligerweise aus irgendeinem Grund zu Hause. Sie hatte Jordan zu sich zitiert und winselte ihm die Ohren voll über irgendetwas, das mein Vater angeblich getan hatte, und versuchte wie so oft, Jordan und meinen Vater gegeneinander auszuspielen. Zu Jordans Ehre muss gesagt werden, dass er sich nicht hat benutzen lassen."

„Richtig! Deshalb ist er später zurückgekommen und hat sie umgebracht. Genau das denkst du doch, gib's ruhig zu. Und was ist mit deinem Vater? Er und meine Mutter haben sich ständig gestritten, das weiß ich aus erster Hand, weil ich es nämlich jede gottverdammte Nacht mit anhören musste."

„Schön, mein Vater gehört auch zum Kreis der Verdächtigen."

Sie warf hilflos ihre Hände in die Luft. „Himmel, wir können so nicht weitermachen. Es funktioniert einfach nicht. Was ist mit Kaila? Ich kann doch zu ihr ziehen."

„Glaubst du wirklich, dass Kaila derzeit irgendjemand in ihrem Haus gebrauchen kann?"

„Dann eben Darryl. Immerhin bin ich die Mutter seines Kindes."

„Na toll. Dann kann dich Darryl ja mitten in der Nacht aus deinen Alpträumen reißen und trösten."

„Was Carrie Anne anbelangt, würde es sich auf jeden Fall besser machen", murmelte Madison.

Er stand verärgert auf und ging zur Spüle. „Können wir das nicht später klären? Wenn du unbedingt willst, kann ich auch draußen in diesem verdammten Auto schlafen oder sonstwo, aber im Augenblick muss ich in die Galerie. Diese Eröffnung ist meinem Vater nämlich wichtig. Und du kommst mit."

Sie hob eine Augenbraue und verspürte Wut in sich aufsteigen. „Ich *komme* mit dir mit, aber *nicht*, weil du es sagst. Ich komme mit, weil Roger immer gut zu mir war, und was ihm wichtig ist, ist mir auch wichtig."

Sie wirbelte herum und überließ ihn in der Küche seinem Schicksal, um nach oben zu gehen und sich anzuziehen. Die Eröffnungsparty sollte von zwei Uhr mittags bis zehn Uhr abends gehen; sie trafen gegen zwölf ein. Madisons Job war es, die einheimischen Künstler – die Stars des Ereignisses – bei Laune zu halten. Für manche von ihnen bedeutete das zwei Tonnen Koffein. Für andere hingegen, so früh wie möglich zu Champagner überzugehen.

Roger war entzückt, dass sie mit Kyle so frühzeitig gekommen war. Nachdem er der Menge, die ihn umringte, glücklich entronnen war, nahm er ihre Hände, dann trat er einen Schritt zurück und schaute sie forschend an. „Du siehst wunderbar aus! Sie vergleichen dich immer mit deiner Mutter. Das ist Unsinn. Du bist zehnmal schöner." Er küsste sie auf die Wange. „Danke für dein Kommen und deine Hilfe. Dein Dad ist dort drüben." Er taxierte sie erneut. „Du bist pures Dynamit."

Das hoffte sie. Sie hatte sich dramatisch angezogen, sie trug ein kurzes schwarzes Cocktailkleid aus Seide, das vorn und hinten ausgeschnitten war und lebhaft mit ihrem leuchtend roten Haar kontrastierte. „Danke", sagte sie.

„Und du siehst auch gar nicht mal so übel aus, Sohn", scherzte Roger mit Blick auf Kyle. Was eine starke Untertreibung war. Kyle sah blendend aus in seinem schwarzen Hemd, dem lässigen Nadelstreifensakko und der hellen Hose.

„Ah, Dad!" murmelte er.

„Genug. An die Arbeit!" forderte Roger sie alle auf.

Gegen fünf war Madison fix und fertig. Während der letzten Stunde hatte sie Kindermädchen gespielt. Die Galerie konnte sich einer Kinderecke rühmen, mit kleinen Tischen und Stühlen, Eimern voller Bausteine, Wachsmalkreiden, Buntstiften und vielen Sachen mehr, die ein Kinderherz begehrte. Die Kinder konnten ihre künstlerische Ader ausleben, während ihre Eltern ein einheimisches Talent „mit einem warmen Geldregen" überschütteten, wie Roger sich ausdrückte, indem sie eins seiner Bilder kauften.

Madison saß erschöpft auf einem Kinderstuhl, neben sich Carrie Anne, Kailas Sprösslinge sowie ein fünfjähriges Zwillingspärchen, die alle damit beschäftigt waren, Strichmännchen auf ihre Zeichenblöcke zu kritzeln. Jimmy Gates stand in ihrer Nähe und hörte geduldig zu, wie eine der Künstlerin den „Surrealismus“ in ihren Arbeiten erklärte. Dan und Kaila standen vor einer hübschen Meerlandschaft und überlegten, ob sie sie kaufen sollten. Madison runzelte leicht die Stirn. Sie fing wieder an, sich Sorgen um Kaila zu machen. Ihre Schwester wirkte nervös. Sie schaute sich dauernd über die Schulter, als erwarte sie ... ja, was eigentlich?

„Vorsicht!“ hörte sie plötzlich jemanden schreien. „Passt auf!“

Sie drehte sich um und sah, dass Rafe, Trent und Kyle vorsichtig einen Springbrunnen aus Metall, der griechische Göttinnen in einem Garten darstellte, hochhievten. Künstler und Käufer gaben zusammen mit Roger besorgt ihre Anweisungen.

„He, Jassy!“

„Was ist?“

„Übernimm mal die Kinder, ja?“

„Klar.“

Madison stand auf und schlenderte in den vorderen Teil der Galerie, um den Fortgang der Dinge zu beobachten. „He! Passt auf Athena auf!“ warnte sie.

„Danke!“ sagte Trent und verzog das Gesicht.

„Schon gesehen“, versicherte Rafe ihr.

Kyle hob eine Braue und schaute sie an.

Sie lächelte, folgte ihnen zur Tür, dann lehnte sie sich gegen den Türstock, während sie zuschaute, wie die drei Männer sich abmühten, das Kunstwerk auf die Ladefläche des Trucks seines neuen Besitzers zu hieven.

Sie schloss für einen Moment die Augen. Es war Spätfrühling, aber die letzten paar Tage waren heiß wie die Hölle gewesen, und die leichte Brise, die zur Tür hereinwehte, war herrlich. Madison öffnete die Augen und schaute sich draußen um. Die Galerie lag nur ein kleines Stück entfernt von Cocowalk und Mayfair, zwei einander sehr ähnlichen Einkaufsstraßen. Es gab eine Menge ausgefallene Geschäfte in der Gegend, in der man die ungewöhnlichsten Sachen kaufen konnte. Das Viertel um den Coconut Grove herum war bei Touristen und Einheimischen gleichermaßen beliebt. Rogers Galerie würde bestimmt gut laufen.

„Du!"

Sie schenkte der Stimme anfangs keine Aufmerksamkeit, so beschäftigt war sie, die kühle Brise zu genießen. Und auf dem Coconut Grove gab es immerhin eine Menge Verrückte, die meisten von ihnen waren harmlos.

„Du!"

Jetzt drehte sie sich um und starrte – sprachlos und ungläubig.

Das war Harry Nore. Mit blutunterlaufenen Augen, die wilde graue Mähne total verfilzt, das Gesicht von einem zotteligen Bart zur Hälfte verdeckt. Er sah so irre aus wie vor all diesen Jahren, als er sich nach seiner Festnahme vor laufenden Fernsehkameras mit dem Mord an Lainie gebrüstet hatte. Trotz der Hitze trug er einen mit Schmutzflecken übersäten, zerknitterten beigen Trenchcoat. Und er zeigte auf sie – mit dem scharfen Ende einer Rasierklinge.

„Du! Teufelin, Miststück, Satansbrut, Verführerin der Unschuldigen! Du bist aus der finstersten Hölle zurückgekommen. Von den Toten auferstanden wie der Satan höchstpersönlich, aber der Satan nimmt dich wieder mit zurück in die Hölle, und dort wirst du dann im Höllenfeuer schmoren. Du wirst bei lebendigem Leib verbrennen! Verbrennen!"

Das letzte Wort war ein kaum verständliches Kreischen, und dann stürzte er sich auf Madison. Sie sprang zurück und prallte gegen den Türstock. Er machte erneut einen Satz auf sie zu, der sie zwang, weiter seitlich auszuweichen. Sie hörte ein Krachen. Sie war gegen das große Schaufenster der Galerie geprallt, und jetzt verlor sie das Gleichgewicht und taumelte. Sie durfte nicht fallen, sie durfte sich nicht noch verletzlicher machen, als sie ohnehin war, aber sie schaffte es trotzdem nicht, ihre Balance zu halten. Sie musste sich wehren, musste zumindest von ihm wegkriechen, so schnell sie konnte.

Doch in dem Moment, in dem sie den Blick hob und in Nores gespenstisch verzerrtes Gesicht schaute und ihn so nah vor sich sah, dass sie jeden einzelnen verfaulten Zahn zählen konnte, hörte sie erneut ein Krachen.

Kyle hatte ihn zu Boden geschlagen.

Dann brach die Hölle los. Trent stürzte sich auf Nore und hielt ihn nieder, während die Leute aus der Galerie herausgerannt kamen.

Plötzlich war Rafe an Madisons Seite. „Ist alles okay mit dir?"

Sie nickte, ihr Mund und ihre Kehle waren staubtrocken. Jassy war ebenfalls da und kniete sich neben sie hin.

Madison griff nach der Hand ihrer Schwester. „Geh zu Dan. Sag ihm, dass er mit Kaila und den Kindern hinten bleiben soll. Bitte, ich will nicht, dass Carrie Anne irgendetwas sieht, sie bekommt sonst Angst, bitte ..."

„Bleib bei ihr", sagte Rafe zu Jassy. „Ich will nur rasch Dan und Kaila bitten, dass sie heute Nacht Carrie Anne mit zu sich nach Hause nehmen. Die Polizei muss jeden Moment eintreffen. Du wirst mit ihnen reden müssen, Madison."

„Sie ist schon da", sagte eine Stimme. Jimmy. Auch er kniete sich jetzt neben Madison auf den Boden. „Alles okay, Mädchen?"

Sie nickte.

„Du hast dich beim Fallen verletzt. Dein Handgelenk ist geschwollen."

„Ich bin okay."

„Du musst geröntgt werden."

„Die Polizei ..."

„Wir können uns im Krankenhaus unterhalten", sagte Jimmy.

Plötzlich heulten überall Sirenen. Das Nächste, was Madison mitbekam, war, dass sich ihr Vater über sie beugte. Sie hatte ihn seit dem Tod ihrer Mutter noch nie so weiß im Gesicht, so angespannt gesehen.

Und noch nie so alt.

„Der Krankenwagen ist hier."

„Dad, es ist doch nur mein Handgelenk. Ich kann laufen, ich brauche keinen Krankenwagen."

„Richtig. Aber nachdem er schon mal hier ist, kannst du auch einsteigen."

Nach einer Stunde waren ihr Handgelenk und ihre Hand geröntgt. Sie hatte sich glücklicherweise nichts gebrochen; das Gelenk war nur verstaucht, und mit einer elastischen Binde für ein paar Tage würde der Schaden behoben sein.

Zu allem Überfluss hatte sie jetzt auch Darryls neue Freundin nicht kennen gelernt. Und sie hatte Rogers Eröffnungsparty ruiniert.

Nachdem die Krankenschwester ihr den Verband angelegt hatte, kehrte sie ins Wartezimmer zurück. Dort warteten ihr Vater, Roger, Jimmy, Jassy und Kyle zusammen mit einem jungen Polizeibeamten auf sie. Sie berichtete ihm kurz, was geschehen war, und versicherte ihm, dass sie seit dem Tod ihrer Mutter von Harry Nore nichts gesehen oder gehört hatte. Er hatte nicht viele Fragen an sie; es gab einige Zeugen, die den Überfall mit angesehen hatten.

„Draußen wartet eine ganze Horde Reporter", warnte Jassy unglücklich.

„Ich fahre den Cherokee um das Gebäude herum, dann kann Madison durch den Hinterausgang rauskommen", sagte Kyle.

„Gute Idee“, stimmte Jordan Adair zu. Er küsste Madison auf die Wange. „Und anschließend bleibst du am besten bei ihr.“

„Das habe ich vor“, sagte Kyle beim Verlassen des Wartezimmers.

Madison konnte durch die Glastür sehen, dass draußen eine Gruppe von Reportern wartete. Hieß das jetzt, dass es vorbei war? Hatte Harry Nore alle diese Frauen getötet, und war er tatsächlich der Mörder ihrer Mutter?

„Komm, lass uns von hier verschwinden“, sagte Jassy.

Sie schob Madison durch einen langen Flur zu einem Hinterausgang, wo Kyle bereits mit laufendem Motor, die Beifahrertür des Cherokees weit offen, wartete. Madison stieg schnell ein.

Während der Fahrt hüllte er sich in Schweigen. Sie sah, dass sein Gesicht aschfahl war, und sein Jackett war von dem Gerangel mit Harry Nore zerrissen und schmutzig.

„Ich bin wirklich okay“, versicherte sie ihm. „Und Carrie Anne ...“

„Carrie Anne hat nicht die leiseste Ahnung von dem, was vorgefallen ist. Sie ist mit ihrer Tante und ihrem Onkel und ihren Cousins zusammen, und sie ist ganz selig, weil Dan versprochen hat, im Wohnzimmer ein Zelt aufzuschlagen, sodass die Kinder heute Nacht Camping spielen können.“

Madison sagte nichts darauf und schaute auf ihre Hände. „Und was hast du jetzt vor?“ fragte sie schließlich.

„Wir verschwinden für vierundzwanzig Stunden.“

„Verschwinden? Aber wohin denn?“

„Das wirst du schon sehen. Vertrau mir.“

„Ich vertraue niemandem mehr.“

„Dann betrachte dies als eine Entführung und bemüh dich, es zu genießen.“

„Wohin fahren wir denn im Augenblick?“

„Zum Flughafen.“

„Zum Flughafen? Aber ich kann doch nicht einfach ..."

„Doch, du kannst."

„Das *ist* eine Entführung", sagte sie verärgert.

Er zuckte die Schultern.

„Ich könnte anfangen zu schreien und auf dem Flughafen einen Riesenzirkus veranstalten, und dann hättest du eine ganze Menge zu erklären."

„Würdest du jetzt bitte aufhören? Wir machen das, was du schon immer mal machen wolltest."

„Was denn?"

„Mit Delphinen schwimmen."

„*Was*?"

„Du hast mir erzählt, dass du schon immer mal mit Delphinen schwimmen wolltest."

„Ja, aber wir können doch einfach auf die Keys fahren ..."

„Das ist für heute Abend nicht weit genug weg", gab er grimmig zurück. „Wir müssen weiter weg. Wir fliegen auf die Antillen. Ein Freund von mir hat auf einer kleinen Insel ein Hotel. Wir fliegen erst bis nach Martinique und von dort mit einem Privathubschrauber weiter. In zwei Stunden sind wir dort."

Er war verrückt geworden. Sie hatten überhaupt nichts bei sich, und er konnte doch nicht nach dem, was vorgefallen war, allen Ernstes planen, einfach auf irgendeine Insel zu fliegen.

Aber er ließ nicht mit sich reden.

Also folgte sie ihm widerstrebend durch den Flughafen-Terminal zu einem Laden, wo sie sich mit T-Shirts, Shorts, Badesachen und billigen Sandalen eindeckten.

„Du bist es doch, der mir ständig erzählt, dass ich nicht einfach wegfahren kann, ohne jemanden zu benachrichtigen", erinnerte sie ihn, während sie in der Warteschlange vor der Kasse standen.

„Ich habe deinem Vater und Jimmy erzählt, was wir vorhaben."

„Du hast was? Du hast meinem Vater erzählt, dass wir über Nacht auf die Antillen fliegen?“

„Ja.“

„Wie kommst du denn dazu?“

„Warum nicht?“

„Aber ... aber er weiß doch überhaupt nichts von uns.“

„Ich denke, er weiß es. Doch wie auch immer, es spielt keine Rolle. Er will, dass du am Leben bleibst, Madison. Dort ist die Damentoilette. Zieh dich um. Und beeil dich. Unser Flug ist bereits aufgerufen.“

Als sie herauskam, sah sie, dass er sich ebenfalls umgezogen hatte. Beim Anblick des großgeblümten bunten Touristenhemds musste sie sich ein Grinsen verkneifen.

Er sah es. „Sag ja nichts“, warnte er.

Sie sagte kein Wort.

„Los, gehen wir.“

Sie rannte hinter ihm her zum Flugsteig, der so weit draußen war, dass sie schon befürchtete, sie würden den ganzen Weg bis nach Martinique zu Fuß zurücklegen müssen, und am Ende fand sie sich in einer winzigen Maschine mit Blick auf den Hinterkopf des Piloten wieder.

Kyle blätterte in einer Illustrierten.

„Ich fasse es nicht, dass du mir das antust“, protestierte sie.

„Ich tue dir nichts an. Wir verreisen für einen Tag zusammen, das ist alles.“

„Aber ich hatte überhaupt nicht die Absicht zu verreisen ...“

„Du hast vergessen, am Flughafen Zeter und Mordio zu schreien.“

„Ach, verdammt, Kyle.“

„He!“ fuhr er auf. „Lass uns versuchen, mal eine Nacht ohne Angst und ohne Alpträume zu haben, okay? Harry Nore ist wieder eingesperrt.“

„Du glaubst doch nicht, dass Harry Nore irgendetwas mit den Morden zu tun hat.“

„Dieser Angriff auf dich macht es immerhin etwas wahrscheinlicher, was meinst du? Doch wie auch immer, auf jeden Fall sitzt er wieder hinter Schloss und Riegel, und du bist in Sicherheit – er hätte dich töten können.“

Sie verfiel in Schweigen, wobei ihr nur allzu bewusst war, dass sie jetzt wirklich tot sein könnte. Sie konnte Harrys Augen nicht vergessen, als er sie angeschrien hatte, ebenso wie sie das Aufblitzen der Rasierklinge in seiner Hand noch immer vor sich sah.

„Wir dürfen nicht zu lange wegbleiben. Carrie Anne ...“

„Wir können gar nicht zu lange wegbleiben, sonst werde ich nämlich gefeuert. Aber ... vielleicht will ich ja gefeuert werden“, sinnierte er.

„Was soll das denn heißen? Du liebst deine Arbeit doch.“

„Lange Zeit habe ich sie tatsächlich geliebt, aber jetzt bin ich müde, ausgebrannt. Ich habe schon mal daran gedacht, eine Tauchstation zu eröffnen. Und nebenbei vielleicht ein paar Privatermittlungen durchzuführen.“

„Was? Nachdem du jahrelang an unglaublich wichtigen Fällen gearbeitet hast, willst du jetzt untreuen Ehemännern hinterherschnüffeln?“

„Na ja, das vielleicht nicht gerade. Ich habe eher an eine kleine Ermittlungsfirma gedacht. ‚Tauchen und Erkunden‘ oder so ähnlich – wer weiß. Ich bin mit meinen Überlegungen erst am Anfang, und im Moment steht mir nicht der Sinn danach, überhaupt irgendetwas zu entscheiden. Bis auf das, was ich in Kürze trinken werde. Hast du schon mal einen *Rum Swizzler* getrunken?“

„Nein.“

„Dann musst du ihn nachher unbedingt probieren.“

Ja, das würde sie tun.

Die Maschine brachte sie nach Martinique, und von dort aus flogen sie mit einem Hubschrauber auf die kleine Insel davor. Hier lernte sie Kyles Freund Gene Grant, den Besitzer des Hotels, kennen, einen ergrauten Mann, der aussah wie Hemingway. „Ex-CIA", flüsterte Kyle Madison zu.

Sie wusste nicht, ob er es ernst meinte. Als Erstes zeigte Gene ihnen die Delphine. „Denkt immer daran, dass sie über Mordskräfte verfügen. Wenn die männlichen Tiere im Becken sind, lasse ich keine Gäste rein, weil sie aggressiv werden können, und so sanft Flipper auch aussehen mag, wenn ein Delphin einen Menschen etwas härter anstupst, kann er ihm sämtliche Rippen brechen. Delphine sind herrliche Tiere, sie sind intelligent und verspielt. Sie lieben es, gestreichelt zu werden, aber man darf sie nie anstoßen. So, ich denke, das reicht fürs Erste, die Trainerin wird euch morgen mehr darüber erzählen."

Er machte eine kleine Pause und sah sie forschend an. „Wie ich gehört habe, habt ihr einen aufregenden Tag hinter euch. Habt ihr schon gegessen?"

„Seit Stunden keinen Bissen", sagte Kyle.

„Draußen auf der Veranda ist ein Buffet aufgebaut. Es gibt auch Musik, man kann tanzen. Und während ihr esst, lasse ich euer Zimmer herrichten."

Kyle dankte ihm und ging mit Madison nach draußen. Die Hotelanlage war traumhaft schön, ein weitläufiges weißes Gebäude aus Holz mit einer riesigen Veranda, auf der weiße Korbstühle und Tische standen, und überall hingen bunte Lampions. Eine Band entlockte ihren Instrumenten weiche Inselklänge, und Kellnerinnen in Sarongs bewegten sich geschmeidig zwischen den Tischen hin und her. An einer langen Tafel an der Seite war ein Buffet aufgebaut.

Kyle winkte eine der Kellnerinnen an ihren Tisch und bestellte zwei *Rum Swizzlers.* Er sprach Französisch, wobei Madison erst jetzt zu Bewusstsein kam, dass Französisch die offizielle Landessprache war. Dann führte er Madison ans Buffet. Plötzlich wurde ihr klar, dass sie am Verhungern war. Die Atmosphäre war so angenehm fremd und der Alltag so weit weg. Sie lud sich ihren Teller mit gegrillten Rippchen, Ananaskasserolle, irgendeiner Mischung, die sich Gartenfreuden nannte, und Maisbrot voll. Als sie an ihren Tisch zurückkehrten, waren ihre Cocktails bereits da, ein erdbeerfarbener Zaubertrank in hohen, mit einer feinen Eisschicht überzogenen Gläsern, gekrönt mit Orangenscheiben und Maraschinokirschen.

„Mmmh, das sieht ja vielleicht lecker aus", sagte Madison.

„Ist es auch", versicherte er ihr.

Und es war wirklich lecker. Süß, ohne zu süß zu sein, und fruchtig. Und den Rum, der darin war, konnte sie nicht einmal rausschmecken.

Nachdem sie ihre Gläser ausgetrunken hatten, bestellte Kyle für beide das Gleiche noch mal.

„Ist Gene wirklich ein Ex-CIA-Mann?"

„Ja. Er hat fünfundzwanzig Jahre für die Regierung gearbeitet, dann hat er beschlossen, dass es genug ist. Er liebt das Wasser, deshalb hat er dieses Hotel hier eröffnet. Jetzt lässt er sich die tropische Brise um die Nase wehen und versucht, den Rest seines Lebens zu genießen."

„Versucht?"

„Für jeden, der mal in unserem Geschäft gearbeitet hat, gibt es ein paar Dinge, die er nie vergessen kann."

Sie nickte.

Er streckte seine Hand aus und legte sie über ihre. „Aber man lernt, damit zu leben. Ebenso wie man lernt, dass das Leben ein kostbares Gut ist und wert, es bis zum letzten Atemzug zu verteidigen."

„Ich weiß.“

Er lehnte sich zurück und nahm einen Schluck von seinem Drink. „Nach Fallons Tod wusste ich das lange Zeit nicht.“

„Es war hart für dich“, sagte Madison leise.

„Man kann nicht vergessen. Man kann nur weitermachen.“

Sie nickte und trank ihr zweites Glas leer. Wie von Zauberhand serviert, stand einen Moment später das dritte vor ihr.

„Du weißt, dass ich keinen Alkohol vertrage“, erinnerte sie ihn.

„Ja.“

„Womöglich kippe ich noch um.“

„Ich würde die günstige Gelegenheit beim Schopf ergreifen.“

„Du weißt, dass du mich nicht betrunken machen musst, um mit mir zu schlafen.“

Er lächelte. „Ja, auch das weiß ich.“

Sie betastete ihre Wangen. Die Cocktails waren wirklich trügerisch. Sie konnte ihr Gesicht gar nicht mehr fühlen.

„Trink aus, dann machen wir einen kleinen Spaziergang. Den Weg ein Stück weiter runter ist eine wirklich hübsche kleine Kirche, die Piraten vor rund dreihundert Jahren erbaut haben.“

„Ich bin mir nicht sicher, ob ich laufen kann.“

„Falls nicht, helfe ich dir.“

Ihre Welt fing an, sich zu drehen. Aber es war ein herrliches Gefühl. Die Lampions schienen alles in Flammen zu setzen. Die Natur um sie herum fing an zu leuchten. Die leichte Brise fühlte sich an wie Balsam auf ihrer Haut. Es erschien ihr unmöglich, dass sie heute Nachmittag fast getötet worden wäre. Es war so weit weg.

Sie merkte, dass sie total beschwipst war. Und es war gut, beschwipst zu sein. Sie hatte keine einzige Sorge auf der Welt. Heute Nacht würde sie ohne Alpträume schlafen.

Ich bin gar nicht beschwipst, erkannte sie einen Augenblick später, ich bin total berauscht.

Sternhagelblau.

Sie gab sich alle Mühe, es sich nicht anmerken zu lassen. „Wie wunderschön es hier ist", sagte sie zu Kyle, während sie den Weg hinuntergingen. Sie kam sich vor wie in Watte gehüllt.

„Freut mich, dass es dir gefällt. Hier ist die Kirche."

In der Kirche waren außer ihnen noch andere Leute. Ein Priester, zwei der Kellnerinnen in ihren Sarongs. Kerzen brannten, und der Altar war mit Blumen geschmückt. In den Steinfußboden waren Gedenktafeln eingelassen, die Rundbogenfenster bunt bemalt.

„Sie ist prächtig. Wirklich wunderschön."

„Ich bin froh, dass sie dir gefällt. Wir werden hier nämlich heiraten."

„Nein, das werden wir nicht!"

„Es ist das Beste, was wir tun können."

„Es ist das Beste, was wir tun können? Ich bin vielleicht im Moment nicht ganz zurechnungsfähig, aber ich weiß immer noch, dass Leute nicht deshalb heiraten, weil es das Beste ist, was sie tun können."

„Gut, dann bitte ich dich eben auf Knien um deine Hand", sagte er, dann tat er es. „Heirate mich, Madison."

„Weil ich gut im Bett bin und du versuchst, mein Leben zu retten? Nein!"

„Das sind schwer wiegende Gründe."

„Kyle, ist das jetzt alles wirklich?"

„Ja."

„Das kann nicht sein.

„Es ist aber so."

„Wann hast du das arrangiert?"

„Während du beim Röntgen warst."

„Blödsinn. Ich glaube dir nicht."

„Hör zu, ich knie noch immer vor dir, Madison. Sag einfach ja."

„Ja wozu?"

„Zu mir."

„Nein."

„Denk an Carrie Anne."

„Ich denke an sie. Immer."

„Du *willst* mich heiraten."

„Nein, will ich nicht."

„Natürlich willst du. Sag ja."

„Ich kann sagen, was zum Teufel du auch immer willst, Kyle. Das heißt aber noch lange nicht ..."

„Komm jetzt. Komm mit."

Er führte sie den Gang hinunter zum Altar. Die Anwesenden schauten sie an, der Priester lächelte, während er ein Buch aufklappte und zu sprechen begann.

Ein Lachen stieg in ihr hoch, unaufhaltsam. Es war alles so unwirklich. „Mein Gott, Kyle! In was für eine Falle hast du mich denn da gelockt?"

„Antworte erst dem Priester."

Sie befühlte erneut ihre Wange. Ihr Gesicht war immer noch taub. Sie befürchtete, jeden Moment in Ohnmacht zu fallen. Verdammte *Rum Swizzlers*. Verdammter Kyle.

Der Priester redete monoton auf Französisch. Sie hatte keine Ahnung, was er sagte.

Kyle versetzte ihr einen sanften Rippenstoß. „Sag ja."

Sie starrte ihn an. Er legte seinen Arm um sie und nickte ihr aufmunternd zu.

„Sag ja."

„Ja."

Der Priester lächelte mild. Er hatte zwei Gesichter. Nein, drei. Er begann wieder zu sprechen, und jetzt sagte Kyle irgendetwas. Er nahm ihre Hand. Sie spürte irgendetwas Kaltes.

„Ich werde ohnmächtig“, kündigte sie an.

„Gut. Wart noch einen Moment damit.“

„Mir wird schlecht“, warnte sie.

„Wage es nicht!“ flüsterte er.

Sie hörte Hochrufe um sich herum. Die Welt um sie herum drehte sich schneller und schneller.

Ihre Beine knickten ein.

Kyle fing sie auf, hob sie schwungvoll hoch und trug sie den Mittelgang hinunter aus der Kirche hinaus in die Nacht. Die frische Luft tat ihr gut.

„Du hättest mich nicht so viel trinken lassen sollen“, beschwerte sie sich.

„Du wirst es überleben.“

Sie erreichten ihre Unterkunft, einen kleinen Bungalow auf dem Gelände. Das Zimmer hatte eine Klimaanlage, die Raumtemperatur war angenehm kühl. Er legte sie aufs Bett, wo sie reglos liegen blieb und zuschaute, wie sich der Deckenventilator über ihr drehte. Plötzlich sprang sie auf und raste ins Bad.

Kyle kam ihr nach. „Atme tief durch. Ich habe dir einen Kaffee gemacht, aber geh zuerst unter die Dusche.“ Er war ihr behilflich, ihre lächerliche Touristenkleidung loszuwerden, dann half er ihr unter die Dusche und drehte das Wasser an, ohne sich darum zu scheren, dass sein geblümtes Hemd klatschnass wurde. Das Wasser war eine Wohltat. Sie begann langsam, sich wieder wie ein Mensch zu fühlen. Sie schaffte es, aus der Dusche zu kommen und in einen der Bademäntel zu schlüpfen. Wieder im Zimmer angelangt, sank sie auf die Bettkante. Er drückte ihr eine Tasse mit Kaffee in die Hand.

„Was für eine Hochzeitsnacht“, sagte er lächelnd.

„Wir sind ja überhaupt nicht richtig verheiratet“, widersprach sie.

„Doch, wir sind."

„Das ist unmöglich. Wie konntest du bloß so ein Ding in Szene setzen? Du hast mich nie gefragt. Das ist ja wirklich ... das hast du dir doch alles erst heute ausgedacht, das geht doch gar nicht."

„Natürlich geht es. Es ist schon gegangen."

„Ich heirate dich nicht. Angst und guter Sex sind keine guten Gründe für eine Heirat." Sie gab ihm die Kaffeetasse zurück und ließ sich in die Kissen fallen. Die Augen fielen ihr zu. „Was soll das? Warum willst du mich heiraten? Nur damit ich in Sicherheit bin? Du hast mich eine Hexe genannt. Du hast geglaubt, ich sei irgendwie verantwortlich für Fallons Tod."

„Das ist nicht wahr."

„Natürlich ist es wahr."

„Madison, ich habe gesehen, wie du gelitten hast. Ich weiß, dass ich dich damals verletzt habe. Was ich gesagt habe, tut mir Leid."

„Es tut dir Leid? Herrgottnochmal, Kyle, du kannst doch nicht einfach jemanden heiraten, nur weil ..." Das Ende ihres Satzes blieb in der Luft hängen.

Kyle setzte sich neben sie, strich ihr das feuchte Haar aus dem Gesicht und lächelte.

Sie war ihm entwischt. Sie hatte sich in Abrahams Schoß geflüchtet.

„Hör zu, du kleines Dummchen, ich habe dich geheiratet, weil ich dich schon mein halbes Leben lang liebe, nur war ich zu vernagelt, um es zu merken. Und ich werde dafür sorgen, dass du am Leben bleibst", sagte er.

Sie hörte natürlich kein Wort von dem, was er sagte, aber das spielte keine Rolle. Er legte sich neben sie und zog sie eng an sich.

Sie seufzte wohlig auf im Schlaf.

Vielleicht seinetwegen.

Wahrscheinlicher jedoch war, dass ihr der Rum diese wohligen Gefühle bescherte.

Auf jeden Fall schlief sie tief und fest, ohne Alpträume.

16. KAPITEL

Madison erwachte mit hämmernden Kopfschmerzen, sodass sie es nicht einmal wagte, die Lider zu heben. Ihr Mund war trocken, ihre Kehle brannte, und sie konnte nicht einmal krächzen, um herauszufinden, ob da jemand war, den sie um ein Glas Wasser bitten konnte.

Schließlich öffnete sie die Augen. Das Zimmer drehte sich immer noch. Nie, nie mehr im Leben würde sie einen *Rum Swizzler* anrühren. Schon allein beim Gedanken daran stieg erneut Übelkeit in ihr auf. Sie versuchte, sich aufzusetzen. Das Zimmer kippte aus den Angeln, es war, als säße sie in einer Überschlagschaukel.

Mit einem lauten Aufstöhnen fiel sie in die Kissen zurück.

„Oh, wie ich sehe, sind deine Lebensgeister wieder zurückgekehrt."

Kyle war da. Wenn sie die Kraft dazu gehabt hätte, hätte sie ihm jetzt kurzerhand eine gescheuert. „Was ich ganz bestimmt nicht dir zu verdanken habe", krächzte sie.

Dann schaffte sie es trotz ihres Schwindels und des unglaublichen Schwächegefühls, sich in eine sitzende Position zu hieven, um gleich darauf erst ihre Hand und anschließend Kyle anzuschauen.

An ihrem Ringfinger steckte ein schmaler Goldreif.

Kyle saß mit einer Zeitung und einer Tasse Kaffee in einer kleinen Frühstücksnische am Tisch, von dem aus man einen mit Palmen bestandenen Strand übersehen konnte, der zum Meer hinunterführte. Kyle war frisch rasiert und geduscht und hatte offensichtlich bereits einen Einkaufsbummel hinter sich. Er trug ein T-Shirt, auf dem ein Surfer prangte, sowie abgeschnittene Jeans und neue Sandalen. Er wirkte zufrieden und entspannt.

„Ist dir eigentlich klar, was du gemacht hast?“ brachte sie mühsam heraus. Für sie hörte es sich wie Schreien an. Sie würde dazu übergehen müssen zu flüstern.

„Ich habe mich über die gestrigen Ereignisse informiert“, erwiderte Kyle. Jetzt sah sie, dass er doch nicht ganz so entspannt war. Irgendetwas, das er in der Zeitung gelesen hatte, schien ihn zu beunruhigen.

Aber die Zeitung war ihr im Augenblick total egal. Das Einzige, was sie beschäftigte, war ihre persönliche Situation. „Du hast mich ausgetrickst. Du hast mich absichtlich betrunken gemacht. Sag mir auf der Stelle, dass alles, was letzte Nacht passiert ist, nur ein blöder Jux war.“

„Nein, war es nicht.“

„Ich bin amerikanische Staatsbürgerin.“

„Und du glaubst, unsere Ehe ist ungültig, nur weil sie im Ausland geschlossen wurde?“

„Ich weiß nicht genau, was gültig oder ungültig ist, aber ich werde es herausfinden. Ich habe einen Schwager, der Staatsanwalt ist.“

„So?“ fragte er höflich.

„Kyle, sag mir jetzt endlich, was der ganze Quatsch soll. Du kannst mich nicht jede Minute meines Lebens beschützen.“

Er goss ihr Kaffee ein und brachte ihn ihr, schwarz und zusammen mit einem Glas Wasser und zwei Aspirin, ans Bett.

Sie schaute von den Tabletten, die er ihr in die Hand gedrückt hatte, auf in seine Augen. „Du hast die ganze Sache generalstabsmäßig geplant, sogar an Aspirin hast du gedacht“, grollte sie.

„Madison“, sagte er, sich auf der Bettkante niederlassend, „du warst nicht bewusstlos – du wusstest, was ablief. Und der Punkt ist, dass du dich und Carrie Anne in Gefahr bringst, wenn du es nicht zulässt, dass ich dich beschütze."

„Aber warum denn gleich heiraten? Also wirklich, Kyle ..."

„Unsere Ehe *ist* rechtsgültig. Aber wenn du möchtest, kannst du dich selbstverständlich jederzeit wieder scheiden lassen", unterbrach er sie ruhig.

Sie nippte an dem Kaffee, den er ihr gebracht hatte, und fühlte sich seltsam besiegt. Sie schaute in ihre Tasse. „Man hat mich mein ganzes Leben lang mit Lainie verglichen", begann sie leise. „Ich habe sie geliebt, aber ich wollte nie so werden wie sie."

„Madison, du bist nicht ..."

„Sie war viermal verheiratet und Dad sechsmal, wenn mich nicht alles täuscht. Aber natürlich lebt er ja auch schon länger."

„Madison, es tut mir Leid."

„Dass du mich geheiratet hast?"

„Dass du so außer dir bist."

Sie trank ihren Kaffee aus, stand auf und ging ins Bad. „Ich gehe unter die Dusche."

„Ich lasse dir etwas zu essen kommen."

„Nein!" schrie sie wütend.

„Es wird dir helfen. Vertrau mir."

„Dir vertrauen? Ich soll *dir* vertrauen? Du musst verrückt sein."

„Ich bestelle ein bisschen Toast. Dann wird es dir besser gehen."

Sie duschte und kam anschließend in einem der weiten Hotelbademäntel zurück. Mittlerweile hatte ein Kellner das Frühstück gebracht, und der Toast duftete angenehm. Auf dem Tablett stand auch Orangensaft und noch mehr Kaffee. Zu ihrer Verwunderung entdeckte sie, dass sie tatsächlich etwas essen konnte, und hinterher fühlte sie sich besser.

Kyle schaute auf seine Uhr. „Warum versuchst du nicht, noch zwei Stunden zu schlafen? Dann haben wir immer noch genug Zeit, um am Nachmittag mit den Delphinen zu schwimmen, bevor wir zurückfliegen."

„Schwimmen wir wirklich mit den Delphinen?"

„Ja, wirklich", erwiderte er und stand auf.

„Wo gehst du hin?"

„Ich mache einen Spaziergang. Versuch, noch ein bisschen zu schlafen. Ich hole dich in zwei Stunden hier ab."

Er verließ sie, und sie fragte sich, wohin er in Wirklichkeit gehen mochte. Aber wohin zum Teufel sollte er auf einer winzigen Insel schon gehen, auf der zu allem Überfluss die Einheimischen auch noch Französisch sprachen?

Sie hob ihre linke Hand, die nur ganz leicht zitterte. Ungläubig betrachtete sie den Ring an ihrem Ringfinger. Wenn man sie früher gefragt hätte, was sie sich mehr als alles andere auf der Welt wünschte, dann hätte sie – wenn sie sich so viel Ehrlichkeit gestattet hätte – erwidert, dass sie sich wünschte, Kyle zu heiraten, wenn sie erwachsen war. Und jetzt war es passiert. Er hatte sie in eine Falle gelockt, aber sie hatte es zugelassen.

Sie schloss die Augen. Zu ihrer Überraschung driftete sie in den Schlaf hinüber. Und träumte nicht.

Madison erwachte, als Kyle sie sanft an der Schulter rüttelte. „He, wir müssen in dreißig Minuten am Delphinbecken sein. Schaffst du das?"

Sie schaute ihn an und nickte. Sie fühlte sich schon viel besser. „Ja." Sie sprang aus dem Bett und eilte ins Bad, wo sie schnell in ihren am Flughafen erstandenen Badeanzug schlüpfte.

Kyle wartete auf der Veranda auf sie, und während sie zum Strand hinunterschlenderten, deutete er auf den Meeresarm, in dem das Delphinbecken lag. „Genes Lagune ist natürlich, aber er hat einen Teil davon abgetrennt. Er kann die Leute, die ständig fordern, dass man Delphine und Killerwale freilassen sollte, nicht ernst nehmen, weil es die Tiere seiner Meinung nach nirgendwo besser haben als bei ihm. Er hat alle seine Ladys, wie er sie nennt, eigenhändig aufgezogen, sie hängen an ihm und sind daran gewöhnt, gefüttert zu werden. Dort ist Judy, die Trainerin, die uns gleich ein paar Kunststücke zeigt."

„Wo sind denn die anderen Gäste?"

„Das ist eine Privatvorstellung. Allein für uns."

Madison zog eine Braue hoch und schaute ihn an, dann wurde ihr klar, dass er sie am Morgen sicher unter anderem auch deshalb allein gelassen hatte, um diese Privatvorstellung hier zu arrangieren. Manchmal konnte er wirklich erstaunlich aufmerksam sein.

„Mrs. Montgomery!" rief Judy ihr entgegen. Der Name klang fremd in ihren Ohren, und es dauerte einen Moment, ehe sie reagierte. „Willkommen. Wie ich gehört habe, ist dies ein alter Traum von Ihnen. Kommen Sie herüber, damit ich Ihnen unsere Mädchen vorstellen kann."

Judy war um die Dreißig, eine attraktive schlanke Frau mit einem Abschluss in Meeresbiologie, den sie an der University of Miami gemacht hatte. Sie liebte die vier Delphine – Heidi, Rachel, Debbi und Hannah –, die in dem Becken schwammen, ganz offensichtlich heiß und innig. Sie stellte sie Madison und Kyle mit Namen vor und warnte sie anschließend noch einmal, dass Delphine aggressiv werden könnten, obwohl die „Mädchen" normalerweise sehr zutraulich und sanft wären. Madison und Kyle fütterten die Tiere mit Fischen, dann schauten sie zu, wie diese unter Judys Anleitung ein paar verblüffende Kunststückchen machten, bevor sie sich ihre Tauchermasken, Schnorchel und Flossen anzogen und ins Wasser sprangen.

Madison hatte den Spaß ihres Lebens.

Die Delphine waren wundervoll. Sie entdeckte schnell, dass sie sehr stark waren und einen gelegentlich beim Spielen durchaus rüde beiseite schubsen konnten, aber sie waren auch sehr zutraulich, genau wie Judy gesagt hatte. Sie liebten es, gestreichelt zu werden, und schwammen immer wieder so nah an Kyle und Madison vorbei, dass sie sie streiften. Sie warf Kyle einen Blick zu, während sie nebeneinander fröhlich lachend in die Tiefe schwammen, und sie sah in seinen Augen hinter der Taucherbrille, dass er ebenso fasziniert war wie sie und genauso viel Spaß hatte. In diesem Moment war sie bereit, den Rest der Welt zu vergessen. Sie hatte ihn fast ihr ganzes Leben lang geliebt, und jetzt teilten sie zusammen eine Erfahrung, von der sie schon immer geträumt hatte. Wenn nur ...

Heidi stupste sie an in dem Versuch, ihre Aufmerksamkeit zu erringen. Madison streichelte das Tier und genoss es, den nassen, festen, glatten Körper zu spüren, dann tauchte sie unter Heidi weg und spielte Fangen mit ihr. Es war unglaublich.

Madison merkte erfreut, dass sie mehr als die vereinbarte Zeit im Wasser verbringen durften, und sie war dankbar dafür. Schließlich kam Judy zu Kyle herübergeschwommen und machte ihn darauf aufmerksam, dass es für sie Zeit wurde, sich von den Delphinen zu verabschieden. „Ich fürchte, Sie werden Ihre Maschine verpassen, wenn Sie sich jetzt nicht losreißen. Und Sie sagten ja, es sei wichtig, dass Sie heute noch nach Hause kommen", fügte sie entschuldigend hinzu.

„Ja, danke", erwiderte Kyle. Er machte Madison ein Zeichen, und sie nickte. Sie tätschelte jeden der Delphine zum Abschied, dann stieg sie aus dem Wasser und zog Tauchermaske, Schnorchel und Flossen aus.

Judy gesellte sich zu ihr. „Vielleicht kommen Sie ja noch einmal auf die Insel, wenn Sie ein bisschen mehr Zeit haben, Mrs. Montgomery."

„Oh, mit dem größten Vergnügen“, versicherte Madison ihr. „Allerdings sollte ich dafür wohl besser vorher mein Französisch ein bisschen auffrischen.“

Während sie mit Kyle zurück zum Bungalow ging, fragte er: „Hätte das irgendetwas geändert?“

„Was?“

„Wenn du Französisch verstanden hättest. Ich meine, da war immerhin die Kirche und der Priester ...“

„Ich hätte vielleicht gedacht, es wäre ein Spiel, eine Scharade ...“

„Dann habe ich dir die Sache ja erleichtert.“

„Wie meinst du das?“

„Nun, was immer jetzt auch geschieht, ist meine Schuld.“

„Ich ... ich will jetzt nicht darüber nachdenken. Aber ich möchte dir für diesen Nachmittag danken“, sagte sie.

„Dann verzeihst du mir also?“

Sie schüttelte den Kopf. „Du weißt, dass ich keinen Alkohol vertrage.“

„Ich habe darauf gezählt. Aber wie auch immer, wir müssen uns jetzt verdammt beeilen. Es gibt nämlich nur diese eine Maschine“, erinnerte er sie.

Sie erreichte den Bungalow vor ihm und ging schnurstracks unter die Dusche.

Und hoffte, er würde vielleicht nachkommen.

Er tat es nicht, und sie schalt sich dafür, dass sie enttäuscht war. Immerhin mussten sie die Maschine ja wirklich noch erreichen. Als sie aus dem Bad kam, wirkte er ziemlich kurz angebunden, aber er duschte trotzdem noch und zog sich dann eilig an, und wenig später stiegen sie in den Hubschrauber, der sie nach Martinique brachte.

Und noch etwas später saßen sie in dem Flugzeug nach Miami. Diesmal blätterte sie in einer Illustrierten, während er rastlos und mit einem Anflug von Schwermut zum Fenster hinausstarrte, aber sie konnte nicht aufhören, darüber nachzudenken, was wohl seinen Stimmungsumschwung bewirkt haben mochte.

Es war fast Mitternacht, als sie über den Flughafenparkplatz zu ihrem Jeep gingen. Kyle fuhr.

„Ich nehme an, Carrie Anne bleibt noch eine Nacht bei meiner Schwester?“ erkundigte sich Madison trocken.

Er nickte. „Ich habe Dan gesagt, dass einer von uns beiden sie morgen vom Kindergarten abholt.“

„Hast du ihnen erzählt, dass wir verheiratet sind?“

Kyle nickte. „Aber ich habe ihn gebeten, Carrie Anne nichts zu sagen.“

„Was ist mit Darryl?“

„Er weiß es.“

„Und mein Vater? Und deiner?“

Kyle nickte, dann suchte er ihren Blick. „Ich habe eine Menge Telefonate geführt, während du geschlafen hast.“

„Hast du mit irgendjemandem von den Storm Fronts gesprochen? Wir hatten vor, am Donnerstag und Freitag ins Studio zu gehen.“

Sie fragte sich, warum sie nicht verwundert war, als er nickte. „Dein Dad hat es mir erzählt und mir ein paar Telefonnummern gegeben. Ich habe Joey erwischt. Aber es gibt keinen Grund, weshalb du deine Verabredung mit ihnen nicht einhalten solltest.“

„Na toll“, murmelte sie. „Ich brauche nur alles in deine fähigen Hände zu legen.“

Er antwortete nicht und zog es vor, ihren Sarkasmus zu überhören.

Als sie in ihre Einfahrt einbogen, war Madison müde. Sie schloss die Haustür auf und gab den Code für die Alarmanlage ein. Es war fast Mitternacht. Sie hatte einen Bärenhunger, wusste jedoch, dass sie nichts mehr essen würde. Sie hätte Kyle noch etwas zurechtmachen können, aber sie hatte keine Lust. Sollte er sehen, wie er zurechtkam.

Sie ging in ihr Schlafzimmer, duschte kurz und warf sich ein Nachthemd über. Sie hörte, wie er in der Küche herumkramte. Schnell ging sie ins Bett, wobei sie sich fragte, ob sie noch mit ihm reden sollte, aber sie wusste nicht, was. Sie machte den Fernseher nicht an, stattdessen gab sie vor zu schlafen.

Er kam nicht in ihr Zimmer, und nach einiger Zeit schlief sie tatsächlich ein.

Killer beobachtete sie.

Voller Wut.

Hier war sie und lächelte einen anderen Mann an. Lachte. Sie hatte sich an ihn gelehnt, mit ihm geflirtet und ihm den Kopf verdreht, aber sie hatte nur ihr Spiel mit ihm getrieben.

Genau wie die andere. Jene, die vorgegeben hatte, ihn zu mögen, und doch vorhatte, die Wahrheit über ihn zu erzählen. Eine Wahrheit, die ihn zum Außenseiter stempelte. Sie hatte ihn von sich weggestoßen. Die andere. Lainie. Lainie mit den roten Haaren und dem strahlenden Lächeln, doch hinter all dieser Schönheit verbarg sich ein Herz aus Eis. Eine Rose, Gott, sie war schön gewesen wie eine Rose. Aber ihre Dornen waren heimtückisch. Tödlich. Sie gingen tief unter die Haut, direkt ins Herz ...

Und jetzt ...

Diese hier.

Zusammen hätten sie es schaffen können. Sie hätte ihm den Schmerz und den Zorn, der seit vielen Jahren sein Herz vergiftete, nehmen können. Er hätte gut für ihre Kinder gesorgt. Die Kinder mochten ihn. Sie hatten ihn immer gemocht. Sie hätte ihn lieben können, aber sie war nur eine geile rothaarige Schlampe, genau wie die andere. Sie hatte beschlossen, ihn nicht zu lieben. Vielleicht würde er ihr noch eine Chance geben. Vielleicht würde er sie ja zwingen, ihn weiterhin zu sehen, mit ihm zusammen zu sein, dann würde ihr gewiss klar werden, wie viel er ihr zu geben hatte. Vielleicht ...

Er ballte die Hände zu Fäusten und wandte sich ab.

Er ging zu seinem Auto, um wegzufahren. Irgendwohin, ohne Ziel.

Auf der neunundsiebzigsten Straße fand er sich wieder. Am Nuttenlaufsteg, wie er es gern nannte. Ein Mädchen fiel ihm besonders auf. Das Miststück hatte sich das Haar in einem schauerlichen Lilarot gefärbt. Er fand es zum Kotzen, aber das spielte keine Rolle. Nicht heute Nacht.

Er sammelte sie ein und bezahlte sie.

In einem schäbigen Stundenhotel, wo er sie an die Rezeption schickte, um zu bezahlen, damit niemand ihn sah, schlug er sie zusammen.

Und schnitt ihr die Kehle durch.

Danach stellte er fest, dass das scheußliche Haar eine Perücke war. Er fing an zu lachen. Er hatte einen Fehler gemacht.

Nein. *Sie* hatte einen Fehler gemacht.

Er beschloss, sie einfach liegen zu lassen. Er machte sich nicht die Mühe, seine Signatur auf ihrem Körper zu hinterlassen. Sollten die Cops denken, dass irgendein geldgeiler Zuhälter einen Tobsuchtsanfall bekommen hatte.

Killer fuhr lachend davon.

Eine Perücke. Eine gottverdammte Perücke. Ihr Fehler.

Der Traum schmuggelte sich fast unmerklich in Madisons Schlaf. Zuerst sah sie nur Nebelschwaden, die sich nach und nach langsam auflösten, dann hörte sie Stimmen. Einen Streit.

Einen Moment lang glaubte sie, wieder das kleine Mädchen in Roger Montgomerys großem Haus am Grove zu sein, wo ihre Mutter gestorben war. Es klang wie Lainies Stimme. Gleich darauf aber merkte sie, dass es eine andere Stimme war. Eine tonlose Stimme. Dann sprach ein Mann. Tief. Heiser. Sie wusste, wer es war.

Sie wusste es nicht.

„Lieb mich. Herrgottnochmal, lieb mich doch. Du hast es mir versprochen, du Miststück. Du hast gesagt, dass …"

„Nein, nein, ich habe dir nie …"

„Du wirst mich aber lieben. Hör auf, dich zu wehren. Halt endlich still und sag mir, dass du mich liebst und dass du mit mir Liebe machen willst. Jetzt. Du möchtest doch deinen Kindern keinen Kummer verursachen, oder?"

Es folgte ein Schweigen. Ein langes Schweigen. Dann ein verängstigtes Aufstöhnen. „Ich mache alles, was du willst. Solange du nur den Kindern nichts antust. Bitte …"

„Ich will doch nur, dass du mich liebst!"

Madison fuhr aus dem Schlaf hoch. Wieder einmal zitterte sie. Wieder einmal konnte sie mit einem Traum nichts anfangen. Sie hatte keine Erklärung dafür. Sie war in Schweiß gebadet, und sie hatte es satt, sie hatte diese Träume so unendlich satt. Sie brach in Tränen aus.

„Madison?"

Sie öffnete die Augen. Kyle war ins Zimmer getreten. Er trug seinen Bademantel.

„Ja?"

Er setzte sich auf die Bettkante. „Du weinst doch nicht etwa, weil ich heute noch keinen Sex verlangt habe?" neckte er sie sanft.

Sie musste lachen. „Nein."

„Dann …"

„Oh, Kyle!" sagte sie und schlang ihm die Arme um den Hals.

„Du kannst dir nicht vorstellen, wie unendlich satt ich diese verdammten Träume habe. Ich komme einfach nicht darauf, was sie bedeuten, und ich weiß nicht, wie ich helfen könnte. Es kommt mir so vor, als wäre irgendjemand, der mir sehr nah steht, in schrecklicher Gefahr, aber ich weiß nicht, wer, und ich weiß ebenso wenig, was ich unternehmen könnte, um zu helfen ...“

„Es wird aufhören, Madison. Es wird bald ein Ende haben. Wir werden diesen Burschen schnappen“, versprach Kyle. Er hielt sie im Arm und wiegte sie tröstlich hin und her. Dann drückte er sie sanft in die Kissen zurück. „Möchtest du, dass ich hier bleibe?“ fragte er heiser. Sie hatte ihre Arme noch immer um ihn gelegt, und er schaute ihr tief in die Augen. „Aber ich warne dich, diesmal *werde* ich Sex verlangen.“

„Tja, alles hat eben seinen Preis“, murmelte Madison.

„Stimmt, irgendwann muss man immer bezahlen.“

Er nahm ihre Hand und küsste ihre Handfläche, dann schob er seinen Bademantel ein bisschen weiter auseinander und zog sie an seine nackte Brust. Er führte ihre Hand nach unten und legte ihre Finger um seine Erektion. „Ich denke, es wird für uns noch mehr Nächte geben“, sagte er lächelnd. Dann stand er auf, streifte sich den Bademantel ab und streckte die Hände aus, um ihr das leichte Baumwollnachthemd über den Kopf zu ziehen. Ihr tief in die Augen schauend, schob er ihre Schenkel auseinander und kniete sich vor sie hin. Noch immer ohne sie aus den Augen zu lassen, rieb er sich an ihrem Schoß. Sie war überrascht über die heiße Welle der Erregung, die über sie hinwegschwappte. In dem Moment, in dem er in sie eindrang, wurde sie von einer Hitzewelle überflutet.

Als sie fast glaubte sterben zu müssen vor Lust, zog er sich wieder zurück. Er küsste sie auf die Lippen. Er überschüttete ihren ganzen Körper mit Küssen. Plötzlich war sein Mund überall, nur dort nicht, wo sie in Flammen stand.

Dann, endlich, endlich! küsste er sie dort, wo sie es sich am meisten wünschte, und sie schrie auf, sie schrie seinen Namen laut heraus, sie flehte und bettelte, dass er wieder zu ihr kommen möge, aber er kam nicht. Er kam erst, als sie sich, zitternd vor Lust, auf dem Laken wand, dann drang er erneut in sie ein, bewegte sich schnell und hart in ihr, und als er sich schließlich in ihr verströmte, hallte ihr Schrei gellend in ihren Ohren wider. Sie lag noch lange Zeit keuchend neben ihm, überwältigt von der Art, wie er es schaffte, das Feuer ihrer Lust anzufachen. Dann merkte sie, dass er sie, aufgestützt auf einen Ellbogen, anschaute.

„Was hat eigentlich nicht geklappt zwischen dir und Darryl? Was ... hat er falsch gemacht?“ fragte er leise.

Sie biss sich auf die Unterlippe und überlegte einen Moment. „Nichts. Er hat nichts falsch gemacht. Er war nur nicht du“, erwiderte sie schließlich.

Er zog sie eng an sich, und sie schlief ein. Und da er bei ihr war, stellten sich die Alpträume nicht wieder ein.

Als Madison am Morgen erwachte, war er weg. Peggy wuselte bereits im Haus herum und sang „Danny Boy“.

Madison blieb noch im Bett, ließ ihre Finger dort, wo er gelegen hatte, über das Laken gleiten und atmete genüsslich den zarten Moschusduft ein, den ihr Liebesspiel hinterlassen hatte.

Schließlich stand sie auf, duschte und ging, eingehüllt in ihren Bademantel, nach draußen.

Peggy lächelte sie breit an. „Gott sei gelobt!“ sagte sie und schaute gen Himmel. Dann umarmte sie Madison. „Sie haben den Jungen also geheiratet! Er ist wirklich ein wunderbarer Mann, wenn Sie mich fragen. Oh, ist das *herrlich*. Das ist ja ein richtiger Familienzusammenschluss, stimmt's? Jetzt sind sämtliche Stiefgeschwister miteinander verschwägert, oder?“

„Hmmm, ich schätze schon", murmelte Madison.

„Aber jetzt sind nur Sie wichtig. Und ich habe die Anweisung, das Haus heute nicht zu verlassen."

„Tatsächlich?"

„Sie sollen nicht allein bleiben."

„Wirklich? In meinem eigenen Haus?"

„Es kann nichts schaden, wenn andere wissen, dass ein Adlerauge über Sie wacht", erklärte Peggy feierlich. „Ihr Mann wollte zum Abendessen zurück sein, und ich dachte mir, wir könnten am Nachmittag gemeinsam Carrie Anne abholen, und dann sollten Sie tun, was Sie für richtig halten. Entweder erzählen Sie ihr die Neuigkeit gleich oder Sie warten auf Ihren Mann und sagen es ihr dann zusammen. Sie wird sehr glücklich sein, sie mag ihn nämlich sehr – genau wie ich. Ich bin begeistert. Jetzt wird alles gut werden!"

„Wird es?" fragte Madison trocken.

„Und Ihr Vater wird auch bald hier sein, Liebes."

„*Was*? Mein Vater kommt hierher?"

„Er hat vor ein paar Minuten angerufen. Er ist auf dem Weg nach Key West, aber er wollte vorher noch kurz bei Ihnen reinschauen. Ich sagte ihm, dass Sie noch schlafen, doch er hat sich trotzdem auf den Weg gemacht. Wenn Sie möchten, kann ich das Frühstück für Sie beide warm halten, dann können Sie sich erst schnell anziehen."

„Das werde ich tun. Sagen Sie Dad, dass ich gleich da bin, falls er in der Zwischenzeit kommt, okay?"

„Mach ich."

Madison nickte Peggy zu und ging dann in ihr Schlafzimmer, um sich anzuziehen, wobei sie sich fragte, was wohl ihr Vater zu ihrer überstürzten Heirat sagen würde.

Kyle saß in einem Auto der Zivilfahndung am Rand einer Straße, die nach Key Largo führte, und überflog die Liste der Restaurants, die er gerade erhalten hatte. Jake Ramone, der junge Polizist neben ihm, räusperte sich. „Tut mir Leid, dass es so viele sind."

„Tja ... wer hätte gedacht, dass so viele Restaurants an ein und demselben Wochenende einen Shrimps Étouffée Spezial anbieten?" murmelte Kyle.

„Muss ein guter Krabbenfang gewesen sein an diesem Tag."

„Scheint so. Ich denke, als Nächstes nehmen wir uns dieses Rusty Rumhouse vor. Vielleicht haben wir ja Glück."

„Ja, Sir."

Der junge Polizist legte den Gang ein, dann fuhren sie los.

Gott, was für ein öder Morgen. Trotz der Tatsache, dass sich eine junge Kriminalbeamtin die Mühe gemacht hatte, nur jene Restaurants herauszufiltern, die auf der Karte die Speisen stehen hatten, die Holly Tyler zuletzt zu sich genommen hatte, war die Liste länger geworden, als sich irgendjemand hätte vorstellen können. Kyle war bereits in zehn Lokalen gewesen, wo er Fragen gestellt und Holly Tylers Foto herumgezeigt hatte.

Es wäre nicht nötig gewesen, das selbst in die Hand zu nehmen. Er hätte ein halbes Dutzend Grünschnäbel auf den Job ansetzen können. Aber er wollte sich ablenken, und es juckte ihn in den Fingern, irgendetwas zu tun, ganz gleich was.

Er war sogar in Kailas Tennisclub gewesen und hatte den Kellner befragt, der Kaila das Päckchen mit dem essbaren Höschen an den Tisch gebracht hatte. Der Mann berichtete, er hätte das in Geschenkpapier eingewickelte Päckchen auf seinem Tablett vorgefunden und hätte es in der Annahme, dass es der Geschäftsführer oder die Empfangsdame dort hingelegt hätten, an Kailas Tisch gebracht, da ein kleines Schild mit ihrem Namen daran befestigt war. Kyles Nachfragen ergaben jedoch, dass weder der eine noch die andere das Päckchen je zu Gesicht bekommen hatten. Mit einer Namensliste der Angestellten und der Mitglieder des Clubs ausgestattet, verließ er den Tennisclub.

Unter anderem gehörte seine gesamte Familie – und Madisons – dem Club an. Er hatte die Liste sofort Ricky im Hauptbüro zugefaxt in der Hoffnung, er würde irgendetwas herausbekommen.

Jetzt musste er sich bewegen. Er musste diesen Mörder dringend finden, und das bedeutete, sich höchstpersönlich auf die Suche zu machen.

Selbst wenn er lieber ... zu Hause geblieben wäre.

Lange Zeit war sein Zuhause ein Apartment in Virginia gewesen. Es war seltsam, wie schnell er in dieser Stadt hier wieder heimisch geworden war. Wie schnell Madisons Haus zu dem Ort geworden war, wo er sein wollte. Er wagte es im Augenblick nicht, allzu viel daran zu denken. Nicht nach letzter Nacht. Nicht nachdem sie ihm in die Augen geschaut hatte, während sie ihm erzählte, dass Darryl nichts falsch gemacht hätte, außer dass dieser eben nicht er gewesen sei.

Sein Blut fing an, schneller durch seine Adern zu fließen. Himmel, er hatte eben erst geheiratet. Er sollte auf Hochzeitsreise sein. Obwohl er selbstverständlich damit gerechnet hatte, sofort wieder an seine Arbeit zu gehen – immerhin hatte man ihn hier runtergeschickt, damit er half, einen verzwickten Fall aufzuklären. Und gleichviel wie sehr er sich auch danach sehnte, Zeit mit Madison zu verbringen, wusste er doch, dass er zuerst den Fall lösen musste, bevor sie ihr gemeinsames Leben beginnen konnten.

Und trotz der Tatsache, dass er ernsthaft daran dachte, seine Arbeit beim FBI an den Nagel zu hängen, hatte er sich zum Dienst zurückgemeldet. Also gut, jetzt war er wieder hier – und arbeitete.

Heute Morgen war er als Erstes in Jimmy Gates' Büro gefahren und hatte sich den Obduktionsbericht von Holly Tylers Leiche durchgelesen. Trotz des schlimmen Zustands, in dem sich die Leiche befand, hatten die Gerichtsmediziner herausgefunden, dass Holly Tyler kurz vor ihrem Tod – höchstwahrscheinlich mit ihrem Mörder – Sex gehabt hatte. Ob sie dazu gezwungen worden war oder nicht, konnten die Ärzte nicht sagen, aber man hatte Spermaspuren gefunden.

Es hatte auch noch andere neue Entwicklungen gegeben. Harry Nore hatte sich in seiner Zelle erhängt. Ein erbärmliches Ende eines erbärmlichen Lebens. Kyle hatte es bereits auf der Insel in der Zeitung gelesen. Aber Harrys Tod brachte ihn der Lösung des Falls um keinen Schritt näher.

Gerade als Jake Ramone aus dem Auto aussteigen wollte, um mit Kyle zusammen in das Restaurant zu gehen, meldete sich die Zentrale. Jake nahm den Anruf entgegen, dann schaute er Kyle an. „Sir, das Washingtoner Büro."

Kyle meldete sich. Es war Ricky Haines.

„Was gibt's, Ricky?"

„Nicht viel. Wie ich gehört habe, hast du geheiratet."

Natürlich. Er hatte es seinen Vorgesetzten gemeldet, und die Nachricht hatte schnell die Runde gemacht.

„Ja."

„Du hast deine *Schwester* geheiratet?"

„Sie ist meine Stiefschwester", erklärte Kyle geduldig.

„Ach ja. Richtig. Entschuldige. Aus der Entfernung sehen die Dinge manchmal ein bisschen seltsam aus, weißt du."

„Klar. Hör zu, Ricky, rufst du an, weil du mich fertig machen willst, oder hast du einen bestimmten Grund?"

„Ja, es gibt einen Grund. Du hattest mich doch gebeten, nach einer eventuellen Verbindung zwischen den aktuellen Morden und dem Mord an Lainie Adair Ausschau zu halten, stimmt's? Sieht so aus, als hättest du den richtigen Riecher gehabt. Ich habe ein bisschen in alten Akten herumgeschnüffelt. Weißt du eigentlich, dass Lainie Adairs letzter Film *Eine Rose zwischen Dornen* hieß?"

„Ich erinnere mich dunkel. Er spielte in West Virginia, richtig?“

„Richtig. Es ist eine Aschenputtelgeschichte über eine junge Frau, die unter Dieben aufwächst. Sie verliebt sich in einen Mann und schämt sich schrecklich für ihre Herkunft, bis der Held entdeckt, dass sie gar nicht die ist, die sie zu sein glaubt. Das Gesindel hatte sie von einer reichen New Yorker Familie gekidnappt.“

„Ja, jetzt fällt es mir wieder ein.“

„Wenn du mich fragst, untermauert das deine Theorie, dass die aktuellen Morde, bei denen der Mörder stets seine ‚Unterschrift‘ – eine Rose mit Dornen – hinterlassen hat, mit dem Mord an Lainie Adair in irgendeinem Zusammenhang stehen. Man könnte hier von einem geradezu klassischen Fall sprechen. Ein Mann mit einem Hass auf Lainie Adair tötet diese, dann bringt er seinen Drang zu töten für eine Weile unter Kontrolle und schlägt schließlich wieder zu. Diesmal trifft es Frauen, die irgendwie eine Ähnlichkeit mit Lainie Adair haben.“

„Danke, Ricky. Ruf mich an, wenn du etwas Neues hast, egal was.“

„Mach ich. Ach ja, und noch was – Glückwunsch. Dass du deine Schwester geheiratet hast.“

„Idiot“, sagte Kyle und legte auf. „Okay, Jake, versuchen wir im Rusty Rumhouse unser Glück.“

In dem Lokal war es dämmrig. Verräuchert und dämmrig. Mitten im Raum stand eine hufeisenförmige Bar, um die herum Tische angeordnet waren. Kyle verlangte den Geschäftsführer zu sprechen, der sich als ein entgegenkommender Mann namens Brad Maxwell herausstellte, und als Kyle das Foto von Holly Tyler herausholte, stieß eine der Kellnerinnen einen spitzen Schrei aus.

„Ja. Ja! Ich habe sie bedient. Es war nicht letztes Wochenende, sondern ... äh ... der Donnerstag oder Freitag davor“, berichtete die junge Frau aufgeregt.

„Wie heißen Sie, Miss?“ erkundigte sich Kyle.

„Bitsy. Bitsy Larkin.“

„Nun, Bitsy, danke für die Erinnerung und Ihre freundliche Hilfe. Es ist wirklich unglaublich wichtig. Sie muss vorletzten Freitag hier gegessen haben.“

„Ja, Sie haben Recht. Es muss am Freitag gewesen sein, weil sie das Shrimps Étouffée bestellt hat.“

„Richtig.“ Kyle bekam vor Aufregung kaum Luft. Er bebte innerlich. So war die Polizeiarbeit. Es konnten Wochen um Wochen ins Land gehen, ohne dass man den geringsten Ansatzpunkt fand, und dann öffnete sich plötzlich ganz unerwartet eine Tür.

Bitte, Gott, betete er in Gedanken, mach, dass es die richtige Tür ist.

„Können Sie sich erinnern, mit wem Holly hier war?“

„Aber sicher.“

„Glauben Sie, Sie könnten ihn identifizieren?“

„Auf jeden Fall“, erwiderte Betsy überzeugt. „Ganz bestimmt.“

17. KAPITEL

Madison war gerade dabei, sich den Reißverschluss an ihrer Jeans hochzuziehen, als sie die Stimme ihres Vaters hörte. Sie zog sich schnell noch eine Bluse über, dann eilte sie nach unten, um ihn zu begrüßen.

Jordan sah viel besser aus als das letzte Mal, als er sich solche Sorgen um sie gemacht hatte. Er hatte eine gesunde Gesichtsfarbe, und sein langes silbergraues Haar war ordentlich gekämmt – er sah aus wie die anziehende, reife, sexy Berühmtheit, die er war.

Als er sie sah, schüttelte er lächelnd den Kopf. „Mrs. Montgomery.“

„Dad!“ sagte sie, eilte auf ihn zu und ließ sich von ihm umarmen.

„Der Frühstückstisch ist gedeckt. Ich lasse Sie jetzt allein“, sagte Peggy, die es eilig hatte, wieder an ihre Arbeit in irgendeiner entlegenen Ecke des Hauses zu kommen.

Nachdem sie sich an den Tisch gesetzt hatten, schaute Madison ihren Vater besorgt an. „Macht es dir etwas aus?“

„Im Gegenteil. Ich freue mich sehr für dich. Obwohl es eine ziemliche Überraschung war, das will ich gern zugeben.“

„Ich glaube, er hat mich nur geheiratet, um mich zu beschützen.“

Jordan nahm ihre Hand, lehnte sich zurück und musterte sie eindringlich. „Ich glaube, er hat dich geheiratet, weil du eine faszinierende, kluge und warmherzige Frau bist.“

„Danke, Dad. Lieb von dir, dass du das sagst.“

„Ich bin sehr stolz auf dich, Madison. Ich bin auf alle meine Kinder stolz. Und ich bin glücklich, dass Kyle mein Schwiegersohn ist.“

„Wie wär's mit Frühstück?“ schlug sie, plötzlich verlegen, vor. „Ich sterbe vor Hunger.“

„Hattest du eine anstrengende Nacht?“ scherzte ihr Vater.

„Dad!“ protestierte sie.

Sie aßen ein paar Minuten schweigend, dann räusperte er sich. „Hast du es schon gehört?“

„Gehört? Was?“

„Harry Nore hat sich in seiner Zelle erhängt.“

Madison legte ihre Gabel hin. „Großer Gott. Ich weiß nicht, ob es mir Leid tun soll oder nicht.“

„Er hat deine Mutter getötet, und er hat versucht, dich zu töten. Es wäre gelogen, zu behaupten, dass er mir sonderlich Leid tut.“

Sie schüttelte den Kopf. „Ich weiß zwar nicht, warum, denn immerhin hat man ja die Mordwaffe und alles bei ihm gefunden, aber trotzdem ... Ich habe nie wirklich geglaubt, dass er meine Mutter getötet hat.“

„Madison! Wie kannst du so etwas sagen! Ich werde wohl mein ganzes Leben seine wahnsinnigen Schreie in den Ohren haben, als er sich am Samstag auf dich stürzte ... der Mann war definitiv entschlossen, einen Mord zu begehen."

Madison nickte und fragte sich, warum sie so bestürzt war. Dann wurde ihr klar, dass Kyle höchstwahrscheinlich auf der Insel von Harry Nores Tod in der Zeitung gelesen hatte, ohne ihr etwas davon zu erzählen. Jetzt konnte er nicht mehr mit Nore sprechen, Harry Nore nahm sein Geheimnis mit ins Grab. Aus einem Toten ließ sich schwer etwas herausbekommen. Und es war schwer, einen Mörder zu jagen, den die Leute für tot hielten.

Sie erschauerte.

„Kyle hat mir nichts erzählt."

„Er versucht wirklich, dich zu beschützen."

„Vielleicht versucht er es ja zu sehr. Oh, Dad! Ich weiß noch gar nicht richtig, was das alles zu bedeuten hat ..."

Jordan Adair wiegte sinnend den Kopf und schaute zum Fenster hinaus. „Honey, ich bin mir sehr sicher, dass du die richtige Entscheidung getroffen hast. Ich habe Kyle immer gemocht. Vom ersten Moment an. Auch wenn er damals noch sehr jung war, hatte er eine Art, die Welt zu betrachten ... fast ein bisschen weise, möchte ich sagen – trotz seiner Jugend. Ich habe von Anfang an gespürt, dass es ein besonderes Band gab zwischen euch. Zuerst hast du ihn bewundert wie einen großen Bruder. Ich bin mir nicht sicher, wann sich das geändert hat. Vielleicht ist er ja absichtlich zu dir auf Abstand gegangen, als du älter wurdest. Ich könnte mir vorstellen, dass er dir – wenn auch unbewusst – die Gelegenheit geben wollte, erwachsen zu werden. Und dann lernte er Fallon kennen ..."

„Er lernte Fallon kennen, und ich heiratete Darryl. Nun ... ich bin froh, dass du glücklich bist, Dad", sagte Madison leise.

Er machte den Mund auf, als ob er noch etwas sagen wollte. Dann aber überlegte er es sich anders, erhob sich und ging langsam in der Küche auf und ab. „Du weißt, dass er mich nie auch nur ansatzweise des Mordes an deiner Mutter bezichtigt hat, obwohl er mitbekommen hatte, dass ich mit ihr kurz vor ihrem Tod eine unserer schrecklichsten Auseinandersetzungen hatte."

„Dad ...", begann sie unbehaglich.

„Nein, hör mir zu. Vermutlich wollte ich dir das schon lange erzählen. An dem Tag, an dem Lainie ermordet wurde, rief sie mich an und bat mich rüberzukommen. Roger hatte sich geweigert, eine Reise nach Toronto abzusagen, um sie zu irgendeiner Premiere zu begleiten. Sie war außer sich – sie erwartete wirklich immer, dass wir alle sprangen, wenn sie mit den Fingern schnipste. Sie wollte, dass ich ein bisschen bei ihr rumhänge, weil sie hoffte, dass Roger dann vielleicht Bedenken bekommen würde, uns allein zu lassen." Jordan zuckte gedankenverloren die Schultern. „Ich liebte sie damals immer noch. Ich werde sie immer lieben. Ich werde sie vermutlich bis zu meinem letzten Atemzug lieben. Aber mir war klar, dass sie versuchte, mich zu benutzen, und verweigerte mich. Deshalb begann sie, mit irgendwelchen Sachen nach mir zu schmeißen. Ich packte sie an den Schultern, schüttelte sie und dann ... dann ließ ich sie los und ging weg."

Er machte eine Pause und holte tief Atem, dann fuhr er fort: „Sie ... sie mochte es, wenn es zwischen uns zu Handgreiflichkeiten kam. Sie war sich sicher, dass sie es schaffte, mich zu verführen, wenn sie mich nur dazu brachte, sie anzufassen. Aber an diesem Tag erinnerte ich mich daran, dass Roger ein Freund war und dass Lainie mich schon zu oft benutzt hatte. Ich ging. Kyle war in seinem Zimmer und tat so, als ob er uns nicht hörte. Doch als Lainie schreiend hinter mir herrannte, kam er heraus – als ob er Angst hätte, dass etwas Schlimmes passieren könnte. Lainie brüllte ihn an – sie hatte nicht gewusst, dass er zu Hause war. Aber er ließ sie einfach stehen und brachte mich hinaus. Er hat sich ruhiger und überlegter verhalten als mancher Erwachsener an jenem Tag, und dabei hatte der Junge gerade erst die High School abgeschlossen. Tja ..." Er drehte sich um und schaute Madison an, und in seinen dunklen Augen lag so viel Schmerz, dass sie aufsprang, zu ihm rannte und die Arme um seinen Hals legte.

„Oh, Dad! Du musst endlich aufhören, dir wegen Lainie Vorwürfe zu machen. Wir haben sie alle geliebt, und sie hat uns allen wehgetan. Aber sie liebte uns auch, auf ihre Art. Ich glaube, sie hat dich sehr geliebt. Und ich liebe dich auch, und Kaila liebt dich. Trent liebt dich, Jassy liebt dich – und sogar Kyle und Rafe lieben dich! Du warst uns allen immer ein großartiger Dad."

„Auf meine Art", sagte er weich und hielt sie fest umschlungen. „Auf meine seltsame Art. Ich liebe dich, Madison. Und du weißt, dass du nicht bist wie sie. Nicht im Mindesten. Du und Kyle, ihr werdet verheiratet bleiben. Euer Jawort bedeutet euch beiden etwas. Und wenn ich sage, dass ich mich gar nicht mehr für dich freuen könnte, meine ich das auch so." Dann seufzte er. „Ich glaube, ich muss jetzt gehen. Ich muss nach Hause. Rogers Galerie-Eröffnung ist ein großer Erfolg, und ich muss mit meinem neuen Buch anfangen."

„Worum geht es denn diesmal, Dad?"

„Um Piraten, versunkene Schätze. Mein Held deckt eine moderne Piraterie auf, rettet das Mädchen und findet einen versteckten Schatz. Gott sei Dank bin ich schon so lange in diesem Gewerbe, dass ich nicht auf politische Korrektheit achten muss."

„Klingt wie ein großes Abenteuer, Dad."

Er küsste sie auf die Wange und drückte sie zum Abschied noch einmal fest an sich. „Das Leben ist das Abenteuer, Baby. Und ich bin glücklich, dass du es lebst. Ich wünsche dir und deinem Mann das Allerbeste. Richte ihm das aus. Und irgendwann, wenn es sich ergibt, müssen wir das große Ereignis feiern. Ich dachte eigentlich, dass Jassy mit irgendeinem sympathischen Burschen durchbrennt und ihn heiratet."

„Ja, wer weiß ...", scherzte Madison.

„Wer ist er?"

„Wer ist wer?"

„Der Bursche, mit dem Jassy sich trifft."

Madison lachte. „Ich weiß es nicht. Aber eins kann ich dir jetzt schon sagen: Wenn sie es mir nicht erzählt, lade ich sie nicht zu meiner Hochzeitsfeier ein. Falls ich irgendwann eine veranstalten sollte." Sie machte sich eine Gedankennotiz, Kyle daran zu erinnern, dass sie unbedingt herausfinden mussten, mit wem Jassy sich traf.

Ihr Vater grinste und küsste sie auf die Wange. „Pass gut auf dich auf."

Sie nickte. „Mach ich." Sie brachte ihn zur Tür, küsste ihn noch einmal zum Abschied, winkte ihm und legte dann sorgfältig die Kette vor. Sie hatte kaum angefangen, den Frühstückstisch abzuräumen, als es erneut an der Tür läutete.

Sie schaute durch den Spion, bevor sie die Sicherheitskette abnahm. Sie hatte angenommen, es sei ihr Vater, der noch etwas vergessen hatte, aber es war nicht ihr Dad, sondern der von Kyle.

„Roger!" Sie machte eine einladende Handbewegung, wobei sie sich fragte, ob sie heute womöglich alle Mitglieder ihrer weit verzweigten Familie zu Gesicht bekommen würde.

„Herzlichen Glückwunsch, Madison. Ich kann dir gar nicht sagen, wie sehr ich mich freue." Er umarmte sie mit großer Herzlichkeit.

„Danke. Komm rein."

Er folgte ihr ins Wohnzimmer. „Was kann ich dir anbieten? Der Kaffee ist noch heiß."

„Kaffee klingt gut. Wo steckt mein Sohn?"

„Bei der Arbeit."

„Uff! So sieht also eure Hochzeitsreise aus?"

Madison versuchte ihr Lächeln beizubehalten, während sie Roger beobachtete. Sie entschied, dass ihre beiden Familien verrückt waren. Sie und Kyle waren durchgebrannt und hatten geheiratet, nachdem sie sich vor weniger als zwei Wochen nach Jahren wiedergesehen hatten, und ihre Väter schienen es beide für die wunderbarste Sache der Welt zu halten.

„Er ist immerhin hergekommen, um einen wichtigen Fall aufzuklären", erinnerte Madison.

Roger runzelte die Stirn. „Aber Harry Nore ist auf dich losgegangen, Madison. Er wollte dich töten, Liebes. Er ist tot, wie du sicher weißt, gut, dass wir ihn los sind."

Madison zögerte. „Vielleicht ist es ja so am besten. Doch irgendwie war er auch ein armer Hund. Aber der Schreck, den er mir eingejagt hat, kostet mich womöglich ein paar Jahre meines Lebens. Allerdings glaube ich nicht, dass er der Mörder meiner Mutter ist. Und Kyle ist fest überzeugt davon, dass er auf keinen Fall der Mann ist, der diese armen Frauen getötet hat."

Roger verengte die Augen und zog nachdenklich die Brauen zusammen. Er war immer ein gut aussehender Mann gewesen, und auch jetzt war er es noch. Die feinen Linien um seine Augen und seinen Mund wirkten anziehend und unterstrichen seine Persönlichkeit, und sein Lächeln war so charismatisch wie eh und je.

Kyle würde in fünfundzwanzig Jahren wie Roger aussehen.

„Der Gedanke, dass das, was im Moment passiert, in irgendeiner Weise mit dem Tod deiner Mutter in Verbindung stehen könnte, erschreckt mich", sagte Roger.

„Es erscheint immerhin möglich", murmelte Madison.

Das Telefon klingelte, und sie entschuldigte sich. Es war Joey, der sie nur daran erinnern wollte, dass sie zugesagt hatte, am Ende der Woche mit den Storm Fronts im Studio zu arbeiten.

„Kyle hat mir erzählt, dass ihr verheiratet seid. Stimmt das denn?“

„Glaubst du, er lügt dich an?“

„Dann hast du es also wirklich gemacht, hm?“

„Wir haben es gemacht.“

„Na, das ging ja ziemlich flott.“

„Ich weiß.“

„Also dann, herzlichen Glückwunsch.“

„Danke.“

„Sheila wird enttäuscht sein.“

„Meinst du?“

„Ja. Sie hatte wirklich ein Auge auf ihn geworfen.“

„Dann sag ihr, dass sie jetzt die Finger von ihm lassen muss.“

„Mach ich. Na, sie wird es überleben. Offen gestanden glaube ich, dass sie ihn sowieso nur für eine Nacht wollte. Sheila und ein FBI-Agent? Unvorstellbar.“

„Und was ist mit mir und einem FBI-Agenten?“

Er lachte. „Ich denke, du packst es, Baby. Bis dann.“ Er legte auf, und Madison erinnerte sich schuldbewusst an Roger. Sie eilte ins Wohnzimmer zurück, um sich zu entschuldigen.

Roger winkte großzügig ab. „Schon gut. Ich habe unterdessen ein bisschen nachgedacht.“

„Worüber?“

Er zögerte und schaute sie an. „Über deine Mutter.“

„Wirklich?“

Er zuckte die Schultern. „Du weißt, dass ich sie geliebt habe.“

„Ja, ich weiß.“

„Aber sie war für uns alle die Hölle. Und irgendwann wäre unsere Ehe mit Sicherheit auch in die Brüche gegangen.“ Er zögerte. „Wie du weißt, hatten wir uns an dem Tag, an dem sie getötet wurde, fürchterlich in der Wolle."

Madison fragte sich, ob sich so wohl ein Priester fühlte, der den Leuten die Beichte abnahm. „Alle hatten sich ständig mit Lainie in der Wolle, Roger."

Er hob die Hände. „Es war ein schlimmer Tag. Sie änderte ihre Pläne und bildete sich ein, sie bräuchte nur mit den Fingern zu schnippen, damit ich dasselbe tue. Ich weigerte mich, woraufhin sie fuchsteufelswütend wurde. Sie machte mir eine Riesenszene und klagte mich an, ich würde mir nichts aus ihr machen ... Ich sagte ihr, dass sie ein Biest sei, woraufhin sie mich ohrfeigte ... dann ging ich weg. Und das Nächste, woran ich mich erinnere, ist, dass ich sie tot in meinen Armen hielt."

Madison schwieg eine ganze Weile. „Roger, es ist gut", sagte sie schließlich. „Ich habe Lainie sehr geliebt, immerhin war sie meine Mutter. Aber jetzt bin ich erwachsen, und ich weiß, dass sie Menschen verletzt hat. In meinen Augen bist weder du noch mein Dad für den Schmerz der Vergangenheit verantwortlich."

„Ich bin froh", sagte er, sich erhebend. „Weil ich glaube, dass dich und Kyle etwas ganz Besonderes verbindet."

„Danke. Ich hoffe es", gab Madison zurück und stand ebenfalls auf.

„Es war gut, dich als Stieftochter zu haben. Aber dass du jetzt meine Schwiegertochter bist, freut mich noch mehr."

„Ich finde dich auch ganz toll, Roger."

Er gab ihr einen Kuss auf die Stirn. Sie brachte ihn zur Tür und sah überrascht, dass Trent seinen Karman Ghia in einem seltsamen Winkel auf ihrem Rasen geparkt hatte und jetzt auf sie zugerannt kam.

„Hi, Roger."

„Hallo, Trent. Kommst du auch gratulieren?"

„Was?“ Trent runzelte die Stirn. „Äh ... nein, ja, ja ... na klar! Hi, Schwesterherz, alles Gute.“

„Also, ich muss jetzt los, Leute“, sagte Roger. „Ihr kommt ja auch ohne mich klar. Madison, da ihr beide ja in gewisser Weise durchgebrannt seid, werden wir die Hochzeitsfeier wohl nachholen müssen, was meinst du?“

„Klingt gut, Roger, danke“, sagte sie.

Roger ging zu seinem Wagen. Madison wandte sich an Trent. „Ich nehme an, du willst mir alles Gute wünschen und mir anschließend erzählen, dass du an dem Tag, an dem meine Mutter starb, einen Riesenkrach mit ihr hattest.“

Trent schaute einen Augenblick verdutzt drein, dann zog er die Augenbrauen zusammen. „Ich hatte nie Krach mit ihr. Ich habe mich von ihr fern gehalten.“

„Ach“, murmelte Madison. „Und du bist nicht gekommen, um mir alles Gute zu wünschen?“

Eine verlegene Röte kroch in seine Wangen. „Entschuldige. Ich freue mich natürlich für dich, aber dass ich sonderlich überrascht wäre, könnte ich nicht behaupten. Ich hatte vor vielen Jahren schon das Gefühl, dass sich zwischen euch etwas anbahnt, doch dann heiratete Kyle Fallon, und du ... na, du weißt schon. Aber ehrlich, ich freue mich für euch beide.“

„Aber was ...“

„Madison, es ist etwas Wundervolles passiert!“ sagte er und ergriff aufgeregt ihren Arm.

„Was ist?“

„Stell dir vor, ich habe meinen ersten Roman verkauft. Ganz ohne Dads Hilfe. Ich habe das Manuskript nicht einmal unter meinem richtigen Namen eingeschickt. Madison, ich habe ein sechsstelliges Angebot für dieses Buch und seine Fortsetzung! Oh Gott, Madison, ich kann schreiben. Ich kann wirklich und wahrhaftig schreiben!“ Er umarmte sie, hob sie hoch und wirbelte sie einmal im Kreis herum, und sie begann zu lachen.

„Also wirklich, Trent, das ist ja toll. Ich freue mich ganz schrecklich für dich. Wie heißt es denn?“

„Der Arbeitstitel lautet *Die Farbe des Todes*. Ich weiß nicht, ob es letztlich dabei bleibt. Es geht um einen Messerstecher.“

„Um einen ... Messerstecher.“

Er errötete erneut. „Es ist nicht wie Rogers Bücher. Mein Buch ist ... schmutziger, realitätsnäher. He, meine Schwester ist Pathologin, und jetzt gibt es auch noch einen FBI-Agenten in der Familie ...“

„Ja, es gibt einen FBI-Agenten in der Familie“, murmelte Madison.

Er lächelte. „Hast du Lust, es zu lesen und mir dann zu sagen, was du davon hältst? Ich habe eine Kopie im Auto.“

„Ja, klar. Bestimmt bin ich begeistert. Aber du hast gesagt, du hättest es bereits verkauft.“

„Deine Meinung interessiert mich trotzdem.“

„Sicher.“

Er grinste und ging zu seinem Auto. Einen Moment später kam er mit dem Manuskript zurück und drückte es ihr in die Hand. „Natürlich weiß ich, dass du so etwas normalerweise nicht liest – ich bin nicht so ein schlechter Bruder, dass ich nicht wüsste, dass dir die Hälfte der Zeit genug schlimme Dinge durch den Kopf gehen. Aber mir liegt sehr viel an deiner Meinung. Du kannst dir gar nicht vorstellen, wie sehr ich mir immer gewünscht habe zu schreiben, doch gerade als Dads Sohn fand ich es äußerst schwierig, einen Roman herauszubringen. Ich wollte nicht seinen Einfluss bei den Verlagen benutzen, verstehst du?“

Sie nickte. „Ich verstehe.“

Trent packte sie an den Unterarmen, zog sie an sich und gab ihr einen Kuss auf die Stirn. „Also nochmal, ich freue mich wirklich für dich, aber eine Überraschung war es nicht. Ich meine, ihr schlaft doch schon miteinander, seit er wieder in der Stadt ist, oder? Gott, bin ich ungehobelt. Entschuldige. Ich bin im Moment wirklich nicht ganz zurechnungsfähig. Nun, wir feiern ja bald. Ich muss jetzt los. Ich liebe dich. Und vielen, vielen Dank!"

Er drehte sich um und stürmte zu seinem Auto zurück. Madison eilte ihm nach. „He! Pass auf, dass du keinen Unfall baust!"

Er schüttelte den Kopf. „Ich krieg mich schon wieder ein. Es ist einfach nur so, dass ich im Augenblick auf Wolke Nummer neun schwebe." Er winkte ihr zum Abschied zu. „Ehrlich, ich kann es kaum erwarten, Dad die Neuigkeit zu überbringen."

„Er ist vorhin nach Key West zurückgefahren."

„Ich weiß. Aber ich hole ihn ein – spätestens im Rusty Rumhouse in Key Largo, dort macht er immer Station."

„Fahr vorsichtig!"

„Mach ich."

Er warf ihr einen Handkuss zu. Während Madison ins Haus zurückging, las sie die ersten Zeilen des Manuskripts.

Der riesige Greifarm des Baggers holte Dreck, Müll und etwas, das sich leuchtend rosa von dem schwarzen Erdreich abhob, aus dem Loch.

Kranführer John Laramore saß wie zur Salzsäule erstarrt da und starrte mit offenem Mund auf den rosafarbenen Gegenstand. Einen Moment später sprang er aus dem Führerhaus und ging darauf zu.

Fleisch. Menschliches Fleisch.

Eine Frau. Jetzt lag ihr nackter Körper auf dem Müllhaufen, ihr Mörder hatte sie achtlos weggeworfen wie einen Essensrest. Ihre weit aufgerissenen blauen Augen starrten in den Himmel. Ihr Mund stand ebenfalls offen, verzerrt zu einem stummen Schrei ...

„Ach du meine Güte", stöhnte Madison laut auf, während sie ins Haus ging. Auch wenn sie alles andere als scharf darauf war, ihr würde nichts anderes übrig bleiben, als das Manuskript zu lesen. Es bedeutete Trent so viel.

Warum um alles in der Welt hatte er sich, wenn er nicht mit den Büchern seines Vaters konkurrieren wollte, nicht für Kinderbücher entschieden?

„Madison!“ rief Peggy gut gelaunt.

Madison legte das Manuskript in der Küche auf den Tresen und schaute von Peggys Gesicht auf ihre Hand, die den Telefonhörer hielt.

„Ich wette, es ist wieder die Familie. Oder Kyle.“

„Ersteres, Liebes. Es ist Ihre Schwester, Kaila.“

„Danke“, sagte Madison und nahm Peggy den Hörer aus der Hand. „Hallo, Kaila.“

„He, das ist ja vielleicht ein Ding! Du brennst einfach durch und heiratest heimlich unseren großen Bruder.“

„Er ist nicht unser Bruder, Kaila.“

Kaila kicherte. „Natürlich nicht, Dummchen. Es ist aber trotzdem völlig irre, oder etwa nicht?“

„Ja, stimmt.“

„Ich wollte dir nur sagen, dass ich ganz aus dem Häuschen bin. Meiner Meinung nach seid ihr ein echtes Traumpaar.“

„Danke“, sagte Madison. Das Telefon piepste zweimal – auf der anderen Leitung war noch ein Anruf.

„Kaila, wart’ eine Sekunde. Leg nicht auf. Wir müssen dringend miteinander reden. Ich wollte es schon in der Galerie, aber ... bleib dran“, sagte sie und drückte auf den Knopf. „Hallo?“

„Madison!“

„Hi, Rafe!“ sagte sie und schüttelte verdutzt den Kopf.

„Ich wollte dir und meinem kleinen Bruder nur ganz herzlich gratulieren. Wo treibt sich der Junge denn rum?“

„Er arbeitet irgendwo, aber ich weiß nicht, wo.“

„Das ist ja nicht zu fassen. Da heiratet der Kerl die tollste Frau der Welt und macht genauso weiter wie bisher. Ich werde mit dem Jungen ein Hühnchen rupfen müssen."

Sie lächelte. „Es ist okay, Rafe. Wir werden es irgendwann wieder gutmachen."

„Da bin ich mir sicher. Ich wollte euch nur das Allerbeste wünschen."

„Danke. Ich richte ihm aus, dass du angerufen hast. Bestimmt bedauert er es, dass er deinen Anruf verpasst hat."

„Bestimmt. Dann mach's mal gut, Madison. Und pass auf dich auf."

„Du auch." Sie drückte wieder auf den Knopf. „Kaila?"

„Ich bin noch dran."

„Es war Rafe."

„Um dir zu gratulieren."

„Richtig."

„Nun, mehr wollte ich auch nicht. Gott! Ich freue mich ja so für euch beide."

„Danke." Erneut piepste es zweimal. Sie stöhnte. „Hör zu, Kaila, da ist schon wieder ein Gespräch auf der anderen Leitung ..."

„Nimm es an. Ich lege jetzt auf. Ich rufe dich später nochmal an."

„Warte, Kaila ..."

„Ich habe im Moment keine Zeit, ich melde mich später nochmal." Kaila legte auf.

„Kaila!" schrie Madison, aber es war bereits zu spät. Sie drückte auf den Knopf. „Wer kann denn das jetzt noch sein?" murmelte sie in sich hinein und sagte dann „Jassy?" ins Telefon.

„Woher weißt du, dass ich es bin?"

„Mehr Familie habe ich nicht."

„Ruft dich sonst niemand an?"

„Doch, ab und zu. Was gibt es Neues bei dir?"

„Was es bei mir Neues gibt? Ich werd nicht mehr. Dabei warst du doch alles andere als erfreut, Kyle wiederzusehen", flachste Jassy.

„Ganz so stimmt es auch wieder nicht. Und ist das deine Art, mir deine herzlichsten Glückwünsche zu übermitteln?"

„Nein, ich rufe nicht an, um dir zu gratulieren."

„Ach."

„Ich muss mit dir reden."

„Gut. Schieß los."

„Nicht am Telefon."

„Oh Jassy, du willst doch nicht etwa, dass ich schon wieder ins Leichenschauhaus komme?"

„Nein, ich bin bei Jimmy zu Hause."

„Bei Jimmy zu Hause?" fragte Madison überrascht.

„Ja. Weißt du, wo er wohnt?"

„So ungefähr. Ich war noch nicht bei ihm, aber wir haben uns einmal auf dem Parkplatz vor seinem Haus getroffen. Er wohnt in einem dieser Apartmenthauskomplexe auf der Brickell, richtig?"

„Richtig." Jassy gab ihr die genaue Adresse. „Kannst du gleich kommen?"

„Ich schätze schon."

„Kyle ist nicht da, oder?"

„Nein."

„Gut. Ich möchte, dass du allein kommst."

„He, Jassy, was soll die Geheimniskrämerei?"

„Bitte, frag nicht lang rum, sondern komm einfach. Ich erkläre es dir, wenn du hier bist."

„Also gut. Ich bin schon unterwegs."

Madison legte auf. „Peggy!" rief sie. „Ich treffe mich mit meiner Schwester. Ich bin bald zurück."

„Nein! Nicht allein!" protestierte Peggy.

Aber Madison tat so, als hätte sie nichts gehört, schnappte sich ihre Tasche und verließ das Haus. Der Spätvormittagsverkehr war flüssig, und sie schaffte es in weniger als fünfzehn Minuten zu Jimmys Haus. Sie parkte, fand sofort das richtige Apartment und klingelte.

„Ja?“ hörte sie die Stimme ihrer Schwester.

„Ich bin’s, Jassy!“

„Komm rein, es ist offen.“

Sie drehte den Türknopf und betrat die Wohnung.

Überrascht ließ sie die Tür hinter sich ins Schloss fallen, während sie sich langsam einmal um die eigene Achse drehte und sich mit offenem Mund in Jimmy Gates’ Wohnzimmer umschaute.

Es war ein kleiner, hübsch eingerichteter Raum. Um den Fernseher, Videorecorder und CD-Spieler war eine Sitzgruppe aus Leder arrangiert. Die Wände waren strahlend weiß.

Überall hingen geschmackvoll gerahmte Plakate. Film- und Theaterplakate.

Und alle zeigten sie Lainie Adair.

18. KAPITEL

„Wenn ich ihn vor mir hätte, könnte ich ihn identifizieren“, präzisierte Bitsy. „Ich meine, wie soll ich einen Typen identifizieren, den ich nicht vor mir habe?“

„Vielleicht können Sie ihn ja beschreiben. Gesichtsform, Augen, Haare und so“, sagte Kyle. „Ein Polizeizeichner könnte versuchen, ein Phantombild von ihm anzufertigen. Wären Sie dazu bereit?“

„Sicher. Aber ich weiß nicht, ob ich Ihnen eine große Hilfe sein kann.“

„Warum nicht?“

„Weil er die ganze Zeit über eine dunkle Sonnenbrille aufhatte, sodass ich seine Augen nicht sehen konnte. Ich weiß nicht, was er für eine Augenfarbe hatte."

„Das macht nichts. Der Zeichner kann ihn mit Sonnenbrille zeichnen."

„Und dann seine Haare."

„Was war denn mit seinen Haaren?"

„Ich glaube, er trug eine Perücke."

„Ein Toupé?"

„Ja."

„Dann war er also kahl darunter?"

„Wer weiß? Auf jeden Fall kam er mir irgendwie verkleidet vor. Vielleicht betrog er ja seine Freundin mit dieser anderen oder so."

„Bitsy, Sie sind die einzige Zeugin, die wir haben. Ich wäre Ihnen wirklich dankbar, wenn Sie mit uns nach Miami kämen."

Bitsy warf ihrem Boss einen Hilfe suchenden Blick zu.

„Dieser Mann hat eine Reihe Frauen brutal ermordet", erinnerte Kyle.

Ihre Unterlippe zitterte leicht. „Ich weiß. Ich möchte ja auch helfen. Es ist nur so, dass ich ein kleines Kind habe und ..."

„Wir teilen das Trinkgeld auf, Bitsy", bot eins der anderen Mädchen großzügig an.

„Und ich bezahle Ihnen die Ausfallzeit", sagte der Geschäftsführer.

„Oh." Betsy atmete erleichtert auf. „Vielen Dank."

„He, Honey", sagte eine brünette Kellnerin. „Da draußen läuft ein Mörder frei herum. Sieh zu, dass sie ihn schnappen, bevor er sich eine von uns schnappt."

„Gehen wir", sagte Bitsy.

„Was zum Teufel ...?" rief Madison aus.

„Was ist denn?“ Jassy schaute sie fragend an. „Ach, die Plakate“, sagte sie dann.

„Ja, die Plakate! Und alle zeigen sie Lainie.“ Madison starrte ihre Schwester an.

Jassy kuschelte sich in eine Ecke des Ledersofas. „Ich schätze mal, er ist irgendwie besessen von ihr.“

„Das schätze ich auch.“ Madison wandte sich Jassy wieder zu und schüttelte den Kopf. „Jassy, was tust du hier? Was geht hier vor? Und wo ist Jimmy – ist er auch hier?“

Jassy schüttelte den Kopf. „Er ist im Büro. Und ich kann es gar nicht glauben, dass dir nicht schon längst ein Licht aufgegangen ist, aber ... Jimmy ist der Typ.“

„Was für ein *Typ*?“

„Na, *mein* Typ. Der Typ, mit dem ich schlafe, um es ganz genau zu sagen.“

„Oh, mein Gott!“

„Was soll das denn heißen, oh, mein Gott? Stimmt mit Jimmy irgendetwas nicht?“

„Nein, nichts, nichts ... ich meine, natürlich stimmt alles mit ihm ... es ist nur, weil ... also ... ich meine, ich hatte keine Ahnung, und jetzt ... diese Plakate! Jassy, diese Plakate sind mir ... unheimlich, ehrlich.“

Jassy schüttelte ungeduldig den Kopf. „Er hat früher irrsinnig für Lainie geschwärmt. Deshalb war es ihm so wichtig, ihren Mörder zu finden. Und diese Sammlung hier ist mittlerweile einiges wert.“

Madison kam ganz ins Zimmer und setzte sich neben ihre Schwester auf die Couch. Sie schaute sich noch immer fassungslos um. „Das Leben ist manchmal wirklich total verrückt.“

„Himmel, ja. Und du hast Kyle geheiratet.“

Madison atmete aus und schüttelte wieder den Kopf. „Du und Jimmy Gates! Ich fasse es nicht.“ Sie schaute Jassy an. „Und ich war völlig ahnungslos. Warum bist du eigentlich nicht bei der Arbeit? Warum wolltest du, dass ich hierher komme?"

„Du magst das Leichenschauhaus nicht."

„Jassy, auch wenn es in deinen Ohren überraschend klingt, aber die meisten Leute mögen Leichenschauhäuser nicht."

„Harry Nore hat Holly Tyler nicht getötet."

„Damit erzählst du mir nichts Neues. Das habe ich nie geglaubt. Ich glaube auch nicht, dass er meine Mutter getötet hat."

„Aber Holly Tyler hat er definitiv nicht getötet."

„Woher weißt du das?"

„Holly Tyler hatte kurz vor ihrem Tod Geschlechtsverkehr. Die DNA-Proben stimmen nicht überein."

„Dann ... wenn sie Proben haben, können sie ja vielleicht den Täter herausfinden."

„Ja."

„Ich kapiere es immer noch nicht. Warum bin ich hier?"

Jassy zuckte die Schultern. „Weil es so aussieht, als ständen der Mord an Lainie und die anderen Morde in einem wie auch immer gearteten Zusammenhang. Wir brauchen Spermaproben. Kyle muss uns auch eine geben."

„Kyle!"

„Wir müssen jetzt alle Möglichkeiten in Betracht ziehen, Madison."

„Und was ist mit Jimmy hier, mit seinem Posterfimmel?"

„Um Jimmy kümmere ich mich schon. Dann müssen wir zu Dad gehen ..."

„Zu Dad?"

„Und zu Roger Montgomery."

„Jassy! Jassy, ich kenne unser Rechtssystem nicht sehr gut, aber ich glaube nicht, dass wir einfach zu ihnen hinmarschieren und Spermaproben von ihnen verlangen können."

„Wir reden jetzt nicht von unserem Rechtssystem, sondern davon, wie wir Leute von einem Verdacht reinwaschen können. Unsere Familie."

„Du kannst sie doch nicht einfach fragen ..."

„Madison! Hier geht es um Menschenleben."

Madison verfiel in Schweigen und schaute sich erneut in dem Zimmer um. Sie hob die Hände. „Menschenskind, Jassy – stört dich das hier nicht?"

Jassy zuckte die Schultern. „Na ja, ich habe vorgeschlagen, dass er vielleicht ein paar von den Dingern abnehmen könnte, aber ... es ist Kunst, und sie haben inzwischen Sammlerwert."

Madison sagte nichts.

„Sie war deine Mutter, und es tut mir wirklich Leid, Madison, aber Jimmy und ich sind erst seit ungefähr einem Monat zusammen. Es läuft bestens mit uns, doch ich kann ihm wirklich keine Vorschriften machen."

„Ach! Ihm willst du keine Vorschriften machen, aber ich soll Kyle um eine Spermaprobe bitten."

Jassy zuckte die Schultern. „Es gibt auch andere Mittel und Wege. Wenn ihr beide unbedingt noch mehr Zeit verschwenden wollt ..."

„Jassy, bitte."

„Na schön, wenn es dir unangenehm ist, werden wir eben einen anderen Weg finden müssen."

„Großartig. Und was ist mit Dad und Roger und Trent und Rafe? Bei Jimmy kannst du dir ruhig noch ein bisschen Zeit lassen, nehme ich an, weil ..."

„Madison, es ist mir ernst. Du hast einfach Angst, der Wahrheit ins Auge zu blicken."

Madison spürte, wie ihr ein kalter Schauer über den Rücken lief, und sie fragte sich bang, ob ihre Schwester nicht womöglich den Nagel auf den Kopf getroffen hatte. Sie wollte der Wahrheit tatsächlich nicht ins Auge blicken. Hatte sie das blind gemacht? In ihren Träumen?

„Kyle kann es unmöglich sein. Und ich kann nicht glauben, dass mein Vater meiner Mutter so etwas antun würde."

„Offen gestanden glaube ich, dass es für den Mord an Lainie ein handfestes Motiv gibt", sagte Jassy.

„Jassy!"

„Nach allem, was wir bisher wissen, war es eine so genannte Beziehungstat. Ein Verbrechen aus Leidenschaft, und Lainie konnte in Menschen zweifellos Leidenschaften erwecken. Was ich nicht ganz verstehe, ist die Verbindung zwischen dem Mord damals und den aktuellen Morden. Obwohl ich Kyles Erklärung sehr einleuchtend finde. Vielleicht hat es dem Mörder wirklich lange Zeit gereicht, Lainie getötet zu haben, und dann hat plötzlich der Anblick einer bestimmten Frau wieder alte Gefühle in ihm geweckt. Und ab diesem Zeitpunkt ist die Sache total außer Kontrolle geraten."

„Jassy ...", begann Madison erneut, dann schaute sie auf ihre Uhr. „Jassy, verdammt, du bist schuld, wenn ich mich verspäte. Ich muss Carrie Anne abholen."

Jassy erhob sich und schaute ebenfalls auf ihre Armbanduhr. „Ruf doch einfach Kaila an und sag ihr, dass sie Carrie Anne mitnehmen soll, wenn sie Justin abholt."

„Es ist zu spät. Kaila ist bestimmt schon unterwegs."

„Es ist nicht zu spät", widersprach Jassy und ging zum Telefon, das auf einem Beistelltisch neben der Couch stand. „Du bist oft viel zu pessimistisch. Ständig sagst du ‚es geht nicht', ohne es vorher ausprobiert zu haben. Siehst du, Kaila meldet sich. Kaila, hier ist Jassy. Madison ist bei mir. Kannst du vielleicht Carrie Anne mitnehmen, wenn du Justin abholst, und Madison holt sie dann bei dir zu Hause ab? Ja, gut." Jassy legte mit einem zufriedenen Lächeln auf. „Siehst du, kein Problem."

„Aber ich will meine Tochter selbst abholen, Jassy. Ich möchte ihr erzählen, dass ich geheiratet habe."

„Erst wenn du dich einverstanden erklärst, mir zu helfen."

„Jassy ..."

„Es gibt zum Beispiel auch die Möglichkeit der Hypnose."

„Was?"

„Du hast dich nie hypnotisieren lassen."

„Na und?"

„Du hast Lainies Mörder ‚gesehen', richtig? Bloß sein Gesicht nicht. Vielleicht würdest du es ja unter Hypnose schaffen, sein Gesicht zu sehen."

„Jassy, ich habe in Wirklichkeit überhaupt nichts gesehen, das hat sich alles nur in meinem Kopf abgespielt."

„Du weißt es, Madison. Du weißt es einfach. Vielleicht könnte dir ein Hypnotiseur helfen zu sehen."

„Jassy ..."

„Warum zum Teufel willst du es nicht wenigstens versuchen, bevor noch jemand ermordet wird?" fragte Jassy wütend.

Madison warf in verzweifelter Gebärde die Hände in die Luft. „Du willst also, dass ich mich hypnotisieren lasse? Na schön. Mach einen Termin."

Jassy sprang auf. „Ich kenne die richtige Person", sagte sie und wählte erneut eine Nummer. „Ich möchte, dass du ein paar Worte mit ihr sprichst, und wenn sie dir sympathisch ist, gehen wir morgen hin, okay?"

Madison seufzte und nahm ihrer Schwester den Hörer aus der Hand.

Bill Decker, der Phantombildzeichner, war ein erfahrener, talentierter Mann. Aber Bitsy trieb ihn zum Wahnsinn.

Phantombildzeichner waren daran gewöhnt, das, was sie gezeichnet hatten, zu verändern. Das gehörte zu ihrer Arbeit dazu. Die Zeichnung musste immer wieder verändert werden, bis das Bild mit dem erinnerten Gesicht übereinstimmte.

Bill arbeitete mit seinem Zeichenblock, und Kyle, Jake Ramone und Bitsy schauten ihm über die Schulter.

„Entschuldigung, Ma'am, war die Nase gerade? Oder leicht gebogen? Wir hatten beides schon ein paarmal", sagte der Mann.

„Ich weiß es nicht, ich weiß es wirklich nicht mehr", sagte Bitsy und rang verzweifelt die Hände. „Vor ein paar Minuten war das Gesicht noch da, aber jetzt ..."

„Vielleicht sollten wir nochmal ganz von vorn anfangen."

„Wissen Sie was?" sagte Kyle und lächelte Bitsy an. „Vielleicht sollte ich es einmal probieren. Mein Vater ist Maler, und ich habe ein bisschen von seinem Talent geerbt. Okay, Bill?"

Bill hob dankbar die Hände.

„Aber bleiben Sie hier und geben Sie mir ein bisschen Hilfestellung, ja?" bat Kyle.

Er lächelte Bitsy an. „Also, noch mal ganz von vorn. Die Gesichtsform, wie soll ich sie zeichnen? Hier oval, an der Stirn breiter? Und der Mund ...?"

„Volle, wirklich sexy Lippen", sagte Betsy. „Ich erinnere mich daran, dass ich dachte, warum sich wohl so ein gut aussehender Typ eine derart idiotische Verkleidung zulegt ... ja, das ist es, der Mund ist perfekt. Und die Nase ist ... gerade."

Bitsy redete weiter, und Kyle zeichnete, schraffierte, radierte etwas aus und zeichnete es wieder anders hin.

Irgendwann im Verlauf der Prozedur wurde ihm unerklärlicherweise hundeelend zumute. Wenig später senkte sich eisige Kälte auf ihn herab. Das Bild, das er zeichnete, war mehr als nur irgendein Gesicht. Es war ein Mensch. Ein ganz bestimmter Mensch. Es machte keinen Sinn.

„Nein", murmelte er. „Großer Gott, nein."

„Ja ... ja ... genau so ist es richtig. Absolut richtig."

Kyle schaute zu Jake Ramone auf. „Wo zum Teufel steckt eigentlich Jimmy Gates? Ich muss ihn auf der Stelle sprechen. Entschuldigen Sie mich einen Moment." Er zog sein Handy aus seiner Tasche und rief in Madisons Haus an. Peggy kam an den Apparat.

„Peggy, geben Sie mir bitte Madison."

„Sie ist bei ihrer Schwester, Mr. Montgomery."

„Bei welcher Schwester?"

„Oh, jetzt wo Sie mich fragen, fällt mir erst auf, dass ich das gar nicht weiß. Sie sagte einfach nur, sie wolle kurz bei ihrer Schwester reinschauen."

„Wenn sie nach Hause kommt, halten Sie sie unter allen Umständen fest."

Er stand so heftig auf, dass die Staffelei umkippte. „Jake, hängen Sie sich ans Telefon und versuchen Sie unter allen Umständen Jimmy aufzutreiben. Ich versuche unterdessen, meine Frau zu finden. Wir brauchen einen Haftbefehl, aber schnell. Ich habe das dumpfe Gefühl, dass er jeden Moment durchdreht. Jesus."

„Wer ist es denn?" fragte Jake, völlig verdutzt über Kyles plötzlichen Aktivismus.

Kyle zögerte einen Moment, wobei er sich fühlte, als ob eine Messerklinge sein Herz durchbohrte.

Dann sagte er Jake den Namen.

Kaila verließ das Haus mit Anthony auf dem Arm und Shelley, die neben ihr hertrottete. Sie hatte eben die beiden Kleinen in ihren Kindersitzen festgeschnallt, als ein Auto hinter ihrem Minivan zum Stehen kam.

Ihr Herzschlag beschleunigte sich etwas, als sie sah, wie Darryl aus seinem Wagen ausstieg und auf sie zukam. „Hi, Kaila, hast du das frisch gebackene Brautpaar schon gesehen?"

Kaila schüttelte verlegen den Kopf. „Madison wird gleich hier sein. Ich wollte gerade Justin und Carrie Anne vom Kindergarten abholen."

„Dann ist es ja gut, dass ich dich noch erwischt habe. Ich hole Carrie Anne ab."

„Aber Madison wollte herkommen und sie hier ..."

„Kein Problem. Ich gehe nur kurz mit ihr ein Eis essen und liefere sie dann hier ab."

„Aber ..."

„Kaila, was ist los mit dir? Sie ist meine Tochter. Ich hole sie vom Kindergarten ab, gehe mit ihr ein Eis essen und bringe sie anschließend hierher." Verärgert wandte Darryl sich ab und ging zu seinem Wagen zurück. Kaila stieg ebenfalls in ihr Auto ein, um Justin abzuholen. Sie fragte sich, warum sie sich so seltsam beklommen fühlte.

Sie erschauerte.

„Was ist, Mommy?" fragte Shelley.

„Nichts, Baby, gar nichts."

Sie fuhr los.

Bei Justins Vorschule ließ sie die beiden Kleinen in ihren Kindersitzen und entfernte sich etwa zehn Schritte vom Auto, bereit, Justins Lehrer zu winken, sobald er in der Tür auftauchte.

Ihr Sohn schenkte ihr ein breites Lächeln, als er schließlich angetrabt kam. Sie lächelte zurück. Gott, wie sehr sie ihre Kinder liebte. Sie war so glücklich, und doch hätte sie um ein Haar alles weggeworfen.

„Na, mein Großer?" sagte sie und verstrubbelte ihm seine Haare. „Wie war's in der Schule?"

„Gut", sagte er und kletterte auf den Rücksitz.

Kaila fuhr zu ihrem Haus zurück und stieg aus. „Justin, pass eine Sekunde auf deine beiden Geschwister auf. Ich schließe nur rasch auf", wies sie ihren Sohn an und ging dann zum Haus. „Verdammt!" brummte sie einen Augenblick später verärgert. Sie hatte die Milch vergessen. Und zu knabbern hatte sie auch nichts im Haus. Wenn Madison nachher kam, um Carrie Anne abzuholen, und warten musste und Kyle womöglich auch noch mitkam, hatte sie gar nichts anzubieten. Sie sollte wohl besser noch einmal zurückfahren.

Als sie die Tür ihres Minivans öffnete, kicherte Justin vergnügt in sich hinein.

„Was ist los?“ fragte sie.

„Nichts.“

„Also, Kinder, ich fürchte, wir müssen noch mal kurz in den Supermarkt.“ Sie rutschte hinters Steuer, und die Kinder prusteten los.

„Was gibt es denn so Lustiges?“ fragte Kaila und legte den Gang ein.

Sie drehte sich um, und dann sah sie es selbst.

Zuerst war sie nicht erschrocken, nur völlig verdattert.

Gleich darauf regte sich die Angst.

Irgendwann auf dem Weg zu Kaila wurde Madison plötzlich seltsam beklommen zumute, und ein Gefühl von Dringlichkeit stellte sich ein. Sie sagte sich, dass es keinen Grund zur Panik gebe, dass Kaila die Kinder abgeholt hätte und dass sie alle bereits zu Hause wären.

Dennoch fuhr sie an den Straßenrand, zog sich ihre Handtasche vom Beifahrersitz herüber und begann nach ihrem Handy zu kramen. Sie bekam es nicht gleich zu fassen, deshalb kippte sie den Inhalt auf dem Sitz aus. Sie schnappte sich das Telefon und wählte Kailas Nummer. Bestürzt lauschte sie dem Anrufbeantworter. Noch bestürzter war sie, als sie gleich darauf das Warnsignal hörte.

Sie nahm das Handy vom Ohr, schaute es an und fluchte. Ihre Batterien waren leer.

Sie warf das Telefon verärgert und zunehmend alarmiert neben sich auf den Beifahrersitz.

Sie war noch etwa zwei Häuserblocks vom Haus ihrer Schwester entfernt, als sie die höhnische Stimme hörte – oder spürte.

Was könnte schlimmer sein, als um sein eigenes Leben fürchten zu müssen? Womöglich um das Leben seines Kindes fürchten zu müssen?

Sie hörte die Stimme so deutlich, dass sie sich in ihrem Wagen umschaute.

Sie war allein. Mutterseelenallein.

Panik stieg in ihr auf. Sie startete und fuhr aus der Parklücke heraus, wobei sie den Van einer Firma, die Windeln ins Haus lieferte, schnitt. Der Fahrer drückte wütend auf die Hupe, aber sie ignorierte es und trat das Gaspedal noch weiter durch.

Als sie in die Straße zu Kailas Haus einbog, sah sie deren Minivan vor sich, der eben auf die Straße, die zum Expressway führte, abbog.

„Kaila!“ schrie Madison aus dem Fenster. Sie wusste, dass es zwecklos war.

Der Minivan verringerte seine Geschwindigkeit nicht. Tatsächlich fuhr Kaila wie eine Verrückte. Madison raste hinterher. Sie ließen das Viertel, in dem ihre Schwester wohnte, hinter sich und waren bald auf der Schnellstraße. Sie überholte ein paar Autos und fuhr so rücksichtslos wie noch nie. Sie konnte es kaum glauben, dass Kaila mit den Kindern im Auto derart raste.

Aber gleich darauf wusste sie den Grund. Sie hörte die Stimme erneut.

Was könnte schlimmer sein, als um sein Leben fürchten zu müssen? Womöglich um das Leben seines Kindes fürchten zu müssen?

Sie hatte es in ihrem Traum gesehen.

Sie wusste – lange bevor sie nach Westen abbogen –, dass sie den Tamiami Trail in Richtung Everglades nehmen würden.

Kailas Mann Dan stand in seiner Einfahrt und kratzte sich das Kinn, als Kyle seinen Wagen mit quietschenden Reifen zum Stehen brachte. „Wo sind die beiden Frauen?"

„Die beiden Frauen? Keine Ahnung. Wollte Madison denn kommen? Ich weiß nicht einmal, wo Kaila steckt. Himmel, kaum denke ich, wir könnten es vielleicht doch noch einmal miteinander versuchen, zieht sie ein neues Ding ab. Dabei habe ich heute extra ein bisschen früher Schluss gemacht, weil ich dachte, wir könnten mit euch beiden vielleicht noch einen Schluck auf das freudige Ereignis trinken."

Kyle zog sein Handy heraus und wählte Jassys Nummer. Er bekam nur ihren Anrufbeantworter. Er fluchte.

„He, Kyle, was ist los? Willst du ein Bier? Oder kann ich sonst etwas für dich tun?"

„Ja, steig ein."

„Einsteigen? Warum, was ist denn los?"

„Ich weiß, wer der Mörder ist", sagte Kyle.

Kaila fragte sich, wie lange er sich schon in dem Minivan versteckt haben mochte.

Für die Kinder war es ein Riesenspaß. Kaila war dankbar, dass sie alle hinten saßen, Justin am äußersten Ende, Shelley und Anthony in der Mitte, direkt hinter ihr.

Weil *er* jetzt nämlich neben ihr saß.

Sein Messer lag auf seinem Schoß. Ein Klappmesser. Er hatte es aufschnappen lassen und wieder zugeklappt und wieder aufschnappen lassen und wieder zugeklappt, immer wieder.

„Das ist nicht lustig", sagte sie in dem Versuch, mutig zu sein.

„Nein, überhaupt nicht. Das Leben ist ernst."

„Warum tust du mir das an?"

„Ich tue dir nichts an. Du weißt, dass du mit mir schlafen willst, und irgendwann wirst du mich lieben. Du hast nur Angst davor. Du bist ihr nicht sehr ähnlich, weißt du."

„Ähnlich? Wem?"

„Deiner Mutter."

Panik stieg in ihr auf. Sie warf ihm einen Blick von der Seite zu. Jetzt sah er gar nicht mehr so anziehend aus. Da war irgendetwas in seinen Augen, ein seltsamer Zug um seinen Mund ...

Sie befeuchtete sich die Lippen. „Es tut mir Leid. Ich wollte dich nicht an der Nase herumführen. Ich habe einen Fehler gemacht. Ich bin verheiratet."

„Das kann sich ändern."

„Ich habe Kinder."

„Ich liebe sie. Oder ...", er lächelte und befingerte sein Messer, „ich kann sie loswerden. Tatsächlich will ich dir nur eine Chance geben, mich so zu lieben, wie du mir immer zu verstehen gegeben hast, dass du es könntest und ... nun, davon hängt jetzt ihr Leben ab. Fahr schneller. Wir haben noch fünfzehn Meilen vor uns, und dann kannst du zeigen, was du kannst."

Sie fing an zu zittern.

Du wirst sterben, sagte sie sich. Sie würde sterben. Sie war ihrem Mann, der ihr immer ein guter Ehemann gewesen war, eine schlechte Ehefrau gewesen, und jetzt bestrafte Gott sie dafür. Sie hatte so schreckliche Angst. Sie wollte nicht sterben wie ihre Mutter.

Sie durfte nicht sterben. Nicht jetzt. Die Kinder waren im Auto. Sie musste alles tun, um am Leben zu bleiben. Egal, was mit ihr am Ende passierte, die Hauptsache war, dass sie am Leben blieb, bis ...

Bis die Kinder irgendwo in Sicherheit waren.

Der Minivan bog auf eine fast unsichtbare Seitenstraße ab.

Es wäre verrückt, ihm zu folgen. Sie musste zurück. Sie musste eine Tankstelle, ein Telefon finden.

Aber Tankstellen und Telefone gab es auf dem Trail nicht. Sie waren meilenweit weg. Viele, viele Meilen. Wenn sie dem Minivan nicht weiterhin folgte, würde sie ihn aus den Augen verlieren. Ihre Schwester, ihre Tochter und alle Kinder ihrer Schwester waren in dem Wagen.

Oh Gott.

Madison fing an zu zittern. Es war genauso wie vor all diesen Jahren. Sie musste sich bewegen. Wenn sie es damals geschafft hätte, den Flur hinunterzukommen, wäre es ihr vielleicht gelungen, den Mörder ihrer Mutter aufzuhalten. Wenn sie jetzt aufgab, könnte sie ihre Tochter verlieren. Ihre Schwester. Shelley, Justin, Anthony ...

Oh Gott.

Sie war so betäubt vor Angst, dass sie fast von der Straße abkam. Der Minivan vor ihr war kaum mehr zu sehen. Auf einmal blieb er ruckartig stehen. Schnell trat sie ebenfalls auf die Bremse und zog das Steuer nach rechts. Der Cherokee kam ins Schleudern und drehte sich halb um seine eigene Achse. Glücklicherweise rutschte er nicht in das Sumpfgewässer zu ihrer Linken ab, und sie war sich sehr sicher, dass sie es unbeabsichtigt geschafft hatte, den Cherokee zu verstecken.

Sie waren jetzt schon ziemlich tief in den Sümpfen, und sie bemerkte, dass sie sich auf einer alten unbefestigten Straße befanden, die zu ein paar verlassenen Jagdhütten führte. Jetzt stieg sie aus ihrem Wagen aus und pirschte sich durch das Unterholz, wobei sie versuchte, nah genug an den Minivan heranzukommen, um zu sehen und zu hören, was dort vor sich ging.

An der Stelle, an der der Minivan stand, endete die Straße. Davor erstreckte sich ein nicht sehr breites Sumpfgewässer, an dessen Uferböschung mehrere verwitterte Kanus lagen.

Die Insassen des Minivans stiegen aus. Zuerst erkannte Madison den Mann, der bei ihrer Schwester war, nicht. Dann schnappte sie ungläubig nach Luft. Und plötzlich wusste sie, warum es ihr in ihren Träumen nicht gelungen war, sein Gesicht zu erkennen. Sie wusste, warum sie ihn nicht hatte sehen *wollen* ...

Anthony brüllte wie am Spieß, und der Mörder befahl Kaila, das Baby zum Schweigen zu bringen. Justin versuchte, den Kleinen aufzuheitern, aber sein Schreien wurde immer durchdringender.

Verzweifelt hielt Madison nach Carrie Anne Ausschau, aber sie entdeckte ihre Tochter nirgends. Plötzlich bekam sie entsetzliche Angst. Er hatte Carrie Anne getötet.

Nein, nein, nein, das ist nicht passiert, versuchte sie sich einzureden. Carrie Anne war einfach aus irgendeinem Grund nicht bei ihnen. Irgendetwas musste geschehen sein, vielleicht hatte Peggy sie ja abgeholt. Sie würde es wissen, wenn ihre Tochter ... tot wäre.

„Bitte ...", sagte Kaila. „Ich kümmere mich um die Kinder. Ich mache alles, was du sagst, aber erlaube mir bitte, mich selbst um die Kinder zu kümmern."

„Man muss ihnen Disziplin beibringen."

„Ich kümmere mich darum. Wirklich."

„Steig in das Boot ein."

Madison machte noch einen Schritt nach vorn, dann sah sie, dass er ein Schnappmesser in der Hand hielt.

Und Anthonys Hand.

„Warte, bitte ..."

„Kaila, zwing mich nicht, die harte Tour anzuwenden."

Madison verhielt sich still und biss sich auf die Unterlippe, während sie beobachtete, wie alle nacheinander in das Kanu einstiegen und davonfuhren. Sie holte tief Luft.

Geh zurück, hol Hilfe, flüsterte eine innere Stimme.

Aber sie konnte nicht zurück.

Als die Gestalten auf der entgegengesetzten Seite im Dickicht verschwanden, rannte sie auf die Kanus zu. Ihr war ganz schlecht vor

Angst. In dem Wasser hausten Schlangen. Mokassinschlangen. Gott allein wusste, was sonst noch. Alligatoren. Sie war nicht unbedingt ein Naturkind. Oh ja, natürlich liebte sie das Wasser, aber ...

Keine Wasserschlangen oder Alligatoren.

Und Spinnen auch nicht. Oh Gott, in den Booten waren überall Spinnen. Welches sollte sie nehmen? Eins hatte ein Leck. Welches der drei anderen war sumpftauglich?

Sie konnte nicht mehr länger warten. Sie wählte eins aus und stieß sich mit dem Paddel vom Ufer ab. Langsam glitt sie durchs Wasser. Es war ziemlich flach und schilfbedeckt. An einigen Stellen war das Schilf sehr dicht, was das Manövrieren schwierig machte. Denk nicht an die Spinnen, die Schlangen und die Alligatoren, warnte sie sich selbst.

Richtig. Erinnere dich nur daran, dass ein Mann, den du gemocht und fast dein ganzes Leben lang als Bruder betrachtet hast, ein brutaler Mörder ist. Ein Mörder, der deine Schwester verführt hat, genau wie seine anderen Opfer, und der sie jetzt in seiner Gewalt hat ...

Sie schaffte es, das Sumpfgewässer zu überqueren, und stieg zitternd aus dem Kanu. Sie hatte sich kein gutes Boot ausgesucht. Das Wasser stand bereits zwei Fingerbreit über dem Bretterboden. Denk nicht, warnte sie sich. Hör auf nachzudenken!

Doch sie konnte nicht aufhören. Kyle war die ganze Zeit so in Sorge um sie gewesen. Sie war diejenige mit dem zweiten Gesicht, und doch war er es gewesen, der gewusst hatte, dass sie in Gefahr schwebte. Kyle, oh Gott, Kyle, hätte ich doch nur auf dich gehört, wenn ich gewusst hätte ...

Kyle ...

Wenn sie ihn bloß irgendwie wissen lassen könnte, wo sie sich aufhielt.

Aber er war nicht hier, sie war auf sich allein gestellt, und sie *musste* nachdenken!

Sie hielt sich im Unterholz versteckt und schaffte es, nicht zu schreien, als sie sich in einer riesigen klebrigen Spinnwebe verfing.

Dann wurde ihr klar, dass sie früher schon hier gewesen war. Vor vielen, vielen Jahren, als sie noch ein Kind gewesen war. Das war Roger Montgomerys „Sumpfbehausung“, wie er es genannt hatte. Die Hütte, die schon so lange leer stand.

Und doch war sie offensichtlich noch immer ... in Benutzung.

Oh, Kyle, wo bist du? Ich habe so schreckliche Angst. Es tut mir so Leid. Kyle ... Kyle ... Kyle ...

Bitte ...

Madisons Telefon war offensichtlich tot. Kyle stieß einen lauten Fluch aus, haute mit der Faust auf das Lenkrad und warf dann sein Handy auf den Rücksitz.

Dan starrte ihn an, als hätte er den Verstand verloren. Vielleicht hatte er das ja auch.

„Kyle? Wohin fahren wir?“

Kyle hatte veranlasst, dass Polizisten die ganze Stadt nach Madison abgrasten, sie waren bei Jassy zu Hause gewesen, im Leichenschauhaus, bei Jimmy zu Hause, bei seinem, Kyles, Vater, bei Trent, bei Rafe und hatten die Straßen zwischen Miami und Key West nach ihr abgesucht. Man führte seine Befehle aus, ohne jedoch seine Panik wirklich zu verstehen. Immerhin wurden seine Frau und seine Schwägerin erst seit ein paar Stunden vermisst. Das war nichts Außergewöhnliches. Frauen quatschten sich leicht irgendwo fest oder vergaßen die Zeit beim Einkaufsbummel. Kein Anlass zur Sorge für die meisten.

Aber Madison war nicht einkaufen, sie hatte sich auch nirgendwo festgequatscht. Sie war irgendwo ... in Gefahr – und sie sah genau aus wie ihre Mutter.

„Kyle?“ fragte Dan besorgt.

Kyle atmete tief aus und schaute Dan an.

„Wohin fahren wir?“

„Ich weiß es nicht.“

Gott, er war sich fast sicher, dass er ihre Stimme hörte. Sie rief ihn. War sie verletzt? Hatte sie Angst? Oh Gott, war sie tot? Nein, nein, nein ...

Sie brauchte ihn. Er spürte es, wusste es. Sie war irgendwo ganz in der Nähe, und sie brauchte ihn. Er musste sie finden.

Aber wo ...?

Alles, was er wusste, war, dass er seine Ehefrau suchte. Die Frau, die er liebte. Die er schon sein ganzes Leben lang geliebt hatte. Mit der ihn seit jeher etwas ganz Besonderes verband. Das hatte sich auch durch seine Heirat nicht geändert. Er hatte Fallon geliebt. Aber sie war nicht Madison gewesen.

Er hatte sich zu lange fern gehalten. Hatte sich zu lange geweigert zuzugeben, wie sehr er sie begehrte. Wie sehr er sie brauchte. Er würde sie nie wieder hergeben. Nie. Nie. Nicht in tausend Jahren. Jetzt, nachdem er sie in seinen Armen gehalten, mit ihr gelacht, mit ihr Liebe gemacht und zugehört hatte, wie sie ihm von ihren Alpträumen erzählte ...

„Jesus!“ keuchte er plötzlich. Es war, als könnte er sie hören, als ob sie wirklich nach ihm riefe. Sie brauchte seine Hilfe, *seine* Hilfe. Sie brauchte ihn, und er war nicht da.

„Was zum Teufel geht hier eigentlich vor? Was weißt du?“ erkundigte sich Dan sichtlich angespannt. „Der Mörder ist der Typ, mit dem Kaila eine Affäre hat, stimmt's?“

„Kaila hatte nie eine Affäre.“

„Sie hat sich mit jemandem getroffen ...“

„Aber sie hat nicht mit ihm geschlafen. Wenn ... wenn sie es getan hätte, wäre sie jetzt schon tot.“

Dan schüttelte vehement den Kopf. „Es geht ihnen allen gut“, versuchte er sich verzweifelt selbst einzureden. „Ich bin mir sicher, dass die beiden Frauen mit den Kindern irgendwo unterwegs sind. Bestimmt sind sie nur einkaufen gegangen. Um Himmels willen, sie *müssen* einfach einkaufen gegangen sein."

Kyle schaute Dan an. „Sie sind nicht einkaufen."

„Dann ..."

„Sie sind in die Sümpfe gefahren", sagte Kyle. Ja, so musste es sein. Er erinnerte sich daran, wie er Madison in seinen Armen gehalten und zu beruhigen versucht hatte. Sie hatte gezittert wie Espenlaub.

Ich fuhr den Tamiami Trail entlang. Zu den Jagdhütten ... ich war es, und ich war es nicht ...

Madison war mit Kaila unterwegs oder sie folgte ihr, weil sie entschlossen war zu verhindern, dass ihre Schwester so starb, wie ihre Mutter gestorben war.

19. KAPITEL

Madison pirschte sich so leise wie möglich an die verwitterte Jagdhütte, die tief im Dickicht verborgen lag, heran. Insekten zirpten. Der Boden war glitschig.

Sie achtete sorgfältig darauf, wo sie ihren Fuß hinsetzte, und doch purzelten plötzlich, während sie sich dem verwitterten Holzhaus näherte, vor ihrem geistigen Auge alle möglichen Bilder durcheinander, die so grauenhaft waren, dass ihr der Atem stockte. Sie sah im flackernden Schein eines Kaminfeuers eine Messerklinge aufblitzen. Eine Blutlache bedeckte den Fußboden.

Und dann wusste sie es. Er hatte seine Opfer nicht unbedingt hier getötet.

Aber er hatte sie hier zerstückelt.

Kyle hatte ihr immer geraten, durch den Mund zu atmen, wenn sie glaubte, ohnmächtig zu werden. Das machte sie jetzt. Entschlossen gegen ihre aufsteigende Übelkeit ankämpfend, taumelte sie näher an die Holzhütte heran. Einen Moment später hatte sie sich wieder in der Gewalt und schaute durch das Fenster.

Die Hütte hatte einen Heuboden. Kaila schaffte es, die Kinder davon zu überzeugen, dass sie jetzt ein bisschen schlafen müssten, damit sie später fit waren, um mit ihrem Onkel Abenteuerspiele zu spielen.

Sie war vor Angst wie betäubt und versuchte verzweifelt, Ordnung in ihre wild durcheinander wirbelnden Gedanken zu bringen. Oh Gott, wenn sie doch nur mit Jassy oder Madison reden könnte. Wie schaffte man es, einen rasenden Irren zu beruhigen? Was musste sie tun, um am Leben zu bleiben? Was wurde aus den Kindern, wenn ...

Am liebsten hätte sie gelacht. Alles, was er hatte, war ein Messer. Sie könnte wegrennen, könnte versuchen, ihm zu entkommen. Aber mit drei kleinen Kindern konnte man nicht wegrennen. Die Vorstellung war absurd. Ihr blieb nur die Möglichkeit, sein Spiel mitzuspielen und zu beten.

Worum zu beten?

Dass irgendwer sie hier in den Sümpfen finden würde, bevor er sie und die Kinder zerstückelte?

Was war mit Darryl? Was würde sein, wenn er mit Carrie Anne zurückkehrte, wenn Madison kam, um ihre Tochter bei ihr abzuholen?

Und Dan ... Dan würde womöglich annehmen, dass sie mit ihrem Liebhaber, der ihr dieses essbare Höschen geschickt hatte, über alle Berge war. Sie hätte fast hysterisch laut aufgelacht, aber sie zwang sich, es nicht zu tun. Oh Gott.

Er saß in einem staubigen, durchgesessenen Sessel vor dem Kamin. Jetzt sah er wieder so aus wie immer. Die Beine hatte er lang von sich gestreckt, auf dem hübschen Gesicht lag ein Lächeln, das blonde Haar war leicht zerzaust.

„Schlafen die Kinder?"

„Ja."

„Komm her."

„Bitte ..."

„Komm her, Kaila. Jetzt."

Sie holte tief Luft, schluckte und ging zu ihm hinüber. Er schaute sie gleichmütig an. „Kaila, versuch nicht, mich hinters Licht zu führen. Wage es nicht, mich nochmal an der Nase herumzuführen. Ich will dir nichts zuleide tun und deinen Kindern auch nicht. Alles hängt jetzt von dir ab. Wir haben noch eine Chance, und ich hoffe für uns alle, dass du sie nicht verspielst. Alles, was du tun musst, ist, mich zu lieben. Komm jetzt her."

Gleich würde sie einen Schreikrampf kriegen, davon war Kaila überzeugt. Sie würde die Nerven verlieren und anfangen zu schreien. Sie konnte es nicht fassen, dass sie ihn jemals liebenswert, sexy und anziehend gefunden hatte.

„Du bist fast genauso wie sie."

„Wie wer?"

„Wie Lainie. Deine Mutter. Sie war das größte Miststück aller Zeiten. Sie hat die Männer verarscht. Ich schaue dich an und sehe *sie*. Und Madison hätte ich oft um ein Haar Lainie genannt. Lustig, findest du nicht?"

„Ich bin nicht meine Mutter."

Er lächelte unvermittelt. „Aber fast. Also sag mir jetzt, was du tun willst, um am Leben zu bleiben", forderte er heiser.

„Alles", flüsterte sie und spürte, wie sie von einer Welle der Übelkeit überschwemmt wurde.

„Dann fang an“, befahl er. „Überzeug mich davon, dass ich mehr davon habe, wenn ich dich am Leben lasse.“

Durch das zerbrochene Fenster der Hütte beobachtete Madison, wie sich ihre Schwester ihr T-Shirt über den Kopf zog und sich dann vor Rafe, der im Sessel vor dem Kamin saß, hinkniete.

Im Augenblick lag sein Schnappmesser auf dem Kaminsims.

Wenn sie es schaffte, Rafe für ein paar Minuten nach draußen zu locken, könnte sie das Messer in ihren Besitz bringen, sich Kaila und die Kinder schnappen und sie alle von hier wegbringen. Sie könnten das heile Boot nehmen, mit dem Rafe, Kaila und die Kinder hergekommen waren, und das andere versenken.

Womit konnte sie ihn aus dem Haus locken?

Sie sah die Tränen über das Gesicht ihrer Schwester strömen, als Rafe ihren nackten Oberkörper streichelte. Sie fragte sich, ob Kaila jetzt an das viele Blut dachte, das an seinen Händen klebte. Als sie auf ihre eigenen Hände schaute, fiel ihr Blick auf einen großen Stein, den sie, ohne sich dessen bewusst zu sein, vom Boden aufgehoben hatte.

Sie rannte um die Hütte herum. Dort hob sie die Hand mit dem Stein und schleuderte ihn mit aller Kraft gegen die Vordertür.

Sie sprintete zum Fenster zurück. Rafe war aufgestanden. Kaila kniete noch immer zitternd auf dem Fußboden. Madison wartete, bis sie sah, dass Rafe zur Tür ging, sie öffnete und mit langen Schritten über die baufällige Holzveranda nach draußen in Richtung Wasser ging.

Sobald er sich etwas entfernt hatte, kletterte sie durch das Fenster.

Madison hielt als Erstes nach dem Messer Ausschau. Es war weg. Rafe hatte es offensichtlich im Vorübergehen unbemerkt an sich genommen.

„Kaila!“ flüsterte Madison.

Kaila schaute nicht einmal auf. Sie war mit den Armen über der Brust in sich zusammengesunken.

„Kaila!“

Endlich kam Leben in ihre Schwester, sie hob den Kopf. Ihre Augen weiteten sich ungläubig, und ihre Lippen begannen zu zittern. „Madison, du musst dich verstecken. Du musst hier weg, sonst bringt er dich auch noch um. Ich glaube, er ist der Mörder. Ich glaube, er hat Mom getötet. Oh mein Gott, Madison, es ist nicht so, wie du denkst, ich habe kein ...“

Madison packte sie am Arm, zerrte sie auf die Füße und drückte ihr das T-Shirt in die Hand. „Zieh es an“, flüsterte sie. „Schnell. Wo sind die Kinder? Wo ist Carrie Anne?“

„Oben. Er wird sie töten, Madison. Aber Carrie Anne nicht. Sie ist nicht hier. Darryl hat sie. Oh Gott, meine süßen Kleinen ... vielleicht ist es besser, wenn ich einfach tue, was er von mir verlangt.“

„Er ist wahnsinnig, und er wird uns alle töten, egal, was du machst“, versicherte Madison ihr. „Also reiß dich zusammen und hilf mir. Wir müssen die Kinder holen und durch dieses Fenster verschwinden – schnell. Los, komm jetzt.“

Sie zog Kaila zu der Stiege, die auf den Heuboden hinaufführte. Justin schlief nicht. Er hatte sich aufgesetzt, seine Augen standen groß und verängstigt in dem kleinen, blassen Gesicht. Madison legte einen Finger auf die Lippen, und er nickte, weil er instinktiv begriff.

„Komm!“ sagte Madison, bückte sich und hob Shelley hoch.

Kaila nahm Anthony. Als sie den Fuß der Treppe erreicht hatten, hörten sie draußen auf der Veranda Schritte.

„Schnell!“ rief Madison. „Zum Fenster.“

Sie nahm Shelley und Anthony auf den Arm, während Kaila sich durchs Fenster zwängte, dann forderte sie Justin auf, es seiner Mutter nachzumachen. Nachdem Justin draußen neben Kaila stand, reichte Madison ihrer Schwester Shelley hinaus. In dem Moment, in dem sie das Gleiche mit Anthony tun wollte, ging die Tür auf. Er war wieder da, er stand auf der Schwelle. Zweifellos konnte er Madisons Silhouette im Gegenlicht, das durch das Fenster hereinfiel, sehen, aber es war sehr gut möglich, dass er im Dämmerlicht der Hütte nicht erkennen konnte, wer sie war, und sie irrtümlich für Kaila hielt.

„Bring die Kinder in Sicherheit!“ flüsterte Madison.

„Madison! Ich kann unmöglich ohne dich weggehen!“

„Wenn ich jetzt auch gehe, wird er uns alle kriegen. Hör gut zu und tu, was ich sage. Nimm das Boot, mit dem ihr rübergekommen seid, und sieh zu, dass du so schnell wie möglich von hier wegkommst. Hol Hilfe!“

„Nein, Madison!“ Kaila strömten die Tränen übers Gesicht.

„Geh!“

Kaila nahm ihre Kinder und rannte.

Madison wich vom Fenster zurück.

Rafe war hereingekommen und hatte die Tür hinter sich zugemacht.

20. KAPITEL

Madison starrte Rafe einen Moment lang an, dann wirbelte sie herum und rannte die Treppe nach oben.

Rafe blieb unten stehen und schaute zu ihr hinauf.

„Kaila?“

„Ich will nur rasch nach den Kindern schauen“, rief sie nach unten.

„Beeil dich.“

Oben angelangt, holte sie tief Atem. Wie viel Zeit hatte sie? Wenig, nicht mehr als zwei, drei Minuten. Aber sie musste Kaila die Möglichkeit geben, ins Boot zu kommen.

Sie schloss für einen Moment fest die Augen und betete. Steckten Kailas Schlüssel noch in ihrem Minivan? Wenn nicht, hatte sie ihre eigenen Schlüssel im Zündschloss des Cherokees stecken lassen?

„Mach schon, Kaila, beeil dich."

Zeit, Zeit, sie musste Zeit schinden. Noch durfte sie Rafe nicht wissen lassen, dass sie die Plätze mit Kaila getauscht hatte, während diese verzweifelt versuchte, ihm mit seinen kleinsten Opfern zu entkommen ...

Kyle, bitte, wo bist du? Spürst du nicht, dass wir dich brauchen? Findest du den Weg nicht? Kyle, ich liebe dich ...

„Kaila!" Rafe hatte verärgert die Stimme erhoben.

Sie zerzauste sich das Haar und schüttelte es sich ins Gesicht. Sie schaute die Treppe nach unten. Rafe war an den Kamin getreten und lehnte sich jetzt dagegen.

Rafe.

Ihr wurde schwindlig, als sie sich daran erinnerte, wie zärtlich er sie im Arm gehalten hatte, nachdem Harry Nore sich auf sie gestürzt hatte. Rafe. Der jahrelang mit ihnen allen gescherzt, gelacht und sie geneckt hatte. Sie hatten es nicht gesehen. Keiner von ihnen hatte sein anderes Gesicht je gesehen.

Sie musste es schaffen, aus dem Haus zu kommen und in die entgegengesetzte Richtung, in die Kaila geflüchtet war, zu rennen. Sie musste ihrer Schwester und den Kindern die Chance geben zu entkommen.

„Kaila!"

Sie holte tief Atem. „Rafe! Fang mich!" rief sie mit gespielter Munterkeit und rannte die Treppe nach unten. Er wirbelte herum, aber sie war schon an ihm vorbei. Sie riss die Haustür auf und raste über die Veranda in den Wald hinein.

„Herrgottnochmal, wo stecken sie bloß? Wo, wo, wo?" fluchte Kyle.

Dan, aschfahl im Gesicht, ließ das Handy sinken. „Jimmy und seine Leute sind auf dem Weg zu uns. Von Madison oder Kaila gibt es bis jetzt nicht die geringste Spur. Carrie Anne ist bei ihrem Vater."

„Wenigstens das, Gott sei Dank", sagte Kyle. Dan schwieg, und Kyle zuckte angesichts seiner Worte innerlich zusammen, als ihm klar wurde, dass Dans Frau und seine drei Kinder in Lebensgefahr schwebten.

„Es kann nicht sein", murmelte Dan. „Es kann einfach nicht dein Bruder sein, Kyle."

„Gott weiß, wie sehr ich mir wünsche, es wäre nicht so", sagte Kyle.

„Er muss doch noch ein Junge gewesen sein, als Lainie ermordet wurde."

„Er war einundzwanzig. Älter als viele andere Mörder."

„Aber ... warum?"

„Ich weiß es nicht."

Kyle trat unvermittelt auf die Bremse, riss das Steuer herum, wendete und fuhr die Straße, die er gekommen war, ein Stück zurück.

„Was zum Teufel ...", begann Dan.

„Fast hätte ich sie übersehen."

Er hatte den Feldweg gefunden. Zugewachsen und kaum als Straße auszumachen. Er war überrascht, dass er sie überhaupt gesehen hatte. Er war aus reiner Verzweiflung die Straße, von der er eben abgebogen war, entlanggefahren.

Aber jetzt ...

Er gab Gas, zu beiden Seiten des Wagens spritzten Grünzeug, Steine und Lehmbrocken auf, während er mit überhöhter Geschwindigkeit den Weg hinunterholperte.

Als er um eine Biegung kam, wäre er fast auf Madisons Cherokee gekracht. Nachdem er seinen Wagen mit einem Ruck zum Stehen gebracht und sich der Staub, den er dabei aufwirbelte, gelegt hatte, sah er Kaila. Kaila, die, Anthony fest an die Brust gepresst und Justin und Shelley im Schlepptau, auf sie zugerannt kam.

„Oh, mein Gott!“ Sie warf sich ihrem Mann, der aus dem Auto gesprungen war, in die Arme und fing an, hysterisch zu schluchzen.

„Kaila, Kaila …“, flüsterte Dan.

Sie fasste sich genug, um sich aus seiner Umarmung zu lösen. „Kyle, er hat Madison in seiner Gewalt. Er glaubt, sie sei ich. Vielleicht hält er uns ja beide für Lainie. Oh Gott, Kyle, sie ist allein da draußen mit ihm!“

Mehr brauchte Kyle nicht zu wissen. Er umrundete vorsichtig den Cherokee, dann gab er Gas.

Zuerst war es leicht, vor ihm zu bleiben. Aber sie versuchte zu verhindern, dass er bemerkte, dass das Boot weg war, deshalb musste sie auf einer Seite der Hütte bleiben, was ihr nicht viel Bewegungsfreiheit ließ.

„Kaila!“

Sie versteckte sich hinter einem dicken Baumstamm, rang nach Atem und zwang sich zu kichern.

„Fang mich!“

„Kaila, keine Spielchen mehr. Ich habe keine Lust mehr, und die Kinder werden bald aufwachen. Ich will dich jetzt, und anschließend müssen wir irgendwohin zum Essen fahren. Die Kinder werden Hunger haben, wenn sie aufwachen. Danach kommen wir wieder hierher zurück. Wir müssen Pläne machen. Komm jetzt her.“

„Nein, fang mich zuerst“, beharrte Madison, wobei sie darauf achtete, dass genug Bäume zwischen ihnen waren. Ein richtiger Blick auf sie würde ihm genügen, um zu wissen, dass es gar nicht Kaila war, der er hinterherjagte.

Das Gelände um die Hütte herum war verwildert. Bäume waren

umgestürzt, überall lagen Äste und Zweige. Es wurde dunkler und dunkler.

Plötzlich merkte sie, dass sie ihn gar nicht mehr durch das Unterholz brechen hörte.

Sie blieb stehen und spähte ängstlich zwischen den Bäumen hindurch. Sie wagte kaum zu atmen. Als sie sich umdrehte, sah sie, dass er von hinten auf sie zukam.

Er spielte ihr Spiel mit.

Um ein Haar hätte er sie erwischt.

Sie kreischte laut auf und rannte weg.

Jetzt war sie wieder vor ihm – bis sich ihr Fuß in einer Wurzel verfing und sie stürzte, wobei sie sich den Kopf an einem heruntergefallenen Ast stieß.

Plötzlich saß er mit gespreizten Beinen auf ihr und lachte aus vollem Hals. Sie war zuerst wie erstarrt und unfähig, sich zu wehren, als er ihr das T-Shirt über den Kopf zog, wobei er brummte: „Warum ist denn dieses verdammte Ding so anders als das, was du vorhin anhattest?"

Er strich ihr die rote Mähne aus dem Gesicht, und plötzlich schaute sie in seine silbergrauen Augen. Die Augen eines Mörders.

„Du!" brachte er mühsam heraus.

Sie blinzelte wie verrückt und versuchte, mutig zu sein. „Rafe."

„Wo ist Kaila?"

„Willst du mich denn nicht?"

„Wo ist Kaila?"

„Ich bin meiner Mutter viel ähnlicher."

Er setzte sich auf seine Fersen und starrte sie an. „Ja, du bist ihr ähnlicher."

Er holte aus und schlug sie ins Gesicht. Es war ein grausamer Schlag, von dem ihr ganz schwindlig wurde.

„Miststück! Wo ist Kaila?"

„Weg. Du wirst sie nie bekommen."

Einen Moment lang schwieg er, dann begann er zu lachen. „Schön. Dann nehme ich eben dich. Du bist mir sogar noch lieber. Weil du deiner Mutter ähnlicher bist. Und weißt du was? Ich hatte immer Angst, dass du mich eines Tages sehen würdest. Aber du wolltest mich nicht sehen. Ich bin dein Stiefbruder. Nein ... das ist es nicht. Ich bin Kyles Bruder. Ist das nicht eine herrliche Ironie?"

„Warum?" flüsterte sie.

Er lächelte, beugte sich vor und streichelte ihr Haar. „Weil es nicht wahr ist. Das, was Lainie immer behauptet hat."

„Was? Ich verstehe nicht."

„Lainie konnte nichts so lassen, wie es war. Du wusstest nie, wer meine Mutter war, stimmt's? Roger hat sich von ihr scheiden lassen, weil sie irgendwie ziemlich durchgedreht war. Aber eine Schönheit war sie auch. Genau wie alle anderen. Roger hatte nur schöne Frauen. Doch sie trieb sich rum. Sie war wild. Sie hatte Affären, aber wenn Roger dasselbe machte, rastete sie aus. Irgendwann, als sie sich wieder mal einbildete, dass er was mit einer anderen Frau hätte, versuchte sie, ihn zu vergiften. Daraufhin ließ Roger sich scheiden, und meine gute alte Mom kam in die Klapsmühle. Lainie besuchte sie dort, und meine Mom erzählte ihr, dass ich gar nicht Rogers Kind bin. Und Lainie ... na, du kanntest sie ja! Diese verdammte Schwanzlutscherin rieb es mir ständig unter die Nase, sie quälte mich damit. Und in jener Nacht ... ich weiß auch nicht ... wahrscheinlich bin ich einfach ausgerastet. Sie war die Erste. Es ging ganz leicht. Und jetzt ... du weißt, dass ich nicht blöd bin. Natürlich denke ich nicht, dass alle Rothaarigen für das, was Lainie mir angetan hat, bezahlen müssen. Es ist wie ein Mückenstich, der so irrsinnig juckt, dass ich mich einfach kratzen muss ... und es wird sofort besser, wenn ich eine Frau weinen und um ihr Leben betteln sehe ..." Er unterbrach sich, und sein Gesicht verzerrte sich zu einer

Grimasse. „Und dann bluten“, fügte er mit einem Schulterzucken hinzu.

„Rafe, ich habe dir nie etwas getan.“

„Na ja, immerhin hast du Kyle geheiratet. Den guten Sohn. Den richtigen Sohn. Das sollte eigentlich reichen.“

„Er ist vielleicht schon zu dir unterwegs, Rafe.“

„Glaubst du? Ich bin mir nicht sicher. Ihr seid doch alle so blinde Idioten.“

Er fasste in seine Tasche, zog das Messer heraus und ließ es aufspringen.

„Du weißt, dass ich Lainie mit einem Schlachtermesser ins Jenseits geschickt habe. Als ich aus dem Haus kam, saß da Harry Nore auf der Straße und bettelte. Ich warf ihm das Messer in seinen Hut. War doch eine gute Idee, oder?“

Er legte die flache Seite des Messers gegen ihre Wange, dann zog er sie über ihr Gesicht hinunter zu ihrem Schlüsselbein über die Wölbung ihrer Brüste unter dem Spitzen-BH. Sie schaute darauf und schluckte schwer.

„Du bist wirklich schön.“

„Rafe, bitte, töte mich nicht“, flüsterte sie.

„Du klingst genauso wie dieses verdammte Miststück von einer Mutter!“

„Rafe ...“

Er sprang plötzlich auf, packte sie am Handgelenk und zerrte sie auf die Füße.

„Also schön. Du sollst dieselbe Chance wie Kaila bekommen. Auf! Überzeug mich davon, dass du es verdienst zu leben.“

Sie starrte ihn an, dann bekam sie Panik. Er zerrte sie zu sich heran und flüsterte: „Na los, mach schon, Madison. Setz dem großartigen Kyle Hörner auf. Mach Liebe mit mir. Lohnt sich das nicht für ein paar mehr Atemzüge? Spürst du es? Spürst du das Messer an deiner Kehle?“

Er hatte das Messer gedreht, sodass die Schneide direkt auf ihrem Hals lag. Er brauchte sie nur noch darüberzuziehen ... Sie schloss die Augen.

Sie dachte an Kyle und schrie innerlich in Todesangst seinen Namen. Sie glaubte, seine Stimme zu hören, und öffnete die Augen.

Kyle hatte sie nicht gerufen, nicht mit Worten zumindest. Aber zu ihrer grenzenlosen Überraschung sah sie ihn. Er kauerte reglos im Unterholz. Er legte einen Finger auf die Lippen, als ihr Blick auf ihn fiel.

„Rafe!“ flüsterte sie.

Das Messer bewegte sich ganz leicht.

„Ich mache alles, was du willst“, sagte sie heiser.

„Du versuchst nur, Zeit zu schinden. Wie erbärmlich.“

„Ich möchte leben. Lass mich ... lass mich dir deine Jeans ausziehen. Lass mich dir zeigen, wie ich dich lieben kann.“

„Wenn du wieder versuchst abzuhauen, steche ich dich ab.“

„Ich haue nicht ab.“

Er ließ sie los. Sie wich einen halben Schritt zurück, ohne ihn aus den Augen zu lassen, dann zog sie seinen Reißverschluss auf.

„Hände hoch!“ Kyle sprang aus dem Gebüsch und richtete seinen 38er Spezial auf Rafe.

Für eine Sekunde erstarrte Rafe. Das Überraschungsmoment währte lange genug, um Madison aufschreien und auf Kyle zurennen zu lassen. Er legte seinen freien Arm um sie, hielt jedoch seine Waffe weiterhin auf seinen Bruder gerichtet.

„Madison?“ murmelte er.

Für einen Sekundenbruchteil schaute er sie an, und genau in diesem Augenblick warf Rafe das Messer. Es zischte durch die Luft und bohrte sich in Kyles rechten Bizeps, wobei ihm die Pistole aus der Hand rutschte.

Rafe machte einen Satz auf Kyle zu und entriss ihm Madison. Aber Kyle reagierte blitzschnell und stürzte sich wütend auf seinen Bruder, dann gingen sie alle drei zu Boden. Madison lag zuunterst, das Gewicht der beiden Männer lastete so schwer auf ihr, dass sie keine Luft bekam. Doch gleich darauf rollten sie ineinander verklammert von ihr herunter auf das Sumpfgewässer zu. Madison rappelte sich mühsam auf und schaute sich nach Kyles Pistole um. Sie sah die beiden Gestalten am Ufer miteinander ringen, und sie konnte die Pistole nicht finden. Von den Kämpfenden drangen Schreie, Stöhnen und das dumpfe Krachen von Faustschlägen zu ihr herüber. Noch während sie ihre verzweifelte Suche fortsetzte, hörte sie ein scheußliches Knacken.

Sie warf den beiden Männern einen Blick zu. Einer von ihnen erhob sich, aber sie konnte im Halbdunkeln nicht erkennen, wer es war. Sie wich einen Schritt zurück, hielt den Atem an und wartete.

Dann hörte sie die Sirenen. Die Polizei war da.

Der Mann kam auf sie zu. Jetzt sah sie, dass es Kyle war, und ihre Knie wurden ihr weich vor Erleichterung. Kyle, der von oben bis unten schlammbedeckt war, blutete am Arm, aber er schien es nicht zu registrieren.

„Oh, Kyle!“ Sie warf sich an seine Brust. „Oh, Kyle. Komm, lass uns schnell weggehen. Die Polizei muss jeden Moment hier sein, aber ich kann die Pistole nicht finden. Und wenn Rafe wieder zu sich kommt ...“

„Du wirst die Pistole nicht brauchen“, sagte Kyle erschöpft.

„Aber ...“

„Und er wird nicht wieder zu sich kommen. Er hat sich das Genick gebrochen. Aber du hast Recht, lass uns schnell von hier weggehen.“ Er zog sich sein Sakko aus und legte es ihr um die Schultern.

In seinen Augen lag so viel Qual. Sie wollte irgendetwas sagen. „Oh, Kyle ..."

„Lass uns aus der Dunkelheit rausgehen", sagte er und küsste sie auf die Stirn.

„Wie hast du uns gefunden?" flüsterte sie.

„Durch Zauberei. Indem ich deinen Träumen gefolgt bin. Meine Frau ist nämlich eine Hexe", erklärte er.

„Oh, Kyle ..."

„Anders würde ich es gar nicht haben wollen."

EPILOG

Auf dem Schild stand „Tauchen und Erkunden". Madison, die eben nach ihrem Besuch beim Arzt den Wagen vor dem Haus parkte, konnte es noch immer nicht ganz fassen, dass sie ihr kleines Unternehmen wirklich so genannt hatten, aber Kyle war in diesem Punkt unerbittlich gewesen.

Sie schüttelte jedes Mal den Kopf, wenn sie das Schild sah.

Doch jetzt ließ sie es ebenso hinter sich wie die vier Taucherboote und ging mit langen Schritten auf ihre private Segelyacht – ein großes weißes Schiff mit einem starken Motor und allem Drum und Dran – zu. Kyle hatte der Firma den Namen gegeben und sie der Yacht. Sie hatte sie „Versprechen von morgen" getauft nach all jenen Morgen, von denen sie geglaubt hatte, sie nicht mehr zu erleben.

Die Nachwirkungen des Tages in den Everglades waren traumatisch gewesen. Kyle war überzeugt davon, dass Rafe Madison sein Geständnis nur gemacht hatte, weil er entschlossen gewesen war, sie ebenfalls zu töten. Irgendetwas musste in seiner frühen Jugend schrecklich schief gegangen sein, und das hatte am Ende dazu geführt, dass er von Lainie regelrecht besessen gewesen war, eine Obsession, die nicht nur Lainie, sondern auch die anderen Frauen das Leben gekostet hatte – und um ein Haar auch noch Kaila und Madison. Roger Montgomery hatte um den Menschen getrauert, den er immer für seinen Sohn gehalten hatte, und sich die größten Vorwürfe gemacht.

Kyle hatte ebenfalls eine Menge Zeit damit verbracht, sich den Kopf darüber zu zerbrechen, ob er irgendetwas hätte verhindern können.

Die Entdeckung, dass Rafe nicht biologisch mit ihnen verwandt war, war sowohl für Kyle als auch für Roger unerheblich gewesen. Roger hatte ihn wie einen Sohn großgezogen, und Kyle hatte ihn immer als seinen Bruder betrachtet, und er würde sich die Anzeichen, die er nicht erkannt hatte, wahrscheinlich nie vergeben.

Madison versuchte ihm zu sagen, dass sie alle blind gewesen waren.

Natürlich zerrten die Zeitungen jedes kleinste Detail, das Rafe und seine Familie betraf, ans Tageslicht. Es war quälend für sie alle, aber Madison machte sich nur Sorgen um Kyle.

Sie war außer sich, als er ihr die Scheidung anbot, weil es für sie, wie er sagte, keinen Grund gäbe, mit dem Bruder eines Mörders verheiratet zu bleiben. Sie sagte ihm, dass Rafe während der letzten paar Jahre viel eher ihr Bruder gewesen sei als der seine und dass es ihm nicht gelingen würde, so leicht aus ihrer Ehe herauszukommen.

Er verließ sie nicht, aber er fasste sie auch nicht an, nachts schlief er nicht, sondern wanderte ruhelos im Haus umher und starrte hinaus in die Dunkelheit. Als er ihr eröffnete, dass er seinen Beruf an den Nagel hängen wollte, war sie bestürzt, obwohl die Ankündigung nicht ganz unerwartet kam. Sie sagte ihm, dass sie sich erst einverstanden erklären würde, wenn sie miteinander gesprochen hätten. Wirklich gesprochen.

Sie schaffte es, ihn zu einer erneuten Reise in die Karibik zu überreden. Sie mieteten denselben Bungalow, in dem sie in ihrer Hochzeitsnacht gewohnt hatten.

Und sie überredete ihn, noch einmal mit ihr in diese Kirche zu gehen. Dort angelangt, packte sie ihn an den Schultern und schüttelte ihn. *Hart*. Als seine Augen wütend aufflammten, lächelte sie.

„Gut. Ich freue mich zu sehen, dass du immer noch lebendig bist", sagte sie. Und dann kniete sie sich vor ihn hin. „Ich liebe dich, Kyle. Ich liebe dich für immer und ewig. Bitte lass es nicht zu, dass unsere Ehe kaputtgeht. Wir hatten genug Tragödien. Ich brauche dich."

Er schaute sie an, noch immer, ohne sie zu berühren.

„Du brauchst mich, aber ich bin deiner nicht würdig. Ich habe bei Lainie versagt, und fast hätte ich auch bei dir versagt."

„Meine Mutter hat selbst versagt", entgegnete Madison. „Bitte, Kyle, ich liebe dich ..."

Und dort in der Kirche war es, wo es ihr schließlich gelang, zu ihm durchzudringen. Er nahm sie in die Arme und hielt sie fest. „Du weißt, warum ich dich geheiratet habe, stimmt's?"

„Um mich zu beschützen", sagte sie an seinem Hals.

Er schüttelte den Kopf. „Weil ich dich schon immer geliebt habe. Und weil ich Angst um dich hatte. Gott, ich liebe dich so sehr ..."

In dieser Nacht liebten sie sich seit den Vorfällen in den Sümpfen zum ersten Mal wieder. Sie liebten sich und konnten gar nicht genug voneinander bekommen. Und anschließend redeten sie, bis es hell wurde, und er sagte ihr, dass er wirklich vorhatte, sein ganzes Leben zu ändern. Er liebte die Keys, und er träumte von einer eigenen Tauchstation.

„Obwohl ...", begann er und brach ab.

„Was?"

„Obwohl es mir bestimmt Spaß machen würde, ab und zu als Ermittler tätig zu sein. Für Privatleute, aber manchmal vielleicht auch für die Polizei. Und dann gibt es da ja auch noch dein mysteriöses zweites Gesicht ..."

„Mysteriös?" fragte sie mit hochgezogenen Augenbrauen. „Es ist nicht mysteriös, sondern ich habe es wirklich. Ich hörte dich in den Everglades nach mir rufen, als ich die Augen schloss", sagte sie ernst.

Er lächelte. „Ich hörte dich auch. In meinem Herzen."

Und so begannen die Wunden zu heilen.

Roger und Jordan blieben weiterhin gute Freunde und unterstützten sich gegenseitig während des Mediensperrfeuers.

Jassy heiratete Jimmy, um jederzeit die Möglichkeit zu haben, sich mit ihm über Polizeiarbeit und Leichenteile unterhalten zu können.

Kaila und Dan erneuerten ihren Treueschwur, und Kaila begann, auf Teilzeitbasis als Model zu arbeiten.

Darryl heiratete Lindy.

Die Filmrechte an Trents Buch wurden für eine Million verkauft, und alle erwarteten, dass das Buch ein Bestseller werden würde.

Madison modelte noch immer und sang. Kyle hatte seine Tauchstation am Anfang allein betrieben, aber nach einiger Zeit stellte er Leute ein, sodass er jetzt als Tauchlehrer arbeiten konnte, wenn ihm der Sinn danach stand, und wenn er Lust hatte, sich die Sonne auf den Pelz scheinen zu lassen, ließ er sich die Sonne auf den Pelz scheinen.

Sechs Monate nach den Ereignissen hatte jeder zu dem ihm gemäßen Leben gefunden.

Als Madison jetzt auf die Yacht zuging, sah sie Kyle mit einer Zeitung an Deck sitzen. Er hatte eine Sonnenbrille auf und trug abgeschnittene Jeans. Seine braun gebrannte Brust war ebenso nackt wie seine Füße. Sein dunkles Haar war vom Wind zerzaust, und Madison entschied, während sie stehen blieb und ihn anschaute, dass er nicht nur der Mann war, den sie liebte, sondern dass er einfach überwältigend war.

Mit einem Lächeln auf den Lippen ging sie näher.

Er spürte sie kommen, schaute auf und sprang dann hinunter, um ihr ins Boot zu helfen.

„Na?“ fragte er.

„Carrie Anne fährt mit Darryl und Lindy für drei Tage weg. Sie wollen nach Disney World.“

„Großartig. Sie wird eine Menge Spaß haben. Und ...?“

Sie lächelte.

„Komm schon, hör auf, mich auf die Folter zu spannen. Was ist es, Madison? Ein Junge oder ein Mädchen?“

„Ein Junge.“

„Whow!“

„*Und* ein Mädchen.“

„Madison.“ In seiner Stimme schwang ein warnender Unterton mit.

Sie überhörte es und küsste ihn auf den Mund. „Beides, mein Geliebter. Von jeder Sorte eins. Zwillinge.“

Er ließ sich auf die Sitzbank fallen.

Dann zog er sie auf seinen Schoß und küsste sie zärtlich.

„Kannst du jetzt meine Gedanken lesen?“ flüsterte er.

Sie schüttelte den Kopf.

„Gut so. Du würdest nämlich glatt größenwahnsinnig werden.“

Sie lachte. „Warum?“

„Weil ich gerade daran gedacht habe, wie sehr ich dich liebe. Und dass du die tollste werdende Mutter auf der ganzen Welt bist.“

„Kannst du *meine* Gedanken lesen?“

Er schüttelte den Kopf. „Nein. Sag bloß, du hast daran gedacht, wie sehr du mich liebst und dass ich der tollste werdende Vater auf der ganzen Welt bin?“

Sie schüttelte feierlich den Kopf. „Nein, ich habe gedacht, wie gut es war, dass du mich geheiratet hast, weil ich nämlich höchstwahrscheinlich gleich beim ersten Mal schwanger geworden bin.“

Er fing an zu lachen, nahm sie auf den Arm und ging mit Riesenschritten in Richtung Kabine.

„Übrigens ...“

„Ja?“

„Du bist wirklich umwerfend“, sagte sie.

Er lächelte und trug sie die schmale Treppe nach unten.

– ENDE –

Band-Nr. 25043
7,95 € (D)
ISBN 3-89941-054-8

Mary Alice Monroe

Sommer der Verheißungen

Drei Frauen, drei Schicksale – eine Vergangenheit: Gemeinsam machen sich die Schwestern Birdie, Jilly und Rose auf den Weg, um Jillys Tochter zu finden, die diese vor 26 Jahren zur Adoption frei gegeben hat. Es wird eine Reise in das Dunkel, das ihre gemeinsame Vergangenheit und den Tod ihrer vierten Schwester umgibt. Sie erkennen, dass die Zukunft und die Liebe nur dann auf jede von ihnen wartet, wenn sie einander verzeihen können …

MIRA®

Erika Spindler

Blume des Satans

„Paradise Christian Church" – so heißt die Kirche, in der die Pfarrerin Rachel Howard sich besonders engagiert um Jugendliche kümmert. Aber dann verschwindet sie spurlos. Zusammen mit dem Ex-Cop Rick Wells, der auf Key West eine Bar betreibt, versucht Liz etwas über den Verbleib ihrer Schwester herauszufinden. Vergeblich. Stattdessen entdecken sie Entsetzliches: Der düstere Satanskult „Gehörnte Blume" begeht offensichtlich Ritualmorde an Jugendlichen …

Band-Nr. 25044
7,95 € (D)
ISBN 3-89941-055-6

MIRA®

Carla Neggers

Haus der Angst

Junge Witwe aus Washingtoner Politprominenz wird in Vermonter Idylle bedroht und von einem sexy Sicherheitsexperten beschützt.

Band-Nr. 25035
ISBN 3-89941-046-7
7,95 € (D)

Emilie Richards

Fox River

Unschuldig Verurteilter kehrt in die High Society zurück, um den wahren Mörder zu finden und seine erblindete Geliebte zurückzuerobern.

Band-Nr. 25036
ISBN 3-89941-047-5
7,95 € (D)

Vorschau
Dieser Roman erscheint im Juli 2003

Alex Kava

Schwarze Seelen

Ein erster brutaler Mord an einem Mädchen in Washington, bizarre Verschwörungstheorien und ihre eigene Mutter, die sich verhängnisvoll von dem mysteriösen Reverend Everett angezogen fühlt, führen die FBI-Agentin Maggie O'Dell zu der fanatischen Sekte „Kirche der geistigen Freiheit". Doch welcher Wahn treibt den Killer dazu? Maggie muss versuchen, sein psychologisches Profil zu erstellen, um ihn überführen zu können. Und die Zeit wird knapp, denn der Täter schlägt erneut zu und löscht auf grauenvolle Weise das Leben einer zweiten jungen Frau aus …

Band-Nr. 25052
7,95 € (D)
ISBN 3-89941-067-X

MIRA®